渔 火

王永仁

著

天津出版传媒集团

天津人民出版社

果麦文化 出品

目 录

第一章	铁飞还乡	1
第二章	戚城风波	20
第三章	芦荡奇遇	35
第四章	大闹冯府	47
第五章	嫉男痴女	56
第六章	新婚之夜	68
第七章	银飞借枪	82
第八章	南壮起义	93
第九章	闯过难关	110
第十章	铁蹄之下	125

第十一章	初试锋芒	131
第十二章	转战湖东	145
第十三章	智斗顽敌	156
第十四章	血战南壮	169
第十五章	情天恨海	183
第十六章	荒山野店	196
第十七章	渔火悲歌	205
第十八章	湖西搬兵	211
第十九章	夜闯虎穴	220
第二十章	少年英才	229

第二十一章	单枪赴会	234
第二十二章	飞兵夺药	243
第二十三章	群英定计	250
第二十四章	智歼小野	257
第二十五章	斩角拔牙	265
第二十六章	武装请客	277
第二十七章	狼狈为奸	285
第二十八章	巧突重围	296
第二十九章	将计就计	309
第三十章	智取戚城	326

附录一　　抗日英烈王志成　　　　337

附录二　　抗日英雄王志美　　　　347

附录三　　虎胆英雄王吉善　　　　353

附录四　　"滕小国王"王吉德　　　361

第一章

铁飞还乡

一

中国人没有不知道水泊梁山的。水泊梁山八百里，何等壮美！可惜历经沧桑，今日的水泊梁山只剩下四十五万亩面积的东平湖。它的南面倒是有一个很大的湖泊，一碧万顷，浩如烟海，地跨苏鲁两省八县，口衔徐州铜山，尾系古城济宁。方圆千里的湖面，芦荡如云，碧荷接天；岛屿星罗棋布，两岸山峦起伏；夏秋群鱼欢跃，冬春大雁野鸭成阵。

相传，商纣王的庶兄殷微子曾隐居此地。他死后就埋葬在湖南部的一个美丽的湖心岛上，此岛因此得名微山岛，此湖也就叫微山湖了，当地人也叫它微湖。

微山湖素有"日出斗金"之称，"微湖收，养九州"。但微山湖并非理想的安息之所。古往今来，每遇战乱，群雄并起，烽火连年。世人都说："天下未乱湖先乱，天下已平湖未平。"

一九三七年底，日寇大举南侵，微山湖乱得越发不可收拾……

几场风雪过后，微湖一片悲凉萧索的景象。一行行大雁南飞，带来了令人震惊的消息：日军兵渡黄河，占领省城济南，韩复榘率十万大军不战而逃，日军沿津浦铁路南下，长驱直入，如入无人之境。转眼间，占泰安，下兖州，进济宁……大好的山东河山相继插上了太阳旗。

连日来，从济宁溃退下来的官兵不停地向南滚动，荡起的尘埃，把昔日明净的微湖遮得灰蒙蒙的。急促的脚步声、叫骂声、车马的喧闹声和女人的尖叫声、孩子的哭声混杂成一片。

起初，他们还敢沿着湖边的公路成行成队地走，后来，鬼子飞机一炸，中央军就像黄河决了口似的离开公路，野坡里、小路上到处都是三五成群的败兵。他们到处拉车牵驴，翻箱倒柜，沿途的村庄都被搅闹得不安宁。老百姓叫苦连天，气得直骂："白养活你们这些'遭殃'军！鬼子还没到，就腿肚子朝北了，丢下老百姓不管，还有脸来抢东西！"

傍晚，一团人马开进湖边的谷亭镇，士兵乱纷纷地敲门砸锁，四处寻找吃饭、休息的地方，顿时谷亭像滚了锅似的，人哭鬼叫，鸡飞狗咬。折腾了一夜，黎明时分刚刚平静了下来，突然又被一阵乱枪惊动。官兵们如惊弓之鸟，提着枪就往街上跑，东边的往西跑，西边的往东跑，究竟发生了什么事，谁也不知道。

这时，一位魁梧彪悍的军官从一家大门楼里跳出来，他手里提着匣枪，大步流星地向东走，在乱兵中冲开一溜胡同，没有人敢拦他，也没有人敢问。他那张棱角分明的脸绷得铁紧，目光像两把刀子，叫人望而生畏。他叫王铁飞，原是该团三营八连的连长。三天前，在撤离济宁的战斗中，他被提升为营长，奉命据守草桥口，掩护全师撤退。他带领全营官兵浴血奋战，有效地阻击了鬼子，完成了掩护任务。当他们要撤退时，已撤到桥南的周团副下令炸毁桥梁，切断了他们的退路。三营面临绝境，拼死抵抗，坚持到天黑，子弹打光了，才跳河泅水转移。因为天冷，士兵都穿着棉衣，一跳进水里便寸步难行。鬼子居高临下，用机枪扫射，百十号人就这样惨死在河里。全营官兵侥幸活命的只有王铁飞和七八个士兵。他们相拥大哭，发誓要找周团副算账，为死难的弟兄报仇。

王铁飞说："周团副要置我于死地，早有预谋，这一次不过是他的借刀杀人之计，叫弟兄们也跟着我受连累。不杀此贼，我誓不为人！不过，你们不要再为此事冒险，砸了自己的饭碗。"

大家七嘴八舌地说："这是大家的事，怎么能让营长去冒险？"

王铁飞摆摆手："杀死周团副还不像踩死个蚂蚁一样容易？弟兄们用不着担心。再说，他知道我还活着，我不杀他，他也要杀我。大家犯不着都跟着受连累。"

王铁飞在两小时前，悄悄地来到谷亭，他打听到周团副正和几个亲信在一家地主宅院里喝酒。大门紧闭着，他越墙而过，摸到窗下，只听屋里有人说："王铁飞这一死，黄少雄就没有得力的帮手了，趁这个时候把他宰了，你就是我们的团长了。"

"别忙,等他睡熟了再下手。嘿嘿,明儿个我当了团长,你们几位就是营长了。"

王铁飞怒火万丈,一脚踹开房门,跃了进去,炸雷似的大吼一声:"周亮!见你的鬼去吧!"说着"哗啦"就是一梭子,周团副和几个亲信顿时倒在了桌下。王铁飞走过去,踢了周团副一脚,在他脑袋上又补了一枪,这才转身往回走。王铁飞突然出现在街上,他那杀气腾腾的样子,使士兵们立刻猜到刚才枪响的原因。

"快抓住他,抓住他呀!团副被他打死了!"一个浑身血迹的人从大门楼里爬出来,声嘶力竭地喊叫。他是一营二连的连长,周团副的亲信。他这一叫,证实了大家的猜想。没有人理睬他,反而主动地让开道,任王铁飞自去。周团副一死,谁愿意与王铁飞为难,自找麻烦?

二连长见士兵们不听他嚷嚷,只好挣扎着爬起来去找团长黄少雄。

二

王铁飞走出谷亭镇,折向通往湖边的小路。突然从后面传来一阵急促的马蹄声,他不慌不忙,继续往前走,听到后面的马蹄声近,猛一转身,同时甩手一枪。那骑在马上的人急忙把头一低,帽子被打飞了。他勒住马,大叫:"不要开枪,是我!"

王铁飞一看是团长黄少雄,便站住脚,把枪插回腰间,等他走近了,冷冷地问:"你想押我回去?"

黄少雄哈哈一笑,跳下马来,亲热地拍着王铁飞的肩膀说:"老弟干得好!除了我一块心病。走,到那边喝两杯。"他指了指路对面的燕来酒店。

"不!我没有工夫。"王铁飞依然冷若冰霜。

"你这是怎么啦?信不过我?"黄少雄惊异地望着他。

"那倒不是。周团副是你的对头,我杀了他,你自然高兴,不会与我为难。但他叔是你的顶头上司,周师长怪罪下来,你如何交代?"

"球！"黄少雄压低了声音说，"你再帮我一把，把他那几个亲信爪牙全干掉，周师长抓不到把柄，就没咒念了。"

"我没那个兴趣。恕小弟不恭，告辞了。"

黄少雄急忙拖住王铁飞一只胳膊，恳切地说："你既然执意要走，我不留你，但咱们兄弟一场，临别总得喝三杯吧。"

王铁飞不好再推辞，随他走进酒店。他朝店里望了一下，见一男一女两位顾客已经占据了东边的一张桌子，像是逃难的官员，桌下放着两只皮箱。他俩在西边一张桌子边坐下。

等了好大一会儿，不见店家来。黄少雄不耐烦，啪啪地拍着桌子，骂道："妈了个巴子，店里的人都死绝了！"

店家闻声慌忙跑出来，点头哈腰地说："长官，实在对不起，不是小子不愿孝敬二位，小店实在没有什么东西了。连日里过兵……"

"妈的！你向老子诉苦？老子的部队可没动你一根草棒！快拿酒来，少废话！"

"长官，酒真的没了，不信，你自个儿去找。"店家见过世面，知道如何应付抢吃抢喝的国军，摆出一副爱莫能助的样子。

"啪"一声，黄少雄把匣子枪拍在桌上，向对面桌上斜了一眼，指着店家的鼻子骂道："妈了个巴子，有他们吃的，就有我吃的。你小子耍滑头，还得学三年！别找不素静。"

店家吓得脸色惨白，不敢吭声了。王铁飞掏出几块银元扔给他，和气地说："快去吧，别惹团长生气。"

店家见钱眼开，连声道谢着退了回去。不一会儿，便从里面捧出一坛老酒，又端来四样菜。

他俩对菜似乎没有什么兴趣，只要有酒就满足了。黄少雄要了两个大茶杯，斟得满满的。

"来，干！咱们兄弟一场，临别喝个痛快，还不知今生能否再见。"黄少雄见王铁飞真的要走，心里很不是滋味，一扬脖子把酒灌下去。

一大杯酒落了肚，黄少雄的话稠了："老弟，说句实话，为私为国，我都不该放你走。为私，你是我的好帮手，有你在，遇到什么硬仗、恶仗，我都不怕；为国，你是一员难得的虎将。现在国难当头，正是用人之时……千兵易得，一将难求啊！"

"为国，我宁愿战死在沙场。可是上头畏敌如虎，一味地后撤，叫人寒心。我没脸再穿这二尺半。吃粮当兵，不为国出力，反去祸害百姓，我们有什么脸面去见家乡父老？"

"英雄气概！英雄气概！"黄少雄苦笑了两声，"可是，真的要抗日，谈何容易？没有飞机大炮能打胜仗吗？"

"怎么不能？人家八路军在山西平型关不是打了个大胜仗吗？！"

"区区小胜顶什么用？"黄少雄很不以为然，"我认为当务之急，是避其锋芒，保存实力，等待盟国的援助，到那时，日本人不攻自退。"

听到这里，王铁飞把酒杯"砰"的一声蹾在桌上，气呼呼地说："退让、等待！等到什么时候？日本人已经占领了小半个中国，你还做'等待盟国援助'的梦？军队不战自乱，四散而逃，实力何存？什么盟国，去他娘的蛋吧，他们关心的只是瓜分中国。要救中国，只能靠我们自己，靠抗日民族统一战线，靠民众的大团结！"

"你从哪里学来的这一套？"黄少雄惊讶地望着他，"难怪周团副密告你是赤色分子，说出话来同共产党如出一辙。"

王铁飞哈哈大笑："如果主张积极抗日就是共产党，那么，我也算一个！"

"哎呀！你小声点好不好？"

"怕什么？现在国共两党合作了，再想剿共可不得人心了。"王铁飞毫无顾忌，嗓门更高了。

"好了，不谈这些。何必这么忧国忧民？老弟，你今后打算怎么办？"

"回老家，捕鱼捞虾，打野鸭子。"

"日本人打到家门口上来，你能在家里安心打鱼？"

王铁飞面红耳赤。是的，国难当头，匹夫有责，像他这样的血性男儿决不会坐视不理。可是，下一步如何走，他不知道。想起刚才黄少雄说他是共产党，他觉得可笑。此刻，他倒真希望找到个共产党，问问该怎么办。他认识一个共产党人，不过，那是四年前的事了……

黄少雄见他沉默不语，认为他又回心转意，便挽留说："你觉得回家有难处，就留下来吧。像你这样的猛将，将来前途不可估量！"

"前途？什么前途？"王铁飞不屑地哼了一声，"国民党军队腐败无能，我早就待够了！开弓没有回头箭，我走定了！"

黄少雄无限惋惜地摇摇头说："好吧，我把营长的位置给你留着，等你回头想回来……"

"谢谢！"王铁飞打断他的话，决然地说，"我不会回来的！"

三杯酒喝干了，王铁飞起身告辞。黄少雄从腰里掏出一个钱袋，放在王铁飞面前。

"老弟，这是五百块大洋，其中三百块是我代你保存的积蓄，二百块是老哥的一点心意。"

王铁飞执意不肯收。黄少雄恼了："你不收下，叫我出门挨枪子。"王铁飞只好收下。

黄少雄笑了，拍着他的肩膀说："这才像朋友。快走吧，我知道家乡有位俊姑娘等着你，我留不住你。"

三

王铁飞迎着早霞来到湖边的渡口，见一只小船停泊着，船家正躺在船舱里睡觉。他走过去，把船家叫醒了。

"劳驾，搭你的船过湖到南壮去。"

船家伸了个懒身，拉下破毡帽，露出半边脸来，上下打量一下王铁飞，没好气地说："哼，穷当兵的，俺不侍候。"

"你别怕，我可以先付给你船钱。"

"俺怕个啥？老天是老大，俺是老二。你们这号人，俺就是不载。"船家说罢，往船舱一躺，不再理睬他。

王铁飞顿时火冒三丈，真想过去给他一脚，但他还是忍住了，去寻找另外的船只。可是，他在渡口上下来回走了几趟，再没有找到第二只船，只好又折回来。他正暗自盘算如何说服船家，忽听得有人叫："李老歪，别他娘的挺尸了，快来接接孤家。"

喊话的是燕来酒店的店家。

"哟，是钱掌柜的，什么风把你吹来了？"船家跳下船，一瘸一拐地迎上去，从店家手里接过两个沉甸甸的皮箱。

店家的身后跟着一男一女。男的五十岁上下，身穿狐皮袍，头戴水獭皮帽，脚上是一双直贡呢的兔耳大棉鞋，他面目清癯，两鬓斑白。那女子二十上下，穿着一件入时合身的花旗袍，杨柳细腰，粉白的脸蛋，一双明眸，透着十二分俊秀。王铁飞认得，正是在燕来酒店碰到的那两位顾客。

"这位老爷要到戚城去，你小心地侍候。"

"钱掌柜的，你交我办的事几时出过差错？"

"路上好走吗？"那位老者有些不放心。

"老爷，坐我的船，你就把心放在肚里，保你一路平安。"船家李老歪满脸堆笑地说。

王铁飞隐在一旁的芦苇丛里把这一切看在眼里。只等他们上了船，刚要离岸，他分开芦苇，急跑了几步，一纵身跃上船头。

船家吃了一惊，看清了来者，立即暴跳起来，抢篙便打，喝了一声："你给我下去！"王铁飞纹丝未动，船家反被震倒在船上。

"你这个人好不通情理，我又不白坐你的船，何苦要赶我下船？"

李老歪爬起身来，正要发作，只听钱掌柜的在岸边道："李老歪，你小子瞎了狗眼，这位长官腰里有的是钱，出手大方得很，亏不了你。"

李老歪的脸上立刻堆起笑来，向王铁飞作了个揖："长官别见怪，俺有眼不识泰山，请舱里面坐。"

听话听音，察颜观色，王铁飞已明白这两个家伙不是好东西。他故意把钱袋拿出来，在李老歪面前晃了晃说："你小子把眼睛大点儿，这是五百块大洋。"说罢，王铁飞走进船舱。

那长者起身让座，很客气地说："请坐吧。让我们认识一下。我叫楚天章，她是我女儿筱兰。"显然他对王铁飞有好感，很高兴有这样一位旅伴。

出于礼貌，王铁飞也做了自我介绍，但他语气很冷淡。他出身于贫寒的渔民之家，对阔佬总是看不顺眼。

"你的老家在哪里？"

"湖东南壮。"

"南庄？"

"不，是南壮，"王铁飞纠正说，"是壮志的壮。"

"哦，那是鼎鼎有名的村庄……"

王铁飞打个哈欠，闭上了眼睛。

"怎么，你困了？湖上的风冷，当心着凉。"

"不怕，我的身子是铁铸的。"王铁飞说罢，索性躺下来。没有兴趣和他谈下去。

王铁飞确实困了，一躺下来便呼呼入睡。船舱本来就不大，王铁飞那魁梧的身躯一躺下来，便占据了绝大的空间，楚天章父女被挤到角落里。在生人面前，尤其是当着一个年轻姑娘的面就这样四仰八叉地躺下去，是很不礼貌的。楚天章并没有怪他，反脱下皮袍盖在他的身上。

太阳偏西了，小船驶进了一片芦荡，只听一声呼哨，从斜汊里蹿出一条大船，拦住小船的去路。七八个实枪荷弹的湖匪立在船头。

"喂！李老歪，运的什么货？"

"两个肉票，一个花票。"

两船靠拢了，从大船上走过来三个湖匪，堵住了舱口，同时哗啦哗啦拉响枪栓。

"快出来！"一个麻脸湖匪凶暴地命令。

"湖匪！"楚天章惊叫了一声，站了起来，用身子挡住女儿筱兰，颤声地问，"你们要干什么？"同时伸出一脚，踢了踢还在熟睡的王铁飞。王铁飞没有动。

"少废话！快出来！不然老子一枪崩了你！"另一个粗壮的湖匪威胁说。

"这里有两箱东西，你们都拿去，放我们走。"楚天章抑制着内心的恐惧，佯装镇静地说。

听说有东西，那麻脸立刻放下枪，走进船舱，一脚正踩在王铁飞身上。王铁飞一跃而起，飞起一脚，将他踢出舱外。站在舱口的粗壮的湖匪躲闪不及，也被砸倒了。另一个湖匪还没弄清怎么回事，王铁飞已跃出舱外一把夺

9

过他手里的枪，同时伸出另一只大手扼住了他的脖子。李老歪见势不妙，抽出一把尖刀向王铁飞刺来。王铁飞急闪身，那把尖刀不偏不斜插入湖匪的心窝，湖匪惨叫一声倒下了。李老歪惊得目瞪口呆。王铁飞大怒，劈胸一拳将他打下船去。

这时那粗壮的湖匪已爬起身来，举枪正要向王铁飞射击，不想留在大船上的湖匪已经开了枪，差点射中他的脑袋。王铁飞趁机就地一滚，躲进了船舱，顺手将那麻脸湖匪拖进来。麻脸湖匪胸口挨了重重的一脚，疼痛难忍，哪还有力量抵抗。

枪弹飞蝗般地向船舱里射来，王铁飞、楚天章、筱兰都伏在船舱里不敢动弹。王铁飞从腰里拔出匣枪，指着麻脸湖匪的脑袋，厉声地说："叫他们别打枪！要不，我就对你不客气。"

麻脸湖匪吓得浑身哆嗦，可着嗓门喊："别打了！我……我是张麻子。"

枪声果然停下来，只听湖匪们狂叫："快把张麻子放出来！"

"朋友，你们先闪开道，让我们过去，我就放了他。"王铁飞大声说。

"娘的！你杀死我们两个弟兄，还想逃命吗？"

王铁飞冷笑一声，说道："那是你们自己不长眼，误杀了自己的人，我要是有心杀你们，早就用枪一个个把你们都点了。"

"你小子死到临头还敢吹大牛？！"

"你们到底闪不闪开？"

"不闪！"

"好！我先把张麻子点了，再收拾你们。"

张麻子一听要杀他，杀猪般地嚎叫起来，指名道姓地破口大骂："刘秃子，你个天杀的，你不闪开，要送老子的命吗？"

大船上的湖匪嘀咕了一阵，把大船退回了汊道，闪开了路。

王铁飞对楚天章说："请你帮个忙，把外面那几把枪捡回来。"

楚天章明白王铁飞的用意，是为了防备湖匪的突然袭击。他刚要动身，筱兰却抢在了前面，鼓起勇气说："爸，让我去。"

"你？"王铁飞怀疑地望着她。

她把头一低，钻出了舱口，不一会儿，便把枪拖了回来。

王铁飞没有想到这位弱不禁风的小姐竟会有这样的胆量,称赞道:"好,有种!会打枪吗?"

"会!"楚天章、筱兰一起回答。

"好!一人拿一支,隐蔽好。咱们得防备他们狗急跳墙。"王铁飞说罢,把张麻子一手提起来,他向外面望了一下说,"还得劳你的驾,把我们送上岸去。可是,你要捣鬼,我的枪子可长着眼。不信,你看——"王铁飞抬手一枪,一只野鸭子从天空中掉了下来。

张麻子惊恐地瞪大了眼睛,连声说:"不敢,不敢!"

小船驶出了芦荡,慢慢向湖岸驶去。大船在后面不远的地方跟着,但不敢靠近,也不敢开枪。他们看到王铁飞的枪法那么准,真的打起来,不但张麻子小命难保,他们也占不了便宜,只得乖乖地把他们送上岸。

王铁飞一看,东边不远就是戚城了,便对楚天章父女说:"不送了,你们走吧。"

"天这么晚了,你同我们一起去戚城吧,那里有我的表哥冯渊。"筱兰抢着说,不知为什么她的脸红了。

王铁飞笑了笑说:"谢谢你们的好意,我还要连夜赶回家去。"

"急什么?住一夜,明天一早再回家也不迟。"楚天章也恳切地挽留他。

"不!我离家四年多,每时每刻都在思念亲人,怎能不急?"

楚天章点了点头,打开手里的皮箱,取出一对猫眼玉石,双手捧送给王铁飞,说道:"你救了我们父女,无以为报,就把它送给你做个纪念吧。"

王铁飞的脸陡然变色,冷冷地说:"楚先生,你小看我了。"

楚天章一愣,这对猫眼玉石价值千金,他竟不为所动,心里赞叹:"这才是真正的英雄啊!"连忙道:"失敬!失敬!你既不肯收,老朽只好收回了。今后有用着老朽处,当竭力相助。"

王铁飞见小船已经离去,那湖匪的大船反而飞快地向岸边驶来,便催促楚天章父女快走。他操起留在身边的一支枪,瞄准大船桅杆顶部的篷索打了一枪,篷索应声而断,帆篷唰地落下来。大船失去了动力,停止不动了。他这才从容地离开了湖岸。走不多远,只听湖匪喊道:"你小子不要烧包,有种就报出你的名字来!"

"爷爷的名字叫王铁飞，家住在戚城南，郗山北，微湖岸边的南壮村！十五岁爷爷下济宁州打过擂，十八岁大闹戚城，坐过牢，当过兵，杀过东洋鬼子。你小子算什么东西？"

王铁飞气壮如牛，声震四野。湖匪听到他的名字再也不敢作声。微湖上下，谁人不知，何人不晓，大名鼎鼎的王铁飞！

四

王铁飞五岁随父习武，经过十年苦练，十八般武艺样样精通，本领在微湖首屈一指。他十五岁那年，适逢一贯道道首张天虎霸占运河码头，包办航运，还在济宁州太白楼下立擂，声言"脚踢四方好汉，拳打五路英雄"，擂台摆了十天，不知多少好汉毁在他的手下。张天虎气焰更加嚣张，自恃武功高强，抢男霸女，无恶不作。王铁飞少年气盛，瞒着父亲，毅然登台打擂。小铁飞以武当绝技九宫神行掌，击败了不可一世的张天虎，从此名扬武林，被誉为"铁掌小雷神"。

一九三二年夏天，"镇街虎"刘哮林刚当上滕县八区的区长，便以保护湖产为名，强令封湖，禁止湖渔民打莲割苇。秋收时节，由政府组织采割，五五分成。禁令像一块巨石投在平静的湖面上，立刻激起轩然大波。

微山湖历来是"免征地""屯水区"，是万民就食的地方。莲藕、芦苇自生自长，自古以来任人采割。沿湖的渔民，一无渔具，二无土地，全靠打莲扎藕、割苇薅草维持生计。要封湖，"混穷的"只好像鱼鹰一样扎起脖子等死了。

戚城地下共产党的负责人张光华挺身而出，组织发动上万名湖渔民暴动，聚集了数百只渔船，架起鸭枪，赶走了刘哮林的水上封湖队。湖渔民又涌进戚城游行示威。刘哮林竟命令警察开枪射杀手无寸铁的群众，当场就有七八个倒在血泊里，张光华也身负重伤。王铁飞怒火万丈，率领青年敢死队与警察展开殊死搏斗。愤怒的群众像大海的怒涛，把警察摧垮了。他们又冲进刘府，痛打了刘哮林。这时，韩复榘的手枪旅赶来镇压，为掩护群众疏散，张光华、王铁飞和几十名群众被捕。

国民党当局为平息民愤，不得不将刘哱林撤职，取消了封湖。一些被捕的群众也陆续被取保释放。但由于叛徒的出卖，张光华身份暴露，作为共产党"要犯"被押往济南。王铁飞虽不是党员，但因领头"闹事"，被判处五年徒刑，关进了滕县大狱。不久他便越狱逃跑，到江西去投奔红军。不料红军早已北上，他只得再回山东，到济南府去探听张光华的下落。但他身无分文，一路上打拳卖艺糊口，历尽艰辛，终于到了济南。不想张光华又被押往南京。他有家难归，只好去当兵……一晃就是四年。

王铁飞回忆着往事，心情激愤，恨不得一步赶到南壮……

微山湖东岸，有一个芦苇、荷花环抱的渔村。全村百十户人家散居在一块蒲扇似的孤岛上，村东有一座玉带似的石桥与陆地相接。桥下有一条小河，上通古运河，下连微山湖。

这就是王铁飞的老家南壮。为啥叫南壮？说来话长。

这里原是一片荒草滩，清乾隆年间，有一位叫王穷的大汉流落到这里，他一贫如洗，全靠两只手扒藕、割苇子为生。这一年，乾隆下江南，龙船到此搁浅。上百个纤夫费尽了九牛二虎之力，也不能前进半分。王穷见了心下不忍，从苇垛上抽下铁扁担，往船底一插，轻轻一推，龙船便滑出了浅滩。乾隆又惊又喜，想留他御前听用。王穷摇摇头，装聋作哑，担起小山似的苇垛，扬长而去。乾隆问不出他的名字，以南下所见的第一位壮士，赐他封号"南壮"。事后，四乡父老齐来祝贺，王穷反而不悦，又不好违了圣意，推说皇帝封的是这片新开的家园。你道他为何不高兴？

原来他是位武当派的大侠，当年原是"红花会"中一位响当当的人物。"红花会"是反清的秘帮，以匡复汉家江山为己任，与清廷势不两立，后来乾隆厉行镇压，终于瓦解冰消。王穷隐姓埋名，来到这里隐居，娶妻生子。后来一些难民也陆续来此定居，人口繁衍，便形成了现在的村庄。由于他不肯接受乾隆的封号，人们便把这个村庄称为"南壮"了。

王穷是南壮的骄傲。南壮人秉承祖训，代代习武。而习武之风所以能够经久不衰，还有另一个原因。这微湖的渔民因生产方式和所用渔具的不同，结成了"卖载帮""大网帮""枪箔帮""罱网帮"四大渔帮。南壮的渔民皆属于"卖载帮"。"卖载帮"主要靠装载运输、长途贩运为生。冬季冰封不能行船时，便操起鸭枪打野鸭子。在那个弱肉强食的旧社会，你若不会点武艺，想在江湖上装载行船，等于拿着小命做儿戏。不要说土匪强盗一路抢劫，光是那沿途的关卡、码头层层剥皮也够人受的。从济宁到徐州，仅这一段运河上就有二十四闸，闸闸有"闸官"。雁过拔毛，鱼过揭鳞。船到码头，什么"靠岸税""货物落地税""停泊税"等等，名目繁多。所谓"猫子[1]上了岸，无罪三分过"，对湖渔民任意打骂罚款。所以每次装载行船，他们必须携带武器，结伙成帮，集数十只，甚至上百只船一起行动，如出征一般，随时准备拼斗。

到了眼下这个动乱的年头，官府的苛捐杂税加了又加，像山一样压得人们透不过气来。各路的牛毛司令也来要粮要钱，说个没有，就放火烧你的村子。连那些零星的"刀客"也来讹诈。有一天，南壮就收到了十几张要粮要钱的条子。这不是成心要人命吗？！大家都来找王老大商量怎么办。

王老大是王穷的第七代长孙，王铁飞的父亲。他是村里的保长，也是湖渔民中卖载帮的帮主，名叫王志远，但人们都尊称他王老大。王老大自幼就在微湖、京杭大运河上装载行船，走南闯北，经多见广，深受人们的敬重。

"把村子封起来！"王老大说出他的主意，"兵来将挡，水来土掩！南壮人不是好欺侮的！"

"咱们光有鸭枪、抬杆，能顶得住吗？"有人提出异议。

"我已经把家里的船卖了，从川军逃兵手里买来了三支'汉阳造'，一箱子弹。"王老大胸有成竹。

大家又惊又喜，又为王老大担忧："船卖了今后你指望什么养家糊口？"

"火烧眉毛，顾眼下要紧。等年景平稳了，大家再帮我排船。"王老大说。

事情就这样决定了。王老大把村里的青壮年都组织起来，天天操练，日夜守卫。把鸭枪、抬杆架在石板桥头，封住进村的唯一通道，又将大小船只齐刷刷泊在湖岸，以便应付不测。

这一天，湖匪杜二海领着手下的喽啰来要钱，钱没要到，反赔进去七八个弟兄、五条枪。杜二海落荒而逃，众湖匪方知南壮的厉害，再不敢来

---

[1] 猫子：旧社会对湖渔民的侮辱称呼。

找麻烦。南壮一下子又多了五条枪，群情振奋，索兴拉起了"保家自卫团"，一不做，二不休，管你是官家、兵家、匪家，无理索要捐税粮钱的，一概不交。

这一下可惹恼了刘哮林。刘哮林人称"镇街虎"，是戚城一霸。戚城是微湖首屈一指的大镇，刘哮林原是滕县八区的区长，管辖着半座戚城镇，四个大乡，四十八个村庄。反封湖斗争后他被撤职查办，但不久他又花钱活动，恢复了职务。人心不足蛇吞象，他一心想做微湖霸主。前些日子，他纠集了一百多条枪，打起"抗日救国军第八团"的旗号，自封司令。南壮竟敢在他的势力范围内另立山头，这还得了？更何况那王老大原是他的冤家对头，一旦羽毛丰满，必成心腹大患。他立即派卫队长胡空带兵马去南壮收缴枪支。

"使不得！使不得！"参谋长孔玄连忙阻拦，"南壮是一片孤岛，易守难攻。来硬的，恐怕占不了便宜。"

"那你说怎么办？"刘哮林心里不痛快。

孔玄如此这般，说出他的韬略。刘哮林的脸上露出笑容，盼咐孔玄如计照办。这孔玄生得干瘪瘦小，獐头鼠目，军事上狗屁不通，肚里的歪点子却是不少。他长着一张算卦先生的嘴，能把死人说活，活人说死。

当天下午，孔玄骑着个毛驴来到南壮，一见到王老大就称兄道弟地说："志远兄见义勇为，率众拒匪，为民除害，兄弟十分敬佩。刘司令特派我前来慰问。"

"不敢当。"王老大不热不冷地说，"参谋长有话不妨直说。"

孔玄干笑了两声："刘司令想与你联合抗日，委任你当副司令。明天，请你把人和枪带到戚城，接受改编。从今以后，南壮一切捐税可以免除。"

王老大冷笑道："刘哮林要是眼红我们这几条枪，就让他来拿吧。我可不眼热那个副司令。"

"别误会！刘司令是一片好意。你要是执意不肯，惹恼了他，恐怕……"

"送客！"王老大愤愤地打断孔玄的话，把手一摆，扬长而去。

孔玄被晾在那儿，没人再理睬他，只好悻悻而去。人们望着他的背影，不禁大笑起来。

王老大知道刘哮林不会善罢甘休，一面组织村民们严加防范，一面将老弱妇孺转移到船上去，以防不测。

五

就在这个紧张的夜晚,有一个人突然出现在村东的运河堤上,立刻引起了放哨的注意。那人打量着月光下的南壮,村子里寂静无声,但村西湖边的渔船上灯火点点,人声喧哗。他迈开大步,飞身下堤,眨眼间便来到石板桥头。忽见柳枝一摆,飘下两片黄叶,却又无风。他立住脚,把背上的长枪摘下来,靠在桥头,不再往前走了。

这时从歪脖子老柳树上"嗖"地跳下一人,照准他的脑门一刀劈去。只听"咔嚓"一声,劈个正着,那人连"哎哟"都没喊,就栽进桥下水里去了。仔细一看,却原来是半截桥栏漂在水上。他正要抡刀再砍,却听见那人叫自己的名字:"毛二旦,你狗咬吕洞宾,不识好人了。"

听对方叫出自己的名字,他一愣,仔细打量一番,扑上去,惊喜地大叫:"铁飞哥,是你!"

两人紧紧地搂抱在一起。他俩同岁,从小在一起长大,秉性相投,情同手足。分别四年,一旦相聚,有多少话要说。但王铁飞心情急切,问明了村里最近的情况,便把长枪留给毛二旦,让他好好地看守着村口,急匆匆向村里走去……

家近了,铁飞反而停住脚,打量着这临水而立的院落:荆条编织的篱笆墙,错落有序的草屋,挺拔高耸的钻天杨,一切还是那么熟悉,那么亲切。他轻轻地踱进小院,向堂屋走去。

堂屋门半掩着,一位瘦弱的老妈妈正跪在堂前的蒲团上,双手合十,默默地祷告着什么。桌上摆着香炉,青烟缕缕。桌后的条几上放着一盏豆油灯,灯火照亮了正墙上悬挂着的岳王神像。上有"还我河山"四个刚健的大字,铁飞认得是二弟银飞的手笔。想不到仅仅四年,他的字画有这么大的长进。二弟自幼多病,身单力薄,有此神笔妙手,也不负父亲的一片苦心了。父亲长在乱世,年轻时参加过义和拳,与八国联军打过仗。他一不敬神,二不信鬼,唯独敬仰精忠报国的岳飞,他给三个儿子取名为"铁飞""银飞""金飞",希望他们长大成人之后能效法岳飞,为国尽忠。

这时母亲正为儿子虔诚地祷告,突然觉得一只有力的手将她搀起,一个熟悉的声音喊道:"娘,我回来了!"

母亲回头见是铁飞,就脸色惨白地倒在儿子宽阔的胸上,闭上了眼睛。

"娘,是我,我是铁飞呀!"铁飞把母亲扶到椅子上坐下来,跪倒在她的面前。

母亲一双颤抖的手胡乱地摸着儿子的头发、脸颊、耳朵……哭着说:"你是铁儿,你是俺的铁儿!你到底回到娘的身边了……"

"娘,我回来了,你老人家应当高兴才是。"铁飞忍着泪安慰母亲。

母亲撩起衣角拭去泪水:"乖孩子,快站起来,让娘好好看看你。"

这时从门外蹦进一个十二三岁的少年,一手拿着鱼叉,一手提着两条大鲤鱼,他忽闪着一对大眼睛望着铁飞,问母亲:"娘,这是谁呀?"

"憨小子,连你大哥都不认识了?"

"大哥?大哥回来了!"小金飞乐得一蹦三尺高,扔下手里的物件,双手攀住铁飞的脖子。

铁飞把弟弟举起来,惊喜地说:"三弟长这么高了。我教你的鸭行拳还记得吗?"

小金飞挣脱了铁飞,不以为然说:"那是小孩子玩的把戏,俺现在跟爹学六合拳。"说着,他就要比画。

铁飞笑道:"不忙不忙,等有工夫,我再考你的武艺。"他转向母亲问道:"有东西吃吗?我饿坏了。"

"哎呀!你看我,光顾着高兴。"

母亲慌忙去做饭,不想与急急赶来的王老大撞个满怀。

"哎哟!你这死老头子,进门也不吭声。"

王老大顾不得答话,扑上前来抱住铁飞,上上下下看了一遍,激动地说:"俺这不是做梦吧?真的是铁儿回来了?"

王老大将儿子按在一条板凳上,忙不迭地询问起来:"这些年你是怎么熬过来的啊?"

王铁飞诉说了这几年的经过,王老大听了,沉思着说:"你回来得正是时候,这两天风声紧得很,刘哮林那龟孙想找咱们的茬儿。咱们村小人少,就那么几条破枪,俺正愁不好对付。"

"怕什么!让他来吧,我正想找他算账哩!"铁飞气昂昂地说。他里里外外扫望了一下,问:"银飞呢?"

"前几天他就到湖西去了。"

"去湖西干啥?"

"听说张光华从监狱里放出来了,回到老家张庄,正在组织什么抗日义勇军。银飞不知从哪里听到的信儿,就约合着几个同学投奔他去了。也不知现在找到了没有。"

铁飞忽地站起来:"那我明天也去湖西看看。"

"别忙,明天还有件顶要紧的事要你去办。"

"什么事?"铁飞不解地望着父亲。

"到戚城去,先看看玉莲。"

"玉莲?玉莲她怎么啦?"铁飞急切地问。

"四年来,她一直等着你,不知流了多少泪,受了多少苦。像她那样百里挑一的姑娘,在这动乱的年头,守到二十一岁,不容易呀!快商订个日子,把她娶进家来。"

父亲的一番话,使他联想起与玉莲初会的甜蜜、闹戚城同斗警察的深情、芦花荡絮语曼曼的温馨、定婚时的海誓山盟。

王老大见儿子一言不发闷头儿想什么,就把烟袋锅往桌腿上一磕,说:"喂,俺说了半天,你听到没有?为啥一声不吭?难道你把玉莲忘了?"

"怎能忘了?"铁飞涨红了脸,"我明天就去。"

"这才对!"王老大笑了,拍了他一巴掌,又教训道,"别看你是俺儿子,要是对不住玉莲,俺第一个不答应!不过,你明天到戚城去,要当心,不要惊动了刘哮林那个龟孙。"

说到这儿,突然屋外传来一阵笑声:"哈哈,老远就闻到香味,我当是大叔来了什么贵客,原来是铁飞老弟回来了!你真是福大命大……哈哈!"

门口出现一个黑发油头。他二十多岁,一副上宽下窄的酱色猴脸,淡眉下有一对圆丽灵活的眼睛,闪烁着狡黠、捉摸不定的幽光。他一手拿着啃了一半的煎鱼,一手拎着半瓶白酒,耳朵上还夹着一根纸烟。

铁飞认出是邻居乔苇,贩鲜鱼的,此人能说会道,大秤买,小秤卖,会捣鬼做假。铁飞对他没有什么好印象,但还是站起来向他打招呼。

这时母亲用托盘端上菜来,是红烧鱼、水氽虾、炒鸭蛋、调藕片。

"呀!这么多好吃的东西。"乔苇大惊小怪地嚷叫着,"你这位得宠的'太子',大婶把你捧上天了。"他像一只馋狗似的闻着菜,露出满口细密而尖利的牙齿笑着。

"快吃吧,饭菜都要凉了。"王老大提醒他们。他不喜欢这个油嘴滑舌的邻居。他收拾起桌上的东西,带着小金飞走了。

母亲把酒菜摆好,拉了条凳子坐在铁飞的对面,一边纳鞋底,一边守望着儿子。

铁飞饿极了,顾不得喝酒,狼吞虎咽地吃着。乔苇不用人让,自斟自饮,细细地品味,好像他是这里的主人。他边吃边评论:"啧啧,大婶的手艺好极了,菜到嘴里满口香,只是酒味太辣,配不上。喏,几时能喝上你的喜酒?我可等得有些心急了。"

"我也想早一点。等办喜事时,我想请朋友都来,当然也忘不了你。"

"好极!越快越好。要不,我真担心夜长梦多会有什么变故。"

"你这是什么意思?"铁飞停住了筷子,注视着对方。

"噢,没有什么。"乔苇吞下一杯酒,"白玉莲姑娘是戚城有名的美人儿,谁见了不爱?我敢打赌,围着她打转的小伙子不下一打。"

"真的吗?"铁飞微笑着,但微笑里含着不安。

"姑娘总是爱攀高枝的,而戚城有钱有势又漂亮的公子哥有的是。"

"玉莲不是那种人。"铁飞不愿听人非议他所钟爱的人,玉莲在他的心目中是一位纯洁高尚的姑娘。

"哈哈,鸟儿关进笼子才飞不了。姑娘过了门,才算是自己的媳妇。"

铁飞把碗筷一推,瞬时没有了食欲。

乔苇酒足饭饱,打着饱嗝,告辞而去。

第二章

戚城风波

一

戚城坐落在运粮河畔，南壮之北八里，是一座千年古城。风雨剥蚀下，城垣已残缺不全，但四门城楼耸立着，重檐八角，凌空欲飞，巍然壮观。相传当年刘邦斩蛇起义，兵过此地，遇一美貌佳人跨马戎装，弹剑而歌。刘邦一见倾心，与她结为夫妻。后来刘邦一统天下，衣锦还乡，在此地为已经失宠的妻子修建了高大坚固、富丽堂皇的城池和宫殿，也算是不忘旧情。其妻姓戚名姬，此城因此得名戚城。隋朝之后，京杭大运河（又称运粮河）开凿，戚城便成为重要的集镇码头。千帆云集，商旅兴盛，万户人家。近些年来，由于津浦铁路修通，运河古道淤塞，戚城才渐渐衰败，失去了旧时的繁华，但在微山湖两岸还算是首屈一指的大镇，被誉为湖畔"明珠"。

说是戚城，主要不过一条南北五里的长街。这条街骑着两省之界，东为山东滕县所辖，西为江苏沛县管制，素称"一步两省"。有古诗为证：

片帆风斜挂残阳，一镇区分南北疆，
花色暗思滕县白，钟声遥送沛县凉。

戚城特殊的地理环境，造成了畸形的社会现象：两个区政府分庭抗礼，三教九流各派都向这里伸手。拉帮结伙，各据一方，明争暗斗，各显神通。东街杀人躲进西街无人问，货郎挑子一换肩招来八方都要税。

走进五里长街，街西有一家康泰药店。店门半开，早晨的阳光倾泻进去。迎面的屋墙上悬挂两块乡邻馈赠的横匾，左边书写"转世华佗"，右边书写"妙手回春"。

一位年轻美丽的姑娘正依靠在三尺柜台边。她一身洁白的素装，高高的个儿，瓜子脸儿，两弯细长的柳叶眉下面，闪动着秋水盈盈的大眼睛，在霞光的映照下，像一朵亭亭玉立的白莲花。只可惜她的脸色苍白，冷如冰霜，两片薄薄的嘴唇，缺乏血色，而那双大大的眼睛满含的是忧伤和愠怒，颦蹙的柳眉，透露着心里的愁苦不快。

离她几步远的八仙桌旁，坐着一位年轻英俊的军官。他举止文雅，风度翩翩，面孔端庄白晳，额头宽阔饱满。

叫人不快的是，那总是上翘的下巴颏儿，显示出自命不凡的神气，高眉棱下深陷的一双眼睛，透射出阴冷的光来，像黑夜的狼眼一样阴险可怖。他叫冯渊，国民党沛县保安旅的团长。目前他的团就驻扎在戚城，跺跺脚全城打颤，连镇街虎刘哮林也要让他三分。

二十天前，他第一眼看到这位姑娘就产生了占有她的欲望。这些天，他虽然一次又一次遭到拒绝，但他毫不灰心。人的心理往往是这样：愈是得不到手的东西，就愈想得到它。

"玉莲，你不要不识抬举，能嫁给我算你的福气。我的财产、我的地位，可使你尽享荣华富贵。你还需要什么？"

"俺只需要你赶快走开，不要纠缠俺。"姑娘气恼地回答。

"啊！你就这样报答我？要不是我，你这朵花早被胡空毁了！"

玉莲两腮飞红，冷冷地说："不错，俺本想报答你的，可你后来的所做所为，使俺看清了你是假善人、伪君子！"

"你你你！……"冯渊血往上涌，面红耳赤，但一瞬间他又克制住自己，轻轻摇头，显出一副大人不把小人怪的表情，"我救了你，你知恩不报，反倒打一耙。我堂堂正正地向你求婚，你反视我为伪君子，太不近人情了吧？"

"俺告诉你一百次，俺已经定了亲。"

"你说的是那个穷渔花子？你爱他家财万贯，还是才貌出众？"冯渊嘲弄地说。

"这你管不着，俺就喜欢他！"

"假若他死了……"冯渊咬牙切齿地说。

"他不会死！"她尖叫起来，颤抖着，"请你出去！"

"哼！哼！他在哪儿？你先把他请出来让我见识见识。"

玉莲气得一句话也说不出来，两眼噙着泪。正在这时店外传来兴冲冲的喊声："玉莲！玉莲！"

啊！这声音多么熟悉，她一下愣住了，朝外张望，只见一位高大魁梧的青年，披着一身霞光，轻步走进店来。

他有一张棱角分明的紫红色的脸庞，一双斜插入鬓的燕翅眉，光熠熠的虎目，伟岸一躯，英气勃勃。玉莲像从梦中惊醒了似的，惊叫一声："铁飞哥！"

她欢喜地一跃，扑到铁飞的面前。两人热切的目光久久地对视着，半晌说不出一句话来。

当他们终于冷静下来的时候，突然听到一阵桌椅的咯咯响声，俩人不约而同地后退了两步。铁飞这才看到有一个人隐在阴暗的角落里。他的脸色异常地苍白，两眼像狼似的充满了敌意。

"对不起，我不知道这里还有外人。"铁飞礼貌地向对方点了下头，转向玉莲问，"这位长官是谁？"

"噢，你不记得他了？西街鼎鼎有名的冯府大少爷冯渊，如今高升团长了。"玉莲向铁飞使了个眼色，"不过，他最近有些不舒服，常到这里看病买药。"

铁飞的嘴角上浮现出一丝嘲笑："冯团长得了什么病？"

冯渊又羞又恼，恨不得一枪结果了铁飞。但当他看到铁飞盯住他抓住枪柄的手，他的手像火烧着似的痉挛了一下，缩了回来。他再也无法忍受，跌跌撞撞地冲出店去。

玉莲随即关上了店门，转身扑到铁飞的怀里哭了起来。铁飞扳起她的肩膀，替她擦去泪水，关切地问："他欺侮你了？"

"没……"玉莲摇摇头，顿了一下说，"这地方我不能再待下去了。答应俺，从现在起，你不再离开俺。"

铁飞笑了："如果你同意，咱们马上就结婚。"

玉莲毕竟是个姑娘，唰地羞红了脸。

"你说话呀，到底乐意不乐意？"铁飞催促着。

"俺听你的。"玉莲低声地说。

二

冯渊离开康泰药店，狂奔着，像丢了魂似的。

这时对面酒楼上缩进去乔苇那张得意扬扬的脸，他在桌上扔下几张票子，匆匆地下楼去。在城西门外运粮河桥头上，他终于追上了冯渊，高声大叫："喂，冯团长，你到哪里去？"

冯渊停下来，茫然四顾，发现自己昏头昏脑地已经跑出城外，自觉失态，连忙戴好军帽。回头一看，叫他的是一个素不相识的青年，那人衣着寒酸，像个走街串户的小商贩。他冷冷地问："你是谁？"

"少东家不认识我了？真是贵人眼高。家父乔庄曾在府上当过账房先生，俺叫乔苇，现住南壮，王铁飞是我的邻居好友。"

"你喊我做什么？"冯渊皱起眉头，用手绢擦去额头上的汗水。

"我看你像疯了似的奔跑，所以叫你一声，怕你去跳河。"乔苇大笑起来。

"娘的！一个乡巴佬也敢来取笑我？"冯渊愤怒地拔出手枪。

乔苇依旧嬉笑着说："我看你神色不对，像是遭到了心爱姑娘的拒绝。"

冯渊恶狠狠地盯住乔苇道："你再胡说，我要你的命，快滚吧！"

"好好！我滚，我滚！"乔苇冷笑着说，"堂堂的团长，被一个渔花子夺去了心爱的美人儿，俺乔苇也爱莫能助了。"

"回来！"冯渊叫住他，抽出一支哈德门的香烟扔给他，自己也点着一支，斜睨着对方说，"你这个魔鬼似乎什么都知道。"

乔苇吸了一口烟，扬起脸："不敢夸口，乔苇前知千年，后知八百。"

"你知道现在我心里想什么？"

"除掉他，又怕污了手，坏了名声。"

"你能替我除掉他？"

"区区小事，何足挂齿？只要你舍得出钱。"

"你要多少？"

乔苇翘起大拇指。

"一百块大洋？"

"哈哈，冯团长真会开玩笑，一百块想买铁掌小雷神的人头？一千块，少一个小钱儿俺也不干！"

冯渊咬咬牙，心里骂："狗娘养的，敲竹杠敲到我的头上来了。"他把烟屁股狠狠地扔在地上，说："好吧，但事要做得干净。走露了风声，可别怪我不客气。"

"你放心。冯团长是有头有脸的人物，堂堂正正的君子。俺乔苇最够朋友，决不会给你脸上抹灰。"

"够了！"冯渊拿出团长的派头，"我倒是要听听你究竟有何锦囊妙计。"

乔苇向四外看了看，靠近冯渊的耳边悄声说："王铁飞是刘哞林的仇人，刘哞林手下的秃驴和尚胡空一直想着玉莲姑娘的好事。俺已经把王铁飞进城的消息传给了刘哞林……"

"你这个鬼家伙脚踏两只船，坐收双利。"冯渊笑着说，转念一想，又不放心地问，"要是刘哞林不肯下手，你的借刀杀人之计不就落空了吗？"

"冯团长真是聪明过人。"乔苇讥讽地说，"狡兔尚有三窟，俺乔某能在一棵树上吊死？你把心放在肚里，没有金刚钻，俺不揽这个瓷器活儿。"

"还有一点，咱讲明了，不准伤玉莲一根汗毛。"

"碰倒她一根汗毛，俺把它扶起来。入洞房那天，可别忘了请俺喝喜酒。"

"一言为定！"冯渊说。

"你回府后，先派人送五百块大洋来，这是定钱，俺已经派了用场。"

"好小子，你真会算计。"冯渊半是夸奖半是奚落地说，"年纪轻轻的，精明得像一个有千年道行的老狐狸。"

三

刘哞林接到乔苇的密报，一夜没有睡稳，天不明便把他的"哼哈二将"叫来商量对策。

胡空拍着胸脯抢着说："司令，这事包在俺身上。您老养养神儿，俺去去就来。要死的，俺把他的脑袋拧下来见你；要活的，俺把他牵来见你。"

这胡空生得五大三粗，虎背熊腰，本是个出家武僧，受过名师的指教，颇有些功夫。因不守戒规，调戏民女，被赶出山门，流落到此。他纠集几个亡命之徒，占据了一座荒山古刹，落草为寇，打家劫舍，人称"黑煞星"。后来他的胃口越来越大，竟夜入刘宅，盗其珠宝，架其美妾，被刘哮林捉住。他以为必死无疑，不想刘哮林不但不将他送官惩办，反将美妾"水仙花"送与他为妻，还赠他五百块大洋，要他重回荒山古刹。胡空感激涕零，心甘情愿做其鹰犬。待刘哮林拉起"抗日救国军"，胡空便带着他的弟兄前来投靠，刘哮林封他做卫队长。

胡空本是个好色之徒，早存有霸占白玉莲之心。只因内惧水仙花，外惧冯渊，一时未敢动手。现在听说王铁飞回来了，近日就要与玉莲完婚，一时心急如火，拔腿就走。

"且慢！"刘哮林叫住胡空，转向孔玄，"参谋长有何高见？"

"司令，你究竟想报私仇，还是想称霸微湖？"孔玄捋着黄胡子反问。

刘哮林抬起因缺乏睡眠而红肿的眼皮，问："你是说小不忍则乱大谋？"

孔玄点头道："目前阻碍司令称霸微湖的主要是三股力量：一是沛县的地方实力派冯渊，二是大湖匪头子夜的黑，三是湖渔民们的首领王老大。夜的黑是一股悍匪，成不了气候；王老大在湖渔民中德高望重，一呼百应，但现在还没有什么实力，构不成威胁；冯渊背靠中央军，握有重兵，树大根深，他才是你的劲敌。以小人之见，司令欲成霸业，应暂且保存和利用王老大的力量对付冯渊。"

听了孔玄的一番话，刘哮林沉思了半响说："参谋长所言甚合我意，但王家父子与我结怨已久，恐难为我所用。"

"司令不必多虑。"孔玄摇头晃脑地说，"孔某不才，自有妙计，令冯、王相争，司令坐山观虎斗，等到两败俱伤，司令再来……"

"狗屁！"胡空不耐烦地打断孔玄的话，"为一个穷渔猫子值得费那么多周折？参谋长到南壮走了一趟碰了一鼻子灰，还不死心吗？依俺老胡，早把南壮扫平了！"

"扫平南壮谈何容易？凭你那点本领，恐怕连王铁飞也对付不了。"孔玄反唇相讥。

胡空暴跳起来："俺去把铁飞捉来见你，看你还有什么话说。"说着愤然而去。刘哮林想叫住胡空，孔玄连连摆手。

四

铁飞正帮着玉莲收拾店里的东西，忽听得店外人声喧哗。打开店门一看，两个千斤重的石滚堵在门口，周围站了一圈围观的群众。只听有人低声议论："店家要倒霉了，不知为啥得罪了'黑煞星'"。

铁飞见此情景，知道专人与他为难。他略微退后了几步，运足气力，飞出两脚，两个石滚咕噜噜滚到街东。

"好啊！好！"围观的群众齐声喝彩。

突然人群被推得七倒八歪，闯进来个彪形大汉。他三十上下，秃头圆脑，暴突眼扫星眉，秤砣鼻子蛤蟆嘴，满脸横肉。他往前一站，指点着王铁飞喝问："你就是王铁飞？"

铁飞知道来者不善，但在这种场合，不愿与他纠缠，便抱拳施礼道："我就是王铁飞。敢问朋友尊姓大名？"

"你爷爷姓胡名空，江湖上称'黑煞星'。听说你小子号称'铁掌小雷神'，特来领教领教。"

铁飞一听胡空出口伤人，勃然大怒，指着旁边一个拴牲口的石桩喝道："秃驴，你的脑袋有它结实吗？"言出掌到，石桩"啪"的一声断为两截。

胡空不觉倒吸一口冷气，方知铁飞名不虚传。但他大话已出，不能示弱，故作镇静地说："哼！你这套把戏只能吓唬三岁的娃娃。胡爷爷却不怕你。"

铁飞本想让他知难而退，没想到他又说出这等话来。铁飞火冒三丈，一步冲上前去，挥拳直取中路。

胡空急闪身，拉住铁飞的手腕，想"顺手牵羊"，谁知拽了三拽，铁飞如同钉在地上一般，哪里拽得动。胡空急忙收身，奋力一跃，使出"双凤灌耳"的绝技，企图置铁飞于死地。铁飞的身法极快，一缩身早已转到胡空的背后，猛击一掌。胡空躲闪不及，踉踉跄跄向前跑出几步，"哇"地吐出一口鲜血，像只黑熊子似的跌倒在地上，气喘不休。跟随胡空的众打手各持刀枪，一拥而上，围住铁飞。

王铁飞毫无惧色，厉声喝道："不怕死的，往前来！"

这时白玉莲一手执剑，一手挥刀闯了进来，把刀扔给铁飞。两个并肩而立，目视群敌。众打手见此光景，哪个还敢上前？双方正僵持着，忽听得有人高声喊道："都给我退下！"众打手闻声立刻退了下来，架起胡空。

王铁飞一看，来人五十岁上下，戴一顶狐皮帽，身披大氅，肥头大耳，肚大腰圆，派头十足。但因酒色过度，气色不佳，黄病脸，如六月天晒蔫的老黄瓜。呀！冤家路窄，来者正是镇街虎刘哮林。

"哈哈，久违了，想不到咱们又在这里见面了。"镇街虎刘哮林笑容满面地走过来。在他的后面跟着七八个提匣枪的护兵，还有他的参谋长孔玄。

王铁飞戒备地紧握着手中的钢刀，虎视着对方，一言不发。

"噢噢，不要误会。"镇街虎指着胡空和几个打手说，"这几位是我手下新收的弟兄，有眼不识泰山，多有冒犯，望老弟海涵了。哈哈，不打不相识嘛。不要见怪，请到寒舍一坐，本司令亲自赔礼谢罪。"

王铁飞冷笑道："我一个穷渔民，怎敢登司令的门槛？"

"老弟不必过谦，微湖上下，谁人不知，何人不晓，王铁飞武艺高强，艺压群雄。本司令一来敬你是位英雄，二来也想借此机会，化解前怨，与你交个朋友，你我同心协力，共赴国难。望勿多疑。"

王铁飞道："我与你本来也无私仇。你若真心抗日，谁也不会念你的旧恶。你当你的司令，我做我的渔民，咱是井水不犯河水。"说罢，转身就走。

"请留步！"孔玄连忙拦住铁飞，躬身施礼说，"听说王铁飞是一位胸怀坦荡的伟丈夫！大丈夫行事，当以天下为重。司令为天下故，解万民于倒悬，愿释前嫌，结交四方英雄豪杰，抗敌御侮。你却疑神疑鬼不敢前往，岂不叫戚城父老耻笑？"

王铁飞把眼一瞪："去就去，刘府是龙潭虎穴我也不怕！"

白玉莲急了，拉住王铁飞说："别上他的当，咱们快走。"

王铁飞向四外打量了一番，见周围都是刘哮林的爪牙打手，情知难以脱身，便安慰玉莲说："不要怕，料他们也不敢将我怎样。"又小声地吩咐说，"你快走，千万不要在此停留。"白玉莲明白王铁飞的用意，含泪而去。

五

戚城兴隆街有一座五进五出的深宅大院，相传是戚姬居住的宫殿旧址。刘哮林自称是刘邦的后裔，霸占了这块"风水宝地"，耗费巨资，修建了这片院落，虽然说不上富丽堂皇，但也可说是微湖第一家了。上百间青堂瓦舍错落有致，雕梁画栋五彩缤纷，曲径回廊千姿百态，奇花异石点缀其间，古木参天，森然幽静。

铁飞被引进第三进院落的望湖楼大殿。不多时，摆上酒宴。刘哮林、孔玄一左一右，殷勤相劝，轮番把盏，铁飞不亢不卑，一边喝酒，一边静观周围的动静。酒过三巡，刘哮林把酒杯一放，喊了声："来人！"

殿门外走进一个用人，捧上一匹大红缎子，一千块银元，放在铁飞面前。

刘哮林满脸堆笑地说："听说你近日就要完婚，这点薄礼，不成敬意。"

"哦？"铁飞心里打了个转，把礼品往刘哮林面前一推，冷冷地说，"你有话就直说吧，不必拐弯抹角。"

"铁飞老弟真是个痛快人，老朽的意思是要和你交个朋友……"刘哮林打量着铁飞的神色说。

铁飞笑道："我是个穷渔民，司令这样看得起我？"

孔玄卖弄地说："礼贤下士是咱家乡的遗风，古有孟尝君，今有刘司令。为抗日救国，人不分贫富贵贱，只要有一技之长，司令都奉为上宾。"

"孟尝君养食客并不白养，可我对刘司令没有半点用处。"铁飞不动声色地说。

刘哮林哈哈一笑："我就喜欢你这样憨厚的人。只要你乐意，今后你就是我们'抗日救国军'八团二营营长了。我保你步步高升，荣华富贵。"

"嘿！又送银子又封官，我做梦也没想到会有这样的福气。哈哈哈！"铁飞仰天大笑，震得满桌的杯盘碗筷叮当乱响。

这突然爆发的大笑使刘哮林心惊肉跳，孔玄六神无主。

"你你你，笑什么？"刘哮林口吃地问。

"我笑你们过分抬举了我。我可不是做官的料，只愿做一个清清白白的渔民，靠自己的力气干活，靠自己的手吃饭。"

"此言差矣。"孔玄说，"自古以来，百姓不可一日无主。天地造化，总有上下之分，君臣之别，做官为宦也是为了一方百姓。就拿司令来说吧，自拉起队伍，日夜操劳，还不是为了微湖的父老乡亲免受日寇铁蹄的蹂躏！"

铁飞冷笑道："你们口口声声为百姓着想，就该拿出个样子来，下令取消敲骨吸髓的'抗日捐'，禁止部下抢夺民财，剿灭为非作歹的湖匪恶霸。要不然，人家会说你们'挂羊头，卖狗肉'。"

刘哮林把脸一沉："放肆！哪个敢胡说八道造谣中伤，我割了他的舌头！"

铁飞一扬脖子喝干了杯中酒，平静地说："路不平有人踩，理不公有人论，千人千口，你堵谁的嘴？"

孔玄怕弄僵了，连忙说："对部下管束不严，都是我的过错，今后……"

"够了！"刘哮林不耐烦地敲着桌子，"守土为民，百姓也该为我着想，我的弟兄总不能喝西北风活着。说句痛快话，你到底愿不愿跟我干？"

铁飞不急不忙，慢条斯理地说："你要我帮你打天下？墙上挂帘子——没门儿。"

刘哮林霍地站起来："敬酒不吃吃罚酒！"

王铁飞也站起来："请便吧，恕不奉陪。"说罢往外就走。

孔玄连忙上前拦住，皮笑肉不笑地说："请留步，有话慢慢地商量。"

"鱼有鱼路，虾有虾路，各走各的道，有什么好商量的。"铁飞一反掌将孔玄推出一丈开外，大步往外就走。

只听"啪"的一声，刘哮林将酒杯摔在地上，立时十几个荷枪实弹的刘府家丁堵在大殿门口，为首的正是"黑煞星"胡空，他气势汹汹地站在铁飞的对面，大张机头的匣子枪对准铁飞胸口，恶狠狠地说："姓王的，你走不了啦！你打我一掌，我要你还一个血窟窿！"

铁飞火攻顶门，真想冲上去拼个你死我活。但转念一想，这样不清不白地死在这帮小人手里，太不值得。他见天色已晚，心想不如暂且忍耐一时，等天黑了，再寻机逃跑。他不去理睬胡空，转身回殿，对刘哮林道："你当着戚城父老乡亲的面，把我请到这里，却设计陷害，不怕万人耻笑吗？"

刘哮林嘿嘿冷笑了几声："我刘某人只敬上神，不敬世人，谁要胆敢与我作对，格杀勿论！来人啊，给我拉出去！"

孔玄连忙道："司令，这位弟兄年轻气盛，一时转不过弯来。您老别和他一般见识，先让他到后面暂住几日，等想明了道理，便会回心转意。"

刘哮林也不过想借此给铁飞个下马威，听孔玄如此说，便挥挥手说："看在参谋长的面上，让你多活几天。你多会儿想通了，咱们再谈。"

铁飞被关进后院一间石砌的牢房。牢门用一寸厚木板做成，外面又包了一层铁皮，牢房还有一个小小的窗口，窗口上装镶着大拇指粗的铁棂。两个家丁扛着长枪守在门口，像木头橛子似的一动不动。铁飞心里暗暗叫苦。

六

白玉莲别了铁飞，把龙泉宝剑往背后一插，匆匆离了戚城，来到运粮河边，寻了一叶小舟，顺流南下，插进微湖，向菱角岛寻找外出行医的爹爹。

玉莲的爹爹名叫白云鹤，是江湖郎中，飘泊一世，四处行医。他不但医术高明，外伤内患样样皆通，而且水性娴熟，武功出众。他与王老大有八拜之交，情深义重，结为儿女亲家。

再说那白玉莲驾一叶小舟，飞过湖面，驶进对面的芦苇荡中，不远处也荡过一条船来。

白玉莲并不在意，加紧两桨，将小船驶进一条湖汊，拴了缆绳，跳上菱角岛岸，沿着芦苇丛中的一条小径走去。没走多远，忽见前面一个人抱着肚子在地上呻吟着滚来滚去。白玉莲心想，这人一定得了急症，这芦荡深处，离村还有数里，喊天不应，唤地不灵，我怎能见死不救，不若带他一同去寻爹爹。她上前去搀扶那人，关切地说："大哥你且忍耐一下，我带你去看先生。"

那人忽然跳起来，连胳膊带腰死死地将她抱住，哈哈大笑说："我等你好久了,老天助我,今日成全我们做对露水夫妻,明儿你就是冯家的人了,来来来,寻了干净地方,痛快痛快!"

白玉莲又羞又恼,被那人抱住了手腰,空有一身本领,无法施展。她细看时,那人用污泥涂了脸面看不真切。听话音像是冯渊差来的,但他又狗胆包天,抢占先机;若说不是,他为什么要提起冯家?

那家伙把白玉莲死命拖进芦苇丛中,压倒在地,腾出一只手来就去扯她的裤带,他的一绺长发刚好落在白玉莲的唇边。

白玉莲急中生智,立刻咬住那人头发,狠命一扯,那人惨叫一声,放松了双手。白玉莲一个鲤鱼打挺,跃起身来,拔剑便刺。那恶人被扯下了一绺长发,鲜血顺头流下,他顾不得疼痛,连忙闪过剑锋,从背后抽出刀来相迎。白玉莲自幼跟爹爹练就了一身武艺,她遇变不惊,剑剑不离那人心窝,恨不得一下子挑出他的心肝,看看什么货色。那恶人也身手不凡,刀刀直劈姑娘脑门。

两人一来一往,只杀得鸟飞蛇惊,苇断叶落。杀了一阵,白玉莲才觉得对手非等闲之辈。看看日已偏西,心想如这样耽搁下去,岂不误了大事?于是且战且走,那人却紧紧咬住不放。

白玉莲气恼地说:"我与你远日无仇,近日无怨,你何苦死死缠住我?"

那人死皮赖脸地说:"我一生的前程都系在你的裤腰带上,怎敢放你走脱!"

白玉莲怒火陡起万丈,转身正要与那人决一死战,猛然看到那恶人眼中闪射出奸狡得意的邪光,心里"咯噔"一声,转念一想:若是被他拖住手脚,岂不误了大事?罢罢罢,救铁飞哥要紧,且留下这颗狗头。想到此,她虚晃一剑,纵身一跃,往那密密的苇丛跳去。谁知那家伙早已料到这一招,他眼疾手快,飞起一镖射来。白玉莲急忙挥剑挡去,但那镖在空中疾如闪电,哪里挡得住?却听"当啷"一声,那人倒滚翻在地上,就势一拱,钻进芦荡。只见芦苇一动,走出一老者,利落硬朗,银须飘然,两眼明亮得像霜夜的大星。

白玉莲见是爹爹白云鹤,一头扑过去,满腔怒火化作满腹委屈,放声大哭,一边哭一边将前前后后的情景说了出来。

原来白云鹤去菱角岛行医归来，路过此地，却听到厮杀之声，躲在暗处观看。见女儿遭人暗算，飞起两珠，一珠打落飞镖，一珠击中那人右腕。见那人负痛逃走，白云鹤并不追赶，拾起钢珠和那支镖。

他安慰女儿说："不要难过，料镇街虎不敢轻易伤害铁飞。我们速回戚城，一定把他救出来。"

白玉莲止住哭声，父女俩商议一番，决计先到戚城探个虚实。

父女回到戚城，已是日落黄昏，万家灯火。他们不敢回家，径直来到便宜酒店。那店主方五受过白云鹤救命之恩，连忙把父女俩让进内间雅座，亲自端上好酒好菜，殷勤地说："难得恩人到小店一坐，薄酒小菜，不成敬意，请您老赏脸将就吃些。"

白云鹤把方五拉近身边，咬着耳朵说了几句。

方五连连点头说："这事好办，我内弟袁丰是刘家的厨子，我正要去那里送些鱼虾，一问便知。请恩人稍等，我去去就来。"

父女吃饱饭，又等了一袋烟的工夫，方五气喘吁吁跑来，一五一十将探听的情况详细说了一遍。父女俩谢了方五，放下一块银元，方五哪里肯收，几乎红了脸，白云鹤只好将银元收回。

父女俩绕到自家药店院后，越墙而入，换了夜行衣，带了器械，趁夜深人静，又悄悄地翻出墙外。不多时，父女俩来到兴隆街刘家大院门旁。只见两扇黑漆大门紧闭，一盏马灯像鬼火似的高悬在门外，两个站岗的哨兵抱着枪，鳖头缩脑地依靠在石狮上打盹。

父女俩绕到后院围墙，前后一看，黑咕隆咚的，不见半个人影，白云鹤从腰里解下丝带三爪钩，轻轻往上一扔，牢牢地抓在墙头，父女飞快地攀上墙头，把身子紧紧贴在上面，观察院中动静。这是刘家的后花园，果然如方五所说，在那假山背后，有一间石砌的牢房。牢门口站着两名士兵。南边不远的地方有几间瓦房，睡着一小队士兵，一有动静，自然出来接应。白云鹤见动武不得，于是两人轻轻滑下来。

白云鹤让女儿隐藏在花木之下，监视周围的动静。他悄手跷脚地挨近牢门，轻轻一跃抓住房檐，一个龙摆尾翻上瓦屋，轻轻地爬过屋脊，到了牢门上边。他伏身听了听，没有什么动静，一个倒挂金钩翻下来。两个门岗大吃一惊，没等明白过来，已被老者伸出双臂锁住喉结，欲呼不能，眨眼之间，白眼翻瞪，倒在地上。

白玉莲看得真切，一个箭步冲过来，从岗哨腰上摘下钥匙，开了牢门。铁飞已经听到动静，一见是白玉莲父女又惊又喜。白云鹤连连摆手，示意他不要出声，快些离开。三人出了牢房，顺原路急走。突然从树丛里蹿出一个人来，持枪拦住去路，大喝一声："哪里走！"

话音未落，突然"啪"的一声枪响，那人应声倒地，从树丛又走出一人，对铁飞挥手道："快走！我来掩护你们。"

铁飞听那声音十分耳熟，想询问他的姓名，那人早已跑开了，边跑边喊："不好了，有人劫牢了，王铁飞跑了！"

铁飞他们不敢怠慢，急忙越墙而逃，穿街过巷，出了戚城西门。

第三章

芦荡奇遇

一

王铁飞和白家父女三人深夜逃出戚城，来到城西门外的运河码头。只见一家客船马灯高挂，舱里透出灯光，知道船家尚未歇息。三人跳上船，白云鹤呼叫："船老大在吗？"

从船舱口探出半截身子，那人上下打量了一下三位来客，急忙走出舱外，亲热地说："原来是白老先生，深更半夜要到哪里去？"

白云鹤认得这人是常在湖上载客捎脚的"顺风李"，便道："你不要问，快些开船，直往南去！船钱自然加倍给你。"

"好说，请舱里坐。"顺风李一边往里让客，一边唤起船夫，撤了跳板，起锚升篷，转眼间，大船离了码头，顺流南下。宾主一同入了船舱，围桌坐了，顺风李叫手下人摆上一桌酒菜，殷勤相待。

他们三人折腾了半夜，此时腹中正饥，也不推辞，便吃起来。顺风李在一旁看着他们三杯酒下肚，忽然指着他们，哈哈大笑起来。

白云鹤蓦然一惊，刚要推案而起，猛觉得头昏眼花，"呼"的一声栽倒，接着王铁飞和白玉莲也先后倒下。

顺风李见铁飞和白家父女都被迷昏了，连忙跳过去，对着后舱的板壁敲了三下，隔壁马上有人回敲了三声。顺风李轻声说："货到手了。"

大船慢慢地驶进芦荡，落篷抛锚。不多时，从后舱传来一阵脚步声，一个用青丝带吊着右腕的人出现在舱口。那人面蒙黑纱，身穿黑色软缎夜行衣，正是在菱角岛芦苇丛中拦截白玉莲的主儿。

顺风李走近去，点头哈腰地说："乔先生，货都躺在这儿，请您过目。"

那蒙面人弯下腰，一一看确实认了，才转过身揭去面纱，对顺风李慢条斯理地说：“不错，李老板办事干净麻利快当，不愧为江湖行家里手。冯团长忘不了你的好处，自有重赏，少说也够你逍遥一世的了。”

"好说，好说，全靠乔先生美言。今后还有用得小人处，尽管盼咐，当效犬马之劳。"顺风李讨好地说。

那人"嘿嘿"笑了两声："常言道'杀人须见血，帮忙帮到底'，我乔苇办事向来不留后患，那就请李老板再帮一次忙吧，乔苇一并酬谢。"

顺风李合掌道："好好好！做咱们这个营生，就是要斩草除根。来人呀！"他向船外喊道，立时七八个歹徒涌进舱内，一个个手持鬼头刀，斜眉溜眼。顺风李指着铁飞他们，把手一摆："把他们结果了，扔到湖里去！"

"慢！"乔苇哈哈狂笑了一阵，"李老板，我的意思是请你下湖去，龙王爷那里为你准备了一份厚礼，金银财宝有的是，哈哈哈……"

"什么？"顺风李目瞪口呆，简直不敢相信自己的耳朵，见乔苇面露杀机，才猛然醒悟，狂跳起来，吼道，"啊！你这个狼心狗肺的东西，要杀人灭口吗？弟兄们给我拿……"

顺风李"下"字还未出口，已被一个歹徒一刀刺透后心。接着上来两个，将他拖出舱外，扔进芦苇深处。原来这帮人早被乔苇买通，顺风李还蒙在鼓里，便去寻那龙王领赏去了。

乔苇回到舱中，命歹徒将铁飞他们三人用粗麻绳捆得结结实实，然后下令转舵回城。船头刚转，忽听到芦荡中一声呼哨，几只小船箭也似的射出芦荡，横截在大船的前头。乔苇惊疑未定，三个人影快如疾风早已飞上大船。星光下，只见两男一女。那男的，一个黑如木炭，一个白似霜雪；那女的，红装艳抹，恰似一朵红莲，光彩照人。乔苇一时看得呆了。

那黑大汉怒声喝问："哪来的野种，竟敢在俺的'码头'（湖匪把自己的地盘称作码头）劫道绑票，杀人害命！"

乔苇连忙打躬作揖，笑问："各位是哪路的好汉？"

"少废话。快说，你是干啥的？要是说谎，老子给你钻个眼儿。"黑大汉拍了拍斜插在腰间的匣子枪，目光凶狠地盯住乔苇。

乔苇早就耳闻有一伙强人出没芦荡之中、微湖两岸，拦截行船，绑票抢劫，卖肉票（要高价赎买被绑架的人质）、开条子（拐卖妇女）、贩石子

（拐卖小孩）、放白鸽（以色为饵，诱人上钩）……无所不为。这伙强人为首的化名"夜的黑"。

乔苇回答道："本人奉冯渊团长之命，借贵方一块宝地，做一桩买卖，还望各位高抬贵手，闪个道儿，日后冯团长不会亏待你们。"

"屁！冯渊算他娘老几？当婊子还要立贞洁牌坊，跑到俺这里做手脚，俺夜的黑偏不买他的账。乖乖儿留下买路钱，老子放你走。"

"大管家（当地对湖匪头目的称呼）做事可不要做绝了，这一带可是冯团长的辖区。"

黑大汉不由得性起，飞起一脚将乔苇踢下船去，拔出枪来瞄准他的脑瓜，愤愤地说："老子送你去望乡台，看你龟孙还嘴硬。"

那年轻女子银铃细语地说："大哥，放他去吧，冯渊可是个有钱主儿，让他捎个信儿，送三千块银元来孝敬我们。"

"对对对！二妹不提醒，俺这二拇指一搂，险些毁了一桩好买卖。"他回头对水中的乔苇喊叫，"听到了吗？三天之内给老子送来。"转身又对那七八个歹徒怒喝，"卖主的王八羔子快给俺滚！慢些个，一人赏个莲蓬籽（指子弹）！"

那伙歹徒像惊散的蛤蟆，一个个跳进冰冷的水里，各自逃命。

二

夜的黑把手一招，立时那几只小船围拢过来，十几个湖匪跳上大船。三个头目走进船舱，命人用解药灌醒铁飞三人。

三人醒来一看，已被捆成了麻花。对面坐着两男一女，周围站立着四个手持鬼头刀的大汉。船板上有摊血，顺风李却不知何处去了。三人面面相觑，不知何故落入这帮歹徒之手。白玉莲气得柳眉倒竖，杏眼圆睁，王铁飞运足气力，晃动双膀，白云鹤连忙以目光暗示王铁飞不要轻举妄动，静观他们如何处置。

他们的一举一动早被三个头目看在眼里。夜的黑指着王铁飞哈哈大笑：

"我看你倒像是条好汉。"

铁飞试探着问:"各位是哪路好汉?你们绑架我们又为何故?"

"哈哈,你小子倒还机灵,要讨个实底儿。你先坐稳了,不要叫俺说出名来,吓掉魂去。本人湖阁王夜的黑,这两位是我的二妹红莲女、三弟月下白!学那桃园三结义,我们三人结为异姓兄妹,在这微湖上独树一帜,除暴安良,劫富济贫,打日寇,杀汉奸,为民除害。"

铁飞心中好笑,连湖阁王也打起了"抗日"招牌,若是他们真能改恶从善,倒是一件好事。想到此便道:"三位头领既然要做英雄好汉,就应行侠仗义,解人危难……"

"他娘的,老子从别人手里救了你们,不磕头谢恩,反张口教训起老子来了。来人哪,先把他的舌头给我割了。"

一个歹徒应声拔出牛耳尖刀,扑到铁飞面前就要动手。白玉莲"呀"的一声惊叫,挣扎着要上前拼命,但脚手都被捆得结结实实,哪里动弹得了。铁飞却不躲不闪,反倒张嘴吐舌,任他去割。那歹徒不知是计,刀刃往下一压,铁飞趁势一缩一张,早已咬住了刀背,一个"狮子摇头",那歹徒"哎呀"一声被甩出几尺开外。夜的黑叫喊起来:"好小子,倒还有点能耐。"

铁飞吐出尖刀,微微一笑说:"这算得什么?本人还有一点小小的技艺,不知各位还愿观看吗?"

夜的黑问:"你还有什么本领?"

铁飞不语,双目微合,深吸一口气,双膀一晃,"嗨"的一声喊,身上绳索像剪过似的,寸寸节节断了。

夜的黑大惊,纵身一跃,右掌"直劈华山",用足十成的力量,兜头就是一掌。王铁飞也不躲闪,右掌反转,运足气力,向上打击。两掌相交,砰然如巨木相撞。铁飞感到右臂有点酸麻,这时只听"咔嚓"一声,身下的船板早已断裂。那夜的黑被震得站立不住,跌跌撞撞,直退到舱门上,这才勉强止住了身子,翻转看那只手,五指乌紫肿胀,指甲渗出血珠。夜的黑以一双铁掌闻名于世,竟吃不住铁飞的掌力,心中恼怒异常。他从一个湖匪的手里拿过一把鬼头刀,怒吼一声,冲将上来。

"慢!"一声银铃细语,红莲女挡在前面,轻舒玉臂,从红袖中抽出一把闪闪雪亮的"断魂剑",朗声说道:"杀鸡焉用宰牛刀,大哥,看我来教训他。"

铁飞听她口出狂言,心中好恼,定睛一看,不由得一愣:这女子长得与白玉莲竟恁的相像,但装束与神态却又不一样。她穿着紧身红丝绒衣裤;浓施粉黛,涂着血红的嘴唇,浑身上下都透着一种野性的美。但铁飞对这个风流俏丽的女子没有好印象,避开她挑逗的目光,冷冷地说:"堂堂的男子汉岂能与小女子交手?"

红莲女嘻嘻一笑,用剑指住铁飞的心尖,戏弄地说:"你别怕,陪姑娘玩两招,你要是输了,叫一声'好姐姐,亲妹子',我就饶了你。你要是赢了,我整个身子都给你,输赢,你都有便宜占,怎么样?"

铁飞脸红耳赤,又羞又恼,后退一步,侧身而立,不理睬她。

原来红莲女见铁飞仪表堂堂身手不凡,心中喜爱,恐夜的黑伤他,急抢在前面。她见铁飞低首垂目,怒而不答,正要上前逼迫铁飞比武,忽听一声断喝:"看剑!"

白玉莲突然跳了起来,一个"凤凰展翅"抢到近前,举剑便刺。众湖匪大惊。你道白玉莲捆住手脚,如何得脱?原来白家父女趁他们说话的当儿,悄悄地背对背互相解开绳索。白玉莲寻了自家的宝剑,见红莲女出言不逊,逼迫铁飞,怒起心头,拔剑向前。看那剑,疾似流星,直奔红莲女的心窝。

众湖匪惊得"呀"的一声,红莲女却不慌不忙,用断魂剑轻轻一拨,一个河风摆柳,闪在一旁。她见白玉莲柳眉杏眼,粉面桃腮,端庄秀丽,忽又嘻嘻一笑,指着白玉莲说:"野丫头,你不要争风吃醋,本姑娘为你牵线搭桥,我这位黑大哥刚好缺一位压寨夫人,我看你模样怪俊,武艺又好,与大哥分明是天生一对……"

众湖匪一阵大笑。夜的黑也禁不住哈哈大笑起来。

白玉莲又羞又恼,气愤愤举剑便劈。那红莲女并不还手,一闪身跳出舱外,笑嘻嘻把手一招:"出来吧,嫂嫂,舱里留待拜天地,这里才好动手哩!"

白玉莲闻声冲出舱外,只见大船上下一片灯笼火把,把周围的一切照得雪亮。红莲女正在众湖匪簇拥之中,望着她挤眉弄眼。白玉莲恼上加恨,紧追过去;红莲女轻摇细腰,避过锋芒,侧身闪到桅杆后面。白玉莲来个"仙鹅孵蛋",绕着桅杆拦腰斩去;红莲女双脚轻轻一蹉,顺着那桅杆,嗖一下蹲上顶端，盘腿而坐，双手合掌道："嫂嫂，让你三剑是小姑拜见之礼，若要再逼，俺就要还手了。"

"呸，我剥了你的皮，撕烂你的嘴，看你还敢满口喷粪！"好个白玉莲，一个"飞燕凌空"，手腕一转，剑如道道闪电，"举火撩天"，直取红莲女双脚。

红莲女一个"蝎子卷尾"势，避开剑锋，俯身探海，用"断魂剑"一拨，双腿倒扣桅杆，顺势倏地溜下，剑尖直刺白玉莲咽喉。白玉莲举剑相迎，如梅花落地；红莲女不容她翻转起身，一个流星赶月，用剑横腹一划。这一招着实厉害，稍慢些便皮破肠断；白玉莲来个"老君封门"，抱剑一磕，挡开了"断魂剑"。两口剑上下翻飞，一个似蛟龙入海，一个如白蛇出洞，好不精彩！战到二十回合，不分胜负。白玉莲暗暗称奇，剑术是她的看家本领，从小跟随父亲学剑，磨炼十年，深得要旨。红莲女更为惊讶，她那剑术乃是武当真传，功底深厚，非同小可。一口短剑，横扫直击，劈刺删拦，对方竟毫不退让；见式破式，见招拆招，任你神出鬼没，竟不能伤她分毫。

俩人越打越急，越斗越险，月下白看得不耐烦了，大吼一声："二姐稍歇片刻，让小弟收拾这个冤家！"他舞动齐眉棍，一拧身跳将过去。

"且慢！"白云鹤见女儿打斗多时，怕她有失，从腰中取出九节纹龙钢鞭，手一抖"哗啦"一声，缠头裹脑向月下白打来。

月下白连忙躲闪，反转身体举棍进招，两人一来一往，各展技艺，又是一场恶战。

夜的黑见他们四人杀得难解难分，呼哨一声："弟兄们给我上！"

铁飞操起一根竹篙往前一横，挡住众湖匪，厉声喝道："他们四人打斗就够热闹的了，大家都动手这船便要翻。"说罢，双脚一使劲，那船果然摇摆起来。众湖匪立脚不稳，东倒西歪。铁飞趁势一扫，众湖匪如正月十五下元宵，扑通扑通全掉进湖里。

夜的黑恼恨异常，恶狠狠要一刀斩断竹篙，谁知铁飞早已把篙顺直，挑、拨、撩、打，上下左右往来飞舞。那篙长刀短，夜的黑欲进不得欲退无路，直气得哇哇怪叫，举刀乱劈。

这一番厮杀更是惊心动魄，前舱后舱，左舷右舷，刀光剑影，喊杀连天。这一战，直打到东方放亮。

铁飞一看天色将明，唯恐时间久了，会出意外，便卖个破绽，跳出圈外，撤下竹篙，抱拳施礼道："夜的黑，我们往日无冤，近日无仇，何苦死死相拼。亲不亲同饮一湖水，各自两便吧。山不转水转，后会有期。"

夜的黑"嘿嘿"冷笑两声："想借条生路，只问我手中的九环宝刀依不依！"说着一个"饿虎扑食"抢上来，抡刀兜头劈下，这一招着实凶狠。

铁飞见对方要将他置于死地，不由得怒起心头，暗自思忖，不给他点厉害瞧瞧，料也难以脱身。当刀就要落在他的头上时，铁飞猛一缩身，一个弓箭步跨到夜的黑的右侧，同时飞脚一勾夜的黑右腿。夜的黑用力过猛，重心前倾，身子悬空，重重地摔在甲板上。铁飞急忙上前将他扶起，连连说："对不起，对不起。"夜的黑臊得脸呈紫茄色，气咻咻推开铁飞，突然拔出匣子枪，瞄准铁飞。一声呼哨，众湖匪扔下兵器，拿起长枪火器，一个个黑洞洞的枪口瞄准了铁飞他们三人。

在这千钧一发的时刻，只听芦荡深处一声大喊："不要开枪！"霎时芦苇摇动，四面八方飞出五六十只小溜子。那一只只小溜子上架着鸭枪、土压五、二人抬……各色各样的火器，一个个精壮的渔民手持大刀、长矛、倒钩、鱼叉，横眉竖眼，虎虎生气。这时天已大亮，朝阳照射在湖面上。为首的小溜子上站立着一位年过五十的长者，身手矫健，精神抖擞，来者正是王老大。你道为何这般凑巧？

三

原来便宜酒店的掌柜方五见白云鹤父女去搭救铁飞，放心不下，一边差跑堂的去打探消息，一边自驾了一叶小舟到南壮送信。王老大得了信，急忙集合了全村的青壮渔民，驾船直奔戚城。跑堂的在码头上已等待多时，将铁飞他们如何越狱，如何乘船南下一一说了。王老大立刻寻踪追来。这微湖千顷芦荡，湖匪极多，一时如何寻得着。天近放亮，方才闻声找到这里。

夜的黑见五六十只渔船飞驰而来，来头不小，不敢轻举妄动，大声喝问："什么人？"

王老大将小船抵近快船，心平气和地说："这位朋友好生分。当年在济宁州三关庙赶香堂[1]时，我们见过面，记得小老弟[2]叫陈杰三，如今做了头领，不认得自家人了吗？"

夜的黑听他说出自己的真名实姓，愕然一愣，拱手问道："老大（帮里尊称），你可有门槛？"

王老大还礼道："不敢！是占祖师爷光灵。"

"贵前人是哪一位？贵帮是什么帮？"

"在家子不敢言父，出外徒不敢言师，敝家姓陈名上江下山，是江淮四帮。"

盘过"海底"[3]，夜的黑知道是自家人到了，把枪插回腰间，但又刨根寻底地问："请教老大烧哪路香？"

王老大从容答道："头顶二十路香，脚踏二十二路香，手烧二十一路香。"

夜的黑一听是帮中前辈到了，不敢怠慢，连忙倒身下拜，口称："师父恕罪。徒弟初到贵地，多有冒犯。朝廷有法，江湖有礼，光棍不做亏心事，天下难藏十尺身。该责便责，该打便打，请师父息怒。"

王老大跳上快船，将夜的黑扶起，安慰道："不知不问罪，即是同帮的兄弟，没有过不去的火焰山，天大的事只当一风吹了。来来来，都到大船上，大家会一会。"王老大一手挽住夜的黑，一手拉住月下白，同上了大船。

一场风波平息了，大家一一叙礼相见，又七手八脚收拾好打翻的桌椅，搬出船舱里的酒肉，重摆宴席，分长幼坐了，各报了姓名。

席间说明了原委，王铁飞才知绑架他们的并非夜的黑一伙，火气顿消。便满斟了一杯酒，对夜的黑道："恕小弟冒犯，请师兄海涵，喝了这一杯。"

夜的黑见王铁飞如此，过意不去，连忙站起来，也满斟了一杯回敬："俺是粗人，有眼不识泰山，师弟若不怪俺，也请喝了这一杯。"

两人碰罢杯，一饮而尽。王老大哈哈大笑，把他俩的手握在一起，朗

---

1 香堂：帮中收徒的典礼。开香堂时香主（称老头子）的前人和同参兄弟都要到场，叫"赶香堂"。
2 小老弟：帮中长辈对晚辈称小老弟。
3 盘海底：青帮的人，如不相识，便按照规定的暗语切口相互答问，这叫"盘海底"。对上，便知是帮内人；对不上，则要动手打斗。

声道："不打不相识，都是自家兄弟，来！大家饮一杯。"

大家举杯痛饮，喜笑颜开。唯独白玉莲愁眉不展，还自寻思那绑架他们的人，与在菱角岛碰到的那个歹人，同是打着冯渊的旗号，手段一样毒辣阴险，这两人是同一个人吗？这人对他们的情况又非常熟悉，他到底是谁？俗话说，明枪好躲，暗箭难防，这不能不引起她的忧虑。她想早点离开这个是非之地，但见王老大兴致正浓，又不好开口。

王老大自有打算。他知道夜的黑的底细：夜的黑原名叫陈杰三，是戚城文昌街人，出身于富商之家。自幼不务正业，专好结交一些流氓恶棍、江湖强盗，号称"十八罗汉"，终日习武弄枪，打架斗殴，吃喝嫖赌。戚城街里无人敢惹。后来他父亲一死，偌大的家业，不过一年，便被他挥霍殆尽。他便拉帮结伙，打家劫舍，杀人越货，无所不为。他手下的人虽然不多，但"十八罗汉"个个都是亡命之徒，艺高胆大，势力遍及微湖，大大小小的匪帮大都听他的调遣。王老大经多见广，深知湖匪多半被生活所迫，才铤而走险。他们在社会上没有什么地位，被人轻视，千人骂，万人嫌，自尊心受到了很大伤害，养成了冒险性子。为了获得他们所需要的东西，什么事都敢做。你要是尊重他，相信他，和他交上朋友，他肯为你卖死力；反之，他们会像饿狼一样反咬你一口。王老大有心与他们搞好关系，奉劝他们改邪归正，至少使他们不与自己为敌。几杯酒落肚，拉得热乎了，王老大便试探着说："贤侄，恕我冒昧，你吃这碗饭有多少年了？"

夜的黑一愣，闷头喝了一口酒，望着对方反问："师父，你说做杆子（湖匪俗称）好不好？"

王老大笑了笑："俗话说，'家有隔夜粮，不做杆儿王'，做杆子也是被逼无奈的事。这些年，不是兵荒，就是匪乱，没有一天安生日子。老实巴交的庄户人，土里刨食不容易，捕鱼捞虾也混不饱。要填饱肚子，要么吃粮当兵，要么下水做杆子。"

夜的黑高兴起来："是啊，这年头，撑死大胆的，饿死小胆的。做杆儿逍遥一世，'吃香的，穿光的''夜夜娶亲，天天过年'，大碗喝酒，小秤分银。师叔若看得起我，就让铁飞师弟跟俺干，皇天在上，俺要亏待他，死无葬身之地。"

红莲女高兴地拍着巴掌，动情地说："叫铁飞哥做二头目，玉莲姐也参加。咱们五个凑到一块，称得上'小五义'了。"

月下白跳起来："大哥、二姐说得是，俺月下白年龄最小，甘做小五弟。"说着就要拉桌子、摆香案、拜把子。

王老大本想劝他们改邪归正，没想到他们反要拉铁飞下水，心里直觉好笑，但又不好一口回绝，便好言劝说："做杆子虽然一时痛快，但做人不能没有前后眼。俗话说，'菜里的虫儿菜里死'，做杆子的哪个能有好下场？"

"球！活着干，死了算，二十年后又是一条好汉。"夜的黑不以为然地说。

"光不怕死不算好汉。做人要走得正，立得直，才能称得上是顶天立地的英雄。"

夜的黑笑道："你看俺还能发迹吗？"

王老大正色地说："怎么不能？浪子回头金不换。只要你走上正路，不愁没有好前途。"

夜的黑摇摇头说："自古以来，胜者王侯败者贼，就看自己的造化了。这年头儿，不做强盗，伸着脖子在家等死，也不会有人给俺立牌坊。"

月下白立刻附和着说："是呀是呀，'要坐官，杀人放火受招安'。"

王老大看了月下白一眼，叹息一声说："人无远虑，必有近忧。水总不能永远浑下去。你总不能一世做杆子，要给自己留条后路。"

"这年头，俺不做杆子，又有什么出路？"

"你要是听我的劝，咱们扯起手来，拉队伍打鬼子，这才是正大光明的道儿。老百姓会像对待英雄一样敬着你。"

夜的黑哈哈大笑："师父这么高抬俺，俺理应从命，可是，就凭俺这几条破枪也能打鬼子？"

"怎么不能？大家都动手，不愁打不败小日本。"

"师父说的虽然有理，可中国像一盘散沙，谁能领得起来？"

"当然只有共产党。他们真正抗日，为黎民百姓打天下。"

夜的黑连摇头："蒋介石有百万兵都不是日本人的对手，共产党那点兵马能成什么气候？"

"俗话说，'得民心者得天下'，有杉树苗，不愁长不出大桅杆。"

夜的黑开玩笑地说:"将来共产党若得了势,师父做了大官,可别忘了俺。"

王老大认真地说:"人家共产党为了抗日救国,叫天下的老百姓过安生日子,不是为了自己当官做老爷享清福。"

夜的黑嘿嘿一笑:"师父把共产党夸成一朵花,俺也不信!佛爷还求一炉香哩,天底下哪有不图什么的救世活佛。"

"信不信由你,将来总有一天你会知道我的话是'金不换'。"

话到这里已成僵局。王铁飞早已不耐烦,他觉得父亲说这些话简直是对牛弹琴,便插言道:"猪往前拱,鸡往后刨,各有各的门道,何必多费口舌。"

夜的黑觉得话不对味,脸色一变,刚要张口,红莲女连忙在他腰间掐了一把,举起杯来,笑嘻嘻地说:"喝酒喝酒,别扯这些淡事,家里(在帮人称家里)义气,友情为重。干!干!"

白云鹤也忙道:"亲不亲故乡邻,咱们都是微湖人。现在东洋鬼子打上门来了,咱们可不能吃里扒外,跟着鬼子祸害百姓。"

夜的黑拍着胸脯说:"俺夜的黑为朋友两肋插刀,决不会做对不起朋友、对不起乡邻的事。日后,师父有用得着俺夜的黑的地方,只管说话,俺要是皱皱眉头就不是好汉!"

"好!"王老大站起身来,拍了下夜的黑肩膀,"大丈夫说话,吐个唾沫星砸个坑!咱们击掌为誓,保家卫国,抗敌御寇,有难同当,有福同享。"

这时一只小船飞也似的驶来,到了近前,一个人跳上大船,双膝跪倒在夜的黑面前放声大哭:"少东家,不好了!老太太被人绑架了……"一语末了,"扑通"一声栽倒在夜的黑脚下。

夜的黑忙把他抱起来,连声大叫:"杜四!你快说,是谁绑架了俺娘?"

杜四没有回答,仔细一看,杜四面色乌紫,早已气绝身亡。他的左胸插着一支毒镖,镖上系着半尺白绫,上写着一行小字:"若要老娘,两日之内送还白姑娘,过期不候,戚城冯府见。"

夜的黑看了,顿足大骂:"冯渊这个狗娘养的,欺侮到老子的头上来了!"

众人不知怎么回事,面面相觑。

第四章

大闹冯府

一

夜的黑自落草为寇，老母仍留在戚城故居，每日里吃斋念佛，安享清福，没有人敢与她为难。夜的黑万想不到冯渊竟敢绑架他的老母。夜的黑虽为悍匪，对母亲却极为孝敬，一听老母被绑架，定要亲自找冯渊论个长短。

月下白气愤愤地说："他妹妹的！小白狼（冯渊的绰号）才当了几天团长，可忘了几斤几两，向咱哥们儿显他的威风！大哥，我跟你去。不给他点厉害瞧瞧，他怎知道咱不是好惹的！"

一个斜吊眼的湖匪头目叫骂着说："大哥拉杆子的时候，他还扎在小娘怀里吃奶哩。"

"走呀！走呀！"众湖匪七嘴八舌地应和着，"随大管家去逛逛戚城，看小白狼长着几个脑袋！"

王老大连忙上前劝阻："冯渊手下一团人马，你们这样去不是飞蛾投火吗？"

夜的黑鼻子里"哼"了一声，冷笑着说："别人怕他，老子偏不怕他！今天，他交还老母便罢，要不，这桅杆就是他的样子！"说着运足气力一刀挥去，"嚓"的一声，碗口粗的桅杆应声而断。

铁飞急忙伸出双手将倒下来的半截桅杆接住，平放在船板上，笑道："师兄果然神力过人，但冯渊的脑袋不是桅杆，岂能任你砍杀？"

夜的黑听他话里有刺，不由得恼怒起来："你这话是什么意思？"

铁飞刚要回话，被王老大喝住。王老大素闻夜的黑性情暴躁，生性残忍好杀，为人忽正忽邪，行事全凭一时的好恶。他唯恐铁飞一句话说不好，两人再闹翻了脸，便对夜的黑婉言相劝说："贤侄的威名哪个不知？料冯渊也不敢为难了老嫂。但老嫂毕竟在他手里，若动起刀枪，恐对老嫂不利。冤家宜解不宜结,还是和解为好。"

"和解?怎么和解?难道让俺去给他磕头不成?"夜的黑瞪着眼问。

白玉莲看了那支毒镖和白绫上的字,知道又是那歹人从中捣鬼,便道:"这事本由俺引起,就让俺去了结吧。俺一去,冯渊自会放了大娘。"

"不行!"夜的黑断然地说,"你这一去遂了冯渊的意,他定会以为俺怕他。外人也会骂俺欺软怕硬,出卖朋友。"

红莲女嘻嘻一笑,插言道:"大哥,你也太死心眼了。依俺看,冯渊既然指名点姓要白姐姐,八成是看上了她。她自己也乐意去,咱何不成全人家?"

白玉莲"唰"地涨红了脸,跺着脚说:"你胡说些什么!哪个乐意去?"

红莲女怔了一怔,突然放声大笑,指着白玉莲说:"白姐姐,你脸红什么?有啥不好意思?凭姐姐的品貌,别说嫁个团长,就是嫁给个旅长、师长也相配!只是冯团长做事不通情理,没有派花轿来接,委屈了……"

她只顾说个不停,全不管白玉莲已气得流下泪来。众湖匪也跟着嬉笑起哄,这一下可恼了铁飞。

"住口!"铁飞大吼一声,怒视着红莲女,"你算什么人?说话不嫌牙碜!玉莲岂容你随意取笑!"

红莲女脸上的笑容像被一只无形的大手猛然抹去似的,她瞪了铁飞一眼:"哼!你吃什么醋?"

她想一句话把铁飞噎住,不想白云鹤抢先说道:"姑娘,你也许不知,铁飞是俺的女婿。俺与亲家已经商定,今年除夕就要与他们办喜事。各位若肯赏脸,到时候请到南壮喝杯喜酒。"

红莲女脸色顿时变得惨白。她瞪视着铁飞和玉莲,喃喃地说:"你们真的是一对?该不是骗……骗俺?"

白玉莲聪明伶俐,一眼就看破她的心思,但又无法去安慰她,不安地说:"是俺没有把话说清楚,怪不得红妹。"说罢,她向铁飞使了个眼色。

铁飞连忙上前赔礼道:"红姑娘,刚才我言语重了,请你包涵。"

红莲女本是爽快人,听他俩如此说,心里不由得一热,把他俩看了又看,暗自赞叹:"确是天生的一对,地配的一双!"心念一动,她握住白玉莲的手说,"白姐姐,你跟俺来!"

49

白玉莲不知何事，被红莲女拉到船边，红莲女指着湖水中她俩的倒影说："你看，咱俩长得像不像亲生姐妹？"

白玉莲仔细一看，两人长得确实十分相似，若不是服装打扮不同，外人如何分辨得出。心中猛然想起一件事来："红妹，你是哪里人？真名叫什么？"

红莲女面色一沉："白姐姐，你不懂我们的规矩？"

白玉莲立刻醒悟了，湖匪最忌讳别人打听他们的根底，连忙解释道："红妹，你别见怪，看到你，俺想起失散的母亲和妹妹……所以就……"

红莲女摇摇手，不容她再说下去，盯住她问："白姐姐，你实话告诉俺，冯渊真的对你有那个意思？"白玉莲点了点头。

"他知道不知道你已经有了人家？"

"俺早就告诉他了，但他不死心，一直纠缠。"白玉莲将往事说了一遍。

"天下竟有这样不要脸的人！"红莲女愤愤地说，"让俺去会会他。"

"你？"白玉莲惊讶地望着她。

红莲女笑道："俺替你去治治他的相思病。"

"你不是在说笑话？"

"哪个和你说笑话？俺红莲女说一不二！"

众人见红莲女要去戚城，都感到意外，夜的黑一把抓住红莲女的衣袖："红妹，你不能去！"

红莲女猛地甩开他，跳下一只小溜子，竹篙一点，飞出芦荡。回头喊道："大哥，戚城南门外三孔桥头见。"

夜的黑眼睁睁望着红莲女远去的背影，急得直跺脚。铁飞见状，向玉莲使个眼色，又走到夜的黑的身边，贴在他的耳边小声说了几句，便同白玉莲跳上一只小船，急急地赶去。

二

冯渊彻夜不眠坐等消息，黎明时分忽见乔苇和几个大汉架着一个蒙面女人前来，心中大喜，只当是白玉莲被带来了，忙上前揭开面巾，说道：

"玉莲，委屈你了……"

一语未了，突然一口黄痰吐在他的脸上。"呸！你瞎了狗眼，请老娘来干什么？等俺儿来了，不活剥你的皮！"

冯渊目瞪口呆，擦去脸上的黄痰，定睛一看，面前是个满脸怒容的白发老太婆。冯渊面红耳赤，回转身来，一把揪住乔苇，劈面就是一掌："混蛋！你活腻了，竟敢戏弄我！这老妖婆是谁？白玉莲哪里去了？"

乔苇揉了揉火辣辣作疼的脸，赔着笑说："团长息怒，你听我说——"他向那几个大汉摆了摆手，示意把老太婆带出去，便叙说了事情前后经过。

冯渊一听他朝思暮想的姑娘落入湖阁王之手，顿时火冒三丈，指着乔苇的鼻子骂道："白玉莲要是有个好歹，我先敲碎你的脑袋！"

"团长放心，只要老妖婆在咱们手里，夜的黑不敢动白玉莲一根汗毛。"

"放屁！一个年轻美貌的姑娘落在湖匪手里还会有什么好？"

"团长有所不知。夜的黑虽是杀人不眨眼的魔王，但从不奸淫'花票'，也不允许手下人胡来，只有在不赎'票'的情况下，才许手下人'开荤'。"

冯渊的情绪稍稍安定了些，点起一支烟吸了几口，斜视着乔苇说："你把夜的黑的母亲绑架到我的府第，这不是给我招惹是非吗？咱们有言在先，不准你打我的旗号。"

乔苇"嘿嘿"冷笑了两声："夜的黑手下不过几个毛贼，难道团长怕他不成？事到如今，要把白玉莲姑娘弄到手，不这样办，团长又有何良策？"

冯渊沉吟半晌问道："依你之见，事情会怎样发展？"

乔苇扬扬得意地说："在绑架老妖婆之前，我就算计好了。夜的黑是个孝子，不会丢下老娘不问。要救老娘，来硬的，他不是你的对手。唯一的办法只有将白玉莲乖乖地送上门来。要送白玉莲，他必得先杀掉王铁飞、白云鹤，以绝后患。嘿嘿，团长，这一箭双雕之计如何？"

冯渊微微点头："此计虽好，只怕不会按你设想的发展。你要密切注意他们的动静，一有变化立刻向我报告。此外，对老妖婆要严加看管，万不可走露消息。"

"团长放心，乔某做事向来滴水不漏。"

正在这时，房门"砰"的一声开了。只见楚筱兰兴冲冲地跑进来，手里扬着一张报纸，高兴地喊叫着："表哥，快来看，好消息！好消息！"

"噢——"冯渊松了口气，"什么好消息？"乔苇趁机溜了出去。

"蒋委员长下令处决了韩复榘，任命沈鸿烈为山东省政府主席！"

他接过报纸扫了一眼，便丢到桌上，心神不定地说："我已经知道了。"

筱兰没有注意他的神情，依旧兴奋地说："这下可好了，看谁还敢临阵脱逃，畏敌不前！"

冯渊微微一笑："兰妹，你也太天真了。你认为从此便可以扭转战局？"

"只要蒋委员长决心抗日，动员全国的军队同仇敌忾，齐心合力，还怕打不败日本？"筱兰充满希望地说。

冯渊双臂交叉抱着肩膀，轻轻摆了摆下巴，依旧微笑着说："兰妹，中国太贫弱，不是日本的对手。蒋委员长岂能有回天之力？"

筱兰像被浇了一瓢冷水。她怔怔地望着他，忍不住反问道："照你这么说，中国人就只有做亡国奴了？"

"那倒不会。"冯渊挺直了胸，满有把握地说，"中国人虽斗不过日本人，但美国人为了他们的在华利益，不会袖手旁观。美国是当今世界上第一号强国，只要美国人干涉，中国是不会亡的。"

筱兰不以为然地说："你不相信中国自己的力量，瞧不起中国人。可你也是中国人呀！"

冯渊笑道："兰妹，你这是怎么啦？咱们不谈这些好不好？"他走过来，扳住筱兰的肩膀，柔声地说，"咱俩的事，舅舅答应了吗？"

筱兰把他的手从肩上拿下来。阳光透过玻璃照在她身上，映得她的手指透明如玛瑙。冯渊情不自禁地反握住她的手掌，放到嘴边吻了一吻。

筱兰"呀"的一声，将手抽回，不禁满脸羞红。

冯渊微微一笑："这是西方文明社会表达爱情的最文明的一种方式。兰妹，你上过洋学堂，难道不知？"他望着她那红润姣好的面容，充满柔情地说，"兰妹，嫁给我吧，我会让你终生幸福的！"

她那白玉般的脸颊烧得通红，一声不响，慢慢地低下头去。

冯渊望着这位娇怯怯的姑娘，只见她面如桃花，说不出的娇美动人。看着看着，他猛地将她拢抱起来，在她那诱人的嘴唇上疯狂地亲吻着……

筱兰猝不及防，又羞又恼，拼命挣扎，如何挣脱得了？想要喊叫，又怕惊动外人，更是难堪。忽听得"咣当"一声，房门被踢开，一个人被推进来，摔倒在他俩的脚下，随后跳进来一个手提匣枪的女子。

三

"呸！不要脸，把她放下！"那女子柳眉倒竖，杏眼瞪圆，枪口指住冯渊的脑瓜，厉声怒喝，一步步逼住他。

冯渊大惊，放开筱兰，退缩一步问："玉莲，是……是你，你要干什么？"

筱兰被这突如其来的情况怔住了，瞪大了眼，大张着嘴，望着这位一身白衣素装、苗条秀美、却又英气逼人、冷酷严峻的女子。她猛然用身子挡住冯渊，哀求道："请你不要伤害他。"

冯渊趁机掏出手枪，用筱兰做掩护，瞄准对方，气势汹汹地喝道："把枪放下！"

这时，那摔倒在地的人挣扎着爬起来，只见他鼻青脸肿，嘴上流血，原来是乔苇。乔苇哭丧着脸说："该俺倒霉，碰上丧门星了。"

"哈哈！"她大笑起来，笑得那么响亮，那么开心，"你瞎了狗眼，想占姑奶奶的便宜！不叫你吃点苦头，你哪里还认得姑奶奶。"

冯渊迷惑地望着她。她举止轻狂，言语粗野，全不似那个知礼文静的白玉莲。冯渊哪里知道她正是乔装改扮的红莲女！

红莲女扮成白玉莲来到冯府，说来凑巧，迎头正碰上外出打探消息的乔苇。乔苇虽见过红莲女，但那是在星光之下，恍惚一面，如何认得清楚？这次红莲女又照着白玉莲装束精细地打扮了一番，她们长得本来就十分相似，乔苇再精明，也休想辨出真假。

乔苇见她只身一人前来，又惊又喜。便支开跟随的人，独自引她来见冯渊。穿过三道院落，来到后花园中假山旁，乔苇停住脚，向隐蔽在竹林中的红楼一指，点头哈腰，讨好地说："嘿嘿，姑娘，冯团长就在那里，你自个去吧。以后你做了太太可不要忘了小人。"

她嫣然一笑："你功劳不小，俺理应谢你。"她向他招了一下手，说，"过来！你想要什么？要俺如何谢你？"

乔苇受宠若惊，像被勾去灵魂似的痴迷地看着她，她那白里透红的瓜子脸散发出诱人的香气，明媚的大眼闪着光，唇边浮起挑逗的、醉人的微笑。他情不自禁捉住她的左手，惊喜若狂地说："随你便，赏什么，俺都乐意。"

"那好，俺就赏你一个——"她突然挥起右拳，照准他的面颊狠狠地击去。乔苇只觉得脑袋"嗡"的一声，一个趔趄，栽倒在地。红莲女跨前一步，厌恶地向乔苇脸上啐了一口，一弯腰，伸出右手从他腰里拽出匣枪，左手就势揪住他的领窝，一使劲拽将起来推推搡搡，向竹林中的红楼悄悄逼进……

这会儿，冯渊故作镇静，先发制人："白玉莲，你闯到我这里有何贵干？你要放明白点，别不知好歹，只要枪一响，我的护兵会立即扑进来！"

红莲女一盘腿坐在太师椅上，"啪"地把匣枪往桌上一拍，连珠炮似的说："你这个流氓！你这个无赖！你把姑奶奶请到这里，却又问俺有何贵干。"

冯渊面色灰白，额角上暴出青筋："住口！我不准你侮辱我的人格！"

"哼哼！你的人格？你还要脸？你既然向你表妹求婚，为什么还要逼迫白玉莲做你的太太？"

他浑身一震，像被射伤的野兽，吼叫着："你血口喷人！你胡说八道！你不是白玉莲，你是什么人？！"

"算你不瞎，俺虽不是白玉莲，但对你做的一切都一清二楚。你能抵赖得了？"冯渊目瞪口呆。

筱兰更为震惊，瞪着冯渊，痛心而又气愤地质问："她说的可是真的？"

"她是湖匪！是女强盗！你不要听她胡说。"冯渊举枪就要向红莲女射击。

红莲女早有防备，手一扬，袖中飞出一支系着白绫的毒镖，正中冯渊的手腕。他"哎哟"一声，丢了手枪。红莲女飞身一探，把枪接在手里，笑盈盈说道："想算计俺，没那么容易！这毒镖物归原主，算个见证，小姐若不信俺的话，请看看白绫上的字。"

冯渊一听是毒镖，顿时面如土色，喊叫起来："乔苇快来救我！"

乔苇哪里敢动，红莲女的枪口已经对准他的脑瓜。

筱兰从冯渊手上拔下毒镖，看了看那白绫上的字，迷惑不解地问他：

"这是怎么回事？"

冯渊气急败坏地说："这都是乔苇一人所为，与我毫不相干！"

乔苇大叫冤枉："冯团长，你怎能推得一干二净？大丈夫要敢做敢当！"

"好！你把事情的经过讲清楚，俺就饶了你。"红莲女说。

"你不骗俺？"

"姑奶奶向来说一不二！"

"好！俺说！"乔苇一五一十地将前前后后的经过和盘托出。

筱兰万没想到冯渊竟会做出这等下流的事来。她怒视着冯渊，对着他的面颊，狠狠地抽了一个耳光："你这个伪君子！你这个流氓！你这个衣冠禽兽！你你……为什么要骗我！"喊完，她再也支持不住，颓然倒了下去。

冯渊一手捂住发烧的脸，恼怒地逼视着乔苇，咬牙切齿地说："你这个混蛋！你往我头上扣屎盆子，我不会放过你！"

"嘿嘿，团长，你别发火，你中的是支毒镖。一发火，毒气就会扩散到全身，性命可就难保了。"

冯渊愤恨地望着红莲女说："我与你无冤无仇，你何苦要害我性命？"

红莲女冷笑道："你想活命，快把夜大哥的母亲放出来，送我们到三孔桥去，我便求白云鹤大爷救你。"

"好！我送你们去。"冯渊毫不迟疑地说，心里却在暗暗发狠：你进了冯府，休想活着出去！

不料，他打开门，愣住了：门外王铁飞、白玉莲一左一右，搀扶着一个老人，他脸色铁青，目光冷峻，神色非常可怕。冯渊不觉打了寒噤，只听筱兰突然颤声叫着"爸爸！"跑上前去，扑到那老人怀里哭起来。楚天章抚摸着她的头，慢慢将她推开，目不转睛地盯着冯渊，一步一步朝他走去。

冯渊惊恐地退缩着慌乱地说："舅舅，您老别……别生气。这……这原是一场误……误会。"

"误会？"楚天章一声冷笑，说，"我早就料你会这样说。那就请你消除这场误会吧。"

冯渊的脸色像死人一样惨白，恶毒、仇恨的目光扫过红莲女、王铁飞、白玉莲，他突然狂笑着说："这次算我栽在你们手下了！"

第五章

嫉男痴女

一

春节将近，风声一天比一天紧。东边的铁路线上鬼子的兵车不停地向南运送，离湖边二十多里的临城车站驻满了鬼子兵。铁路沿线的百姓扶老携幼，潮水般向湖边村庄涌来。逃难的百姓越来越多，村庄容不下，人们只好露宿在野地里。寒天冻地，到处有人谈论着鬼子杀人放火的消息。

要是往年，这时节正是忙年的时候。可是今年谁也没想过年的事，连最受人们看重的门神、灶王爷也没有人请。谁还有心过年呢？沉不住气的人，一天往湖堤上跑几趟，跷起脚往东张望，想一眼把这兵荒马乱的世道看穿。上了年岁的人，拖着长烟袋，蹲在向阳的墙角下，一个个愁眉苦脸，不住地吸着旱烟唉声叹气，大难当头，又苦闷，又惊慌，走投无路，像迷途的羔羊。

愁归愁，心里还有半点亮处：驻扎在这一带的国民党川军正在调兵遣将要和鬼子打一仗，冯渊和刘哮林的"抗日救国军"也在戚城摆开架势，修筑碉堡，挖掘战壕，加固城墙，声言："与戚城共存亡，血战到底！"他们的嗓门一个比一个高，这一招着实有效，诚实的老百姓忘记他们往日的怨恨，勒紧腰带，送米送面，杀鸡宰羊，支援他们抗战守土。

冯渊和刘哮林都瞅准这个机会，在难民中展开拉兵竞赛，拼命扩充自己的势力。一些失去家园、走投无路的青年人，怀着复仇的热望，纷纷加入了他们的军队。不几天，冯团便扩充了上千人马。冯渊颇为得意，把受制于红莲女，失去白玉莲、楚筱兰的一腔烦恼暂搁一旁。他编造了一个三千官兵的花名册，打点一些金银珠宝、玉器、古玩，写了一封密信，一并交给他的亲信参谋长孟繁礼，令他日夜兼程去徐州找他的姐夫汤静，讨封个"旅长"。

刘哮林的"抗日救国军第八团"没有冯团的牌子硬，上面又没有靠山，又舍不得花钱运动，自然比不过冯渊。

但他另辟门路，网罗地痞、流氓、土匪、散兵游勇，组织民团，联庄会、道会门等，勾结地方实力派，扩展自己的势力范围。所以他的"救国军"不多天也发展到四百多人，下属各色各样的"民团"竟达数千之众。刘哮林一心要压过冯渊，他嫌第八团的名头太小，就干脆抹掉"第八团"，只称"救国军"，自封为"军长"。

躲在微湖芦荡深处的夜的黑再也坐不稳"金銮殿"了，急急忙忙把他的仁兄把弟"十八罗汉"收拢在一起，占领微山岛，竖起"水上抗日独立大队"的旗帜，扩充兵马。但他喊破了嗓子，费尽了牛力，也没多少人加入他的"独立大队"。常言道："饿死莫做贼，屈死莫告状。"夜的黑名声不好，正经老百姓，谁愿入他的伙？落个贼名儿，跳进黄河也洗不清。

这天夜里，夜的黑召集几个头目在微山岛山顶古庙里议事，谈起招兵的事，夜的黑气得直骂："他娘的，咱一烧香，佛爷就掉腚！"

红莲女抢白道："谁叫你顶着个贼名儿，临时抱佛脚，自然没人买账。"自从和王铁飞他们分开之后，她一直闷闷不乐。她自己也说不清为什么，对往日萍踪浪迹的杆子生涯突然厌倦起来，像失去了什么，心里总觉得无着无落的，干什么事都提不起精神，稍不顺心便要发火。

夜的黑最忌讳别人说他是贼，顿时把眼一瞪，愤愤地说："做杆子有什么不好？咱们杆子还兔子不吃窝边草，绑票也拣拣肥瘦；军队是一把篦子，不管大小虱子一起刮。他娘的！俺看冯渊、刘哮林屎壳螂爬到笤帚上——能结什么茧！"

"不是俺有意揭你的短。要是当初你听王师父的话，和他们扯起手来拉队伍，有王老大这杆旗，一俊遮百丑，俺敢打赌，不出三天，就能聚集几百个弟兄。你成了正果，大家也跟着沾光。"

"你想得倒美，事成之后，谁来当司令？他们和咱们不一路，能捏到一块去吗？他们想与咱们合伙，说到底还不是想吃掉咱们。"

"王老大是个忠厚正直的人，重义气，讲大面，不会对人使奸。"

"王老大好对付，只怕那王铁飞。"

"你怕他什么？"

"王铁飞艺高胆大，勇猛过人，不在你我之下。他在军队当过营长，打过鬼子，有指挥作战的经验。合伙之后，他能在咱们手下听令？"

"他有本领就让他当司令，也无不可。都是为了打鬼子，你何必争当司令呢？"

夜的黑眼里射出一股嫉火，愤愤地说："你倒大方，不向着自己人，反向着外人，俺不明白你为什么要向着他！"

红莲女面孔涨得通红，眼睛瞪得圆圆的，赌气地说："俺偏要向着他，还要嫁给他，你能把俺怎样？"

"你——"夜的黑向来刚愎自用，性情暴躁，从未有人敢在他面前说个"不"字。他听她如此说，一时间怒不可遏，咬牙切齿地骂道："你这个婊子！"恶狠狠地在她脸上抽了一个耳光。

众人都吃了一惊。月下白惊叫起来："大哥，你疯了！"

红莲女万想不到夜的黑会这样对待她，像被雷击似的呆住了！她木然地望着他，像是不认识他似的，目光冷得怕人。"你这个婊子！"这句话像一把尖刀刺伤了她的心，她再也支持不住，扭身向山下跑去。

"二姐，你等等！"月下白喊叫着追出去。

夜的黑怒气未消，但已懊悔打了那一掌，见众人呆立不动，不由得骂道："你们都死了，还不快把她追回来！"

二

夜的黑随众人来到古庙之外，只见夜雾沉沉，星光惨淡，五步之外不见人影。正盘算着如何寻找红莲女，忽听得远处一声枪响，接着枪声大作，杀声四起，满山遍野腾起烈焰。

夜的黑大惊失色，抽出匣枪，带领众头目向寨门冲出。只见火光之中，红莲女左手打枪，右手挥剑，杀透重围，向这边奔来。夜的黑连忙迎上去。

"大哥，不好了！冯团偷袭山寨，弟兄们毫无防备，死伤大半。寨门已被敌人的机枪封锁了。咱们快从后山突围出去!"红莲女气喘吁吁地说。

"三弟呢?"夜的黑焦急地问。

"俺叫他带领弟兄们堵住敌人,把敌人往北引,掩护你们转移。"说罢,又返身向敌人冲去。

夜的黑见她不但不恨自己,反冒死前来送信,又返身杀敌,掩护他转移,顿时愧疚万分。只见红莲女挥剑如飞,左堵右挡,腾上扑下,力战众敌。刹那间,火光冲天,刀剑叮当,枪弹飞射,火星迸溅,山鸣谷应,惊得鸟飞兔窜,好一场恶战。尽管红莲女剑招凌厉无比,然而毕竟寡不敌众,眼见得红莲女性命难保,夜的黑再也顾不得许多了。只见他一个雄鹰展翅,跃下石崖,大吼一声,一个霹雳飞脚,"咚"一声把一个刺杀红莲女后背的敌人踢出一丈多远。

众头目也随后杀入。这些头目便是夜的黑手下的"十八罗汉",个个都是强手。论起格斗,那些士兵哪是他们的对手!一个个鬼哭狼嚎,抱头鼠窜。夜的黑、红莲女他们和月下白带领的几个弟兄会合一处,正要乘胜突围,突然架在寨门的机枪吼叫起来,立时有几个人倒下去。紧接着三面的枪弹都向这里射来。

形势危急,再想从寨门突围出去已无希望,他们只好且战且走,退到山顶,夜的黑四下一看,不由得暗暗叫苦。只见遍山火起,火势顺着山坡往上蔓延,形成一道火围,把他们包圈在山顶上。看火势,不要一个钟点他们便会葬身火海。

"十八罗汉"见身陷绝境,一个个争先恐后冲进火网里各自逃命。夜的黑狂吼乱叫,如何禁得住?眼看身边只剩下遍体鳞伤的红莲女和月下白,夜的黑伤心透顶,不由得捶胸大哭。

月下白笑道:"哭有何用?咱们兄妹姐弟三个结义,情同手足,不能同生,却能同死,也算不幸中的万幸了,理当高兴才是。"

红莲女双手捧起月下白那带着稚气的圆脸,望着他那天真无邪的眼睛,动情地说:"好弟弟,姐姐死不足惜,可惜你小小年纪,来到这个世上不过十九个春秋,没做过一件伤天害理的事,却为我们受累,死后还要落个贼名,岂不冤枉?"

月下白热泪盈眶，抓住她的双臂，声音嘶哑地说："好姐姐，你不要说了！弟弟无能，不能将你救出火海，倒叫我死了也难合眼！"

忽听得一声怪叫，夜的黑扑将过来，飞起一脚将月下白踢了个四脚朝天，接着一个"千斤坠"向他的胸部猛踹下去，分明要置他于死地。

红莲女见夜的黑竟对结义兄弟狠下杀手，不禁勃然大怒，一个鸳鸯飞脚，将夜的黑踢了个饿狗吃屎。可是她因受反弹之力，震开了伤口，落地不稳，摔了一跤。

夜的黑跳起来，像狮子似的对红莲女怒吼着："反正大家都不能活。俺先杀了你！撕碎你！别人休想再摸你一手指头！"说着向红莲女扑去。

月下白顿时惊得目瞪口呆，猛地向前一跃，抱住夜的黑一只腿，大叫："大哥，你……你疯了！"

夜的黑放声狂笑："是的，俺是疯了！"

"放开他！"红莲女向月下白喊了一声，用手中的断魂剑一指，骂道，"夜的黑，你这个黑心贼！你这个忘恩负义的小人！俺和你划地绝交！"说着"唰"的一剑向夜的黑刺去。

夜的黑举刀相迎。红莲女施展开七十二路连环剑，剑剑都是辣招。夜的黑尽平生所学，刀刀都是杀手。俩人发狠斗命，只见刀光剑影，火星迸射，好一场恶斗！

他俩越斗越险，火圈越来越小，将他们逼进了山顶古庙，论武功俩人不相上下，但红莲女此时遍体鳞伤，血流不止，渐渐气力不佳。这时，忽听得轰轰几声巨响，如山崩地裂一般，接着便是震天动地的喊杀声。

夜的黑、红莲女都住了手。透过火光，只见围困他们的敌人突然乱纷纷向湖边溃退。一支手持大刀、长矛、鱼叉的队伍突进火圈，向山顶疾进，打头的正是王铁飞。

红莲女见王铁飞奋勇当先，挥刀断火在前开路，几个起落已经跃上山顶古庙，再一看那熊熊燃烧的古庙正摇摇欲坠，一时竟忘了自己也身处险境，尖叫起来："铁飞哥，快闪开！"

就在这时，古庙"轰"的一声倒塌了，夜的黑、月下白倏地跃开，烟火却吞没了王铁飞、红莲女……

三

湖光，帆影，星光残淡，寒风如泣，枯苇低鸣……

夜深了，一盏荧然的豆油灯在湖畔的渔船中跳动着，映出一位浑身血迹斑斑的红衣少女。她仰卧在舱里一床铺的印花棉被上，一双秀目闭阖着，修长的睫毛上挂着泪珠儿。她一动不动，俏丽的鼻翼却在轻轻翕动。一头乌黑的披散的长发在灯光下熠熠闪光，映衬着她那芙蓉般的面孔。

"孩子，你醒醒。"她跟前，坐着一位慈眉善目的老婆婆。她满脸忧虑之色，正端着一碗汤药，一勺勺地往姑娘口中灌去，不时地轻声呼唤着。

"亲家，红姑娘醒了吗？"这时，一位精神矍烁的老汉背着一只竹篓走进舱来。

老婆婆叹口气，摇摇头说："唉，造孽呀！多好的姑娘，竟被伤成这样！你瞧，浑身都是伤，真叫人心疼。"

老汉放下背篓，拿出一大捆草药说："放心吧，这是俺刚采来的草药，内服可壮筋活血，恢复元气；外敷能止血镇疼，愈合伤口。有了这药，红姑娘就有救了。"

老婆婆闻听喜形于色，连忙帮老汉泡制草药，然后，轻轻地搬起姑娘的身子，撕开她的衣裳，用温水擦净血污，正要往伤口上敷药。

"大胆，你又想来欺俺！"姑娘猛然坐起。

两位老人又惊又喜，忙喊道："姑娘，你可醒来了！谢天谢地！"

"谢天谢地？"红莲女望着两位老人，眼中充满了迷惘，不禁问道，"俺……俺没有死？"

老婆婆庆幸地说："姑娘，你已经昏迷了一天。幸亏菩萨保佑，你才捡了条命。"

"是呀，是呀。"老汉也急忙附和说，"苍天总算有眼，像你这样的好姑娘命不该死。"

红莲女这时才看清那老汉原来是白云鹤，忙问："大爷、大娘，俺怎么到了这里？是二老救了俺吗？"

白云鹤淡然一笑："这点小事，何必过问？"

"不！"红莲女拉着坐在她身边的老婆婆道，"大娘，求求你告诉俺，究竟是谁救了俺？"

老婆婆低头不语。红莲女又把目光转向老汉。老汉见她急切的样子，向老婆婆一指："是她的儿子王铁飞救了你。"

红莲女抓住老婆婆的手，急切地问："铁飞哥呢？他受伤了吗？"

老婆婆稍一迟疑，强笑了笑说："他……很好，姑娘，你快躺下，俺给你敷药。"

两位老人给她伤口上敷好药。紧接着，老婆婆又捧来一碗荷包蛋。红莲女心事重重，吃了几口，猛然想起什么，问道："大娘、大爷，明天就是除夕了吧？"

"是呀。姑娘，你不要担心，就在俺这里安心养伤，安心过年。"老婆婆说。

"不，"红莲女挣扎着坐起来，"明天是铁飞哥、玉莲姐成亲的喜日，俺不能帮什么忙，怎能再拖累你们？"

一语未了，二位老人顿时泪如雨下，泣不成声。红莲女好不奇怪，惊问："大爷、大娘，到底出了什么事？"

良久，白云鹤才擦去泪水，悲愤地说出事情的经过。

昨夜，王老大一家和白云鹤父女正在商议如何办铁飞和玉莲的喜事，忽听得南面湖上枪声突起，接着便腾起一团团火光。他们知道微山岛发生了战斗。王老大说道："俺料定冯渊会寻隙报复，不想他下手这么快。俺和夜的黑曾击掌立誓，有难同当。他们因咱们遭此大难，咱们不能袖手旁观。便小声吩咐铁飞，带'保家自卫团'前去救应，把'独立大队'接出来，万不可和敌人正面交火。"

接着，鸣锣报警，召集全村的男女老幼，四处搜查可疑之人，严加防备敌人偷袭。

王铁飞他们走后，白云鹤父女放心不下，又驾起一只小船随后追去。

果然不出王老大所料，冯渊密谋策划，以剿匪为名，乘月黑之夜，亲率部队偷袭微山岛,企图将夜的黑的"独立大队"一口吃掉,活捉红莲女,占据微山岛,进而控制微湖。同时派遣乔苇带领七名武术高手,潜入南壮刺杀王铁飞,绑架白玉莲。然后嫁祸于刘哞林,以挑起王老大与刘哞林的纠纷,达到一石三鸟的目的。

冯渊包围了微山岛,放火烧山,看着即将得手,不想突然腹背受敌,被一阵鸭枪、土炮轰得晕头转向,仓皇向湖边退却。等冯渊明白过来,再驱兵包围、搜索,自卫团早已借着夜色的掩护撤出了微山岛。夜的黑、月下白也乘机逃了出来。

白云鹤父女驾着小船,迎面碰上归来的自卫团,一打听,独独少了王铁飞。又见敌船从后追来,便叫他们快回南壮。父女俩驾船驶入汊道,绕道向微山岛划去。

王铁飞抱着红莲女滚下山涧,一时也昏迷过去。等刺骨的寒风把他吹醒,敌人正在搜山,他急忙背起仍在昏迷中的红莲女隐蔽到靠近湖边的山洞里。也不知过了多久,借着山上的火光,他看到一只小船向这边驶来。从船上那熟悉的身影,他认出是白云鹤和白玉莲,他摸起一块石片,奋力一掷,不偏不斜正落在船头。飞石传信,父女俩连忙把船靠了岸。他们刚踏上微山岛,立时又有一块石片落在他们前面不远的地方。他们按照石片指引的方位向前搜索,终于找到王铁飞、红莲女藏身的山洞。

亲人相见,喜出望外,正要说话,忽听洞外有人哈哈大笑:"你们都在这里,省得老子费事了,快快给俺滚出来!"

只见几个黑影迫近洞口。白云鹤、白玉莲、王铁飞相顾大惊。王铁飞摸起一块石片甩手向黑影掷去,一人呼痛跳开,其他人也纷纷退后,不敢再迫近洞口。

原来乔苇带领七名高手潜入南壮,到湖岸芦荡里隐蔽。见白云鹤父女驾船南去,便带领众人尾随跟踪到微山岛来了。

乔苇不敢迫近洞口,又怕伤着白玉莲,也不敢开枪射击,只是用石块做武器,向洞里掷去,逼迫他们出洞。铁飞的匣枪在滚下山涧时已经失落,白云鹤父女本无枪支。他们也只好缩在一边,捡起石块向洞外还击。铁飞出手又准又狠,接连打翻了三人。

乔苇愤怒异常，命令歹徒用树枝绑成火把，点着后向洞口抛掷，又割了干草，捆成捆，向洞口堆积。浓烟腾起，顺风涌进洞里，把铁飞他们熏得不住咳嗽。

铁飞知道在洞中无法再待，对白玉莲说："我冲出去，把火扑灭。"他刚一纵身，石块便如飞蝗般打来，只得退回。

正在危急之时，忽听白云鹤小声说："这洞还有一个出口，快跟我走。"原来，白云鹤借着洞口的火光，发现洞中石壁上的文字，记载着洞的长度和出入口。

三人暗自庆幸，白云鹤在前探路，王铁飞背起红莲女居中，白玉莲手持宝剑断后。他们爬行了半里多路，白玉莲忽听身后传来声响，回头一看，有人举着火把跟踪而来，白玉莲大惊，对王铁飞说了一声："不要管俺，你们快走！"便回身抗敌。

白云鹤、王铁飞他们爬出洞口，回到小船上，却不见白玉莲跟来。王铁飞放下红莲女就要回身去找。忽见数十个敌兵向湖边搜索而来，情况万分紧急，不能再等了。铁飞对白云鹤说："大爷，红莲女就交给你了，你带她走，万万不可再停留！"说着举篙奋力一撑，小船飞离湖岸，他一纵身跃上岸去……

红莲女听罢自己被救的经过，滚滚热泪，奔涌而出。一挺身站了起来，又"扑通"一声跪倒在地，向两位老人拜道："铁飞哥、玉莲姐拼命相救，再生之恩，当以死相报！"她抓起宝剑，猛地跳了起来，就要向外冲去。

两位老人急忙拉住问道："姑娘，你要干什么？"

红莲女双眼喷火，咬牙切齿地骂道："小白狼！这个该千刀万剐的禽兽，今日不取回他的狗头，俺死不瞑目！"

"姑娘，使不得。"

"你伤势太重，怎能再入虎穴？"

"孩子，报仇雪恨，自有时机。"

"凡事要三思而行，且不可鲁莽！"

两位老人苦苦劝说，红莲女万般无奈，只好又坐回棉被上。

就在这时，岸上传来一阵脚步声，接着船颠簸起来，舱外有人喊："娘，

65

大爷，我和玉莲回来了！"

"啊，是铁儿、莲儿回来了！"两位老人顿时喜出望外，忙扑向舱口。

王铁飞、白玉莲一前一后走进船舱。

"铁儿，你真的回来了！"老婆婆抱着儿子上上下下看了一阵，忍不住失声痛哭起来。

"孩子，这不是做梦吧？"白云鹤抚摸着白玉莲被火烧焦的头发，也不禁老泪纵横。

铁飞忽然发现站在母亲身后的红莲女，顿时惊喜地喊道："啊，红姑娘，你好些了吗？"

"好妹子，你受苦了。"白玉莲也伸出双手扑过去，抱住红莲女。

红莲女像受了委屈的小妹妹，一头扎在白玉莲的怀里哭起来。患难见深情，一时她觉得白玉莲就是亲姐姐，王铁飞就是她的亲哥哥！而那个和她结义三年的夜的黑不过是一个心胸狭窄的小人。她满含着热泪说："玉莲姐、铁飞哥，你们待俺恩重如山，小妹刻骨铭心，终生不忘。"

白玉莲、王铁飞忙扶她坐下。白玉莲为她擦干眼泪，说道："好妹子，要说有恩，你才是我们的恩人哩！"

"是呀！"铁飞说，"为了我们，你才遭此大难，落得孤身一人，无家可归。红妹，若不嫌弃，就在我们家住下，我们会像亲妹妹一样待你。"

红莲女"扑通"一声跪倒在他们面前："哥哥、姐姐，请受小妹一拜。"

他俩连忙将她扶起。老婆婆眉开眼笑地说："哎呀，俺一辈子只生了三个儿子，老天爷有眼，又给俺送来一个好闺女。"

白云鹤笑呵呵地捋着白胡子说："亲家，你抢了俺一个闺女做媳妇，还要抢俺一个女儿吗？这回俺可不依。"

一句话说得大家都笑起来。

"铁儿，你们是怎么逃出来的？"母亲关切地询问。

"我和玉莲正与敌人厮杀，抗日义勇军赶来救出了我们，扑灭了山火。"铁飞回答说。

"抗日义勇军怎么知道你们遇难了呢？"红莲女惊奇地问。

铁飞笑道："抗日义勇军正在湖西岸边活动，看到微山岛火起便赶来救援。冯渊弄巧成拙,要不是张司令手下留情,他的保安团别想着活着回戚城。"

"哎呀!张司令现在哪里?咱可得好好地谢谢人家。"母亲双手合掌地说。

"娘,你别着急。他们现在还在微山岛呢,二弟银飞也在那里。我们怕家里不放心,先回来报个信。俺爹已经去微山岛接他们了,明天准能到咱南壮。"

"谢天谢地,义勇军来了,咱们就可以过个安生年了。"

第六章

新婚之夜

一

日已偏西，还不见王老大和义勇军来，铁飞心头郁结，难道又发生了什么意外？

"来啦！"小金飞气喘吁吁地跑进来，喊道。

"啊，在哪里？"铁飞一喜，向外张望，却不见有人来。

小金飞伏在他的耳边神秘地说："他们在大王庙里等你，爹叫你快去！"他回头来又冲玉莲做了个鬼脸，对母亲说，"娘，爹叫你们快准备准备，夜晚就办喜事，请客人吃喜酒。"

说话间，铁飞已奔出屋外，三步并作两步，急向大王庙奔去。走出村南头，纵身跃过小月河，面前就是一片茂密的柳条林。柳条高约一丈，手指肚粗细，密密麻麻。钻进柳条林，踏着冻得干硬的林间小路，走不多远，面前豁然一亮，显出一片光溜溜的高地，大王庙就坐落在那里。黄大水抱着一杆"老套筒"守在庙前，一见铁飞，他用袖头抹去鼻尖上的清鼻涕，神秘地一笑，说："快进去吧，人都到齐了，光等着你哩。"

铁飞一愣，蓦地想起四年前"反封湖"斗争时，张光华老师也是在这里召集湖渔民秘密集会的。他轻轻一推庙门，一股夹杂着烟叶、柴草气味的热气扑面而来，只见庙堂中间燃着一堆火，火焰照亮了一张张笑脸。王老大、黄山叔、毛二旦、张泥鳅、鱼娃、汪福……当年参加过反封湖斗争的人和南壮保家自卫团的骨干都在这里。

这时，对面站起两个人来。一个是身穿棉袍、头戴黑色毡帽的瘦高个，四十出头年纪，一看就知道他曾饱受风霜。他的额头和眼角都刻下深深的皱纹，双眼炯炯有神。他就是张光华！当年曾领导过反封湖斗争，现在是抗日义勇军的司令。

站在张光华身边的是一位白面书生。虽然穿着粗布衣裳，但仍透着秀气和精明，望着铁飞微笑着点了点头，他就是银飞。铁飞甚感意外，愕然道："张司令，你怎么这身打扮？为什么没带部队来？"

张光华用手画了一圈，笑道："这不是我的部队？"

铁飞更加愕然。银飞解释道："张司令正召集大伙商议组织抗日游击队。抗日义勇军到湖西活动去了。"

铁飞很感失望："为什么这么快就撤回去了？难道怕冯渊不成？"

张光华笑道："不是怕他，是为了团结抗战，一致对敌。我与冯渊已经谈和，我们撤出微山岛，也不准他再借故骚扰百姓。"他拉铁飞坐在自己身边，往火堆里加添了些树枝，然后向王老大点了下头说，"咱们书归正传吧。"

庙堂里静下来，只有树枝燃烧的噼噼啪啪的响声。

张光华先介绍了当前抗战形势："……在整个津浦铁路北段，由于韩复榘放弃山东，贻误战机，日军长驱直入，使全局陷入不可收拾的境地。一时民怨沸腾。蒋介石为排除异己，早存灭韩之心，借此机会将韩撤职查办，处以极刑，又任命沈鸿烈为山东省政府主席，任命孙桐萱接替韩复榘为第三集团军总司令。为挽回败局，确保徐州，第五战区司令长官李宗仁令孙桐萱集团军推进到运河一线，直取汶上，攻击济宁，并以一部对沿津浦路南下之敌施行侧击；调川军孙震部驻守滕县，正面阻止日军南下；命川军庞柄勋部驻守临沂，堵截沿台淮路迂回南下之敌。至此，北面的战局才暂趋稳定。

"在津浦路南段，日寇华中方面军占领南京之后，为配合华北方面军夺取徐州这个战略要地，由镇江、南京、芜湖三据点分别渡江，挥兵北上，企图南北夹击徐州。为迎击北犯之敌，李宗仁急速调兵遣将，阻敌北上，血战逾月，双方打成平手，形成隔淮对峙之势。

"党指示我们，要利用这个时机，在敌后广泛发动群众，组织人民抗日武装，开展游击战！……"

庙堂里气氛活跃起来。王老大一拍大腿，高兴地说："俺早就盼着这一天了！张司令，你快说咱们怎么办吧！"

毛二旦说："鬼子到处杀人放火，俺的肚子早气炸了。要是能拉起队伍与敌人一刀一枪地干，俺死了也痛快！"

黄山叔把烟袋往腰间一别，激动地说："鬼子打到咱家门口了，咱不能坐着等死，要起来干！"

汪福胆怯地说："咱们这些泥腿子，两手空空，能和鬼子打仗？"

铁飞把眼一瞪："怎么不能！鬼子也没长三头六臂。"

张光华望着汪福和气地说："小兄弟，别瞧不起泥腿子，泥腿子有千千万万，等天下的泥腿子都拿起刀枪起来抗战，还怕打不败鬼子？俗话说：'人心齐，泰山移'，没有推不倒的山岳，没有打不尽的豺狼！"

"是呀，是呀！"王老大深有感触地说，"共产党就是泥腿子党、穷人党，共产党领导的八路军在平型关打了大胜仗，消灭了鬼子好几千，比国民党不知强多少倍，连'洋腿子'也不是咱们的对手。"

一番话说得大家哄然大笑，汪福也开心地笑了。王老大击了下掌，大家又安静下来。张光华接着向大家讲解了党的《抗日救国十大纲领》，介绍了他们组织抗日义勇军的经过，交代了组织武装时应注意党的政策，如不要强拉人，要照顾统一战线，听从党的指挥，等等。

王铁飞摩拳擦掌，跃跃欲试："吃了饺子，咱们就把队伍拉起来。"

王老大摸着下巴，思谋了一会儿说："拉队伍就得有个名堂，大家看叫'抗日义勇军微湖游击大队'好不好？"

"好啊！"大伙齐声响应着，"今后咱们都是张司令的兵马！"

张光华风趣地说："有大伙撑腰，我这个半路出家的司令胆也壮了，气也粗了。所谓'韩信点兵，多多益善'，来，咱们合计合计能聚多少人马。"

王老大胸有成竹："咱们都是本乡本土的人，谁家的锅门口朝哪，都摸个八九不离十。咱们先把渔民四帮中那些火气旺、有血性的好后生数一数。"

你道那渔民四帮是怎么回事？每大帮又因渔具不同分为若干小帮，小帮之中因宗族姓氏之别再分为宗姓帮。其组织颇为严密，帮规家法甚严，如有违犯，轻则用舵柄毒打，重则三刀六洞。四大渔帮在社会上大都加入青帮，当地称之为"三番子"，一帮有事，各帮都来相助。

四大帮中数大网帮收入高，生活富裕，资金雄厚。他们人数虽少，但势力颇大。他们使用长五丈三尺、宽一丈二尺的双篷双桅大网船，有风时即拔锚起篷，不分昼夜，使用快网、江网对船合拉，捕获量大，收入颇巨，一般的湖渔民无法与其相比。但常破坏其他渔民下的丝网、鸭网、座钩等固定渔具，引起其他帮渔民的不满，酿成纠纷。

卖载帮，使用的船窄而长，前后双桅，便于装载，船行迅速。他们专以运脚为生，收入不稳定，全看营生好坏。南壮就是卖载帮集居的村庄之一。

枪箔帮，又分为大箔、小箔、瓦箔三小帮。大箔多系芦苇织成，置较深的水中，故捕获较大的鱼；小箔用细密的竹条编成，置浅水中，多捕小鱼及青虾；瓦箔是用较粗的竹板编成，置浅水中，多获中等的鱼。冬季冰冻封湖时，无法下箔，他们便从事猎取野禽的营生。每年中秋节后至次年清明，野鸭、大雁等水禽翔集湖上，此间，渔民用鸭枪猎取禽类，故又称枪帮。枪箔帮是渔民中人数最多的一帮，其收入均匀，平常年景勉强可以糊口度日。

罱网帮，生产工具简单原始，他们必须集体从事捕捞，聚数十只至上百只小船，选择渔场，在浅水处，或下帘箔，或下丝网，摆成蜗牛状"迷魂阵"，渔船四面围定，敲锣击水，邀鱼入箔进网，用罱或马罩捕获。严冬湖面结冰时，化开冰凌，用苇箔围起，运出冰块，除去湖草，用罱捕鱼，故称"起草"。夏季湖水上涨，游鱼欢跃时，则无法捕鱼，只好采食莲子、菱角、鸡头米等充饥。他们费力最大，收获甚少，故在渔民中生活最为贫困。

说到湖渔民四大帮，大家的话就稠了，你一言，我一语，一会儿就点出百十条好汉。银飞掏出个小本子，一一记下他们的名字。黄山高兴地说："只要王老大挑头，渔家四帮哪个不响应？"

"是呀，"毛二旦望着王老大说，"雁无头不飞，船无舵难行。王大爷当我们的大队长吧。"

话音刚落，庙堂响起一阵掌声。王老大连连摆手："不中，不中！俺斗大的字识不了一口袋，也不懂得领兵打仗。别赶鸭子上架、逼公鸡下蛋了。"

张光华笑道："谁是打仗的行家？事情都是逼出来的。过去做工的、种地的、打鱼的、经商的、教书的……现在都拿起枪来了。大家信得过你，你就大胆地干吧。"

王老大推脱不过，只好答应下来。

"可是枪呢？"王老大又感到为难了。全村除了铁飞带来的一支好步枪和王老大卖船买来的三支老掉牙的"汉阳造"，下剩都是些"老套筒"、"土压五"、鸭枪和"抬杆"（一种小土炮），就是这些加起来还没有两个人的手指多，又没钱置办，怎么办呢？

"枪有的是。"黄山叔满有把握地说。

"在哪里？"王老大高兴地问。

"在地主、渔霸手里。"黄山叔解释说，"他们看家护院都用枪。"

王老大一听心里就凉了，连连摇头："有钱人最不出血，他们肯把枪交给咱们？他们要是知道咱是共产党领导的游击队，就更不会把枪交给咱了。"

张光华笑了笑说："我们可以发动群众向他们借枪。党的政策是'有人出人，有粮出粮，有力出力，有枪出枪'。把道理和他们讲清楚，开明的、有爱国心的地主和渔霸是会把枪借给我们的。对一些顽固的、不开窍的地主和渔霸，我们可以采取点硬的手段，但也要注意有理有节，不能蛮干。"

银飞眼睛一亮，拍了一下脑门，笑道："我有个办法，能叫他们痛痛快快地把枪交出来。"

"什么办法？快说快说！"毛二旦性子最急，脖子伸得老长，连声催促。

银飞偏不着急，慢条斯理地说："他们不是要看家护院吗？咱们投其所好，帮助他们组织保家自卫团，暗中打进我们的人去，来个'移花接木'，把他们手里的枪支接过来。"

黄山叔用烟袋指着银飞大笑说："想不到你这个白面书生还有歪主意。"

一句话逗得大家都哄笑起来。银飞涨红了脸，争辩说："这不是歪主意，是迂回战术。"

张光华笑道："我看，这办法好，既不伤和气，又能达到借枪的目的。但要做得巧妙，不要露了马脚。"他看了看银飞，又看了看铁飞，对王老大说，"有铁飞的勇敢、银飞的智谋，再加上你的稳重老练。大家齐心合力，我可以放心地走了。"

王老大惊道："你这就要走吗？你可不能撒手不管！"

"谁说我撒手不管？我把银飞留给你们，过一阵子，我还要给你们派个政委来。"

"政委？政委是啥呀？"

张光华笑道："政委就是党的代表，代表党来领导队伍的。"

"那好！那好！俺就盼着党的代表能早一天来。不过，说什么俺今天也不能放你走，俺还有一肚子话没有说完哩。"

张光华哈哈大笑："你今天撵我，我也不会走。我好久没有开斋了，今天要喝一杯铁飞的喜酒。"

王老大大喜："那是再好没有，趁着大伙都在这里，请大家今晚都去喝杯喜酒，只是仓促了一点，又碰上这动乱的年头，没有什么好吃的招待大家，请大家包涵了。"

张光华一转身从神台下拎出洋面，笑呵呵地说："这是我们义勇军伏击鬼子的汽车缴获的洋面，铁飞的大喜日子我没带什么礼物，就用它做贺礼吧，用洋面包顿饺子，叫大伙吃了开心壮胆。"

大家都围拢来看洋面。黄山叔说："好！眼前事情急如星火，进城采购东西也来不及了。大伙都回家看看，有什么现成的好吃的都拿来，铁飞的大喜日子，大伙在一起热闹热闹。"

大家纷纷响应，涌出庙门，各自回家筹办。

二

王老大父子陪同张光华一路说笑，回到家，白云鹤、铁飞娘、玉莲忙迎上来。大家互相问候，说笑一会儿。忽听得西厢房里传来一阵呜咽之声，张光华很是诧异。白云鹤叹了口气，向他说明了原委。大家便到西厢房里去看红莲女。

众人蹑足进门，见红莲女脸朝床里，背部耸动，哭泣甚悲。这一下颇出铁飞意料之外，心想：红莲女本是个女中豪杰，身受重伤也不呻吟一声，现在伤势大好，反倒哭泣起来。

白玉莲走到床前，低声地说："妹子，张司令和二老都来看你了。你觉得怎样？伤很痛，是不是？"

红莲女停止了哭泣，却不转身，说道："张司令、大爷、大娘、哥哥、姐姐，多谢你们来探望。恕俺不起身行礼。伤势倒好得多了，只是心里……"

白云鹤说："孩子，今天是你哥哥姐姐大喜的日子，你应当高兴才是。"

红莲女说："大爷教训得是。"她往旁边一指，"那是俺替姐姐准备的嫁衣，也不知是不是合身，好歹表一表小妹的心意。"说着又忍不住哭了出来。

原来红莲女见铁飞舍身相救，又来看望她的伤势，白玉莲也陪她说话解闷，她打内心里感激和羡慕他们。但她对铁飞终不能忘情，觉得铁飞这人无论是武功、相貌，还是人品道德，都是超群出众的，堪称真正的英雄豪杰。如果能嫁给他，那该多好！可是，铁飞爱的是白玉莲，而白玉莲也是值得铁飞爱的好姑娘。红莲女自知对铁飞的痴恋不能如愿，思来想去，又苦又疼，止不住哭出了声。一日一夜，竟把一个美丽俊秀的侠女折磨得憔悴不堪了。

大家回到堂屋，说起红莲女的身世，都觉得可怜。白云鹤说："她是个姑娘家，又受了伤，受了这么大的打击，哪能不难过？大家都要当自家人待她，不可慢待了。"大家都点头赞同，忙着去筹备酒席。

除夕之夜，王老大的庭院里洋溢着节日的喜庆气氛。四周红灯高挂，堂屋门前并排三张桌子。桌子上点起明晃晃的彩绘花烛，立着天地牌，放着一斗红高粱，斗里插着三炷香，一杆秤。左右两边聚集着全村的男女老幼，主婚人、证婚人都端坐上首，新郎在一旁侧身而立。

只听院外一阵鞭炮响，人们闪开了院门，一群美丽的渔家姑娘簇拥着新娘走进院来。她们彼此紧紧地靠着，双颊绯红，耷拉在耳下的坠子闪出彩虹般的绚丽颜色。新娘居在中间，上身穿着红棉袄，下面是绿荷色的缎子棉裤，脚上是一双红绣花鞋，头上顶着红绸子。小孩们都围拢来，妇女们和小伙子们跟着往前涌。他们都瞅着新娘，议论着她的容貌和打扮……一张张崭新的苇席从院门口直铺到堂屋门前，姑娘们像众星捧月似的簇拥着新娘从苇席上走过来。

新郎穿着青湖绸大褂，头戴银灰色礼帽，脸色红润，仪表堂堂。他睁着一对明亮的眼睛，微张着嘴，露出一排整齐洁白如银的牙齿。他觉得人们都在注视他，便不好意思地垂下那浓密的燕眉。

黄山叔高声赞礼，新郎新娘先拜天地，再拜父母双亲，然后向证婚人张光华行礼。张光华笑着还了一礼。新夫妇又向众父老乡亲环拜行礼。众乡亲都连连还礼。

新夫妇交拜毕，新郎伸手拔下插在斗上的秤。他踌躇了一下，手微微地抖着。他回过头看看母亲，又看看众人，好像不知如何是好。

"挑呀！挑呀！"人们顿时欢声雷动。

他鼓起勇气把新娘头上那块红绸子一挑，一股粉香扑面而来。他偷看了新娘一眼，高兴得心口怦怦乱跳。

新娘低着头，垂下她那长长的睫毛，脸颊像喝醉了酒似的通红。当新郎挑开蒙头红的那一刹间，她不由自主地抬起头来，一碰到新郎的目光，又连忙羞涩地低下头。

庭院爆发出一阵阵欢笑声。这时小金飞把红莲女扶了出来，众人见她长得和新娘十分相似，都不由得"咦"了一声。她强笑着和新郎新娘见了礼，然后坐在椅子上，取出一支竹笛，吹了一曲《凤求凰》。铁飞、玉莲见她心情好转，更是高兴。一曲终了，姑娘们把新娘扶进洞房。铁飞娘向孩子们撒了糖果、花生、红枣、栗子。接着院子里安放桌子，摆上酒席。

开席之后，众人畅饮起来。王老大手执酒壶高声说道："按咱渔民的规矩，今晚哪个不喝醉，就不许出俺的门……"话音未落，忽见墙头上有人窥探，便大声说，"是哪位朋友在那里张望，请到里面来喝酒。"

那人影儿一晃不见了。毛二旦、黄大水（黄山叔的儿子）立刻跃出院外，四下搜索，但未见人影。回来报知王老大。

王老大笑道："请他喝酒，他不愿来，何必勉强？来来，咱们还是喝酒。"暗地里轻声吩咐黄山叔，"老弟，你带几个人四下查看一下，别让歹人混进来放火，搅了大喜日子。"又低声吩咐王银飞、黄大水暗中保护张司令。

众人见王老大毫不在乎，又兴高采烈喝起酒来。张光华见王老大遇事不惊，心里暗暗高兴，也举杯助兴，谈笑风生。

吃了几个菜，新郎新娘出来敬酒。王老大夫妇笑得合不拢嘴。白云鹤手捋银须，含笑望着一双儿女。白玉莲素来滴酒不沾，大家纷纷相劝，不好违了众意，只得喝了一点，就言"醉了"，一时面红过耳。

张光华说："只怕是酒不醉人，人自醉。"

众人哄笑："三日之内无大小。"说着便逼着铁飞喝酒。

正嚷得起劲，忽见院门外人影一晃，接着听到黄山叔呼喝。铁飞首先站起，抢到门外，只见黄山手提长枪跑过来。铁飞忙问："怎么？有贼吗？"

黄山叔说："俺见有人鬼鬼祟祟向院里探望，追过来时贼子已没影了。"

这时白玉莲拿了宝剑跟了出来，说道："咱们四处去搜搜。"

黄山叔笑道："侄媳妇，你给俺安安静静的，有老叔替你站岗放哨，还怕小贼偷了你的嫁妆吗？"玉莲一笑，退了回来。

毛二旦拉住铁飞的胳膊说："好啊，你想借故逃酒。俺先去捉贼，回头瞧罚不罚你。你给俺看住新娘子，不许她喜日子动刀动枪。"一边说一边把铁飞推了进去。

铁飞回到院里，见众人都已闻声出去搜敌，寻思："张司令和冯渊已有定约，按理他不该再派人来捣乱。瞧那人身手不凡，难道是过路的飞贼，见到这里做喜事，想来拾点好处？"

正自琢磨，毛二旦和张泥鳅走了进来，纷纷叫嚷着要罚新郎喝酒。王铁飞笑道："毛贼没抓到，大家少喝两杯吧。别阴沟里翻船，叫人偷了东西去。"

毛二旦哈哈大笑："这是王大爷的将令，谁敢更改？你尽管喝，小贼早叫我们吓跑了。"

铁飞无话可说，只得和每人对饮三杯。佯装醉态，立足不定，摇摇晃晃。

众人纷纷叫嚷："新郎装醉骗人，该怎么罚？"

白云鹤忙过来打圆场，和每人干了一杯。铁飞竟醉倒在桌上，说话也不清了。大家见新郎真的醉了，和玉莲说些笑话，都退出酒席，七手八脚把铁飞、玉莲推进洞房。

三

玉莲见众人散尽，房中只剩下自己和丈夫两人，不由得心头撞鹿，突突乱跳。偷眼看王铁飞时，见他和衣歪在床上，已在打鼾。她轻轻站起闩上

77

房门,红烛下看着夫婿,见他脸上红扑扑的,睡得正香。便轻声叫道:"喂,你睡着了吗?"

铁飞不应。她叹道:"真的睡着了。"心里很不是滋味。四下一望,确无旁人,又侧耳倾听,万籁俱寂,料想贼人已远远逃去了。这才脱去棉衣,走到床前推了推铁飞。他翻了个身,滚到了里床。她把他的鞋子和大褂脱下,再想解他内衣,忽然害羞。良久,叹了一口气,抖开棉被盖在他身上。吹熄了蜡烛,自己缩在外床,一动也不敢动。

过了许久,铁飞翻了个身,玉莲吓了一跳,不由得往外一缩,不想铁飞张开双臂突然将她搂在怀里。玉莲几乎惊叫起来,猛想到这可叫喊不得,只觉得脸上一阵发烧,忙把头钻到丈夫怀里,一声不响。只听铁飞柔声说道:"你当我真的喝多了?睡着了?笑话……"

玉莲笑骂道:"你捣什么鬼,快睡觉吧。"伸手去摸铁飞的衣扣。

铁飞心中一荡,握住她一只温软的手,说:"别忙……"

玉莲倏地缩回手来,又羞又气:"你?……"

铁飞忙把她往自己胸前一拉,小声解释道:"怕那歹人还要来,不得不防……"

正在这时,忽听得窗外"啪"的一响。铁飞霍地跳起,把玉莲往身后一拉,自己挡在她身前,拖过身旁一把椅子,预备迎敌。

玉莲也坐起身来,摸起龙泉宝剑,凝神细听,窗外似有人在低声叽咕,心想是弟兄们开玩笑,来偷听新房。刚想说"不要理他",忽听得一阵扭打之声接着便是"哎哟"一叫,显然是有人在交手中吃了亏。

铁飞拔闩出门,只见两个人影掠墙而过。铁飞欲追,白玉莲说了声:"俺也去!"便和铁飞双双跃上墙头。两人直追到湖边,只见水波粼粼,芦苇摇曳,不见那两人的影踪。

玉莲骂道:"这毛贼手脚好快,躲到哪里去了?"

铁飞向她摇摇手,示意不要作声。

这时就听芦苇深处有人争吵:"你来干什么?"

"请你回去。"

铁飞和玉莲相视一惊:是红莲女和夜的黑!

又听红莲女说:"俺与你已划地绝交,你死了心吧。"

"二妹,是俺对不起你,你打吧,骂吧,杀了俺,俺心里也痛快。"

"呸!你当俺是三岁的娃娃,那么好上你的当?要不是铁飞救俺,俺早死在你的刀下了。"

"俺本意并不是要害你,只是不能见你和别人好。那时节,求生无望,便想和你同死。你总该体谅俺的一片痴心吧?"

红莲女冷笑道:"你的一片痴心俺领教了。你想把俺关在你的笼子里,供你取乐,办不到!"

夜的黑讪讪地说:"只要你原谅俺,跟俺回去,以后你爱怎么样就怎么样,俺绝不再管。"

"俺看你贼心不死,还想拖着俺在江湖上胡混。你有一身本领,干什么不好好做事,非要做江湖上的强盗?"

夜的黑低声说:"你说江湖上的强盗不好,俺就听你的,洗手不干!好好地做人,这还不成?"这几句话他用了极大的气力才说出口,说到最后,竟痛哭起来。

红莲女也把语气放得缓和了些,说道:"当初也多亏你相助杀了老贼,替俺报了仇,使母亲能含笑九泉。俺红莲女恩怨分明,不会忘记你的好处。只是……你休妄想要俺以身相报。你心目中的红莲女已经死了!"

夜的黑突然火起:"你是不是心里还恋着他,所以就瞧俺一钱不值?"

"放你娘的屁!人家都成了夫妻,俺是做妹妹的份。"

"那你还赖在这里干什么?你要不走定是为了他。休怪俺对他不客气!"

"你!你想干什么?"

"哼哼!你心里明白。"

"呸!不要脸!你这个黑心贼!你敢动他一手指头,俺把你碎尸万段。哼,这回算你赢了。走,俺跟你回去。"

白玉莲想去拦截,铁飞一把拉住她,低声说:"让她走吧。"

白玉莲眼里盈满泪水,轻叹一声:"唉,俺真为她难过,要是俺死了……"

"你——"铁飞浑身一震,激动地说,"我与莲妹患难结缘,情深意厚,肝胆相照,历经劫难,今始结为夫妻,愿风雨同舟,生死相随!"

玉莲心头一热，双颊红晕，扑到他的怀里，泪如泉涌地说："为什么咱们的姻缘这么难？为什么他们总想将咱们拆散？"她抬起泪眼，望着那深不可测的夜空，发出一声长叹。

铁飞捧起她泪水盈盈的脸，替她拭去泪水，微笑说："美好的姻缘总是不能轻易到手的，就像我们小时候听老人讲过的，幸福的门口有凶猛的毒龙守着，有各种各样大大小小的妖魔鬼怪挡住去路，要征服了这一切，幸福才属于我们。"

"咱们能够征服吗？"玉莲有些担心地问。

"能！"铁飞伸展着一双铁臂，像是要撼动山岳似的，充满信心地说，"邪不压正。你我生死与共，有足够的勇气和力量战胜一切邪恶。"

玉莲笑了："你说能，准能。和你在一起，俺什么也不怕！"

王铁飞、白玉莲返身回家，突然从路旁苇坑里飞起一镖，直取铁飞的咽喉。铁飞叫声："不好！""扑通"一声直挺挺地倒在地上。白玉莲大惊失色，扑在铁飞的身上放声大哭。

这时从苇坑里跳出三个蒙面大汉。其中一人说道："姑娘不要哭了，人死不能复活，眼泪救不了他，那是支毒镖，即便击不中要害，擦破皮儿，一时三刻也要丧命。"

"啊！"白玉莲猛然想起那菱角岛的飞镖，她跳起身来握剑在手，抹去眼泪，厉声喝问，"你到底是谁？"

那人冷笑一声，揭去蒙面黑纱，露出真容。白玉莲见那黑发洋头、酱色猴脸，"呀"了一声，面前正是王铁飞的邻居乔苇。看清了庐山真面目，前前后后种种迷雾顿时消散。白玉莲柳眉怒竖，银牙一咬："你这条毒蛇，为什么三番五次要害我们性命？"

乔苇"嘿嘿"奸笑两声："姑娘不要误会。我只是要除掉王铁飞，送你个美好的前程。郎君在戚城等着你呢。你做了官太太不要忘了谢我。"

白玉莲怒火冲天，举剑便刺。乔苇托地一跳，跃出一丈开外，把手一招，那两个蒙面大汉扑了上来，用匣枪指住白玉莲。乔苇冷笑道："你那路剑法我早就领教过了。乖乖地跟我走吧，要不，你的小命也难保了。"

白玉莲生死置之度外，哪管得许多，手腕一翻拨开两支匣枪，箭一般弹射过去，直取乔苇。乔苇连忙抽刀接招。那两个大汉刚要向前追赶，只听有人大吼一声："看招！"好似半空里炸响一声惊雷，只见一条大汉从天而降，一个凌空双飞脚，将两个蒙面大汉踢出一丈开外。

原来王铁飞见那芦苇摇动，早有防备。待乔苇一镖飞来，他把嘴一张咬住飞镖，使了个诈死之计，往后便倒。那乔苇的飞镖虽然又准又狠，无奈铁飞眼急手快艺高一筹。那白玉莲如何不知？她也是灵机一动，佯装悲痛，为的是稳住敌人，好做手脚。

那乔苇一见铁飞死而复生，大惊失色，魂飞胆丧，虚晃一招，跳出圈外，转头便走。白玉莲要去追赶，只见乔苇手一扬。铁飞大叫："当心！"白玉莲连忙用剑一挡，"当啷"一声镖落尘埃。白玉莲待要再追，乔苇已经到了湖边，一纵身腾空而起向芦苇丛中飞去。人入芦苇荡，你即使有天大的本领，也寻他不得了。白玉莲急得直跺脚。铁飞不动声色，飞起一镖，以其人之道还治其人之身，只听乔苇"哎呀"一声，跌进芦荡。

铁飞、玉莲回身再找两个歹徒算账，只见他俩刚刚爬起来四处寻找摔失的枪支。铁飞大喝一声："哪个敢动？！"

两个歹徒吓得连忙缩回手来，浑身筛糠，磕头求饶。

铁飞厉声道："把子弹放下。"

两个家伙不敢怠慢，连忙从身上解下子弹带。铁飞捡起那两支匣枪和两条子弹带，用手接着，对那两个家伙说："放你们回去给那小白狼捎个信，就说他送来的大礼我收下了，改日一定到府上拜访，回赠他两个'莲蓬籽'。"

"是！是！是！"两人连滚带爬地跑了。

铁飞、玉莲相视而笑，这时村里传来第一声鸡叫。

第七章

银飞借枪

一

大年初一，乡亲们相互拜年。张光华由王老大陪同走遍了全村，回来已是正午。大家团团围坐，边吃水饺，边议论借枪的办法。研究了几套方案，决定由银飞负责具体执行。因为银飞在三孔桥水火庙小学当过教员，不少学生是富家子弟，因而和他们的家长比较熟悉，便于做动员工作。再者，他在湖西参加了一段时间工作，明了党的抗日政策。必要的时候叫铁飞配合他行动。王老大则主要负责动员组织人员。

饭后，义勇军来了一班警卫战士，护送张光华回湖西去了。

下午，除留下铁飞和必要的人员守护村子之外，王老大、白云鹤、黄山叔、银飞、毛二旦、黄大水等都分头行动，借拜年的机会，走亲串友，秘密联络人员。

银飞听张泥鳅说，前些日子川军吃了败仗，在莲花湾一带丢了不少枪。丛秀的父亲也拾到一支。丛秀是银飞儿时的好友，两人青梅竹马，两小无猜，前年夏天，两家父母给他俩订立了婚约。银飞喜出望外，心想："我何不借这个机会去看看丛秀，顺手把枪借来？泰山大人这点面子总是肯给的。"

银飞越想越美，把他的打算向母亲一说，老太太高兴地说："咳！俺光忙着操办你哥的喜事了，倒忘了你的事。快去快去，别叫亲家挑理。"

老太太忙不迭替他换衣服，准备礼物。一时上上下下都换了个新，鲤鱼、鸭蛋、红公鸡……样样都备齐了，又把压在柜底的一对银簪找出来，用红布包好，交给银飞说："唉，这还是娘出门时你姥娘陪送的。这年月没有什么好东西送她，就把这个给秀丫头吧。"又千叮咛万嘱咐说，"没过门的女婿头一遭走亲，要多说好话，千万别失了礼。可记住啦？"

83

银飞笑道:"娘,我耳朵都快磨出茧子了,忘不了!你再不放我走,日头可要落了。"

玉莲在一旁打趣道:"娘,快放他走吧,二弟都急出汗来了,可没有心思再听你嘱咐。"

"瞎说,哪里有汗?"银飞不由得往额头一摸,确是汗涔涔的,很是狼狈,连忙用衣袖一抹,提了竹篮跑了出去。

银飞穿了一身新衣,很是难为情,又提了一篮礼品,更是引人注目。他唯恐村里人碰上取笑,溜墙根儿,低着头,急急忙忙出了南壮。刚刚松了口气,不想迎面碰上了张泥鳅。银飞心里叫声"不好",想躲已经来不及了。

别看泥鳅只有十五六岁,长得只有三尺高,鬼点子可是一套一套的。他上下打量一下银飞,挤眉弄眼地说:"银飞哥,看老丈人去吗?铁飞哥一娶媳妇,你就沉不住气啦?"

银飞把脸一板:"去!毛蛋孩子懂什么?我有要紧的大事——去借枪。"

"嘻嘻,你借不到枪,咱们回头算账。"

"算什么账?"

"你要借来,俺把那方砚台送你;要是借不来,你得把张司令送你的那支小手枪给俺。"

银飞知道泥鳅的那方砚台虽不是稀世之物,却也是传家之宝,泥鳅视之如命,轻易不拿给人看,这回却要以此为赌,心里不由得打了个愣,难道他料定我借不来?随即又想,向老丈人借枪,岂有不给之理,笑道:"君子一言,你可不要后悔!"

泥鳅一拍胸脯:"哪个变卦,就算不上好汉!"

"好!你等着。"银飞迈开大步急走。

"慢走,绊倒磕个鼻青脸肿可没法见丈人。"

银飞没有理睬他,脚步却放慢了些。

打春了,原野上的冰雪开始融化,朝阳的土坡已露出黄黑色的土皮,到处升腾弥漫着水汽,使人闻得到早春的气息。银飞一路兴致勃勃地欣赏着景色,不觉已到了莲花湾。

莲花湾是一个美丽富裕的村庄。它背依郗山,面临湖水,北风吹不到,南风拂面来，即便是寒冬腊月，港湾里也很少结冰。这一得天独厚的天然环境，吸引了不少微湖渔家。每逢冬季，千帆云集，桅杆林立。但真正能在莲花湾落地生根的只有大网帮的渔民。

莲花湾是个大网帮的陆居之地，因而比其他渔村殷实富裕。又加上背依郚山，有山石、林木之便，渔民多住石墙瓦屋。

银飞走进莲花湾，顺街向东，又向南拐，旁边闪出一处院落。看到门前有棵大槐树，树下一个光滑的石板桌，他的眼睛一下就亮了。不错，就在这里。前年夏天他随父来相亲时，还在那石桌上喝过茶哩。那时他刚从曲阜二师毕业应聘到三孔桥水火庙完小教书，每月薪俸十二元。虽说收入不算高，但当教书先生是个令人羡慕的职业。可是自从鬼子南侵，学校停办，他就失了业。银飞从小体弱多病，王老大怕他将来无力养家糊口，便送他去上学。哪知银飞天资聪明，十三岁便以全优的成绩考入山东曲阜二师。他勤奋好学，写得一笔好字，画得一手好画，在戚城颇有名气。德国神父海登曾要以高价买他的一幅字画，遭他拒绝。穷苦的湖渔民求他，他却分文不取，有求必应。那时父亲带他来相亲，丛秀的父母见银飞生得眉清目秀，文质彬彬，又身为教员，每月有一份固定的收入，不由得眉开眼笑，当即定了婚约。

银飞正要上前敲门，一看那院落与从前不大一样：过去低矮的篱笆墙，现在是高大的院墙；原来的三间草屋，换成了五间青砖瓦舍；两扇漆黑的大门关闭着，可那院里的皂角树、花椒树、枣树、杏树都极力向外伸展着枝条。叫人一看便知，这户人家有心劲，会算计，小日子过得蛮红火。银飞心里嘀咕，不敢贸然敲门，见那边走过一个人来，便上前打听。

那人把银飞上下打量了半晌，点了点头，一声不响地走了。那神情很叫人迷惑不解。银飞呆愣了半晌，终于忐忑不安地走上前去，扣敲黑漆大门上的铜环。

二

一阵轻快的脚步声伴随着低低的咒骂声从院里传来。"哗啦"一声，黑漆大门一下敞开,紧接着一盆污水迎面泼来。银飞"哎呀"一声惊叫,急闪身,崭新的青丹士林大褂已被泼湿了半边。

"是你?"

"是你?"

隔着门槛惊呆了一对年轻人。

门里站着一位十七八岁的姑娘。俊秀的鸭蛋脸儿,红扑扑的腮帮,一对秋水盈盈的眼睛,丰满窈窕的身段溢着青春的活力。她,正是丛秀。

四目相对,姑娘"扑哧"一笑,把那垂在胸前的黑油油的大辫子向身后一甩,大大方方地伸手将银飞拉进门槛。

银飞像触电似的,心口突突直跳,脸上涌出了细汗。

丛秀带好了门,朝银飞回眸一笑,绯红的双腮显露出两个酒窝。"快进屋,把大褂脱下来,我给你烤烤。"姑娘抱歉地说。

"哟!银飞来了。"一个高额骨薄嘴唇的女人迎上来,笑眯眯地接过银飞手里的竹篮。一个满脸皱纹的老汉蹲在堂屋里的大火盆旁闷头抽烟,见银飞来了,欠了欠腚,算打了招呼。

"大叔、大婶过年好!俺给您二老拜年来了。"银飞彬彬有礼地问候。

那老汉"哼"了一声,没有让银飞进屋,连看也没有看他一眼,垂下眼皮吸他的旱烟袋。丛大婶把篮子放在厦檐下的椿凳上,把鲤鱼、鸭蛋、红公鸡……一件件拿出来,数了又数,掂了又掂,像是买东西似的,看看合不合算。银飞被晾在那儿,一脚门里,一脚门外,进也不是,退也不是。脖颈里像撒了一把冰雪,浑身不自在,准备好的话都冻凝在肚里。

丛秀翻瞪了她爹一眼,故意亲热地把银飞拉进屋,帮他解开衣扣,脱下大褂,烤在烘篮上,又手脚麻利地冲好了茶,把花生、红枣、栗子、瓜子……一股脑儿端了出来,放在银飞的前面,说:"吃吧,俺去做饭,你陪俺爹坐一会儿。"她向银飞递个眼色,匆匆地走了。

姑娘像一团火,把这冰冷沉闷的空气烘热了。银飞稍稍踏实些,思量着这一家究竟发生了什么事。

丛兴旺这年发了家,日子越过越好。只是过分省吃俭用,刻苦得自己面黄肌瘦,满脸皱纹,身上穿的也破破烂烂,像老和尚的百衲衣。一袋烟抽罢,他才抬起眼皮,瞅了银飞一眼,不凉不热地说:"这么晚才来拜年,俺当你忘了这门亲戚呢。"

半天不说话,一张口就挑了理。银飞不安地挪动了下身子,赔着笑脸解释说:"大叔,年前我到湖西去了,除夕才回家,又碰上大哥办喜事,所以……"

"湖西有你啥亲戚,绊住了你的腿?"丛兴旺没好气地说。

银飞将他参加抗日义勇军和父亲组织保家自卫团的经过,简略地说了说。不想,丛兴旺听了更是恼火,把烟袋锅往凳子上"啪"一磕,说:"您爷们儿放着好日子不过,为啥偏偏拉枪攮牛?看见鬼子躲都躲不迭,您爷们儿倒好,硬着头皮上,那还不是打着灯笼拾粪——找死(照屎)!"

银飞说:"不是咱不愿过好日子,是小日本不让咱过。鬼子到处杀人放火,奸淫掳掠,闹得鸡犬不宁,人心惶惶。国民党腐败无能,一见鬼子打过来,扔下老百姓便跑,老百姓还指望什么?现在鬼子已经打到咱门口上来了,共产党领导咱们起来抗战,自己武装自己,保家卫国,这是唯一的出路!要不,只能当亡国奴,任人宰割。大叔,您说是不是?"

"这……"丛兴旺张口结舌,半响,才支支吾吾地说,"当然谁也不愿做亡国奴,可是……咱这穷乡僻壤的渔村鬼子也会来吗?俗话说,网儿再稠,也有漏网的鱼。"

银飞笑道:"大叔,这莲花湾可不是穷乡僻壤。往东不过六七里就是津浦铁路,滨湖车站若住上鬼子,一抬腿可就到这里了。"他扫视一下满屋的桌椅橱柜,叹息了一声说,"大叔,您希望的好日子只怕是不长了。"

丛兴旺像被蝎子蜇了似的跳了起来,瞪圆了双眼:"你你你!大年下,来这里咒俺呀!"

银飞连忙赔礼道:"大叔,您别生气,我说的是实话,鬼子正在沿津浦线向南推进,滨湖车站已在鬼子的掌握之中,只是暂时还没有驻兵。大叔万不可存有侥幸心理。国家,国家,先有国,后有家,国破家必亡,千古一理。"

丛兴旺不以为然地摇了摇头:"三十六计走为上,咱斗不过鬼子,惹不起还躲不起吗?大不了,俺舍弃了这份家业。咱本是渔民,船底无根漂四海,哪里平静哪里安家。"

银飞看他自信得意的样子,觉得又好气又好笑,耐着性子开导说:"大叔，天下大乱，哪里有平静的地方？沿运河北上是鬼子的占领区，南下徐州，正好钻进战火里，以徐州为中心，双方都在调兵遣将，正酝酿着一场大战，弩张剑拔，一触即发。跳过徐州再往南，连蚌埠、南京都被鬼子占领了，您还能飞到哪里去？"

丛兴旺听了目瞪口呆，惊慌不安地打了个转，右手背拍着左手说："这、这可怎么办？你丛明哥年前去蚌埠跑买卖，都两个月了，到现在还没回来，要是碰上日本鬼子……唉，唉！"

银飞也吃了一惊："大叔，您过日子的心也太强了，这兵荒马乱的时候，您还叫他在外面乱跑什么？"

"唉，俺办齐了一批鸡头米、菱角干，听说蚌埠那里正闹饥荒，能卖大价钱，就打发你丛明哥去了。谁知官兵这么不中用，转眼间就丢掉了蚌埠、南京。他要有个好歹，俺可指望哪个？"

"大叔您别着急。丛明哥做事精明谨慎，也许不会出什么事。想必因为徐州有战事就耽搁了。大叔家里有什么事，尽管吩咐，我尽力而为。"

丛兴旺看了银飞一眼，摇了摇头，心里想："你这文弱书生，浑身没有四两的劲儿，能顶什么用？"嘴上却说："俺身子骨还硬朗，啥事都能做，丛秀也顶个男孩子用了，不用劳你的驾。"

话虽说得客气，却是冷冰冰的。银飞心里很不是滋味，向外一看，天色不早了，便试探着说："大叔，俺爹正在组织抗日游击队，人倒好办，就愁没有枪。听说您家有支枪，能不能借给我们？"

"借枪？"丛兴旺一愣，继而大笑，"你们算哪路军，还向百姓借枪？"

"我们是共产党领导的抗日游击队，白手起家的人民武装，当然要依靠百姓的支持。"

丛兴旺冷笑道："俺倒佩服你们的勇气，两手空空也敢喊着打鬼子。只是别让人听了笑掉大牙！"

银飞压住火说："两手空空当然不能打鬼子，所以我们正在积极动员群众借枪、献枪。有了枪就能生存发展，就能保护人民群众生命财产不受侵害，就能打击和消灭日寇！"

丛兴旺摆摆手说："你满肚子学问，俺说不过你。你绕三百六十个圈，不过是要俺把枪献出来，对不对？论俺和你爹的交情，俺不该拒绝。可是——"他搔了搔头正寻思着如何说，丛大婶一步闯进来，仰着脸，拉着长腔说："哟，您爹真好记性，还想着俺家的那支'老套筒'呀！多年不用了，早锈成了铁疙瘩。"

丛兴旺一拍脑门，连忙说："对对对！你不嫌孬，就拿去吧。"

银飞一针见血地说："大叔，俺要借的是那支你才捡回来的钢枪！"

"钢枪？"丛兴旺惊得一哆嗦。

"哟——哪个挨千刀的放屁！外财不发穷命人，你大叔啥时候捡过钢枪？"

"是啊，要是俺有，别说是借，就是白给也是应当的。嘿嘿，我和你爹又是割头不换的兄弟，咱又是……""亲家"二字滑到舌尖上，他赶快打住。

老两口一唱一和，像说大鼓书似的。银飞心里又好气又好笑。看架势，想从这院里拿走一根草棒也没门了。他无可奈何地站起来，穿好已经烘干的大褂，正要辞行，忽听得锅屋里传来"叭叭"的一阵响。

"咋啦？"老两口同声惊叫，伸着头往锅屋里张望。

"两只老鼠吱吱怪叫，讨厌死了！"丛秀没好气地回答。

"小祖奶奶，你轻点不行？当心打坏了家什。"丛大婶说着，挪动小脚往锅屋里走去。

丛秀走出锅屋，鸭蛋脸涨得通红，两眼泪汪汪的，一排洁白的牙齿使劲咬着下唇。她低着头，风风火火地走出院门，像和谁赌气，"咣当"一声把门带上。

丛兴旺浑身一震，张了张嘴，伸了伸脖子，像吞咽了一团棉花，噎得脸都变成了紫色。若不是银飞在旁，他准会蹦起来。

银飞见此光景，情知里面有弯，便说："大叔，您歇吧，我该回去了。"

"别忙，天还早哩，吃过饭再走，秀儿已经……"

"不啦，家里还有急事。"

"银飞，"丛兴旺拉住银飞，"大叔有句话……"

银飞只好停下来，望着丛兴旺欲言又止的神态。

丛兴旺犹豫了一会儿，终于长出了一口气，从根到梢数落起丛秀，什么越大越不知礼数啦,脾气如何如何坏啦……

银飞心如明镜,不作一声。

他见银飞没有什么反应,稍稍有点失望,眨巴眨巴干涩的眼皮,突然问:"你知道她刚才为啥摔盆打碗不?"

银飞摇摇头。

"还不是为了你……"

"为我?"银飞心里一动,不由得捏了捏口袋里的银簪。

"唉,你放着教书先生不当,为啥偏偏去参加义勇军?和鬼子打仗,拿着小命当儿戏,要是有个好歹,丛秀她……"

银飞打了个寒战,勉强笑了笑:"大叔,您放心,我不会耽误丛秀的。"

"那你和丛秀的婚事——"

"随她的便。"银飞脱口而出。

丛兴旺紧盯一句:"此话当真?"

银飞昂然道:"大丈夫一言既出,岂能反悔?"

"那好那好,你立个退婚的字据。"

银飞冷笑道:"我说的是'随她的便',不是随您的便!"

"什么?"丛兴旺一蹦三尺高,"闺女是俺生的俺养的,自然由俺当家。亏你还读过圣贤书,连这点道理都不懂!"

银飞面色铁青,拂袖而去。

三

银飞怒气冲冲跑出莲花湾,这才放慢了脚步。喜鹊在他头顶叽喳乱叫,小河流水在他脚下哗哗喧笑,那堤畔的杨柳像捉弄他似的,随风舞动,扭来扭去……他像一口吞了二十五只小老鼠——百爪挠心,腻烦透了。他狠命地扯下一根柳枝,没好气地将它折成两截,又折成四截,摔下河去。

"枪没借着,回去如何交代?"这么一想,顿时双腿像灌了铅似的沉重,一步一晃地向前挪动。一瞬间面前又浮现出黄大水、毛二旦、张泥鳅他们的身影,他们一个个手持钢枪向他兴高采烈地讲述借枪的情景,泥鳅还朝他做鬼脸:"怎么样,俺料定你借不来,还不快把手枪给俺!"银飞羞愧得无地自容,又使劲眨了眨眼,面前什么都不见了,依旧是空荡荡的旷野。"就这样空手而回吗?"他犹豫着,再也没勇气往回走。"不!不能这样回去,得想个办法,一定要把枪弄到手。"他自言自语地说。可是想什么法子呢?他脑子里乱哄哄的,一点主意也想不出来。他索性停下来,蹲在河边,挽起袖子,捧起一捧冰冷的河水,洗了洗滚烫的脑门,顿时清爽了许多。他看着自己倒映在水中的影子,正自出神,突然"砰"的一声,水花溅起,溅了他一身。一抬头,只见丛秀撑着一只小船来到近前。落日的余晖照射着她,显得更加美丽动人。她咯咯地笑着,桃腮上挂着汗珠。银飞又惊又喜。看她只是笑个不停,又觉得好恼,眉头一皱,故意板着脸说:"你笑什么?我心烦得要死,要是你晚来一步,我一头栽到河里,你就更畅快了!"

丛秀一怔,跳上岸,伸出食指点了一下银飞的脑门,教训道:"亏你是个男子汉,真没出息,这点小事就难为得要投河?"

"小事?"银飞真的动了气,"借枪,关系抗日的大计,我说破了嘴,磨碎了牙,你爹硬是不借。叫我回去如何交差?不借就不借,倒也罢了,可你爹又逼着我退婚。婚姻事关终身,难道这也是小事?"

丛秀着急地问:"你退了?"

银飞叹了一口气,不紧不慢地说:"不退有什么法子?你爹也是'好意',怕我死在战场上,误了你的终身。"

丛秀急得直跺脚:"你真是少心无肝,难道不知俺的心?"

"我又不是你肚里的蛔虫,谁知道你想的啥?"

"胡说!你……"丛秀想骂他"你这个昧良心的",但想到他刚才受了她爹一肚子的冤枉气,连忙咽回去了,拉了拉银飞的衣袖,看着他的脸,柔声地问,"你气糊涂了吧?"

"没有。"

"那好。你现在就跟我回去,当面鼓对面锣,咱跟他们说清楚。"

"说清楚啥?"银飞忍不住"扑哧"一笑。

"好啊,你拿俺开心呀!"丛秀赌气一甩袖子,自己上了船。银飞跟着跳上船去。船一侧棱，银飞站立不稳，猛一摇晃，差点掉下水去。丛秀惊叫了一声，连忙将他拉住，骂道："笨牛，你真想找死！"

银飞笑道："你帮我把枪借来，俺就不死了。"

丛秀瞪了他一眼："枪枪枪！你心里只有枪，根本没把俺放在眼里。"

银飞怔了怔说："秀妹，我的心你还不明白？"

丛秀学着银飞的腔调说："俺又不是你肚里的蛔虫，谁知道你想的啥？"

银飞笑道："是我的不对，我向你磕头赔罪行不行？"说着双膝一弯，做了个要单膝下跪的样子。

丛秀连忙将他扶住，笑骂道："真没出息，哪有男子汉向自己没过门的媳妇下跪的？"话一出口也觉得说走了嘴，羞得连忙扭过脸去，往船舱里一指，"枪在那里，你拿去吧。"

银飞大喜，扑进船舱拿出枪来，看了又看，乐得合不上嘴："你真行！"

丛秀用指头戳了他一下："告诉你，别门缝里看人——把人瞧扁了。"

银飞向她鞠了一躬，连说："不敢不敢！"

丛秀咯咯地笑起来，推了他一把说："别装模作样了，快走吧，等会儿俺爹追了来，看不打断你的腿。"

银飞一愣："枪是你偷着拿出来的？"

"你别管，天塌下来俺顶着。"不由分说，丛秀把银飞推上岸去，拿起竹篙，就要往回撑。

"等等！"银飞连忙叫住她，从怀里掏出红布包，喊了声"接着"，扔了过去，"这是娘让我送给你的银簪。"

丛秀忙伸双手接住红布包，急急打开，看见银簪，心头不由得春潮汹涌。她把红布和银簪搁在胸口，心里又喜又甜又羞，还多少掺和着一点儿涩，一点儿苦。泪水从眼里涌出，她含情脉脉地看着银飞，说："你回去，别忘了替俺谢谢她老人家。"

第八章

南壮起义

一

"站住！把枪给俺放下！"

银飞与丛秀挥手而别，转身欲走，忽听有人大声怒喝。银飞吃了一惊，回头一看，只见丛兴旺怒气冲冲地从柳丛中跳将出来，指着他的鼻子骂道："臭小子，你竟敢勾引俺闺女，盗俺枪支，亏你还是读书识礼的人，做出这种伤风败俗的事来。"

银飞面红耳赤，强压着怒火说道："大叔，你不要污人清白，枪是丛秀送我的，为的是抗日救国，堂堂正正，正大光明，有什么伤风败俗！"

"臭小子，你还敢强词夺理？"说着，丛兴旺猛地扑上来夺枪。

银飞死死地抱住枪不放。丛兴旺争夺不下，狂暴凶野地拳打脚踢，银飞的脸上、身上、腿上立刻受到冰雹般的袭击。他不躲不闪，紧咬着牙，一声不响，鼻子被打破了，血涌流出来，滴落在衣襟上、枪杆上，他也不管。

丛秀扑上来，用身子护住银飞。她满脸是泪，发丝拂在脸上，被泪水湿透了，贴在面颊上。她心痛地喊叫着："你是死人！你没有嘴！你没有腿！你为什么不说？你为什么不跑？你你你……"

丛兴旺见女儿处处护着银飞，心中更是有气，吼道："你给俺闪开！"一把拽开女儿，左掌照着银飞直劈下去。

银飞本能地往后一闪，不想丛兴旺的掌未到腿先出，一拨一勾，银飞扑地倒了，手里的枪也被夺去。枪到手，丛兴旺一手拉住女儿，转身便走。

丛秀惊怒交集，泪如雨下，拼命一甩挣脱了父亲，哭叫说："爹，枪是你的，你拿走吧。俺和银飞哥去了，死活在一块，永世不再见你！"丛秀扶起银飞，头也不回地向南壮走去。

丛兴旺呆若木鸡。女儿从小娇纵惯了，养成烈火般的性子。他知道宝贝女儿说得出做得到，这一去定然不会再见他。他回家后如何向她娘交代？老婆非和他拼命不行。罢罢罢，这支破枪也值不了几个钱，不能为了它，赔进去一个闺女。想到此，他急忙追上前去，拦住银飞，说道："枪还你，俺认栽了。秀儿，这下你满意了吧？还不快跟俺回家？"

丛秀破涕为笑："爹把枪献出来，是对抗日的一份贡献，怎么说是栽了？银飞哥，还不拜谢岳父大人？"

银飞当即跪下磕头，口称："岳父！"

丛兴旺一怔，跳着脚说："谁是你岳父？"

丛秀急得双脚乱顿，拿起枪来，哗啦推上子弹，说道："你不答应，俺就死给你看！"

丛兴旺吓得脸都黄了，连忙道："快把枪放下，俺答应就是。"

丛秀站立不动，瞪着泪眼望着父亲。丛兴旺无奈，只得将银飞扶起，说道："俺将秀儿许配于你，你可要好好待她。秀儿被俺娇纵坏了，你得处处忍让她。"

丛秀听得心花怒放，笑道："俺好端端的，谁说被娇纵坏了？"

银飞微微一笑，说道："岳父放心，我一定好好地待她。"此时此刻，丛兴旺就是提出百件要求，他也会答应。刚挨的一顿打，也觉值得。

银飞回到家，献上枪支，一家人喜得合不上嘴。王老大接过枪来，见是一支八成新的汉阳造，高兴地夸赞了他一番。银飞红了脸，将借枪的过程说了一遍。母亲心疼儿子，骂丛兴旺是"老怪物"。王老大听了不禁哈哈大笑："老怪物终究拗不过宝贝闺女，盐卤点豆腐———一物降一物。"

正说着，黄山、毛二旦、泥鳅来了，争着看枪支。泥鳅把银飞拉到一边，取出砚台说："没想到你那铁公鸡岳父这么肯出血，俺输了，砚台归你。"

银飞笑道："砚台是你家的传家宝，还是你留着吧。你要是过意不去，帮我个忙，到三孔桥走一趟。"银飞拿出一张名单交给泥鳅，小声地盼咐了一番。泥鳅乐得蹦起来，收起砚台和名单，连夜到三孔桥去了。

王老大见了，问银飞："你和泥鳅嘀嘀咕咕地说些什么？"

银飞说："三孔桥是大村镇，那里的地主商人手里有不少枪，我想……"

95

王老大听了银飞的打算，喜形于色地说："好！好！你大胆地干吧，不过要严格地挑选人，千万不能露了马脚。"

二

第二天一早，大家分头行动，利用亲戚、朋友关系，动员人和枪。

这天晚上，微湖渔家四大帮的帮主齐集到王老大家，共商拉武装的大计。王老大备了一桌酒席款待大家。

酒过三巡，王老大道："眼下日寇大举南侵，夺我江山，害我百姓，万民遭劫，真是无穷之祸。俺年过五十，一只脚已踏进了棺材了，但眼见东洋鬼子屠杀咱们中国人，怎能咽得下这口气？俺想接连微湖豪杰，一起奋起，组织微湖抗日游击队，誓死与敌周旋，为家乡父老乡亲做件好事，也算不枉生一世了。不知各位意见如何？"

王铁飞插言道："这是一件救国利民的大事，各位都是当家理事的帮主，为国出力，义不容辞！"

石大海霍地站起来，拍着胸膛说："要说打鬼子，咱冲锋在前！咱枪箔帮不会落在你们卖载帮后面。只要老大哥一声召唤，俺石大海要枪给枪，要人给人！"石大海是枪箔帮的帮主，在枪箔帮是个一呼百应的实权人物。他手下有三十多柄鸭枪，上百只船。石大海年近三十，身强力壮，为人正直，处事老练，与王老大是忘年之交，很投脾气，以兄弟相称。

王老大说："石老弟年青有为，侠骨义胆，能得你相助，咱微湖游击队不愁干不出一番大事业了！"

卜兆一忙道："我们罱网小帮，人穷志不短！要拉队伍打鬼子，枪，咱没有，人倒有的是！王帮主要什么样的，尽管说，俺回去给你挑选。"卜兆一是罱网帮的帮主，长得黑瘦精干，为人忠厚，性格温和，在罱网帮中深得人心。

王老大哈哈大笑："有枪的出枪，有人的出人，各尽其力。咱们渔家四帮同舟共济，合力打鬼子。蔡帮主，你说对不对？"

蔡运昌微微一笑，把滑落的狐皮大衣往肩头上一拉，慢条斯理地说："王帮主所言极是，老朽顿开茅塞。国家兴亡，匹夫有责。能为国家出力，救民于水火之中，原是我辈当为之事。王帮主年过五旬，雄心犹在，老朽深为敬佩。石老弟、卜世兄，一个血气方刚，一个风华正茂，二位愿助王帮主共举大事，老朽更为欣慰……"

"好了，好了！"石大海拍着桌子打断他的话说，"俺是大老粗，不爱听你文诌诌地闹虚文。快说，你打算怎么办？"

蔡运昌哈哈一笑，捋着三绺白须说道："咱们渔家四帮，向来患难与共，风雨同舟，抗敌御辱，我们大网帮自然不能袖手旁观。可是……"说到这里，蔡运昌垂下双眉，脸露难色。

石大海着急道："可是什么？"

蔡运昌摇头叹息说："老朽虽是大网帮帮主，如今不过是顶个虚名，想助王帮主共举大事，怕也不能了。"

王老大知道蔡运昌为人谨慎，处事圆滑，在游击队还未拉起来，未显出实力的时候，他决不能放心大胆地支援游击队。但碍于面子，他也不能不有所表示。但听他所言，把责任推得一干二净，王老大正要追问原因，黄山和儿子黄大水，一人扛着一支枪，笑容满面地闯进来。

王老大眼睛一亮，连忙站起身来迎上去，惊喜地问："从哪里搞来的？"

黄山得意地说："用两口袋鸡头米，从逃兵手里换的。"

王老大收敛了笑容，埋怨道："那是你一家老小的口粮，换了枪，指望什么活命？"说着，他从腰里掏出几块银元，"拿去吧，买点粮食，扛回家去。"

"不，不！俺还有钱。"

"你当俺不知道？去年弟妹有病，你欠了一屁股账。现在还没有还清，哪来的钱？拿去！"

黄山把银元接过来，正要走，王老大却说："别走，你们爷俩也坐下听听，大家正商议拉队伍的事。"吩咐铁飞再拿两个酒杯来，加添些菜。

七人落座，王老大说："刚才听蔡帮主说话，好像有什么为难的事？"

蔡运昌欠身道："正是。实不相瞒，最近冯渊把手伸到我们大网帮里来了，他拉拢扶植渔帮的买办胡方，网罗了一帮游手好闲之徒，撇开老朽，成立了'水上团练',冯渊给了胡方十几柄枪,任命他当团总。为的是通过他们控制我们大网帮,为冯团过湖提供方便。胡方狗仗人势,全不把老朽放在眼里。他带着'水练'驻在我们大网帮的水围子里,吃喝嫖赌,胡作非为。我这个帮主成了他们任意驱使的用人。你看,老朽已落到自身难保的境地,实在帮不上忙啊!"

王老大笑道:"俺要是帮你除掉胡方呢?"

蔡运昌大喜:"王帮主若能仗义相助,帮我们除掉这一祸害,不但大网帮渔民百姓会感恩戴德,你们游击队也可以增加十几柄枪支。"

石大海冷笑道:"蔡帮主真是老谋深算,未支援游击队一人一枪,却要未诞生的游击队去为你冒风险,效死力。妙极!妙极!"

蔡运昌脸红过耳,拂袖而起,怒道:"湖边无青草,何须多嘴驴!"

石大海勃然大怒,拍桌而起,刚要发作,王老大连忙伸出双手,在他俩肩上一按,力贯双臂,两人不由自主地坐下来。王老大笑道:"石老弟年轻气盛,快人快语,说句笑话,蔡帮主何必当真?胡方吃里扒外,为害渔家,理当教训教训他。水上团练是乌合之众,没有什么战斗力。我看,今晚,就集合人马,打他个措手不及。蔡帮主,你觉得怎样?"

蔡运昌转怒为喜,向王老大躬身一拜,说:"多谢王帮主。老朽给你们带路,保你们马到成功!"

石大海朗声说道:"俺也去开开眼界。"

王老大说:"石老弟、卜帮主,你们二位就不必去了。请你们回去立即发动本帮的青年弟兄,组织队员,筹备枪支,三日之后,咱们在南壮会齐,正式举行起义。"

石大海、卜兆一都觉得三天时间太紧。王老大说:"今夜我们一打水上团练,冯渊必定觉察,他不会给我们留更多的时间。"两人信服地点了点头。

三

夜深人静,蔡运昌划着一条小船在前引路,王老大带着二十多人,分乘着四只小溜子，在后面紧紧跟随，悄悄地向水围子驶去。

水围子是大网帮用来防匪的水寨。他们把大网船停泊在里面，四周用船桅、劈水、舵柄、桌杆、木棒等筑成寨墙。只留一个进出的水门，水门外排列钢板划子，架起鸭枪、抬杆枪守卫。像这样的水围子，一般的土匪武装是难以攻进的。没有蔡运昌在前引路，王老大他们自然也无法进入水围子。

蔡运昌向守卫寨门的渔民打个招呼，咬着耳朵向他们吩咐了几句，渔民立刻让开寨门。蔡运昌一摆手，四只小溜子鱼贯而入，直奔水圈子中心的一艘双桅大船。

小溜子将大船围定，众人一拥而上，大船上竟无人警戒，只听船舱传来混杂的鼾声，团丁睡得如死猪一般。等他们惊醒时，枪口和鱼叉已经对准他们的胸膛，放在一旁的十几支步枪，早已抓到游击队员们手里。

一个肥头大耳的家伙爬起来，结结巴巴地说："弟……弟兄们，别……别误会，兄弟是胡团总，有……有话好说。"

王老大厉声道："我们是抗日游击队，借你们这批枪去打日本鬼子，今后的日子还长，咱们可以交个朋友。不过，俺警告你，以后要改邪归正，少干坏事，不然，可要对不起了！"

胡团总一看是些身穿便衣的渔民，胆子立刻壮起来，再一看领头是王老大，冷笑道："俺当是哪来的天兵天将，原来是你。告诉你，王老大，俺是冯团长的人，枪也是冯团长的，你们把枪给俺放下，咱们井水不犯河水，有话好说。"

铁飞飞起一脚将他踢出一丈开外，喝道："你小子找死！"

话音未落，只听胡方"哎哟"一声惨叫，仰面倒在舱板上，不动了。众团丁吓得连忙磕头求饶。

铁飞很是诧异，走过去，翻转胡方尸体看时，见他背后插着一把尖刀，直没入柄。心知有人暗中下了毒手，却不声张，依旧把胡方的尸体放好。转目四望，见蔡运昌神色很是不安。铁飞从腰里掏出三块银元丢在尸体上，对蔡运昌说："蔡帮主，你行行好，把他成殓了吧。"

蔡运昌连忙说："铁飞老弟神武惊人，却是菩萨心肠。胡方罪有应得，死有余辜，何须老弟破费？老夫念他是本帮子弟，好好发送他便是。"

铁飞听他明是赞扬，暗中却是把伤人之过推在他身上，不由得嘿嘿一阵冷笑。蔡运昌毛骨悚然："铁飞老弟，你笑什么？"

铁飞说："蔡帮主遂了心愿，怎么谢我们？"

蔡运昌听他话里有话，不敢怠慢，连忙回到自家船上拿来两支匣枪，一百发子弹。王老大接过匣枪、子弹，笑道："多谢了。"

蔡运昌连忙道："岂敢岂敢，这点小意思，微表老朽的一点心意。今后王帮主有用着老朽处，尽管吩咐。"

告别了蔡运昌和大网帮的渔民乡亲们，王老大他们回到南壮，一轮红日已经升起。一夜之间，增加了十三支步枪、两把匣枪、上千发子弹，大家都高兴得合不拢嘴，背着枪四处炫耀。

王老大提醒大家说："咱不能光顾得高兴，要警惕冯渊报复。时间不等人，咱们得赶紧把全村的队员都武装起来。"

黄山犯愁地说："分头动员借枪，这法子太慢。有些地主不但不借给枪，还骂你是土匪。"

铁飞说："咱没有工夫和他们磨牙。文的不行，就来武的，反正这两天得把枪集中到咱们手里。"

王老大说："好，趁热打铁，大伙把邻村有枪户的情况碰一碰，再来一个二次武装借枪！"大家听了，齐声鼓掌叫好。

这天夜晚，斜月西坠，寒星闪烁。王老大和王铁飞各带十几个青年，兵分两路，到附近的村里去起枪。铁飞手提匣枪，越墙而过，跳进一家地主的院里，打开院门，队员一拥而进。踢开堂屋门，没等老地主爬出被窝，黑洞洞的枪口已经指住他的脑袋。

"快把枪交出来，抗日救国，人人有责，你不交枪，想送给鬼子吗？"

老地主吓得浑身抖如筛糠，结结巴巴地说："俺……俺交，不过，枪叫他舅……拿去了。"

"胡说！"一个小扛活的生气地说，"傍黑，俺还见你擦枪哩。"

毛二旦怒道："你不交枪，别怪俺不客气。"说着，故意把枪栓拉得哗哗响。

老地主吓得魂不附体："老爷饶命，枪……枪在床底下。"

鱼娃伏身从床下把枪拖出来，又找出子弹袋，愤愤地说："你们这些人，有枪不抗日，也不让老百姓打鬼子，真不够人味，哼！"

铁飞登记上枪支，对老地主说："明天到南壮去拿借条。对不起，惊你的觉啦。"说完，把手一挥，带领大伙向门外走去。

铁飞他们连走了三个村庄七户地主家。这七户地主在他们武装威慑之下，都乖乖地交了枪。最后，他们来到蒋集，天已大亮。毛二旦望着村中的一座炮楼，心里有些打怵，拉了拉铁飞的衣袖说："蒋世奎的头不好剃，他家有炮楼，还有看家护院的打手，天已经亮了，不得手，咱们晚上再来吧。"

铁飞瞪了他一眼："等到晚上，他早已听到风声，有了准备，想搞他，就更难了。"说着一马当先奔炮楼跑去。毛二旦和队员们连忙跟了上去。

蒋世奎和他的小老婆正侧躺在暖床上抽大烟，猛然见到十几个提枪的人闯了进来，一骨碌爬起来，伸手摘墙上挂着的匣枪。

铁飞手疾眼快，纵身一跃，早已把匣枪抢到手。

蒋世奎故作镇静地问："你们想干什么？"

铁飞笑道："蒋先生不用怕。无事不登三宝殿，想借你枪用，打鬼子。"

蒋世奎阴阳怪声地说："就你们这伙人，身上背着几支破枪，还想打鬼子？"

铁飞冷笑道："照你这么说，我们只有甘当亡国奴了？"

蒋世奎把手一摆："无知小民，你们懂得什么？天命如此，不可抗拒。你们不知好歹，硬要抗拒，白白送了性命。"

他那边说个不停，这边早恼了毛二旦，跃上前去，吼道："放你娘的狗屁！老子没有工夫听你喷粪，快把你那两支步枪交出来！"

蒋世奎一怔，随即笑道："你有能耐，向日本人要枪去吧，敝人无枪给你。"

毛二旦怒极，伸手一抓，把他拖倒在地上。四五个队员紧跟着扑上去，七手八脚把蒋世奎捆成个死猪。蒋世奎的威风一落千丈，苦着脸说："诸位诸位，有话好说……"

毛二旦劈面一掌，骂道："去你奶奶的，叫你还嘴硬！"

"带走！"铁飞一声令下，队员拉着蒋世奎就走。

这时，蒋世奎的两个"保镖"赶来，见铁飞他们人多势众，手里又有枪，哪里还敢动？

蒋世奎的大老婆、小老婆、儿子、闺女见势不妙，跪倒了一片，磕头求饶。蒋世奎更是吓得面如土色，不住地哀告。

铁飞板着面孔只是不理。毛二旦把绳子一勒，痛得蒋世奎直叫娘。那小老婆沉不住气，回到屋里扛出两支枪，拿来一袋子弹，铁飞接过来，这才命队员给蒋世奎松了绑，放他回去。

铁飞他们回到南壮，王老大也带着队员们满载而归。这一夜，附近村子里的二十多支枪全部被起了出来。

为了安抚枪主，防备他们生事，当天下午，召集附近各村的保长、地主、枪主开会，王老大代表游击队做了解释："父老乡亲们，昨天晚上，我们武装起枪，有失礼貌，很对不起大家，请各位原谅。现在大敌当前，国家危在旦夕，作为一个中国人，应当有爱国之心，全体同胞都应团结一致，共同抗日，有枪出枪，有人出人，有力出力……"接着，他表扬了几家自动献枪的户主，向所有的枪主发了"借枪证"，保证打完鬼子之后，奉还枪支。那些被起了枪的地主，见游击队不是对付他们，一颗悬着的心才算落下了。

送走了"客人"，王老大回到家，刚端起饭碗，张泥鳅笑嘻嘻地跑来报告：银飞已经将三孔桥的枪抓到手了，只等集合的日期一到，立即把人枪拉回来。王老大满心欢喜，派人分别通知石大海、卜兆一，明天夜晚，日落月出，带队伍到南壮会合，又让泥鳅回三孔桥去，通知银飞。

四

三孔桥是戚城南门外的一个大村镇，大运河穿村而过，一座三孔石桥横跨运河，沟通了两岸五百多户人家。这是个商人、农户、渔民杂居的村庄，有货栈、鱼行、粮行、杂货店、药铺和几家客店、酒馆，还有一所高级小学。小学因设在水火庙里，人们都叫它水火庙小学。银飞过去就在这所小学里教书。银飞交给泥鳅的那张名单，都是他在三孔桥教书时结识的一些朋友。银飞吩咐泥鳅按照名单，查明他们的情况。

初三这天中午，银飞到了三孔桥，找到泥鳅。泥鳅将了解到的情况

——作了报告。根据他谈的情况，银飞把高凯和丁文找来。高凯也是水火庙小学的青年教员，与银飞曾是同僚，丁文是银飞上高小时的同学。两人的年纪都比银飞稍大一点。

熟人会面，自是都十分高兴。银飞说明了来意。高凯高兴地说："我们正愁着不知怎么办，这下可好了！"

丁文说："你要不来，我和高老师正商量去湖西找张司令。"

银飞向他俩传达张司令要他们发动组织抗日游击队的指示。高凯也谈了本村自卫队的情况。

高凯是本村小学的教员，与知识分子的关系比较好，在群众中也有较高的声望，是群众的自然领袖。三孔桥村已组织起六七十人的自卫队，他被群众推举为指导员，乡长李洪源任队长，丁文是自卫队的文书，自卫队实际的领导权握在高、丁两人的手中。但队员中兵痞、二流子较多，也有不少"小康人家"的子弟，他们家庭观念很强，很难动员他们离开本村，参加游击队；只有少数青年知识分子和贫苦农民，可以转为游击队员。

银飞问："自卫队有多少枪？"

丁文说："哪来的枪？都是些'烧火棍'。"

高凯答道："枪都在地主、商人手里，他们不愿意交给自卫队。我们这个自卫队是有名无实，连岗哨都站不起来。"

银飞说："咱们得设法把枪抓到手。"

高凯愁眉苦脸："有什么法子？地主商人留着枪看家护院不愿交。"

银飞说："咱去找李乡长，叫他出面，以站岗放哨为名把枪集中起来。"

丁文说："李乡长是个老滑头，不好对付。"

银飞笑道："他滑头，咱们就用治滑头的办法对付他。"

三人商量好办法，就去找李乡长。乡长李洪源是三孔桥的首富，他利用职权，在三孔桥下设卡子，开鱼行，大发横财。此人四十多岁，胖胖的脸，小小的眼睛，扁扁的鼻子，厚厚的嘴唇，笑起来活像个弥勒佛。他处世圆滑，善于逢场作戏。

三人一进门，高凯向李洪源介绍银飞："这位是县'民众抗敌后援会'的组织委员，奉命来我们乡检查指导工作。"

李洪源瞪大了眼睛："啊，王先生，不，王委员，多日不见，想不到你到县里当了委员，恭喜恭喜！欢迎欢迎！"

李洪源把他们让到客厅，端起宜兴红瓷茶壶，给三人斟满了茶，笑嘻嘻地说："这是上等的'杭州龙井'，清香可口，能生津止渴，消食提神，请多品尝几杯。"说着，又掏出"哈德门"牌的香烟，一人敬了一支。

银飞说："听说李乡长对当前的局势很是关心，也很为地方的治安担忧。"

"眼下国军节节败退，溃兵到处乱窜乱跑，到村里又是要粮又是要钱；土匪也趁火打劫，大白天里竟敢绑票架人。我这个乡长怎么不犯愁？"

银飞笑道："要想制止溃兵、土匪到村里乱抢乱夺，倒也不难。"

"王委员有何良策，请指示一条明路。"

"李乡长和高老师已经组织起来自卫队，只是没有很好地加以整顿利用。我想，只要把村里的枪集中起来，借给自卫队，组织他们到村头上站岗放哨，溃兵、土匪就不敢到村里胡作非为了。乡长有了枪，也就成了名副其实的自卫队队长了。"

李洪源听了大喜，连声说："好！好！我立即召集本村的地主、商人及头脑人物开会，研究站岗放哨的问题。王委员年轻有为，请你到会作指导。"

当天下午，在水火庙小学召开会议。李洪源先讲了一大通扶政安民、抗日救国的大道理，号召地主、商人把枪拿出来，武装自卫队。最后，他慷慨地献出两支枪，以示"表率"。后又请了银飞讲话。

银飞说："大兵压境，局势混乱，溃兵到处乱窜，土匪横行，大家都担心生命财产不保。大家把枪拿出来，借给自卫队，站岗放哨，就可以保障大家的生命财产安全。小股的溃兵、土匪来了，我们把他顶回去。大股的来了，由乡公所出面好好招待，加上我们有枪站岗，他们也不会再到村里乱抢乱夺。大家看这个办法好不好？"

大家纷纷同意，有人替他们站岗放哨，保护他们生命财产安全，他们不花一文钱，又可以免受风霜之苦，同时也不用担心被抢劫绑票。

银飞又提出："这样冷的天气，大家拿出点小米来，夜里给站岗的做点稀饭吃。"

他们也满口答应。到了晚上，经过挑选的自卫队员从地主、商人手里接过枪开始站岗放哨。

夜深了，李洪源带着几个地主、商人到各个村口"检阅"了一番，见各处的岗哨都很认真，很是高兴，便放心地睡觉去了。

下半夜，岗哨抓住一个声言要放火的溃兵，把他押到学校里来。银飞见他身高体壮，少说也二百多斤，红面红发，一脸钢针似的络腮胡子，腰扎着一条牛皮带，敞着怀，露出毛茸茸的胸膛。进得屋来，他左右一望，大叫："饿死俺了，快拿吃的来，救救孤家！"

银飞把站岗喝剩下的小半桶稀饭放在他的面前。他双手捧起，片刻之间，喝个精光。他把桶一丢，哈哈大笑，声震瓦屋，用手指着押他来的三个青年队员说："你们几个小猫娃，上寡人的当了。"

银飞愕然道："上你什么当？"

他扬扬得意地说："寡人饿了三天，想偷个牛吃，觉得不够英雄；想劫个行人，又怕吓死他，不够朋友，这才跑到村边大叫'放火'，你们便把俺请了来，让俺填饱了肚子，岂不是上当？"

银飞见他老大的人竟说孩子话，心里觉得好笑。看他面目凶恶，心眼倒是不坏，便问道："你怎么一个人走呢？为什么不随大队？"

"部队在枣庄给鬼子打散了。"

"你在前方看到了鬼子？"

"哪里看到鬼子？一交火就溃散了。"他愤愤地说，"挂彩的都是屁股上钻眼。"

"你准备到哪里去？"

"回老家！"

"老家在哪里？"

他眨巴眨巴眼皮说："在苍山县。"

银飞笑道："苍山在东，你却往西走，不是越走越远吗？"

他也笑了："你这个白面书生比他们三个猫娃精明，没有上寡人的当。实话告诉你，俺的老家原是这里。二十年前，逃荒要饭下了关东，在松花江边落户，打鱼为生。不想九一八事变，日本鬼子占领了东三省，祸从天降，全家人被鬼子杀个干净，只剩我一个。寡人一怒之下当了兵，实指望报仇雪恨，不料投错了'胎'，中央军这般无用，害得寡人报仇无望，无家可归。"说着，他眼里涌出悲愤的泪花。

银飞这才明白，他口口声声自称是"孤家寡人"，原来是深含国恨家仇。银飞说："我看你也是条好汉，留在我们这里干吧，我们正成立抗日游击队，咱们在一块打鬼子。"

他上下打量着银飞，目露怀疑，好像是说：你们游击队还能打鬼子？

银飞耐心地解释说："打仗主要靠人的勇敢和智慧。有勇有谋，游击队照样能打胜仗；无勇无谋，正规军一样打败仗。咱们游击队是机动灵活，打敌人个冷不防。你愿意的话，我们是很欢迎的。因为我们游击队刚刚组织，很需要你这样有战斗经验的战士。"

他孩子似的笑了："嘿嘿，你这几句话说得还算在行。好！寡人和你们一起干，不过，俺得使用俺那支枪。"

他那支枪是一支崭新的日本三八大盖枪，在灯光下，闪耀着青蓝色的亮光。银飞让队员把枪还给他，又找来一身便衣给他换上。因为游击队还在发动，留一个大兵在这里，很不方便，很引人注目。银飞问他叫什么名字。

他"啪"的一个立正，说："报告长官，孤家小名狗蛋，大号袁振国，人称赤发魔王，当过三年大头兵，二年机枪班长，一年多排长，今年二十八岁，还没有娶老婆。"

银飞和另外三个青年队员都禁不住大笑起来。银飞说："不要叫长官，咱们这里没有长官，都是同志。"

五

会合的日期到了。

正月初七的夜晚，一弯新月斜照在微山湖上。石大海腰扎皮带，斜背匣枪，带着枪箍帮的三十多名队员，威风凛凛走进南壮。王老大、黄山、王铁飞把他们接到家里，大娘、大嫂们给新来的队员端茶倒水。

不多时，附近各村的队员们陆续来到。他们有的背着枪，有的扛大刀、长矛。老坝的朱黑子病刚好，就跑来了。蒋集的二虎的新媳妇，亲自送郎参军。王老大的庭院洋溢着欢腾的气氛。

过了很长时间，罾网帮的队员还没有来，王老大放心不下，派铁飞、毛二旦去卜湾催促。

铁飞、毛二旦赶到卜湾，月亮已经落了。只见卜湾村里黑乎乎的一片，不见灯火，寨门紧闭着，寨门上影影绰绰有几个背枪的人影。铁飞心里打了个愣，为防万一情况有变，他叫毛二旦躲在河沟里，他飞身跃到一棵大树下，高声喊道："乡亲们，我是南壮的王铁飞，请开开寨门，我要见你们卜帮主。"

寨门上有人大声说道："俺就是卜帮主！姓王的别做梦了，老子不跟你们瞎胡闹。"

事出意外，铁飞呆愣了片刻，怒气冲冲地质问道："卜兆一，你言而无信，不够朋友。抗日救国，人人有责！你不愿意干，把愿意干的放出来！"

"放屁！"砰砰两枪，打得树枝纷飞。

铁飞闪身躲在树后，气得火冒三丈，掏出匣枪，本想还他两枪，但又一想，子弹不多，还是留着打鬼子吧。他咬咬牙，高声骂道："卜兆一，你小子等着，老子早晚来收你的尸！"说完，抽身跳下河沟，拉起毛二旦就跑。回到南壮，他俩将情况作了报告。

黄山愤恨地说："真是知人知面不知心，想不到卜帮主这么不够朋友。"

石大海拍着桌子说："拉队伍去，找姓卜的算账！"

王老大摇头道："卜帮主为人忠厚老诚，怎会说变就变？铁飞，是不是认错了人？"

铁飞说："天黑看不清人，但他说话的声音俺听得真真切切，是绝不会错的。"

王老大沉思了片刻，说："你明天早晨再去打听打听，弄准到底是怎么回事。"

这时银飞带着三孔桥的队员来了。王老大数了下，只有十个人，比原来汇报的人数少了一半还多，枪也只有七支。王老大生气地说："你是怎么搞的？"

银飞涨红了脸，汇报说："原来都说得好好的，临到集合往外拉的时候，这个说娘有病，那个说老婆不让走，三下五除二，就剩下我们十个人。"

袁振国接着说："寡人早就说过，那些猫娃娃靠不住，舍不得家，吃不得苦。你总不信，这回该服气了吧？"

银飞连忙说："这八位青年同志不是跟来了吗？"

袁振国向那八位青年扫了一眼，露出不以为然的神色说："这八位怕也保不住。"

高凯对丁文他们七个说："袁大哥瞧不起咱们，咱们偏要争口气，干出样儿，让他瞧瞧。"

其他人齐声说："好！是孬种是英雄，战场上见分晓。"

王老大高兴地说："你们八位都是好样的，参加抗战，就得有点大丈夫气慨，舍得身家性命、老婆孩子。要不，守在家里，一辈子也不会有出息。"

丁文激动地说："对！人生在世，必有一死，生当做人杰，死亦为鬼雄！"

王老大高兴地问他们叫什么名字，有什么困难，又鼓励了一番，吩咐黄大水，带他们去休息，好好地照顾他们。

屋里静下来，一盏渔灯放射着青白的光。王老大、石大海、黄山、铁飞、银飞、毛二旦、高凯、袁振国等围坐在桌前，研究游击队拉起来以后的活动，分析可能遇到的种种困难和问题。

铁飞主张往东拉，选个大村镇扎下营盘，便于解决给养，大张旗鼓地发展武装，迅速地扩大影响。毛二旦、袁振国立即拍手叫好。这种大刀阔斧的干法正合他俩口胃。

石大海和黄山却同声反对，他们认为，这么做太冒险，容易遭受敌人的袭击。游击队刚拉起来，需要有一段时间巩固、训练。因此，最好拉到湖里岛上去，可以避免遭受敌人的袭击。

两种意见争执不下，王老大问银飞的意见。银飞性情温柔谦和，笑了笑说："两种意见各有利弊，一个有利于队伍迅速发展，但易受敌人的袭击，一个可以避免遭受敌人的袭击，但又作茧自缚，限制了队伍的发展。到底怎么办好，我还没考虑成熟。但我想，应当派人将我们这里的情况向张司令报告，请他指示。"

王老大点头说:"好,你明天一早就去湖西。除了请示汇报外,务必请张司令快给咱们派个政委来。"说罢,他把目光转向大家,果断地说,"我看,在没有接到上级指示之前,咱们先按兵不动,以南壮为基点,利用当地人熟地熟的便利条件,逐步向外发展。有敌人来捣乱,打得赢就打,打不赢就往湖西撤。"

大家听了,都觉得这个方案稳妥可靠。意见统一了,他们接着又研究了游击队的组织领导,决定:王志远任大队长,黄山任供给主任,银飞担任大队的文书,高凯负责大队的宣传工作。大队下设两个连队,王铁飞担任一连连长,石大海任二连连长。

会议结束之后,大家顾不得休息,连夜做好一切准备工作。

拂晓,南壮村东头的一棵大柳树上,竖起了一面大红旗,上面写着:"好男儿上前线,不当亡国奴!"百十名队员整整齐齐排列在打谷场上,迎着初升的太阳,一个个精神抖擞,斗志昂扬。王老大站在队前,庄严宣布:"抗日义勇军微湖游击大队正式成立!"打谷场上立刻响起激荡人心的掌声和口号声。

大旗竖起来了,周围的地主、渔霸都慌了,惴惴不安地窥视着这支新诞生的抗日游击队。

冯渊这两天接连接到情报,得知王老大在湖渔民中发动组织抗日武装,联合渔家四大帮缴了"水上团练"的枪,在南壮附近各村武装起枪。为阻止渔民抗日武装的成立,他已经采取了紧急措施:一方面派他的参谋孟繁礼到大网帮找蔡运昌做"安抚"工作,极力威胁利诱,委蔡运昌担任"水上团练"团总,重建"水上团练"。另一方面,他利用卜氏兄弟的矛盾,买通卜兆二,关押了卜兆一,里应外合,武装占领了卜湾,把卜兆二扶上罱网帮帮主的宝座,要他组织罱网帮自卫团,与王老大分庭抗礼。这两手都已得逞,他正想进一步采取行动,将游击队扼杀在"腹中"。不想,平地一声雷,游击队已经诞生落地。冯渊心如火燎,连忙把孟繁礼叫来商议对策。

第九章

闯过难关

一

　　游击队刚刚诞生落地，就面临着一场严峻的考验。王老大虽然估计到游击队成立之后不会一帆风顾，但没有料到这场危及游击队生存的狂风恶浪来得这样迅猛。

　　按照预定的计划，游击队成立大会之后，王老大立即派银飞去湖西报告情况，派铁飞去卜湾查明真相。王老大亲自出马，到附近各村，对上层分子进行统战工作，争取他们抗日；争取不成，也要使他中立，不要投敌，不要破坏游击队的活动。黄山等深入到湖里去，向广大湖渔民进一步宣传抗日，开展募捐活动，争取更多的湖渔民参加游击队。留在南壮的队员，由石大海、毛二旦、袁振国等率领着进行军事训练。

　　这天，铁飞化装成卖鲜鱼的，到卜湾去了解情况，远远地望到卜湾的寨门上高挂着一颗人头。两个士兵持枪而立，守在寨门上。寨门下黑压压聚集着许多老百姓。铁飞走近看时，大吃一惊，那高挂着的人头正是卜兆一！只听人们低声议论："杀兄夺嫂，天理难容啊！"

　　"这是什么世道？为当帮主连自己的亲哥哥都杀了。卜兆二这小子，太狠毒了！"

　　"要不是冯渊给他撑腰，卜兆二有天胆，也不敢动卜兆一一根汗毛。"

　　这时，寨门上出现一个军官，指手画脚地大声说道："看到了吧，哪个敢通匪，参加南壮游击队，卜兆一就是他的样子！卜兆二大义灭亲，兄弟十分敬佩，奉冯团长之令，进驻卜湾，拥护卜兆二就任罱网帮帮主，哪个敢不听号令，格杀勿论。"

　　铁飞听了，方知昨夜是卜兆二冒充卜兆一，不由得勃然大怒。心想，卜兆一为组织游击队惨遭杀害,被割头示众,我如果不把他的人头抢下来,如何对得起他?他抽下鱼挑子上的扁担,忽地纵身一跃,飞上寨墙,扁担一抢,将那军官和两个士兵打翻,再一纵身,从寨门上的木杆上取下卜兆一的头颅。寨墙上下顿时大乱,一片惊呼。等那军官挣扎着爬起身来,呼唤士兵追赶,四下一望:那从天而降的大汉,早已无踪无影;木杆上卜兆一的头颅,也不翼而飞;寨墙下观望的人群,也哄然散去。

铁飞趁混乱之机,跳下寨墙,顺着河沟,跑到湖边的芦荡里隐蔽起来,找到一处高地,以手代刀,扒了一个土坑,将头颅放了进去,掩埋好了。默然而立,潸然泪下。突然苇丛里窜出一个满身重孝的黑瘦青年来,扑倒在铁飞的面前,磕头哭道:"多谢恩人仗义抢下家父的首级。"

原来他就是卜兆一的儿子卜广义。铁飞连忙将他扶起,问起卜兆一被杀的经过。

卜广义哭述:"实不相瞒,这场大祸,都由俺引起。俺自幼丧母,后娘虐待俺,为此父母不和。二叔为人阴险狠毒,为争夺家产,争做帮主,乘机挑拨离间,与后娘私通。父亲觉得家丑不可外扬,一直忍气吞声。这次见父亲组织抗日游击队,二叔便暗与冯团勾结,设计将父亲骗到他家,将父亲扣押。里应外合,冯团的一连人马占领了卜湾。刚刚集合起来的五十多名队员被他们缴了武器,跑散了。二叔逼父亲让位,父亲大骂他猪狗不如。二叔恼羞成怒杀了父亲,还要杀俺,斩草除根,幸亏乡亲们掩护,俺才逃了出来,躲在这芦荡里……"

铁飞听了,气得脸色铁青,"你打算怎么办?"

卜广义握着拳头说:"俺要参加游击队,为爹报仇!"

"好样的,有志气!"铁飞拍了一下他的肩膀,拉着他回南壮去了。

王老大闻听卜兆一被杀,泪如雨下,悲愤交加地说:"卜兆二这个畜牲,俺不除掉他,誓不为人!"

卜广义扑通跪倒在地:"大爷能为侄儿报杀父之仇,恩同父母,侄儿永世不忘。"

王老大连忙将他扶起,说道:"你爹是为咱们抗日游击队而死,游击队理应为他报仇雪恨。只是游击队现在刚刚起事,时机还未成熟,请贤侄暂且忍耐一时。"王老大又好言将他安慰了一番,取出一把匣枪给他,叫铁飞带他到西屋里去休息。

夜深了,王老大查完岗哨,进屋刚要睡觉,忽然院里传来一阵脚步声,只见铁飞陪着一个老先生走了进来。

"爹,这是楚天章先生,有紧急事找你!"铁飞说。

楚天章惊惶地说:"老大,你要小心,我那混账外甥冯渊要暗算你们!"

"多谢楚先生不辞劳苦,深夜报信。"王老大感激地说。

楚天章摇摇头,痛心疾首地说:"想不到冯渊这么不顾民族大义。"说到这里,他犹豫了片刻说,"我有一言相告,不知老大肯听从否?"

王老大诚恳地说:"楚先生一片爱国心,有话请讲,不必顾虑。"

"大敌当前,同室操戈,自相残杀,总是不好。希望老大能宽怀大度,委曲求全,暂且带游击队离开这里,免得闹出冲突来。"

王老大沉思不语。

楚天章面色尴尬,连忙说:"你们再商量吧,我先走了。"

王老大将他送出村外,握住他的手说:"楚先生,谢谢你的好意,我们一定认真考虑你的意见。也希望多开导开导你那外甥,我们真诚地希望与他联合抗战。"

楚天章说:"我一定尽力而为,极力促成你们联合抗战,但我那外甥很难听得进去,所以你们还是早做防备……"

楚天章走了。王老大心池里像投下一块巨石,再也不能平静,冯渊的狰狞的面孔,不断浮现在眼前。他翻来覆去思考,彻夜不能入睡。

天刚露明,派出去侦察情况的队员前来报告,冯团主力一营进驻沙谷堆、寨子、刘昌庄,沿运河一线设防,形成对南壮村的新月形包围。队员们顿时紧张起来,王老大命令加强警戒,防备敌人突然袭击。

早饭后,孟繁礼骑着马带着一班警卫人员,前来"访问"。

王老大、石大海、王铁飞等迎出村外,以礼相待。双方寒暄了一番。孟繁礼堆出一脸笑容说:"卑职奉命在运河一线设防,为的是阻击日寇兵渡微湖,请你们不要误会……"

对他此地无银三百两一般的表白,王老大报之一笑说:"冯团长要是真心抗日，我们举双手欢迎。只要你们的枪口对准日寇，自然也就不会发生误会。"

"好极，好极！冯团长派我来见你，一是为消除误会，二是为联合贵军共同抗日。咱们是同乡，最好携起手来，把游击队与冯团合并，冯团长海量宽宏，不咎既往，愿与你合作，委你做……"

不等他说完，王老大禁不住哈哈大笑说："冯团长这样瞧得起俺，俺深感荣幸。但我们微湖抗日游击队属于共产党领导的抗日义勇军，恕不能再接受你们的改编。"

孟繁礼苦笑着说："既然如此，冯团长也不勉强于你。但希望能与我们合作，共同阻击日寇。"

"合作抗战，本是我们的愿望。不知参谋长有何见教？"

"请你们到三孔桥设防，与我团连成一线，共同阻击敌人。三孔桥可是个好地方，村大、富裕，好扩充部队，筹集给养……"

花言巧语掩盖不住冯渊的阴谋：三孔桥处于戚城与寨子之间，游击队一旦进驻三孔桥，就会陷入冯团的前后夹击之中。王老大本想直言拒绝，但转念一想，这样一来，便会落下"拒绝合作"的罪名。他摊开双手，故作为难地说："我们是抗日游击队，配合你们冯团打打游击还可以，怎能担负起坚守一地的重任？"孟繁礼无话可说，冷笑一声，上马而去。

王老大知道，孟繁礼这一去，绝不会善罢甘休，他预感会有一场战斗。他立即召集游击队的几位负责人开会研究对策。正在这时，银飞从湖西回来了，说张司令到徐州参加党的会议去了，郭政委要他们暂在湖东一带开展活动，等待命令，指示要广泛发动群众开展抗日宣传，要与友党友军搞好统战关系，避免冲突。冯团算不算友军？郭政委没有说。他们商量，不管冯团是不是友军，现在游击队还没有力量对付冯团的进攻，为了避免游击队的损失，还是三十六计，走为上策。

二

初十的夜晚，浓云密布，狂风怒吼，天黑得伸手不见五指。游击队员们在村头集合。乡亲们围着自己的亲人，嘱咐了又嘱咐，离别的话重复了多少遍，还生怕遗漏一句。白云鹤老人特别给游击队准备了一包医疗药物。张老爷子拍着孙子的肩膀说："小泥鳅，到外头好好干，狠狠地打鬼子，不干出个样子来，别回来见俺。"白玉莲把新做的鸭绒袄给铁飞穿上，含情脉脉地说："别挂念家里，俺会照顾好娘和弟弟，盼着你们多打胜仗，平平安安地早些回来。"

夜深了，出发时间已到，清点了一下人数，只有七十多人，比应到的数少二十多。黄山着急地问："是不是再等一会儿，派人回家去叫？"

王老大看了看黑沉沉的天，皱了一下眉头，把手一挥，果断地说："时间急迫，不能再等了，出发！"他知道再等下去，也不见得有用，不是十分坚定的队员，在敌人还未直接打到家门上的时候，是不愿离开温暖的家庭的。

队伍出发了。以浓重的夜色和呼啸的风声为掩护，从冯团布置的防线缝隙之间，悄然无声地穿插过去。顺着沿湖的羊肠小道，直奔东南。穿过柳林，踏过结着冰的薛河、十字河、蒋集河，翻过郡山。天傍明的时候，来到了三十里外的西张洼村。清点一下人数，又少了七八个。铁飞气得直跺脚。石大海犯愁地说："这样下去，要不了三天，队伍就跑散了。"王老大安慰大家说："虽然走了一些，但留下的都是最坚定的，只要我们坚持斗争，火种不灭，队伍还会发展起来。"

王老大怕引起老百姓惊慌，让队员们在庄外林地里休息，他带着少数几个队员前去联络。

张洼由东、西、南、北、中五个自然村组成，有近千户人家，五村抱成一团，人多势众，被称为"五虎村"，附近的小村都不敢惹他们。游击队之所以选择这里作为落脚点，一是因为张洼村大、人多，好解决给养和住宿的困难，二是因为这里的地理环境，便于打游击。张洼东近津浦铁路湖滨车站，西临微湖，与微山岛隔水相望，北依郡山，南靠沙河。进可攻，退可防，确是理想的驻地。

这时天刚蒙蒙亮，一个老百姓早起到寨门外打水，一看王老大他们穿着便衣拿着枪，吓得扔下水桶就跑，惊慌喊叫着："不好了，土匪来了！"

王老大连忙喊叫："不要怕，别跑，不是土匪，我们是抗日的游击队。"

话音未落，那人早已跑进寨子，寨门立刻关闭起来。紧接着寨子里响起一阵急促的梆子声。梆子声过后，几个老百姓从寨墙上露出半截身子，手里握着大刀和红缨枪。

王老大向寨上招手说："乡亲们，不要误会，我们是抗日的游击队。请你们把寨门打开，让我们进去休息一下，保证不动乡亲们一草一木，若是有人动你们一根草，我们一定严加处理！"

守寨的老百姓很客气地拒绝开门，说："寨子里没有地方住，就是有地方住，也不能放外人进。因为这是我们红枪会的头领立的规矩，谁也不敢违犯。"

王老大说："既是你们头领立的规矩，就请把你们头领请出来。俺是南壮的王志远——王老大，想面见你们头领说句话。"

寨门上的老百姓一听是王老大，都面露惊异之色。他们小声嘀咕了一阵，有人下寨墙报告去了。不多会儿，寨墙上露出很多人来，一个个红布包头，光着一只胳膊，手持大刀、红缨枪，也有少数人拿着步枪。一个头领模样的中年人，向王老大抱拳拱手道："在下张杰，久闻王老大威名，为人忠厚，行侠仗义，不知为何下了水，拉了杆子，到我们小庄来，有何贵干？"

王老大拱手还礼道："原来是飞刀张杰，久仰久仰。朋友不要误会。我们是微湖抗日游击队，并非土匪，想借宝庄暂住几日。"

张杰冷笑道："现在土匪哪个不打抗日的旗号？你们要想进庄，除非提着鬼子脑袋来见俺，俺不但放你们进来，还要杀猪宰羊犒劳你们。"

王老大解释道："我们的队伍刚拉起几天，还没有进行很好的训练，马上投入战斗有困难，请朋友能够谅解。"

"少废话，快走，不然别怪俺对不起朋友！"说着，张杰推上了枪膛。

王铁飞忍不住骂道："你小子狗咬吕洞宾，不识好人，咱们走着瞧！"

话未落音，"砰"的一枪，打飞了铁飞的帽子，铁飞大怒，拔出枪来，就要还击。王老大连忙大声喝住铁飞，命令队员们退回去。

一场冲突避免了，但游击队到哪里去住呢？王老大与石大海、黄山他们商量，西张洼不让住，其他的张洼村也不会让住。于是大家决定到郗山脚下的莲花湾去。莲花湾是大网帮渔民的住地，他们不会不接待他们。不想，刚走到村口，村长慌慌张张地迎上来，拦住众人道："对不起各位，你们不能到村里住，引起麻烦来，俺可担不起。"

王老大愕然："我们游击队员都是湖渔民的子弟，难道你们也信不过？"

村长为难地说："老大，不是信不过你们。你不知道，这一带村村都起了红枪会，红枪会的势力大得很，总头目就是中张洼的道长张宝钧。我们要接待你们，他们必率会众问罪。我们小小的莲花湾，仅几十户渔家，怎敢惹红枪会？请你们到别处去吧。"

莲花湾不敢让住，别的村自然更不让住，游击队只好到郗山顶山神庙去安身。郗山是座荒山，不属于任何一个村子，不用担心再有人下逐客令了。

郗山是湖滨平原上的一座孤立的山峰，隔水与微山对峙。山高不过三百米，却山势险峻，四周都是陡壁悬崖，苍松翠柏倒挂其间。从山下到山顶，只有一条曲折盘旋的石梯栈道。老天好像有意和他们作难，在他们搬上山神庙的当天夜里，突然北风怒号，大雪纷飞，冷得实在难以忍耐。睡觉更是难题。整个山神庙里没有一根草，躺在光溜溜的石板上，大家只好挤在一起互相取暖。上边冻、下边冰，只有左右不冷。睡在外边的队员就三面冷了。一个个冻得浑身发抖，脸青唇乌。

深夜雪晴之后，望山下白雪皑皑，听山上松涛怒号，在这白雪映寒月、北风呼啸的山野，偶尔听到山下的村庄里传来野狗尖厉的叫声，更增加了十分寒意。

清早起来列队出操，清点一下人数，三孔桥的八位青年队员，竟冻跑了六个，只剩下了高凯和丁文。那六个青年都是出身于富裕之家，哪里受得了这份苦？好在都把枪留下了，还算够朋友。因为这事出在一连，王铁飞气得暴跳如雷，要去追他们回来。王老大说："追他们回来又有什么用？他们吃不得这份苦，追他们回来，他们还会跑的。接受教训，以后加强对队员的教育和掌握，就不会再出现逃跑的事情。"

跑完了操，身子暖和了些，肚子却又饿起来。四周是无人的山野，向哪里找吃的？连进村都不让，给养就更是不可能的事了。各村都有红枪会，要给养必然会引起冲突来。商量决定：在没有抗日成绩前，不能向群众伸手要给养。但是目前六十人的吃饭如何解决呢？王老大首先带头，把身上所有的零钱全都交上来。石大海、黄山、高凯也都把身上仅有的几块钱拿出来。

队员们你交一块,我交五毛,总共凑集了一百二十块银元,七十四元钞票。虽说不多,也可以暂解燃眉之急。这些钱就是游击队开办的全部经费,都交给黄山负责管理,并把现有的枪支、子弹进行登记。

山神庙虽冷,但也总算有了个安身之所,自己掏腰包,派人到山下集镇上去买点东西充饥,吃饭也算解决了。队员们的情绪稍稍安定了些,又加上有效的管理,队员再也没有出现逃亡的。

第二天上午,丛秀背着一口大锅送上山来。队员们高兴地欢呼起来,不住称赞。丛秀涨红了脸,不好意思地低下了头。银飞把她送回家去,向丛兴旺转达了游击队的谢意,又留下了三块银元。丛兴旺不肯接。银飞说:"这是我们游击队定的纪律,不拿群众的一针一线,这不是私人来往,还请岳父收下。"丛兴旺收下银元,心里很是过意不去,便领银飞去见了村长,用钱买了一些麦秸,捆成捆,同银飞一块挑上山去。

有了锅,解决了喝开水、吃热饭的问题,庙里也铺上了麦秸。这一天,游击队吃上了热饭,睡上了"鸭绒褥",乐得合不上嘴,情绪顿时高涨起来。

三

元宵节这天夜晚,游击队的几位负责人正开会研究,如何打破被孤立的状态,深入到群众中去,发展壮大抗日武装,突然听见西张洼那边传来一阵枪声。大伙儿出去看时,只见火光通红一片。

王老大立即命令集合队伍,前去救火。刚走到山下,迎面来了十几个带枪的人。走在前面的铁飞大声喝问:"干什么的?"

那十几个人并不回答,立刻折向东北的叉道,仓皇而逃。这一逃,引起了众人的怀疑。王老大命令铁飞带十几个队员跟踪追击,见机行事。王铁飞领命而去,王老大带着游击队的其他人直奔西张洼去救火。

王老大他们奔到西张洼,只见寨门大开,火光冲天,寨子里像滚了锅似的,呼叫着救火。王老大顾不得多想,急带着队员们冲了进去。跑到十字街头,却不见一个人影。王老大心里正自疑惑,忽听得一声枪响,杀声震天，伏兵四出，数百红枪会众将游击队团团围在街心。红枪会众一个个挺枪举刀，二目圆睁，嘴里发出"呜""哇"的怪叫，一步步逼进游击队，眼看就要发生一场流血的战斗。

王老大急忙高声呼叫："乡亲们，不要误会，我们是来救火的。"

只见红枪会众中走出一人，厉声喝道："好啊，姓王的，你派人烧了我们无极道[1]的香屋[2]，还要趁火打劫，该当何罪？"

王老大定睛一看，正是飞刀张杰。他强压住心头的怒火，说道："张头领，你不要血口喷人。我们游击队住在郗山，并未动你们红枪会一草一木，见贵庄火起，又听到一阵枪声，知道你们有难，急忙赶来相救，不想你反倒设计陷害。希望张头领不要受人挑拨，把枪口对准自己的朋友。"

张杰冷笑道："王铁飞是你什么人？"

王老大不知道他是何用意，朗声答："是老汉的长子，游击队一连连长。"

"哼！令郎做的好事，你看这个，看你还有什么话说。"张杰掏出一把飞刀，上面插着一张信笺，"唰"的一声，扔了过来，直奔王老大的面门。

王老大不慌不忙，举起右手，张开中指和食指夹住飞来的刀尖，取下信笺，借着火光看时，见上面写道："今夜烧毁你们的香屋，以示警告，明天不将一千块大洋、十个双眼皮的姑娘送上郗山，定叫西张洼烧为白地，玉石俱焚，鸡犬不留！"落款是，"游击队王铁飞"。

王老大看罢，向游击队员高声宣读了一遍，游击队员们都纷纷喊叫起来："这是栽赃陷害！栽赃陷害！"

王老大转向张杰说："刚才铁飞随我们一起下山救火，在山下碰上十几个带枪的人，俺命他带部分队员跟踪追去了，他怎么会到西张洼来放火？想来那十几个人必是放火的凶犯。请张头领放我们出去，我们捉拿住凶犯，真相便可大白。"

张杰嘿嘿一阵冷笑："你们想出去倒也不难，除非王铁飞前来送死！"

石大海勃然大怒，一个箭步跃到张杰的面前，用匣枪顶住他的胸膛，

---

1 无极道：即俗称的红枪会。其名取义于道家"无极生太极，太极生两仪"的玄理。
2 香屋：无极道供神、礼拜的地方。

威胁道:"你不放我们出去,你也休想活命。"

红枪会见头领被枪指住,顿时怒吼起来,却不敢上前动手。张杰毫无惧色,大声说道:"有种你就开枪吧,看你们哪一个能飞出西张洼!"

王老大连忙说:"大家都不要动手。张头领既然信不过我们,我们就留在这里。等真相大白之后,张头领自会放我们出去。"

张杰向街东的一处孤立的院落一指,道:"那就请吧。只要你们安安稳稳在里面待着,张杰不会为难你们。饭菜自有人给你们送。"

红枪会众立刻闪开了院门,王老大把手一招,率先走进院去。石大海待队员们都进了院门,这才收了匣枪,跟了进去。红枪会众马上将这处院落里三层外三层地包围起来。

四

铁飞带着十几个队员一口气追出七八里,见前面那伙人钻进一座庙宇,铁飞立刻组织队员悄悄地包抄了上去。

庙里点着灯火,早已准备下酒肉,那一伙人围在桌前大吃二喝。只听有人说道:"朱连长大功告成,贫道先敬你三杯!"

"哪里哪里,全靠张道长从中相助,巧于安排,我才得以成功。回去之后,报告冯团长,一定厚谢道长。还请道长速调兵马,剿灭郝山的共匪。"

"剿灭共匪,指日可待,请朱连长转告冯团长,静听佳音。不过,剿灭共匪之后,还请朱连长帮贫道除掉张杰。"

朱连长哈哈大笑:"好说好说,张道长放心,张杰活不了几天了。"

躲在庙门两边的队员们听了,怒火充满了心头。铁飞向队员们做了个手势,一脚踢开半掩的庙门,当先冲了进去。

铁飞大声喝道:"不许动,都举起手来,到外面站队。"

正在吃喝的便衣士兵见突然闯进一伙人来,一个个吓得目瞪口呆。那张道长见势不妙就往桌子下钻。毛二旦一把抓住他的衣领,把他提了出来。朱连长趁混乱的机会,伸手向腰里掏枪。铁飞"叭"的一枪,子弹扫他的头皮而过，那朱连长吓得再也不敢动了。铁飞伸手夺下他的匣枪。队员们也纷纷缴了士兵的枪，押着他们走出庙门，直奔郗山。

他们背着缴获的武器，押着俘虏，来到郗山脚下。这时东方刚现鱼肚白色，启明星还斜挂在天空。留守在山上的队员迎了上来。铁飞着急地问："大队长他们回来了吗？"

"没有。西张洼的大火早熄灭了，也不知为什么他们现在还没有回来。"

王铁飞听了，心里很是不安，沉思片刻，对队员们说："先把这些俘虏押上山去，审问清楚再说。"又对毛二旦说，"你留在山下，有什么情况，立即上山报告。"

回到山神庙，铁飞先审问朱连长，接着又审问张道长。两人不敢隐瞒，老实地做了交代。原来冯渊发觉游击队离开南壮之后，便派特务连四处打探消息，得知游击队在郗山安了营盘。立即派特务连长朱启章到中张洼找道长张宝钧，密谋煽动红枪会攻打郗山。

这张道长是中张洼的大地主，财势冠于乡里，他皈依无极道后，自称是济公活佛转世，法号"文师"，他利用人们的恐慌心理，散布谣言说："日本人已经到来，百日之内，必有一场血洗火劫，只有加入红枪会，有神佛保佑，再加上练武自卫，方可消灾免祸。"在他的极力鼓吹下，百姓纷纷入会，各村都组织起红枪会，打造枪刀，练武自卫，一时风起云涌，大有燎原之势。以东、西、南、北、中张洼为最甚，几乎家家入会。五村集会中张洼，公推张宝钧为道长，高筑神台，公立一碑，上刻"一方保障"四个大字。从此张道长之名，妇孺皆知，这一带十几个村庄都听他的号令。

红枪会以练武自卫为号召，但这张道长是个年过花甲的老秀才，半点武艺不会，便请他的同族兄弟西张洼的张杰当"武师"，统领五村的红枪会。张杰出身贫寒，从小流落江湖，打拳卖艺为生，经过十几年磨炼，学得一身好拳脚，看家的本领是九把飞刀，出手能打飞鸟走兔，刀无虚发，因此在江湖上得了个"飞刀张杰"的名号。张杰为人耿直，对地主豪绅仗势欺人素怀不满。他组织红枪会练武自卫，诸般费用都向地主索取，这与张宝钧原来的目的刚好相反。张宝钧这时再想除掉张杰，却不容易了。

这次朱启章奉冯渊之命，策动红枪会攻打郗山，又遭到张杰的拒绝。

张杰说:"游击队自从在郂山住下,并没有与我们红枪会作对,也没有动老百姓的一草一木,我们红枪会为什么要去攻打他们?"

商量不成,朱启章与张宝钧密谋,暗中勾结西张洼守寨门的头目张斌,趁元宵之夜,带领特务连十几人化装成红枪会道徒,潜入西张洼,放火烧毁香屋,在张杰门上留下信笺,嫁祸游击队。张杰不知真假,果然上当。

审问完朱启章、张宝钧,这时太阳已经升起一竿子高了。毛二旦慌慌张张跑上山来报告:"红枪会包围了郂山!大队长他们被扣押在西张洼了。"

队员们顿时慌乱起来。王铁飞心中有数,镇静自若,留下几个队员看守俘房,带着十几个队员奔出山神庙。只见满山遍野都是红枪会的人群,红旗、红包头、红缨枪,火红的一片,吼声震天动地。不一会儿,一百多个光着脊梁的大汉,举着刀枪,排成三路纵队,沿着石阶冲上山来,嘴里齐声呐喊着:"铁身无量寿佛,刀枪不入!刀枪不入!"

队员们从未见过这样怕人的场面,都毛了手脚,不知如何是好。

"别怕!"铁飞安慰大家说,"大家散开,隐蔽好,用枪封住上山的路,他们上不来,听我的命令,不准乱开枪。"

队员们按照铁飞的命令隐蔽好。铁飞手提匣枪,迎着红枪会众走上前去,大声喊道:"红枪会的朋友们,咱们有话好说,不要伤了和气。哪个要不讲朋友,再敢往前一步,可别怪我王铁飞对不起朋友。"说着,他举手一枪,打落了天空中一只惊得乱飞的山雀。众人大惊失色,顿时停了下来。

张杰在后面督战,见此情景,喊道:"快点把符吞下去[1]!快点吞符,冲上去,抓住他,他就是放火的王铁飞!"

王铁飞哈哈大笑:"吞了符,管什么屁用?有种,你张杰站出来试试,看你的肚硬,还是我的枪子硬。别让别人替你送死。"

张杰听了,勃然大怒,让红枪会众让开,他昂首挺胸走上前来,指着王铁飞骂道:"贼强盗,你仗着有几支破枪,就想在这里逞威风,真是瞎了眼。"

铁飞把枪腰里一插,冷笑道:"我在江湖上也久闻飞刀张杰大名,只道当真是光明磊落的好男子,哼哼,今日一见,却是枉得虚名!"

---

[1] 红枪会认为吞过符之后,只要心诚,枪弹不能入身,刀砍不伤,俗称"硬肚"。

张杰怒道:"怎样?"

铁飞道:"你有眼无珠,不识好人,明明是坏人栽赃陷害,偏诬我是放火之人。又施诡计,将前去帮你们救火的游击队强行扣押。这还不算,又煽动红枪会众包围郗山,来对付我们十几个人,也不怕江湖豪杰笑话?"

张杰暴跳起来,抖开衣襟,亮出插在腰间的九把锃亮的飞刀,怒喝道:"俺和你单打独斗胜了你,那你便死而无怨了?"说着把九把飞刀掷向空中,一时刀光闪烁,满空翻飞。红枪会众人见了,齐声喝彩。

铁飞不动声色,微微一笑,说道:"这路飞刀堪称一绝,小弟佩服得很!可惜的是张兄空怀一身绝技,却不能明断是非,大祸临头,尚自视友为敌,视敌为友。"

一言方毕,飞刀张杰"哗啦"一声把九把飞刀接到手里,冷笑道:"姓王的,你把话说明白,俺如何是非不明?"

铁飞道:"请张兄随我到山神庙里看看,放火烧毁香屋的罪犯,我已经替你拿到,你一问便知究竟。"

张杰一愣,随即大笑:"姓王的,你当俺是三岁娃娃,会上你的圈套?"

铁飞坦然一笑,拔出匣枪,扔给张杰,说道:"请吧!"

张杰接枪在手,疑心顿消,跟着铁飞来到山神庙。

进得庙来,铁飞向站立在墙角的俘虏一指,对张杰道:"老贼张宝钧和放火的罪犯朱启章都在那里,你去问问吧。"

张杰见了大吃一惊,忙问:"张道长、朱连长,你们怎么会在这里?"

张宝钧低头不语,朱启章见铁飞怒视着他,不得不说:"小人虽然放火烧了香屋,不过……不过是受了上命差遣,概不由己。"

张杰喝道:"谁差你了?谁放你进的西张洼?"

到了这地步,朱启章哪里还敢隐瞒,双膝跪地,向张杰道:"张武师,张大人,这事不能怪小人,都是上司的差遣,张道长的主意。张道长还要我帮他在剿灭了郗山游击队之后,将你除掉。我敬你是位英雄,没有答应。"

张宝钧"嗷"的一声扑上来,抓住朱启章衣领吼道:"你这个恶狗,怎么乱咬人?张杰是俺的同族兄弟,怎会听你胡说八道?"

张杰脸色铁青,一脚将张宝钧踢翻,骂道:"老狗,你死到临头还敢抵赖，倒不如姓朱的。俺饶了他，却不能饶你。"说着就要上前结果他的性命。

张宝钧慌作一团，连忙磕头求饶说："好兄弟，你就饶老哥一条狗命吧，都是我一时糊涂……"

铁飞走上前来，说道："张杰兄，看在我的面上，你就饶他一次吧。"

张杰本也不愿处死张宝钧，只是在这种场合下不得不做出个样子来，好叫铁飞他们看看，他并不护短。听铁飞如此说，便就坡下驴，道："既然朋友说了，俺就饶了你这一次。还不快谢谢恩人。"

张宝钧只得向铁飞磕了几个响头。

张杰又拱手向铁飞作揖道："俺真是瞎了眼，错怪你们。要打要罚，任凭朋友处置。"说罢，双手将匣枪送还铁飞。

王铁飞爽朗道："不打不相识，以后咱们就是朋友了。过去的事休要再提。"

张杰大喜，握住铁飞的手说："这里不方便，请朋友到小庄去住。"

铁飞说："不敢劳动贵庄的百姓，我们住在这里就可以了。"

张杰再三恳求："你若不肯到小庄去住，那一定是不肯原谅我的过错。"

铁飞见他诚心诚意地相请，便答应下来。游击队也释放了俘虏，跟张杰一同下山去。张杰传出命令，撤去对郗山的包围，命红枪会众夹道欢迎游击队。到了西张洼，王老大、石大海等已在庄口等待。队员们见了，相互寻问情况，大家都高兴地拥抱起来。张杰亲自向王老大和队员们赔礼道歉。

当天夜晚，红枪会众杀猪宰羊，置办酒席，款待游击队。游击队与红枪会各村的头领欢聚一堂，共商联合抗日的大计。

游击队度过了红枪会围攻的危机，在西张洼住下来，严格地遵守纪律，尊重当地群众的风俗习惯，吃的用的尽量避免打扰他们，对红枪会的活动从不干涉。不过几天，群众就把他们看成自家人了，亲热地称他们"师兄"。

游击队征得张杰的同意，以西张洼为据点，到各村去进行抗日宣传活动，对上层分子也开展统战工作。还帮助红枪会进行军事训练，修筑村寨。同时派人四处侦察敌情，寻找机会打击敌人。

第十章

铁蹄之下

一

三月十八日，戚城逢集。殷红色的太阳刚刚升起，集场上已经挤满了人群，粮市、鱼市开始了交易……突然间，东北方向传来一阵"嗡嗡"的响声，瓦蓝色的天空出现了两个黑点。黑点越来越大，响声越加震耳。有人惊叫起来："飞机！东洋鬼子的飞机！"

人们一哄而散，四处奔逃，集市霎时乱作一团。两架日本轰炸机俯冲而下，机翼上两块血腥的"膏药"从人们眼前闪过，接着一串串炸弹直倾下来，戚城五里长街顿时淹没在硝烟火海之中。随着轰轰的爆炸声，房屋倒塌，尸骨纵横，哭声震天……

文昌街徐长乐一家老少正围桌吃饭，一颗炸弹从天而降，全家五口顿时化作一摊血肉。铁匠姚喜成亲，花轿刚抬到门口，一声爆炸，轿毁人飞，众乡邻帮着寻觅许久，才找到新娘一只绣花鞋，姚喜痛不欲生，不哭反笑，一把火烧毁了仅有的三间草屋……

爆炸声未息，冯渊的兵马便从城东的薛河防线弃守阵地溃退下来。他们营不成营，连不成连，押着拉来的夫役，抬着装得满满的箱子，坐上早已准备好的船只，向湖西逃去。老百姓哭叫连天，指着冯渊的脊梁大骂："婊子儿！老百姓白养活了你们这些孬种！"

刘哱林站在城头哈哈大笑："乡亲们不要害怕，快做太阳旗准备迎接皇军吧！老蒋的中央军走了，今后咱们都是皇军的顺民啦！"话未落音，半块砖头飞上城头，正中刘哱林面部，刘哱林疼得"哎哟"一声，向后跌倒。

胡空连忙将他扶起，拔出匣枪，向城下怒喝道："哪个小子活腻了？有种的站出来！"

无人理睬，众人一哄而散。市民百姓害怕鬼子的飞机再来轰炸，纷纷扶老携幼逃离戚城。碧眼红发的德国神父海登拦住逃难的人群，摆出一副悲天悯人的面孔说道："可怜的教民们，快到教堂里去吧！仁慈的主会保佑你们的。我们德意志帝国与日本帝国是神圣同盟，他们是不会轰炸教堂的。"

突然间，城东传来一阵枪声，人群顿时大乱，有的向城外奔逃，有的向教堂跑去，有的急忙关门闭户……

枪声过后，便传来阵阵马蹄声，蹄声之中夹杂着哨声。过不多时，哨声东呼西应、南作北和，竟然四面八方都是哨声，似乎将戚城团团围住了。众人相顾骇然失色，有些见识的人，不免心中嘀咕："大祸临头，在劫难逃了。"

街头杂货铺中一名伙计不以为然地说："戚城没有队伍啦，鬼子还能无故杀咱百姓？"王掌柜脸色已然惨白，举起了一只不住发抖的肥手，作势要往那伙计头顶拍，喝道："你懂个屁！鬼子还管你有没有队伍？反正有中国人就杀！你没听说，昨天鬼子攻占了滕县、临城，杀人如麻，血流成河……"

他说到一半，口虽张着，却没了声音，只见集市东头十几匹健马直抢了过来。马上乘者一色的黄军装，头戴钢盔，手中各执明晃晃的钢刀，大声叫道："通通的站住，哪个敢动，死啦死啦！"嘴里叱喝，拍马向西驰去。马蹄铁拍打在青石板上，铮铮直响，令人心惊肉跳。

蹄声未歇，西边又有七八匹马冲来。马上的士兵也是一色黄军装，头戴钢盔，为首的一人，操着一口熟练的中国话向市民喝道："乖乖地站好，迎接皇军，哪个敢动，叫他吃刀削面！"

这时鬼子大队人马进入城内，刘哮林带领部分乡绅团丁举着太阳旗列队欢迎。刘哮林向日军中队长小野太郎鞠了九十度的躬，战战兢兢地说道："皇军光临戚城，万民庆幸，百姓箪食壶浆迎接皇军。"

小野太郎勒马环顾左右，嘿嘿一阵冷笑："偌大的戚城，仅有你们几个出来迎接，那些人通通死了不成？"

刘哮林连忙道："无知小民，听信谣言，惧怕皇军，躲了起来……"

一语未了，只听有人高声喝道："龟儿子，你怕，老子不怕！"只见一条大汉，赤臂袒胸，手持铡刀，从屋顶跳下，抢头便劈。

小野吃了一惊，急勒战马后跃，人虽避开，马头却被砍下，小野滚落马下。那大汉跃上前来，就要结果小野的性命。不想背后一枪，击中他的肩部，刀向下劈去，右手突然没了气力，小野就地一滚，刀劈了个空。

那大汉急转身，大吼一声："好你个汉奸，老子先结果了你！"说着向刘哮林直扑上来。

刘哮林喝道："姚喜，你疯了？"

复又一枪。姚喜身子一晃，仍旧向前冲去。刘哮林吓得抱头狂奔。一个鬼子急冲过来，钢刀一举，刺入姚喜的肚腹。他得意之极，纵声长笑。

突然间那鬼子大叫："啊……"他踉踉跄跄倒退几步，只见铡刀自他的脖颈斜劈而下，直至胸肋，鲜血涌了出来，他身子晃了晃，随即摔倒。姚喜临死奋力一击，那鬼子猝不及防，竟被劈中要害。几个鬼子忙伸手扶起，那鬼子却已绝气。小野不去理会那鬼子的生死，嘴角边露出鄙夷之色，抓起姚喜的身子，见也已停止呼吸。他眉头微皱，叽里哇啦怪叫了一通。

鬼子立刻分散开来，四处放火杀人。顿时烟火四起，枪声、哭声、尖叫声乱成一片。鬼子活像一群野兽，见青壮年就开枪，见了年青妇女先奸后杀。开茶馆的吴老头，因见鬼子没鞠躬，被鬼子一刺刀穿死。一个十二岁小闺女，被三个鬼子轮奸后，扔到火堆里烧死。便宜酒店方五的媳妇，怀孕九个月了，被鬼子用刺刀划开肚子，挑出血淋淋的婴儿照相，一群鬼子还围着哈哈大笑……鬼子疯狂地烧杀、奸淫、抢劫，小野太郎尚不解恨，只是叫："细细地搜，什么都别漏过了！"

闹了半天，已是夕阳西下，但听到东边噼噼啪啪，西边咿咿呀呀，除了房屋焚烧之声和鬼子怪叫之外，已听不到哭声叫声，街上再无人影，连躲进教堂的上千群众也没能幸免。到处是横躺的尸体，到处是烧毁的房屋……

二

夜，阴冷可怖，到处像死一样地寂静。鬼子大队人马已经撤走，仅留下小野太郎的一个中队。但镇上幸存的人们谁也不敢说话，关上房门，躲在被窝里发抖，连受惊的孩子也被大人捂住嘴，唯恐哭声引来灾祸。

但刘哼林的家院却是另一番情景。只见大门里外张灯结彩，披红挂绿。大厅里高吊一盏汽灯，白炽的光给大厅的一切涂上一层苍白的颜色。厅中排列宴席，杯盘交错，珍味佳肴，琳琅满目。

刘哼林大摆宴席，为小野太郎接风洗尘，请来一镇四乡的地主、富商、乡保长前来作陪。虽说是"请"，哪个敢不赴约前来？主人满面得意之色，宾客各怀鬼胎。与其说是宴会，不如说是吊丧，一个个面色惶恐，不知是凶是吉。大厅里鸦雀无声，不约而同地注视着端坐在上首的小野太郎。

小野正襟危坐，神色傲慢，目光凶横。他全副武装，一只毛茸茸的手寸刻不离指挥刀柄。虽是五短身材，但生得粗壮精干，一脸黑皮横肉，两腮刮得铁青，嘴到两耳，上唇极厚，而且向上翻卷，暴露出两颗白森森的牙齿。这副"尊容"使人想起那闯出山林的野猪。

刘哼林长袍马褂，陪坐在下首，满脸堆笑，一副媚态，不时地通过戴着金丝眼镜的秦翻译与小野交谈。

刘哼林的三姨太"一汪水"打扮得花枝招展。头戴着银丝秋髻，金镶紫璜坠子，脸上涂了一层厚厚的白粉。一双媚人的黑眼睛，嵌在用铅黛描得长长的浓密眉毛下边，常常是水汪汪地盯过来，撩拨对面的小野。小野被她撩拨得浑身发痒，又不好失了"皇军"的威风体面，越发把面孔绷得铁紧。

刘哼林见"十二大件"酒菜上齐了，吩咐一声开席，众人像醒悟了什么，一时杯盏并举，竹筷齐下，一个个低头动嘴，大嚼大咽，只闻吞咽咬嚼声响，不闻人语笑谈。

主席上却是另一番情景，刘哼林小心翼翼赔着笑脸劝酒，小野旁若无人索大杯狂饮，秦翻译细细地品尝。"一汪水"一会儿斟酒，一会儿点烟，还要不时向小野献媚卖笑。酒过数巡，小野僵硬的身板渐渐活动起来，竟然把"皇军"威仪抛到了九霄云外，解开上衣的纽扣，放下指挥刀斜着眼睛和"一汪水"调笑起来，请客的主人和满厅的宾客倒完全被他遗忘了。

刘哼林见小野已有几分醉意，怕误了大事，连忙立起身，向小野一哈腰，说了句什么。小野如梦方醒，立刻又挺直了腰板。刘哼林转过身来朝着众人扫一眼，干咳了两下，大厅里顿时鸦雀无声。

"诸位，大日本皇军光临戚城上顺天意，下合民心，微湖上下万民同庆……敝人代表一镇四乡四十八村良民百姓，谨向队长阁下和皇军全体官兵表示由衷的欢迎！"说罢，刘哮林双手擎杯捧给小野。

大厅里稀里哗啦一阵板凳响，众人哪个敢不起身奉陪？

小野脸上带着一种征服者踌躇满志和藐视一切的神情，接过酒杯一饮而尽。他咿里哇啦地说话，众人都傻愣愣地望着他，像瞅着新奇的两脚动物。

身材瘦长的秦翻译等小野话一落音，立刻用一口京话洋腔说："刚才太君说，参加今晚宴会，他很高兴。你们都是皇军的朋友，天皇陛下的良民。他提议，为中日提携、大东亚共存共荣干杯！"

小野伸出毛茸茸的手拍了拍刘哮林的肩头，用手比画着说了些什么。秦翻译板起面孔，随后宣布："诸位，太君正式委任刘哮林为戚城'特别治安区'维持会长兼保安大队司令。"

刘哮林向小野深鞠一躬，说道："鄙人不才，蒙阁下错爱，委以重任，当竭尽全力，为阁下效犬马之劳，肝脑涂地，在所不辞。"

小野狂笑数声，竖起大拇指："你的，大大的朋友！"他转向四座用手一划，"你们通通的一样。"

刘哮林的老黄瓜脸上泛起了红光，腆着过分臃肿的大肚子，装腔作势地说："诸位，即日起，原戚城一镇四乡四十八村通通归皇军'治安特别区'管辖，在座的乡绅、保长都要尽力维持大东亚新秩序，发现共匪作乱，立即报告。"刘哮林说到这里，顿了一下，看看众人的反应。

他皱了皱眉头，突然提高了嗓门："诸位，为维持特别区的新秩序，支援圣战，共存共荣，从今日起各乡各村都要向皇军交粮纳税！"

大厅里立即引起一阵骚动。刘哮林见众人神色大变，狡狯地一笑，说："诸位，不要害怕，所谓交粮纳税，就是'湖田纳粮，鱼虾抽税'。嘿嘿，这可是千载难逢之机，诸位只要尽心尽责为皇军效力，皇军也不会亏待大家。"

众乡绅、保长面面相觑，这明明是推着死人上树，使派憨狗去咬狼呀。若是应了，湖渔百姓断了生路，还不闹翻天？

刘哮林见大家闷不作声，面孔渐渐拉长，堆起了愤怒难堪的神色。他的目光像猎狗似的从一个人的脸移到另一个人的脸上，脸上掠过一丝冷酷的笑容："如若阳奉阴违，抗拒不交，哼哼！"

第十一章

初试锋芒

一

自从鬼子占了戚城，刘哮林当了维持会长兼保安大队司令，下令向各村派款征粮，侯七见有机可乘，便蹿到老家纸坊，一为趁机捞一把，二为发泄发泄往日的怨恨。

这侯七本是纸坊人，出身于破落地主家庭，从小游手好闲，吃喝嫖赌，无所不为。后来家业败尽，他干起偷鸡摸狗的营生，为乡邻不容，被扫地出门。从此沦落为湖匪，结交了七个无赖之徒，结拜为把兄弟，学了几手武艺，便不知天高地厚，号称"微湖八怪"，在微湖上下抢劫渔船，打家劫舍。前不久因争夺地盘，与夜的黑发生冲突，险些丧了命，在微湖混不下去，转而投靠刘哮林，当了侦探队长。侯七以侦探为名，常常带着他的七个把兄弟单独行动，走村串户，敲诈勒索，明抢暗劫。

纸坊村的保长薛明是个做事谨慎的长者，一见侯七携枪带刀地来了，情知来者不善，连忙吩咐乡丁打酒买菜，在村公所里摆上一桌丰盛的酒菜，薛保长亲自作陪。把另外"七怪"让到东厢房里，在村里找来几个能说会道的陪着他们。

酒至半酣，薛保长低声下气地说："侯队长，亲不亲故乡邻，你就高抬贵手，在刘司令面前美言几句，让咱村的百姓少交两个。"

侯七嘿嘿一阵怪笑："众乡邻给过俺什么好处？俺为什么要替你们说情？想当年俺侯七光棍一条，为了些小事，众乡邻把俺乱棍打出纸坊。就是你薛保长，因俺拿了你家一件皮袄，险些把俺的腿砸断。俺侯七宽怀大肚，不记前仇，就算便宜你们了，还想叫俺替你们求情，你真是瞎了狗眼！明白地告诉你，五千斤粮食天明交齐，少一粒儿，休怪侯大爷翻脸不认人！"

132

薛保长一肚子怒气，却又不敢发作，强作笑脸，拿出三十块银元放在侯七的面前，说道："这点小意思，不成敬意，望侯队长笑纳，还望侯队长开恩，宽限几日……"

侯七一把抓过银元，在手里掂了掂，放进口袋里，哈哈大笑着说："这点小钱，也想叫侯大爷开恩，你不觉得寒碜吗？"

薛保长虽是面团似的人儿，但毕竟是一村之长，平日老少爷们见了哪个不恭敬？今日里平白受这无赖欺凌，低三下四说了许多好话，又赔进去这许多酒菜钱财，侯七还要与他作难，不由得心中火起，道："姓侯的，你就行一次好，积点阴德。"

侯七"嘿嘿"冷笑了两声："要俺行好，倒也不难，你拿出一百块大洋孝敬大爷，再叫你那俊闺女陪大爷睡三天！"

薛保长勃然大怒，骂道："侯七！你别欺人太甚！"

侯七拔出匣枪，顶住薛保长的脑袋，喝道："姓薛的，你不识抬举，侯大爷先敲了你！"

薛保长气得浑身乱抖，竟说不出话来。

忽听得门外有人朗声说道："是谁这么霸道？"

一个人影闪进屋里，一伸手，将侯七的匣枪夺了过去。

"干什么？好大胆！"喝骂声中，侯七挥拳向那人打去。

那人右臂一挥，侯七"啊呀"一声，身子向后飞起，跌落在墙角之下，忍痛大叫："来人呀！"

那"七怪"在东厢房喝酒，闻声而至，各持刀枪，同时出手。却听得叮叮当当一阵响，那人也不知使了什么手法，霎时间竟将七支步枪尽数夺了过去。看那人时，只见他青袍短发，约莫二十多岁，燕眉虎目，一脸英气，魁梧一躯，威风凛凛。薛保长又惊又喜，忍不住喝彩："好身手！"

那七个伪军面如土色，都惊呆了。

侯七见此情景，蓦地想到一人，脱口而出："敢问好汉爷莫非是王铁飞？"

那人嘿嘿一笑，说道："素闻微湖八怪，个个身怀绝技，今日一见，却原来是群酒囊饭桶。"

侯七一听，更无怀疑，连忙向前施礼道："久闻王铁飞武功盖世，果然名不虚传。今日有缘见到金面,三生有幸。我们小哥们几个这点本事,在你眼里自然不值一笑。"

那大汉正是王铁飞。他又是哈哈一笑,道:"照我平日的脾气,你们这般用刺刀向我身上招呼,我是非一报还一报不可,你刺我胸口,你刺我小腹,你刺我大腿,你刺我左腰……"他口中说着,右手分指七怪。

那七个听他将刚才自己的招数说得分毫不错,更是骇然,电光石火间,他竟将每个人出招的方位看得明明白白,又记得清清楚楚。只听他又说:"这些通通记在账上,几时再碰到你们为非作歹,便来讨债收账。"

侯七当即拱手道:"多谢好汉爷开恩,俺兄弟八个同感大德,从今以后改邪归正,再不敢胡作非为。"说罢,拔腿便走。

忽听王铁飞喝道:"站住!"

侯七吓了一跳,回头问:"好汉爷,还有何吩咐?"

王铁飞嘿嘿冷笑道:"我说放了他们七个,却不能放你。"

"这又为何?"

"你这无耻之徒,平生没行过一件好事,若放你回去,你再引兵前来,不是反害了这一村百姓?"

侯七情知不妙,向其他七怪使个眼色,拔腿便逃,忽见堵门站着七八个游击队员,个个横眉立眼,挺枪举刀。侯七大惊失色,急忙返身跪倒在铁飞面前,磕头求饶。铁飞冷笑道:"你便磕一百个响头,也休想活命。来人呀,把他拉出去枪毙!"

侯七吓得全身骨软,魂不附体。忽听薛保长叫道:"不可杀他。"

铁飞怔了一怔,问道:"你说什么?"

薛保长说:"俺求你不要杀他,这人虽是做了许多坏事,但……"他想说"但若杀了他,敌人会来寻衅报复",话到嘴边,转念一想"不好",若是照实说了,侯七那小子反倒硬气了,因而改口说,"但侯七毕竟是我们纸坊村人,俺不能不替他求个情,留他一条活命,希望他改过自新,重新做人。"

铁飞道:"刚才他要害你性命,你现在反倒替他求情,只怕你的好心不得好报,这种卑鄙无耻的小人最没良心。"

侯七一听,连忙掏出口袋里那三十块银元还给薛保长,苦苦哀求道:

"薛大爷,您救俺一命,俺若坏良心,知恩不报,叫俺出门就挨枪子。"

薛保长说:"不求你报答,只求你今后不再与乡邻作对,俺就心满意足了。"他又转向王铁飞道,"求你放他一条生路吧。"

王铁飞喝道:"看在薛保长的面上就饶你一次,今后再敢做坏事,叫我们游击队碰上休想活命。还不快滚!"

侯七哪敢多言,和他那七个把兄弟急急去了,唯恐铁飞变卦,再追他们回去,八人一口气跑到戚城边。这时天色已经大亮,八人累熊了,歪倒路旁休息。一个瘦高的汉子突然跳起来叫道:"哎呀!不好,咱们的枪支都被王铁飞收了去,见了刘司令如何交代?"

另一个黄脸汉子说:"向他交代个屁!咱们就此散伙,各奔东西,若是再当汉奸,被王铁飞知道了,还不活剥你的皮?"

"呸!他王铁飞算个球!有朝一日,落到俺手里,定把他大卸八块,方解心头之恨。"侯七愤愤地说。

黄脸汉子挖苦道:"七哥,你这时吹牛皮说大话,等遇到王铁飞又不知怎样磕头求饶哩。"

侯七说:"那算得什么!大丈夫能屈能伸,当年韩信受胯下之辱,后来不是当了元帅吗?哥们儿别灰心,俺去见刘司令,定有办法替大伙出这口恶气。"

当下商量好了,由侯七去见刘哮林。刘哮林正躺在床上吸大烟,忽见侯七狼狈地进来,吃惊地问:"你这是怎么搞的?"

侯七哭丧着脸说:"昨晚俺和几个弟兄去纸坊催要粮款,不想那薛保长设下奸计,用酒将弟兄们灌醉,勾来游击队将我们抓获。"

刘哮林骨碌爬起,喝道:"胡说,特别区是皇军的天下,哪来的游击队?"

"小的不敢说谎,真的是游击队,带头的便是王铁飞。"

"王铁飞?他们有多少人枪?"

"不过二十个,都是湖猫子,口气却是不小。"

"他说什么?"

"小人不敢讲。"

"有屁放出来,老子不打你的屁股!"

侯七眼珠一转,说道:"王铁飞说刘哮林这个狗才有什么能耐?认贼作父当了司令,残害百姓,明日夜晚,我潜入刘府,取了他的首级,以谢国人。"

刘哮林一听,勃然大怒,拍桌子骂道:"好个王铁飞,不把你碎尸万段,我誓不为人。"刘哮林说到这里,猛然想起了什么,盯住侯七问道,"你怎么逃了出来?"

侯七从容说道:"小人惦念着司令的安危,待他们酒罢酣睡之时,我们弟兄八个相互解开绳索,逃了出来。司令,王铁飞艺高胆大,会蹿房越脊,若来行刺,司令如何防备得了?依小人之见,先下手为强,火速发兵纸坊,将他们一网打尽,以绝后患。"

刘哮林心乱如麻,没好气地说:"你小子懂个屁!本司令自有主张。快滚吧,到供给处换件军装,领支枪,别站在这里给我丢人现眼。"

侯七一听刘哮林不再责罚他,连忙嘻笑着说:"是是,多谢司令恩典。"

侯七走了,刘哮林拿起挂在床头上的德国造二十响匣子,对护兵说:"走,跟我去见太君。"

二

游击队在纸坊村会齐,已是后半夜,薛保长见了又喜又忧。喜的是有这百十人的抗日游击武装,老百姓有了指望,忧的是若是鬼子知道纸坊住着游击队那可不得了。所以他只张罗着为游击队安排吃饭,却不提让游击队住下的事。王老大笑道:"薛保长,这深更半夜里吃什么饭?还是请你先给我们找个地方休息吧。"

薛保长面色尴尬,支吾着说:"敝庄地方窄小,又没有床铺……"

王老大说:"俺看村公所这几间房子就可以了,只需薛保长给几捆铺草。"

薛保长无法推托,只得说:"那可就委屈大家了。"

王老大笑道:"算不得委屈,这比我们在郏山住破庙强胜十倍了。薛保长若不反对,我们便在这里住上十天半月。"

薛保长一听急了眼,脱口说道:"哎呀!不中!……"

王老大一怔,问道:"为何不中?"

薛保长面红耳赤，只得如实相告："俺是担心鬼子知道了前来找麻烦。"

王铁飞插言道："我们离开这里，敌人就不会来找纸坊的麻烦吗？你让我放了侯七，侯七这一去必然引兵前来报复。我们之所以坚持要住在这里，就是防备敌人再来纸坊祸害百姓。"

薛保长摇头道："侯七虽坏，毕竟是纸坊人，何况俺救了他一命，他怎能以怨报德？"

铁飞说："侯七若是对家乡父老有半点感情，怎会来此催要粮款，敲诈勒索？事实说明他是无赖之徒，卑鄙无耻的小人。"

薛保长大惑不解："你既然看透了他，为何在俺一求之下，便放了他？"

铁飞笑道："我们来纸坊的目的，一是为解救这一村的百姓，二是为寻机打击日寇。不放走侯七，如何引蛇出洞？"

薛保长愕然道："那可怎么办？"

"你不用担心，有我们游击队在，绝不让百姓受难。"

第二天中午，戚城敌人果然出动了。侦察员报告："二三十个鬼子，百十个伪军，用洋马驮着钢炮、机枪，直奔纸坊来了。"

队员正在吃饭，一听鬼子来了，都乱哄哄地拥上来。他们这支队伍只有百十人，除了王铁飞、袁振国之外，谁也没有经过战斗，还有一部分刚入伍的新兵，没经过训练，连枪都不会放。武器呢，除了几支好步枪、匣枪外，下剩的都是老掉牙的汉阳造、土压五、老套筒……比"烧火棍"强不了多少。队员们见敌人来得多，又有钢炮、机枪，心里发毛，七嘴八舌地嚷起来："大队长，快撤吧？再不跑，可就来不及了。"

毛二旦一听便跳了起来，瞪起牛眼骂道："奶奶的，今天嚷着打鬼子，明天叫着打鬼子，鬼子来了反倒草鸡了，充他娘孬种吗？怕死的给我滚！"

他这霹雳闪电一阵吼，嚷叫要撤的队员都吓得不敢吭声了。铁飞见此情景，笑了笑说："大家不要紧张，鬼子那点凶气完全是怕死的'中央军'培养出来的，其实并不可怕。他们手里拿着枪，咱们身上背的也不是旱烟袋。这里的地势，我早就察看过了，很利于打伏击。敌人来势虽凶，只要我们隐蔽好，突然给他个打击，准能把他们揍趴下。万一顶不住，我们可以利用河堤，迅速撤往湖里，鬼子捡不到什么便宜。"

铁飞有作战经验，又和鬼子交过手，听他这么一说，队员们心里有了底，都稳住了神儿。王老大便说："好了，快去做好战斗准备，听候命令。"

　　队员们纷纷去准备，王老大和石大海、王铁飞、黄山等急奔向纸坊村南的薛河堤。这时担任瞭望的银飞跑来报告："敌人离这里只有四五里了。"

　　王老大他们登上薛河堤，向南一看，果然有一支部队向这边移动。王老大察看了一下地形，薛河、运河两条河堤像巨蟒似的在纸坊村西南的三河口交头，中间夹着一马平川的洼地，洼地中间有一条直通戚城的千年古道。正如铁飞所说，这地形很利于打埋伏。他对石大海、王铁飞他们说："打！坚决打！"顿了一下，又说，"可惜我们的人手太少，武器又差，很难确保战斗胜利。大家看还有什么办法？"

　　石大海一拍脑门说："有了，离这里不远住着我们枪箔帮的鸭枪队，俺去把他们叫来。"

　　黄山说："听说夜的黑带着他的大队在南边殷庄，俺去联络，请他来助战。"

　　王老大一听喜出望外，连说："好好！就这么办！"当即命令，"铁飞，你带一连一排正面阻击敌人；袁振国，你带一连二排从西边打，毛二旦，你代替石大海指挥二连，从东边打。立即集合队伍，抢在敌人之前，占领河堤，埋伏好。"

三

　　按照命令，队员们迅速行动起来。王铁飞带领一连一排越过薛河，趴伏在冰冷潮湿的南堤上，把大抬杆——游击队唯一的"重武器"——那拳头粗的枪膛里，结结实实地填满了火药，装上大生铁块，连小秤砣也塞了进去。虽说这样的炮弹不爆炸，可是近距离轰出去，像一把铁扫帚一样，也够敌人受的。

　　一切准备停当。大家都把身子紧贴在地皮上，不错眼珠地盯住前方。只见南边的大路上出现了一队蝗虫般的人影，不停地向这里蠕动，渐渐地近了，那高头洋马和鬼子钢盔、刺刀闪亮都分明起来。战士们紧张得心都快跳出来了。微风扫过干苇叶子在耳边飒飒作响。守着大抬杆的队员点燃起香火，紧紧地掐着，抑制着剧烈抖动的手，将香火凑近灰色的火捻子。步枪手们一次又一次地拉开枪栓摸摸枪膛，生怕忘记了推上子弹。

"记住，大抬杆不响，谁也不准开枪！"

队员们咬着耳朵，急促地传达着王老大的命令，屏住呼吸注视着敌人。

走在前面的鬼子十分傲慢，鬼子小队长骑着高头大马，步行的鬼子，一个个背着枪，大摇大摆，趾高气扬，好像中国人都死绝了般；跟在后面的伪军却无精打采地大背着枪。

还好！鬼子一进入洼地，就不神气了。老天爷长眼，刚下过雪。这湖边的老黑土地是有名的"英雄坷垃孬种泥"，沾水儿像黏胶似的。敌人陷进去拔不动腿，活像王八似的一步一步往前爬。鬼子借助马力爬得快些，伪军远远落在后面，队员们看了心里暗暗高兴。

鬼子终于接近了河堤，离一排埋伏的地方只有三十米了。战士们紧张得心都快跳出嗓子眼了，焦急地扭过头看守在土炮旁边的王铁飞。王铁飞从队员手里接过香火，狠狠地触到火捻子上，顿时，"刺啦"一声冒起一朵小蓝火，"轰"的一声，震得身下的地皮呼扇着。无数生铁块拖着火药的浓烟像一把铁扫帚扑过去，接着步枪、匣枪、土枪一齐吼叫起来，子弹、铁块像飞蝗似的扑向敌群。

鬼子受了突然袭击，当场有几个中弹倒地。鬼子不知道游击队使用的是什么新式火炮这般厉害，一时像王八吃西瓜——滚的滚，爬的爬。那受惊的大洋马灰灰嘶叫着四处乱窜乱蹦，把鬼子冲得稀里哗啦，鬼子钢炮打不响，眼睁睁望着那驮炮弹的受伤的马跑了。

泥鳅高兴地跳起来，拍着巴掌喊："打得好！"话未落音，一颗子弹把他的帽子打飞了。王铁飞一把把他按在地上："当心，鬼子的机枪响了。"

"乖乖，鬼子的机枪好厉害！"泥鳅伸了伸舌儿，做了个鬼脸。这时枪弹声和喊杀声响成一片，硝烟弥漫了三河口。主力一排居高临下，打得顺手，埋伏在西边运河堤的二排也开了火，枪炮声中不时传来袁振国响亮的喊叫："打呀，打呀，狠狠地打！"

鬼子毕竟是训练有素的部队，经过一阵混乱之后，鬼子占据洼地里的一块坟地,兵分两面开始进行有组织的抵抗。但是他们摸不清游击队的虚实,不敢冲过来。鬼子小队长绿岛指挥着一挺机枪向正面河堤射击,子弹像雨点似的打在芦苇上,压得战士抬不起头。鬼子离得远了,土枪土炮威力大减,王老大叫大家不要乱放,注意节省子弹。

听到枪声,落在后面的伪军拼命往前赶,眼看着伪军冲上来了,还不见埋伏在东边的二连开火,王老大急得浑身冒火,弓着腰向东边跑去。迎头碰见毛二旦慌慌张张地跑来。

"二连在哪里?你一个人来干什么?"王老大劈头便问。

毛二旦气得脸色铁青,浑身乱抖,骂道:"奶奶的!谁知都跑到哪里去了?没见过这号兵,听到枪声,都躲得没影子。"

王老大一听火冒三丈,把匣子枪一抢,吼叫着:"你这个代理连长是管什么的!找不回二连我先敲了你!"

毛二旦愕然一愣,他从来没见王老大发过这么大的火,二话没说,一拧身咚咚地跑了。

王老大又焦急又气恼。二连找不到,光一、二排怎能顶得住?到这光景想撤也来不及了,驴和牛抵架——只好豁出去了。这时一排阵地上,忽然枪声停了。王老大心里又是一惊,急忙跑回去,只见战士都伏在原地没动。有的在装火药,有的在压子弹,还有几个战士伏在王铁飞身边小声议论着。

只见王铁飞从一个战士手里接过一支步枪,拉了拉枪栓,顶上火,很悠闲地瞄了一下,回头来笑着问:"泥鳅,你要我打哪一个?"

"打那个抱机枪的!"泥鳅摸着帽子上的枪眼恼恨地说。

王铁飞回过头去,把枪一举,鬼子的机枪手把头一歪,栽在地上,机枪哑巴了。泥鳅笑了,顽皮地伸了下舌头,打趣说:"铁飞哥,他喝醉啦?"

"你们是打仗,还是闹着玩?"王老大绷着脸生气地说。

王铁飞不以为然地说:"我看鬼子不敢上来。战士们瞎打枪也是浪费子弹,就叫大家歇一会儿,养养精神,等那些龟孙们上来,再收拾他们。"

王老大听了也只好点点头。

"好吧,这里就交给你指挥,我去东边看看——可大意不得!"

王老大刚走,刘哼林就带着伪军冲上来。那家伙仗着人多势众,挥舞着匣子枪，可着嗓门喊："弟兄们冲啊！抓住游击队有赏！"

伪军见北面河堤上没有动静，都嗷嗷叫着一窝蜂冲上来，打头的正是胡空。战士们见敌人来势凶猛，心里发毛，都围拢来，挤成一个蛋。

王铁飞往左右一看，急了眼，大吼一声："都给我滚回去！听我命令！"震得干芦苇叶子都纷纷落下来。

战士们连忙回到自己的岗位。王铁飞想把敌人放近了再打，可战士们沉不住气，没等命令就乒乒乓乓地开了枪，接着土炮、抬杆、鸭枪也吼叫起来。伪军丢下几具尸体，掉头就往后跑。绿岛一连打倒了几个后退的伪军，伪军只好又返过身来，有的猫着腰往前冲，有的伏在地上向前爬。

"铁飞哥，坏了坏了！"小迷糊李狗剩喊叫起来。

喊得王铁飞心发毛，以为出了什么事，连忙爬过去。

狗剩急得要哭了。"我的枪怎么打不响了？"他哗啦哗啦地拉着枪栓，"看看，这不是坏了？"

王铁飞一看，气得打了他一巴掌："混球！你不搂火，它就响了？"

王铁飞来回地跑，嘱咐战士们："不要慌，沉着气，瞄准再打！"

伪军死伤了七八个，但在鬼子的威逼下，都不敢后退，玩命地向前攻，眼看就要冲上河堤了。西边的二排已和敌人交了手。

正在这万分危急的当口，忽听得东边响起一片呐喊，接着便是暴风雨般的枪声。王老大一看：嗬！毛二旦领着二连从东边的河堤上冲下来了，冲着鬼子的屁股开了火，来得正是节骨眼上。

正在这时，石大海也带着鸭枪队赶来，与二排合兵一处，将冲上河堤的敌人反击下去。敌人三面受敌，顿时大乱。这时周围村庄的群众都从四面八方跑来加入战斗，白玉莲、白云鹤领着南壮的百姓也赶来了。鬼子、伪军越发混乱，争相逃命。

毛二旦和一个高大的鬼子扭作一团，两个人拼命地争夺一挺机枪，而另一个鬼子挺着刺刀从毛二旦背后赶来，恶狠狠地照毛二旦后心刺去。就在这千钧一发的当儿，只听一声枪响，拿刺刀的鬼子应声倒地，又一声枪响，那个抱着机枪的鬼子一松手也倒下去。毛二旦抱着机枪，向那最后倒下去的鬼子的身上补了一枪，然后叫骂着又去追新的目标。

141

原来是王老大发了两枪。王老大又指挥着拿步枪的黄大水:"打那个……好!打倒了。再打跑着的那一个,快打!"

黄大水连发了两枪没有打中。王老大见那个鬼子已跑进一片小柏树林,就从黄大水的手里要来步枪,发了一枪,果然命中。

"嘿!子弹像长着眼。"

突然人群里发出一片惊叫,只见鬼子小队长绿岛骑着一匹高大的白马,挥着军刀,横冲直闯,马踏刀劈,一连放倒几个,人们惊叫着纷纷闪开。绿岛用刀背照马腚上狠拍了一下,那白马一声嘶叫,腾空而起,闪电般冲出人群,队员们纷纷开枪射击,可是那家伙轻捷如燕,在马背上左右翻飞,枪弹纷纷落空。眨眼间见那马儿已冲到毛二旦身边,绿岛一跃而下,右手挥刀直劈毛二旦的脑门。毛二旦见势不妙,急忙一闪,躲过刀锋,不想绿岛左手同时探出,猛地将他怀抱的机枪夺了过去。绿岛又是一跃,跳上马背,倾刻之间,已经飞出百米之外。绿岛突然勒马回头,抱着机枪向人群扫射。

子弹呼啸而至,人们惊慌失措,纷纷躲避,鬼子、伪军乘机冲开了一个缺口,向南逃奔。铁飞举起新缴获的三八大盖,发了一枪。只听绿岛哀叫一声,连人带枪跌于马下。

"追呀!别叫鬼子跑了!"队员们喊着叫着,向敌人追击。

鬼子、伪军吓破了胆,一个个只恨爹娘少生了两条腿,这个跑飞了帽,那个跑掉了鞋。看着戚城将近,鬼子、伪军刚想喘口气,突然芦苇丛中杀出一股人来,大声喝道:"哪里走!要想活命,快快把枪放下!"

鬼子、伪军魂飞胆丧。刘哮林定睛一看,原来是一伙湖匪,那领头便是夜的黑。刘哮林急中生智,向众伪军使个眼色,把身上的皮袄和手里的那支二十响匣枪往地下一扔,说道:"是是是,我们缴枪。"

众伪军都把枪和身上的钱物扔下。众湖匪见了,一拥而上去抢枪和钱物。鬼子、伪军乘机落荒而逃。

夜的黑并不下令追赶,捡起刘哮林扔下的皮袄、匣枪,抖了抖土,将皮袄披在身上,见铁飞率众追来,这才举起匣枪,向敌人扫了一梭子,打倒了一个落在后面的受伤鬼子,其他鬼子、伪军早已跑得远了。

铁飞望见这般情景,不无讽刺地说:"夜大哥的枪法真好,可惜晚了点。

要不,鬼子、伪军休想跑掉一个。"

夜的黑一听,脸上显出一股怒气:"姓王的,你这话是什么意思?"

铁飞冷笑道:"什么意思?大家心里都明白。"

夜的黑怒道:"好啊,俺夜的黑应约前来,拔刀相助,好心不得好报,反落下话柄。从此以后,大路朝天,咱各走一边!"说罢,把枪一挥,向众湖匪喝道,"走!"

这时王老大率众赶来,见此情景连忙喊道:"夜大队长请留步!俺有话讲。"

夜的黑生性多疑,见游击队人多势众,唯恐铁飞与他为难,收缴他们捡的枪支,脚不停步,回头喊道:"在下今有急事,恕不奉陪,改日再来拜访,聆听师父教诲。"

王老大见夜的黑匆匆离去,埋怨铁飞道:"夜的黑为人忽正忽邪,做事全凭一时好恶,他能如约前来助战,已是不易,你如何偏又揭他短处!"

铁飞说:"你信他真的前来助战?夜的黑住在殷庄,离纸坊不过三里。他若真要助战,听到枪声就该从后夹击敌人。他却按兵不动。待大局已定,他才冒出头来,却又不截杀残敌,只顾捡洋料,放走了敌人。"

王老大皱眉道:"你性情刚烈,眼里容不得沙子,缺少容人之量,如何连接各界人士共同抗战?我们游击队初起,势单力薄,要想立于不败之地,团结利用各种力量至关重要。"铁飞低头不语。

四

太阳快要落山了,战后的洼地里到处横着死者和伤者的躯体,有的负伤者还在麦地里蠕动挣扎。队员们和群众捡起敌人丢弃的枪支、弹药、装备,又去围捉那匹白马。

说也奇怪,别的马早已跑得无影无踪,唯独这匹白马守在绿岛的尸体旁不肯离去。人们四下围捕,它立刻冲进人群,一阵乱踢乱咬。人们惊慌地散去,它也不追赶,又回到原来的地方。人们围捕了三次,不但没把它抓住,反被它伤了七八个。毛二旦骂道:"老子毙了它!"举枪就要射击。

143

话音未落，那白马闪电般地冲了过来。毛二旦急要躲避，哪里来得及？

蓦地一个人影从旁跃出，左手已抓住马鬃，那白马吃了一惊，腾空而起，从毛二旦头上飞跃过去，奋力奔跑，那人的身子被拖着飞在空中，手却抓住马鬃不放。众人都惊呼起来。

王老大见抓住马鬃的正是铁飞，不禁有些担忧。只见铁飞在空中忽地一个倒翻筋斗，上了马背奔驰回来。那白马一时前蹄仰起，一时后腿腾空，犹如发疯中魔，但铁飞双腿夹紧马肚，始终没给它颠下背来。那白马怒极，一声长嘶，狂奔急驰，愈跑愈快，如追风赶月一般。众人都看得心中骇然。

毛二旦叫道："铁飞哥，你下来让俺替替你吧。"

袁振国叫道："不成！一换人就前功尽弃。"他在旧军队当过马夫，知道凡是骏马必有烈性，但如被人制服之后，那就一生对主人敬畏忠心。

铁飞依旧双臂环抱住马颈死死不放。那白马见甩不掉铁飞，突然一个急停，头一低，后腚撅起，想把铁飞掀翻下去。不想铁飞早已料到，四肢加力紧紧地扣住。白马招数使尽不能将铁飞摔下来，这才知道遇了真主，便忽然立定不动。袁振国喜道："成啦，成啦！"

铁飞这才跳下马来，抓住缰绳。那白马伸出舌头舔他的手背，神态十分亲热，众人都笑起来。毛二旦走近细看，白马忽然飞起后蹄，将他踢了个筋斗。毛二旦痛得哇哇怪叫，叫骂道："操它奶奶的，这畜牲还记仇哩！"

铁飞将白马牵到河边，细细洗刷。这时队员们已经打扫完战场，押着俘虏回到纸坊。薛保长领着村上群众欢迎凯旋的战士。

王老大打趣地说："薛保长这回不害怕我们在纸坊长住了吧？"

薛保长红着脸笑道："若能留得你们长住，是俺一村百姓的福气。"

这一仗消灭了七名鬼子，打死十几名伪军，俘虏了二十多人，缴获一挺轻机枪，十多支日式三八大盖枪。第一次与鬼子交手，见识了他们的本领，队员们心里踏实多了。但在战斗中他们也牺牲了三名队员，还有五六名队员挂了花。相比他们的胜利，这损失虽说不大，但他们都是朝夕相处的兄弟，忽然间去了几个，大家心里都很难过。他们把牺牲的战友就地掩埋在河堤上，墓前插上木牌，写上烈士的名字。

第十二章

转战湖东

一

游击队躲在湖里的白鹭岛舒舒服服休息了两天,探明敌军大部队已撤走,便回到他们老根据地南壮。老百姓闻讯纷纷赶来,送来许多慰劳品。

战斗中立功的队员都分到了日本大盖枪,他们自豪地向人们展示自己的武器。

黄山也得到一支大盖枪,他衔着烟袋,眯缝着小眼睛,细细地欣赏着。这支枪是新的,枪身上的烤蓝还在。他拉着枪栓,机件发出清脆的音响。他高兴地说:"好枪!"

那挺歪把子机枪前围的人最多。袁振国爱不释手地抱着它,显得格外神气。他不时用手巾拭着亮得发蓝的枪身,不让别人碰它一碰。

铁飞却是专心为那白马忙碌,铡草、炒料、搭马棚……就是吃饭的时候,他也端着饭碗,守在它的身边,边吃边欣赏他的新"伙伴"。

那马确实讨人喜爱。它浑身上下一团雪白,绝无半根杂毛,光滑的皮毛在阳光下闪闪发光;从头至尾,长一丈;从蹄至顶,高八尺,静立时像玉石雕刻的一般,奔跑时有腾空入海之状!它的蹄子像倒扣的铁盆;宽阔的胸膛吸起气像风箱;它的头部非常英俊,鼻翼大张,一双突出的、乌亮的、生气勃勃的眼睛。铁飞给它起了个好名字——"千里雪"。

王老大、石大海整个上午,都忙着安抚牺牲的队员的家属。中午,王老大回家吃饭,刚端起碗,就听到外边一阵吵闹:

"他娘的,死到临头还要横!"

"敲了他,枪毙汉奸呀!"

王老大把碗一放,走出来。这时毛二旦和几个队员把一个俘虏推进院子来。他挺着胸站立着，头昂得高高的。

毛二旦照他的屁股踢了一脚，他打了个前栽，双膝不由自主地跪倒了，但又腾地跳起来。三四个队员一起扑上来，要把他重新按倒。王老大做了手势止住队员。

"不是告诉你们把俘虏都放了吗？"王老大目光依旧盯住那俘虏问。

"本来也要放的，问他回去还干不干汉奸，他说：'还得回保安队。'真是王八吃秤砣——铁了心啦。俺一打听，他还是个小队长。大家都气坏了，要枪毙他。"毛二旦愤愤地说。

一个队员抢着说："这家伙可死硬了，绑他的时候打倒了我们两个队员，差点叫他跑了。"

"哦？"王老大的眉毛耸动了一下，问那俘虏的名字。

"俺叫郑杰。周吴郑王的郑，英雄豪杰的杰。"那俘虏拧了拧被绳子勒痛的脖子，满不在乎地回答。

"娘的，婊子儿汉奸还充人熊哩！"毛二旦抡起拳头打了他一下。

他扭过头愣了毛二旦一眼，吼道："龟孙子才是汉奸！"

随后，转向王老大说："长官，俺要是真心当汉奸，看，上有青天下有地，叫俺不得好死！"

"这就怪了，你既然不想当汉奸，为什么还要回保安队？"王老大问道。

他张了张嘴，欲说又止，回头望了望那些押他来的队员，脸上流露出一种难言的痛苦。

王老大摆摆手，让毛二旦和队员们都退出去，然后道："你说吧。"

他耸耸肩膀，拧拧脖子，望着王老大说："长官老爷，你不能给俺松了绑？脖子勒得怪难受的。"

王老大看了他一下，便替他松了绑。他甩了甩酸麻的手，脸上显出沉痛的神色说："俺是戚城街里人，原在奎星楼下摆杂货摊。去年秋天闹兵荒，买卖就停了。一家六张嘴，坐吃山空，没过半月，把家底折腾光了。那时正赶刘哮林招募'抗日救国军'。起初，俺觉得刘哮林名声不好，不愿去。是俺'屋里人'劝说：'管他人性好歹，只要咱心里有数，不做坏事就中，胡弄碗饭吃，一家人饿不死。'俺听了她的话，参加了'抗日救国军'。俺过去跟冯玉祥当过几年护兵，枪头子准，会点武术，不知怎么传到刘哮林耳朵眼里去了，叫俺当了小队长。端人家的碗，属人家管，干就干呗。可俺没做过一件伤天的事，不信你可以打听打听被俘的弟兄们……"

王老大皱了下眉头："刘哮林投敌当了汉奸，你为什么还要待在那里？"

"唉，一言难尽呀！鬼子进戚城那天，'抗日救国军'跑散了，俺在城外躲了一天。晚上摸回家里一看，屋里人一丝不挂死在床前，俺那不满周岁的娃娃也给掐死了。俺爹俺娘都横躺在地上，满地的黑血都已经干了。只剩下俺那五岁的猫娃躲在锅屋里逃了一条命。猫娃吓傻了，见了俺都不认识了……俺几辈子没做好事？落得这个下场……"他垂下了头，哽咽起来。

王老大又是同情又是感叹："唉，真想不到，你也是有血海深仇的人。"

"后来，刘哮林派人把俺叫去，要俺参加保安队。俺本想不去，转念一想，参加保安队，瞅个机会打鬼子的黑枪，不是可以报仇吗？便答应下来。"

王老大的目光又冷峻起来："可你没报仇，反倒帮着鬼子打我们来了。"

他脸红了，低声咕哝："凭良心说，俺的枪是朝天放的，信不信由你。"

"你以后打算怎么办？你愿意参加我们抗日游击队吗？"

"怎么不愿意？你们才是真正抗日的队伍呀！可是……"他脸上刚刚晴朗起来，随即又罩上了一层阴云，"可是……现在俺还得回去……俺那没娘的苦娃子……"

王老大道："回去一样参加抗日，像关云长那样'身在曹营心在汉'嘛，你懂吗？"

"俺懂，俺懂！"郑杰高兴起来。

"大队长，你瞧好吧！俺要是有二心，天打五雷轰！"

天黑下来，王老大叫铁飞把郑杰送回戚城。

二

薛河伏击，打响了微湖抗日战场的第一枪，唤醒了人民抗日的意志。胜利的消息像长了翅膀，四处传扬。民间艺人还编成渔歌，到处传唱：

二月里来鬼子发兵到纸坊，
薛河两岸摆战场。
神兵天降"飞行军"，
打得鬼子哭爹又叫娘。
绿岛飞马逃得快，
王铁飞一枪送他见阎王。
军民一心齐参战，
同仇共愤杀东洋。

游击队员们都渴望着新的战斗，可是不知为什么，这些天戚城的敌人一直没有动静。大家都感到奇怪，敌人为何变得"老实"了？

游击队的几个干部正在商量下一步如何活动，张光华带着义勇军过湖来了。队员们都欢呼起来。王老大高兴地握住张司令的手说："可把你们盼来了。我们正愁着不知怎么办，请张司令给我们指条明路。"

王老大把这些天的情况向张司令作了汇报。石大海说："戚城的鬼子被我们打怕了，缩在鳖窝里就是不出来。"

张光华笑道："敌人闭城不出，绝不是因为怕你们，而是有更重要的原因。现在敌人正集中兵力进攻鲁南战略要地台儿庄。台儿庄是徐州以北的咽喉要道，日军攻占了台儿庄，既可以截断临沂守军的退路，又可以顺势攻取徐州。

"日军矶谷廉介第十师团，正集中全力猛攻台儿庄；国民党第五战区司令长官李宗仁正调大军沿运河布防，固守台儿庄。另外日军坂垣征四郎第五师团，沿台潍路向临沂进犯，企图夺取临沂，策应矶谷师团进攻台儿庄。但是一进入临沂地界，就遭到国民党军队庞炳勋部（第四十军）和张自忠部（第五十九军）奋勇抵抗。从三月十三日至十八日，双方在沂河两岸展开激战，中国军队最后终于取得临沂阻击战的胜利。

"目前双方都在调兵遣将，加紧部署，台儿庄会战已经打响。上级党指示我们：利用敌人后方兵力空虚的有利时机，积极开展游击战、破袭战，配合台儿庄会战，切断敌人的运输线，给敌人沉重的打击。我这次带义勇军前来，就是想与你们合兵一处，开赴津浦和临枣铁路沿线，切断敌人的运输线。我们要做大文章，就不得不做点小的牺牲，让峄城敌人再多活几天。大家看怎么样？"

王老大爽快地说："张司令想得长远，咱们不能只顾本乡本土的安危，忘了大局。"

铁飞说："张司令你就下命令吧，能和义勇军并肩战斗，是我们学习锻炼的好机会，大家个个高兴。"

为便于指挥战斗，立即进行了整编。张光华带来的这部分义勇军编为第一、第二大队，微湖大队编为第三大队。大队以下各编三个连队，由王铁飞、石大海、毛二旦分任第三大队一、二、三连连长。

六百名义勇军游击健儿整装出发，一夜疾行，直插到滕（县）峄（县）边山区。而后依托山区，南袭临（城）枣（庄）铁路，西破津浦铁路，破路炸桥，破坏敌人的运输线，伏击敌人的军火列车，奇袭界河、两下店车站。义勇军飘忽不定，昼伏夜出，出其不意，四处打击日寇，创建了许多神话般的胜利奇迹。这一带的人们时常看到，急驰的火车突然出轨，车头忽然相撞，满载军火的列车，突然起火爆炸。有时候，敌人赶到出事地点搜捕，然而车皮早已化为灰烬。追到滕峄边山区，也只看到连绵不绝的山岭。一时到处传说鲁南来了"飞行军"。

义勇军在铁路线上转战五十余日，先是配合台儿庄会战，后又配合徐州会战，给敌人以致命的打击。义勇军声威大振，三大队也像一把钢刀在战斗中越磨越锋利，政治和军事素质均有了很大的提高。王老大、王铁飞、石大海、王银飞、毛二旦、黄山、黄大水、高凯、丁文、袁振国等十几名骨干都光荣地加入了中国共产党。

五月上旬的一天，义勇军来到微山湖边的郗山休整。傍晚，张光华把王老大找去，对他说："现在日军正集中九个师团的兵力迂回包围徐州，国民党几十万军队陷入被动挨打的境地，形势非常危急。省委指示我们义勇军要抓紧时机创建湖西地区抗日根据地。因此，我今晚就带义勇军一、二大队回湖西去，你们三大队仍留在湖东，利用当地人熟地熟的便利条件，开展游击战，牵制敌人，配合义勇军开辟湖西抗日根据地。为便利活动，今后你们仍恢复使用'微湖游击大队'的番号。希望你们放手发动群众，进一步壮大抗日武装，使游击战争蓬勃地发展起来。你看，有什么困难吗？"

王老大感到很突然，一时转不过弯来，沉思了良久，说："说实在的，要我们离开张司令和义勇军单独活动，俺感到身上的担子太重，怕挑不起来，孤掌难鸣啊。"

张光华郑重地点了点头，说："你们的担子确实不轻，但我相信你们一定能够挑得起来！因为，你们的斗争并不是孤立的，鲁南山区有我们党领导的抗日武装，湖西有我们抗日义勇军，我们可以相互配合，相互支援。微山湖区有得天独厚的自然条件，是开展游击战争的好地方。只要你们紧紧依靠当地群众，灵活地利用对敌斗争的策略，一定能够完成党交给你们的任务。"

王老大听了，心里踏实了些，望着张光华期待的目光坚定地说："请张司令放心，我们一定尽最大努力完成党交给我们的任务。但希望领导能给我们派个政委来，帮俺带好这支部队。"

张光华说："派政委的事，我和郭政委商量过，暂时没有找到合适的人选。现在各地抗日武装都在迅速发展壮大，党的政治、军事干部都很缺乏。我们也向省委打了报告，希望上级多派些有经验的政治和军事干部来。但主要的是从现有的党员干部中培养提拔。等我回到湖西，与郭政委商量后，一定满足你们的要求，尽快地派个政委来。"

"好！咱们一言为定！"王老大高兴地站起身来与张光华握别。想到今日一别，不知何日再能相见，心里满是难舍难分。

形势紧迫，当夜张光华就率义勇军乘船去湖西。微湖大队的队员整队下山，到湖边为战友送行。船刚刚离岸，红枪会的头领张杰，带着七八个红枪会的人，气呼呼地跑来，见到王老大劈头便问："你们要走吗？"

王老大莫名其妙，客气道："朋友，你有什么事？慢慢说，别发火。"

张杰气冲冲地说："鬼子已经烧了东张洼，还要来烧我们西张洼，冯渊这个王八蛋带着一团兵马在我们这里吃住了好几天，听说鬼子要来烧西张洼，昨天夜晚偷偷地逃走了。但我们红枪会准备好了，鬼子来烧，就同他们拼！"他带着轻蔑的眼光扫视了一下正准备下山的游击队，冷笑着说，"你们是不是也要逃跑？"

王老大笑道："请放心，我们微湖大队不会走，鬼子要来烧庄子，我们游击队配合你们，咱们一起打鬼子！"

张杰一听，脸上这才露出了笑容，翘起大拇指说："好！够朋友！请到我们村上去，有给冯团准备的馍馍，他们没顾得上吃就逃跑了，现在用来招待你们。"

王老大大笑着说："无功受禄怎么好意思？还是留着等打退鬼子再吃吧。"

"那怎么行，吃饱饭，才好打仗嘛！"

"你看，莲花湾的渔民乡亲已经给我们准备好了，足够我们填饱肚子。"

张杰只好作罢。王老大向他说明游击队要在这里开展游击战，开辟抗日根据地，希望红枪会能助他们一臂之力。张杰满心欢喜应承下来。

第二天拂晓，临城的鬼子果然来了，敌人分两路进攻西张洼。北边这一路刚走到郗山脚下，被埋伏在山上的游击队一阵猛打，丢下七八具尸体，退了回去。鬼子吃了亏，岂能罢休，整好队形，在机枪的掩护下，向山上发动攻击。游击队且战且走，把鬼子引上狭窄弯曲的山路，他们居高临下，占据有利地形，沉着巧妙地打击敌人。敌人见占不了便宜，想退回来，游击队立刻冲下山来，一阵猛射。敌人被压在山沟里，利用几块山石作掩护，拼命抵抗。

这时西张洼那边传来激烈的枪声，估计红枪会已与东路的敌人接上火。不一会儿，西张洼燃起三堆大火，这是预先约定的告急信号。王老大命令王铁飞带主力一连从后山绕过去，增援西张洼。

铁飞带着一连赶到西张洼时，红枪会正同鬼子展开白刃战。红枪会的人数虽多，但抵挡不住训练有素、装备优良的鬼子，已经死伤了二三十人，向村里溃退。游击队突然从敌人的背后打响，鬼子措手不及，被打得七零八落。红枪会见援兵赶来，士气大振，反转身向敌人反攻。鬼子两面受夹击，张皇失措向东溃退。游击队、红枪会乘势追杀，一排枪打倒十几个鬼子。

鬼子溃退到一片坟地里，利用坟头掩护，拼命抵抗。这片坟地周围都是平地，没有一点隐蔽的地方，很难攻得上去。这片开阔地的南北两边都是小河沟，有一人来深。河沟低于地面，游击队、红枪会攻不上去，被迫退到两边的河沟里。鬼子在几个坟头之间,用两挺机枪左右扫射,压得他们抬不起头来。步枪发挥不了效用,手榴弹又投不到,大家都急得直冒火。

铁飞瞅准敌人的机枪换梭子的空隙,一跃而起,飞快地奔跑到一个尺把高的土埂前,举起步枪,一枪打死一个鬼子。鬼子转来机枪就向他扫了一梭子,正打到土埂上,扑了铁飞一头土。铁飞往旁边一滚,瞄准鬼子的机枪射手又是一枪。那机枪射手头一歪,不动了,机枪不响了。他趁机迅速地滚下来。

卜广义学着铁飞的样子爬到那个土埂去,瞄准向敌人打了一枪,敌人立刻还了一枪,卜广义躲得慢了点,头皮被子弹划破了一道,汩汩地流血,他滚下来时,脸都吓黄了。

铁飞见这么干太危险,不准战士们再去冒险。他拾起块石头,向敌人隐蔽的坟地抛过去,一个鬼子以为是手榴弹,想赶快躲开,这下子暴露了目标,队员们开枪把他打倒。另一个鬼子惊叫着爬起身来,想把死鬼子拖开,不想一枪飞来,他也送了命。

在南边河沟里包围鬼子的红枪会,见游击队不断地打死鬼子,他们却打不着,急得冒火。

张杰把衣裳一脱,光着一只肩膀,"嗖"的一声从背后抽出紫金宝刀,另一只手提着匣枪,向红枪会众吼道:"奶奶的,趴在这里装熊,快把符吞下去,跟我冲!"

红枪会众纷纷爬起来,学着头领的样子,吞下符,齐声喔吼着跃上崖头,向敌人扑去,一个个好像发疯的猛兽,瞪着眼,吼着怪声,不顾一切往前冲。鬼子立刻掉转机枪,向红枪会扫射。冲在前面的倒下了,后面又接跟着冲上去,死不后退。张杰更是勇不可挡,一边打枪,一边举着大刀飞也似的向鬼子扑去。

鬼子从未见过这么不要命的打法,见红枪会冲近了,惊慌地站起来往后退。游击队趁机向鬼子射出一排枪,随即跃出河沟,冲了上来。鬼子被打倒了七八个,像输红眼的赌棍,立刻反扑上来,嗷嗷叫着与红枪会展开白刃格斗。游击队也加入了拼刺。

张杰被三个鬼子包围了,但他毫无惧色,一把紫金宝刀舞得风雨不透,

153

使鬼子无法近身。他卖个破绽，诱敌前来，"唰"的一刀劈翻一个鬼子，又一刀将另一个鬼子砍倒。冷不防第三个鬼子举着东洋刀从侧后袭来，张杰躲闪不及，急挥刀架防，却是晚了，右手被洋刀齐腕砍掉，那把紫金宝刀也当啷落地。那个留着小胡子的鬼子又举刀向他头上劈去。正在危急关头，只听一声枪响，那鬼子头上中了一枪，怪叫一声，丢下东洋刀，一头栽在地上，再没动弹。

那鬼子是日军的指挥官，日军顿时大乱，抢下指挥官的尸体，逃回临城去了。游击队、红枪会乘胜追杀，又打倒了几个鬼子，方才撤回。

铁飞将张杰抱起，替他包扎好伤口。张杰感动地流着泪说："你救了俺，救了红枪会的弟兄们。俺没有什么报答于你，就把这口紫金宝刀送给你吧。这口刀是师祖所传。师祖原是御前侍卫，因护驾有功，皇上赐他这口宝刀。之后师祖传给师父，师父又传给俺。"说着他用左手从地上拖过那口紫金刀，又从背后取下鲨鱼皮刀鞘，郑重地放在铁飞的手里。

铁飞捧过刀来，只见那刀寒光四射，耀人眼目，锋利无比，随手轻轻一挥，身边的一棵柏树应声而断。再看那紫铜的刀柄上还镶嵌着一颗宝石，果然是一口价值千金的宝刀。铁飞知道练武之人得一件宝刀，无不爱惜如命，更何况还是他师祖传的宝刀。铁飞如何敢接？他收刀入鞘，还给张杰，说道："这礼物实在太重，铁飞断不敢接。"

张杰不悦，说道："俺右手已无，已成废人，留下宝刀何用？俺看你武功高强，胜俺十倍，只有你才配有这口宝刀！"说到这里，他叹了口气，望着铁飞神色凄然地说，"俺一生闯荡江湖，杀了不少恶人，也结了不少冤家。他们知道俺已成废人，必来寻仇报复。如果你收了这口宝刀，他们知道俺结交了你这位盖世无双的英雄，必不敢再来找俺纠缠。不知老弟认不认俺这个无德无能的兄长？敢不敢接这口宝刀？"

"这么说来，小弟只有收下了。"铁飞口称"兄长"，低头便拜。他接过宝刀，同时将自己一把新得的二十响匣枪回赠给张杰。

张杰大喜，说道："等俺伤势稍愈，将七十二路紫金刀法传授给你，你便是天下无敌的第一位英雄。"

铁飞笑道："兄长的美意，小弟领了，这'盖世无双''天下无敌'却不敢当。依小弟看来，一个人的能耐再大，毕竟有限。亿万民众的力量才是无穷的。"

张杰连连点头："兄弟说得对。这场战斗，使俺明白了许多道理。过去俺以为红枪会有神灵保佑能遮避子弹，使许多弟兄枉送了性命，要不是兄弟及时相救，俺也活不成了。"

铁飞安慰他说："你们红枪会是好样的，在战斗中表现得非常勇敢，小弟十分佩服。兄长不必灰心，你的右手虽失，左手还在，仍能持枪杀敌，报效国家。"

张杰刚要回话，这时王老大带着游击队二连和三连的战士来了，他们已把北路的鬼子打退。

经过一天的激烈战斗，打垮了敌人的两路进攻，消灭了五十多名鬼子，其中有一名留着胡子的鬼子队长。

游击队牺牲了五名队员，其中包括游击队的发起人之一黄山同志。他临死前握住王老大的手说："俺打死了两个鬼子，死得值了。不要把俺抬回去，埋在郗山就中……"

黄大水扑到父亲的身上放声大哭，大家见了都难过得流了泪。他们怀着悲伤的心情将烈士深埋在郗山上。

第十三章

智斗顽敌

一

在郝山、西张洼战后的第二天，国民党《徐州战报》登载一条消息：

五月七日，我沛县保安旅冯渊部，在微山湖东郝山——张洼一带英勇阻击日寇，歼灭日寇中队长木村以下一百五十余人，粉碎了敌人进攻湖区的计划，有力地配合了徐州会战。第五战区游击总指挥部特传令嘉奖，发冯团全体官兵三个月的双饷，晋升冯渊为沛县保安旅旅长兼沛县县长。

游击队和当地的群众听说后，都气得大骂："这些见了鬼子腿肚子就转筋的孬种，窃功倒是能手！"

"冯渊死不要脸，受了奖赏，升官发财，也不觉得心里有愧。"

游击队在张洼一带住下来，派人到各村去进行抗日宣传，找红枪会的大小头领谈话，做工作，争取、团结他们，并对红枪会加以改造，使之成为党掌握的民众抗日武装力量。

张杰通过这次战斗，思想有了很大的转变，从瞧不起游击队到信服、依靠游击队。他再不迷信，在王老大、铁飞等人的开导、启发下同意将红枪会改编为自卫团，接受微湖大队的领导，但仍留在本地活动。由张杰任自卫团长，游击队委派高凯作指导员，并送给他们一部分多余的枪支，帮助他们进行军事训练。

张杰在白云鹤的精心治疗下，伤口很快地愈合了。每天夜晚空余时，他将七十二路紫金刀法细细地讲演给铁飞。不过三天的工夫，铁飞不但练得纯熟，还在紫金刀法中糅进了武当绝技九宫神行掌。威力比单纯的紫金刀法又大了几倍。张杰看了，又惊又喜，自叹不如。张杰在铁飞指导下练习左手射击，也取得很大的进展。

游击队一边扩大自身发展，一边完成对红枪会的改编工作，使游击队在西张洼一带扎下根，但不能在一个地方久住，住久了，容易遭敌人袭击。

五月中旬的一天，游击队离开了张洼，回到了南壮。队伍在路过莲花湾时，有几个人影尾随着跟来。因为是夜间行军又是顶风雨行，游击队没有发觉，天明到达南壮时才发现。一看是些渔民青年，问他们要干什么，他们齐声说："参加游击队！"游击队当然欢迎。王老大吩咐通讯员泥鳅带他们去大队部找银飞，登记上名字，领取枪支。

银飞一一问了他们的情况，给他们登记上名字，当问到最后一个一直躲在别人身后的矮小青年时，银飞呆住了。那青年原来是女扮男装的丛秀。

"你？你怎么来了？"

"俺怎么不能来？"

"大叔同意吗？"

"同意！"

"同意？"

丛秀咯咯地笑起来："快给俺登记上名字，少费话。"

银飞为难了："这怎么能行？大叔知道了，又会骂我……"

"呸！关你什么事？大队长都同意了，他敢骂。"

"是呀，是呀！"泥鳅插言道，"大队长叫俺领他们来登记，你就登上得了，啰唆什么。你看这小哥们长得聪明，生得水灵，多讨人喜欢！"

丛秀瞪眼怒道："你，你，你敢欺负……""姑娘"二字冲到口边，忽又咽住，伸手猛地往前一推。

泥鳅冷不防被推了个仰面朝天，跳起来，拍拍屁股骂道："混小子，你吃枪药啦？"

丛秀扑哧一笑："你才是混小子哩！"

这时只听门外有人接口道："是谁家的姑娘这么厉害？"

丛秀吓了一跳，扭头一看，一个白胡子老头走进屋来，原来是白云鹤。丛秀好生奇怪，当下问道："大爷，你怎么从背后一眼就看出俺是姑娘？"

白云鹤捋着雪白长须笑道："老汉从医五十年，这点眼光都没有，算得了什么'转世华佗'？"

银飞说："大爷，丛秀要参加咱们游击队。"

"那好啊，你们小两口并肩战斗，岂不更美？"

银飞脸红了，嘟囔道："好什么？她是偷跑出来的，丛大叔知道了……"

白云鹤笑道："俺正缺少个帮手，叫丛秀跟俺学医，你岳父找来，也没有话说。"银飞听了满心欢喜，丛秀扑倒在白云鹤面前磕头便认师父。

二

微湖大队回到南壮的当天，冯旅也从湖西沛县开来了，驻在戚城西北的付村一带。过了两天，冯渊派参谋长孟繁礼前来联络，见面寒暄一阵，孟繁礼说："兄弟这次前来，是奉了上司的命令，联合贵军在公路上夹击敌人，阻击敌人过湖西攻击沛县，威胁徐州。希望贵军以大局为重，不计前嫌，配合我们，共同拒敌。"

王老大回答："只要你们真心抗日，拿出实际行动来，我们绝不翻旧账。这一次我们可以配合你们夹击敌人，不过，请你们说明一下你们的部署，这样在行动上可以防止误会。"

孟繁礼连忙说："我们旅部准备移驻到柏山以西、薛河以东的洛房一带，随旅部行动的一个团，沿薛河布防，阻击从戚城出动的敌人，防敌断我后路。另一个团在柏山脚下的于庄布防，阻击从临城方面来的敌人。"

王老大说："好吧！我们在柏山顶上对敌人实行夹击。"

孟繁礼听王老大答应得痛快，心中暗喜，仍不放心地说："军中无戏言，事关大局，贵军千万马虎不得。"

王老大正色说："我们向来说话算数，岂能相戏！"

"那好，那好！"孟繁礼告辞而去。

银飞说："柏山在临城和戚城之间，地处咽喉要道，是临、戚公路上的唯一制高点，占据柏山就可以控制周围十几里的平原村庄。冯旅不去占据柏山，却把部队摆在山下，显然是想叫我们把敌人吸引到柏山，掩护他们撤退，借敌人的手将我们消灭，我们千万不能上这个当。"

王老大笑道："只有傻瓜才会上当。"然后吩咐道,"铁飞,你带一连到柏山上,埋伏在那里,千万不能暴露目标,在敌人发觉我们前,不要先开枪。看冯渊部队的动静,他摆的力量大小,看他是不是坚持打。摆的部队力量大,坚持打击敌人,那时就开枪配合他们夹击敌人。俺带二、三连隐蔽在山南边,你们打响,我们就绕过去,袭击敌人的侧后。如果他们捣鬼,你们一连就立即撤到山南来。"

第二天凌晨两点,微湖大队向柏山进发,拂晓前到达柏山。按计划一连在山顶上埋伏好,二、三连隐蔽在山南的村子里。

上午十点,敌人顺公道从临城开过来了,开着汽车,载着炮和橡皮艇,步行的鬼子排着长长的队列,一眼望不到头,不知有多少。事后才知道这是日军的精锐部队矶谷第十师团。

鬼子来了,冯渊只派了一排人,在柏山北边的公路上迎着敌人,远远地放了一排枪。敌人还没有还手,他们便逃下公路,回头就往西跑。这哪里是阻击敌人?很明显,冯渊想叫游击队把敌人引上山去,掩护他们逃跑,使游击队吃亏。铁飞见此情景,命令战士们不要开枪,悄悄地从南边溜下山去,与二、三连会合后,钻进麦地里,绕道回南壮去了。

冯渊的那一排人一跑,鬼子马上向西追击,追到洛房一带冯旅的驻防地,冯旅已经落荒而逃。鬼子烧了那里的好几个村庄。

老百姓哭天号地,大骂冯渊："冯渊这个狗娘养的,引鬼子来烧我们。鬼子在公路走,离我们这里很远,他把鬼子引来了,又不打,撒腿就跑,使我们老百姓吃亏。"

其实,不光老百姓吃亏,冯渊也没有占到便宜。他们被鬼子追得屁滚尿流,往西一直跑到湖边,鬼子又追上来,一阵枪炮把他们打得七零八落。冯渊吓得两腿打软跑不动,警卫人员把他扶到马上,他连马也坐不住,警卫没办法,只好像死猪一样把他捆到马背上。蹚着水连夜逃到湖西沛县去了。日军矶谷师团没容他喘口气,又渡过微山湖,攻击沛县城。幸好遇到从鲁南撤下来的川军据城抵抗了一阵,冯渊才逃了一命。但他手下的兵马已被打散,冯渊成了光杆司令,躲到乡下一个亲戚家里潜伏起来。

五月十八日,日军矶谷第十团从沛县急速向南推进,十九日攻入徐州。与此同时，日军第一百一十四师团从峄县出发，攻入徐州东部二十公里处。五月九日，日军第十六师团从济宁出发。向西南进犯，十四日攻陷金乡、鱼台，接着分兵攻陷丰县、砀山等地。十九日，第十六师团亦攻入徐州。

徐州以南的日军各师团与北军呼应，切断陇海路，合围徐州。

蒋介石见大势已去，慌了手脚，下令放弃徐州，分路突围。五月十九日徐州陷落，历时四十余日的徐州会战，以国民党军队的失败而告终。

徐州失守，一时微湖地区两省八县纷纷陷落。日军横行无忌，到处杀人放火、抢劫民财。百姓叫苦连天，四处奔逃。那些国民党地方官员早逃得无影无踪，留下的都当了汉奸。国民党的地方部队走的走，散的散，来不及逃去的也躲到乡下插枪潜伏了。汉奸和伪军又翘起尾巴，活跃起来。

前些日子，一直躲在戚城不敢动弹的刘哮林，这几天胆子也大起来，带着伪军到戚城附近的村庄里征收刚上场的小麦。他用匣枪指点着老百姓威胁说："老蒋的中央军走了，冯旅完蛋了，光剩下微湖大队那几个不成气候的湖猫子躲在苇棵里也不敢出来了，今后咱们都是皇军的顺民啦。哪个村敢抗拒不交小麦，惹恼了皇军，烧你们个一毛不剩！"

刘哮林费了不少劲，连哄带吓，逐渐把戚城周围的村庄伪政权重新建立起来。为了讨好鬼子，他还抓了九名青年妇女送给鬼子。不过三天，这九名青年妇女全被玩弄致死。第二次倒是鬼子中队长小野太郎主动向刘哮林要十二个"花姑娘"，并且点名要他的三姨太"一汪水"来陪伴。

刘哮林无奈，只得把他的爱妾"一汪水"和十一名"花姑娘"送去。

老百姓对刘哮林卖国求荣的无耻行为无不切齿痛骂，纷纷找游击队报告情况，要求游击队惩治汉奸，拯救受辱的妇女，保护到手的小麦不被敌人抢去。王老大对大家说："请父老乡亲放心，我们游击队是人民的子弟兵，绝不会袖手旁观！"

三

刘哮林是个"夜里欢"，每日总是起得很迟。昨夜因"一汪水"去陪伴小野,他一夜没有睡好。直到鸡叫天明,他才恍惚入睡,又做了几个噩梦,因而今天起得更迟了些。他一面穿衣服,一面咳嗽。护兵听到响声连忙端来洗脸水,他用热毛巾在脸上擦了一把,就躺下去烧起大烟来。

每天起床以后,第一件顶要紧的事情就是过大烟瘾。平时总是他的三姨太帮他烧好,因三姨太昨夜去陪伴小野了,他只好亲自动手。

刘哼林侧躺在床上,掂起钎子插进烟缸中搅一搅,然后放在灯上滚着钎子。黑色的烟膏在钎子上发出微响,不停地膨胀着,散发出扑鼻的芳香。等烟膏在灯上烧到半干时,他将烟泡轻轻地捏成扁圆形,插进烟缸中蘸了一下,重新再烧。这样反复几次,不一会儿就把烟泡烧得滚大溜圆,安到斗门上,贪婪地吸起来。

他这套烟具非常讲究:盘子是紫檀木的;灯是名贵的白铜做的,风圈上有工细的透花图案。那杆烟枪,南玉葫芦,玛瑙嘴,紫红色的沉香枪杆;盘子上有一个镶银的犀牛角烟缸,还有一个精致的镶金雕花的牛角小烟盒。就连那钎子、挖刀、小剪子之类,也样样精巧别致。

斗门上的烟泡吸光之后,刘哼林感到浑身舒服,抛下烟枪,大大地伸了个懒腰,从鼻孔喷出两股白气,闭着眼睛,静躺着养神。

忽听得"咚咚"的一阵脚步响,刘哼林睁开眼睛,从床上欠起身来,只见侦探队长侯七慌慌张张地跑进来。

"司令,不好了!"

刘哼林把眼一瞪,骂道:"妈的,什么屁事这么大惊小怪的?"

"卜湾的保长卜兆二被游击队抓去枪毙了!"

"活该。那小子起先抱冯渊的粗腿,杀了他哥卜兆一,当了罱网帮的帮主,霸占了他嫂,本不是好东西,现在又来投靠我。这种人连他亲哥都杀,还能对我忠心?死了活该!"

侯七说:"三孔桥的李乡长也被游击队打死了。还贴出布告说,谁再敢当汉奸,抓住一律枪毙!"

刘哼林惊得一骨碌爬起来:"什么?李乡长被打死了?"

"是呀,这还不算完。附近各村的保长都来报告,昨天一夜之间,他们给皇军准备好的粮食,都叫游击队给没收了,还说谁以后再敢支敌,按汉奸论处！"

刘哮林惊得头上冒出冷汗来，他又掇起钎子，想再烧个烟泡，但他那只手抖得厉害，怎么也燃不好。他生气地把钎子一扔，就烟灯上燃起一根烟卷，狠吸了一口，又徐徐吐出来，心情稍稍安定了些。

侯七小心翼翼地说："司令不必惊慌，依小人看，微湖游击大队那帮湖猫子是活够了，竟来捋虎须。"

"你懂个屁！滚！叫老子清静一会儿。"

侯七讨个没趣，正要退出，孔玄、胡空匆匆进来，神色异常。他俩身后一名护兵，手托木盘，上用青布罩住。

胡空说："司令，刚才有人送这个东西来。"说着揭开青布，赫然是一个血淋淋的人头，不是别个，正是昨夜到刘哮林家来接走"一汪水"的那个日军曹长小野三郎。

小野三郎是日军中队长小野太郎的胞弟。刘哮林吓得魂飞天外，半晌才回过神来，颤声问道："这……这是谁送来的？"

胡空是土匪出身，杀人不眨眼，并不把这事放在心上，见刘哮林如此惊慌，倒是大出意料之外，忙道："刚才有人放在盒子里送来的。门岗以为是平常的礼物，也没细问，便交给我。我拿到账房打开盒子，却是这个东西。去找送礼的人，已走得不见了。"

刘哮林的脸色比死了爹还难看，瞪了胡空一眼，说道："你真是个榆木脑袋，连这都看不出？人家把太君的脑袋送到这里，一是向咱们示威，二是要嫁祸于我。这可怎么办呀？"

胡空目瞪口呆。

孔玄说："司令对太君忠心耿耿，太君不会怀疑于你，只是放走了刺客的罪责，不好推脱。"

刘哮林像大梦初醒似的急呼："快传令全城戒严，搜查刺客。"

孔玄不急不慢地说："这时再下令戒严搜查，早晚了三秋了。"

刘哮林急问："依你之见如何？"

孔玄捋着几根黄胡子，眯缝着小老鼠眼，沉吟了片刻说道："戚城戒备森严，岗哨林立，这人竟能割下太君的首级，来去自如，依此看来，绝非等闲之辈。想微湖境内，除王铁飞没有第二人。"

胡空连连摇头："不对，不对！我问过门岗，那送礼的人是个身材不高、长得又白又嫩的小子，与王铁飞相差千里。"

孔玄讥笑道："老兄真是高明，王铁飞再有胆量也不会杀了人，再自己送上门来。"

胡空瞪起两眼，还要反驳，刘哮林摆摆手止住他道："参谋长所言正合我意。王铁飞艺高人胆大，这戚城之内必有他的同伙。他既能割下太君的脑袋，你我的脑袋怕也难保。立即传令各中队，约束人众，三天之内不许离开戚城半步。命令四门岗哨严加盘查进出行人。夜晚，司令部要再加一班岗哨。"

"是！"胡空转身欲走。

"且慢！"孔玄献策道，"消极防范并非良策，依孔某之见，应速去报告太君，调集重兵，剿灭微湖大队。"

刘哮林转忧为喜。三个人又小声计议了一番。刘哮林便穿戴好，叫护兵捧着小野三郎的首级跟在后面，去见日军中队长小野太郎。

戚城东南部有座庙宇，高墙环绕，古木参天。庙门上高悬一匾，上写"刘氏宗祠"。正殿五间，高大壮丽；东西各一排配房。院中有砖铺的甬道直通正殿。小野一进戚城便看中这座祠庙，定为驻地。刘哮林心虽不悦，但为了讨好鬼子，也顾不得祖宗。

刘哮林来到祠庙正殿，见小野正在对他的部下拳打脚踢大发雷霆，追问他的弟弟哪里去了。他的部下一个个垂手而立，战战兢兢地回答："曹长常在云三姐那里过夜，刚才找过，曹长和云三姐都不见了。"

小野对这个弟弟既爱又恨，爱他聪明伶俐，有一身好武艺，会说一口流利的中国话，恨他不争气，贪恋女色，经常违犯他的命令，偷偷地在云三姐那里过夜，天明急急地赶回来。可像今天日近当午还未归来，却是第一次。

见小野打骂够了，火气稍消些，刘哮林走上前去，鞠了一躬，小心翼翼地说道："报告太君，大事不好，昨夜游……"他刚想说"游击队"，又连忙改口道，"昨夜'飞行军'杀了卜湾的保长、三孔桥的乡长，抢走了戚城周围各村为皇军准备的粮食……"

"什么'飞行军'？"小野瞪大了双眼。

"就是就是……微湖游击大队！"刘哮林无法回避，只得说了，唯恐遭打，退后了一步。

小野下意识握住用乌钢打就的东洋刀，喝道："还有什么？"

"还有，游击队的王铁飞等人深夜潜入戚城，刺杀了太君的弟弟小野三郎，我闻信追捕，只抢下令弟的首级……卑职保护不力，罪该万死！"说着刘哮林自打嘴巴，挤下几滴泪来，让护兵呈上小野三郎的首级。

小野太郎万想不到弟弟会落得如此下场，一时又惊又怒，"嗖"地抽出东洋刀，狂叫一声，将捧着人头的护兵一劈两半。刘哮林吓得"娘哎"一声跌坐在地上，半天爬不起来。

小野歇斯底里地狂叫："我要血洗南壮，剿灭游击队，抓住王铁飞碎尸万段！"

刘哮林慌忙爬将起来，劝道："太君息怒，游击队此时必有防备，不如暂且忍耐几日，等风声一过，再调集重兵，给他来个突然袭击，定可将他们一网打尽！"

小野盛怒之下如何听得进去，飞起一脚将刘哮林踢翻，骂道："八格，你的良心大大地坏了！"

四

日伪军倾巢出动，向南壮进发。小野骑在马上，挥舞着东洋刀，不停地命令部队跑步前进。

刘哮林每向前走一步，心里便紧一分。他知道他们以现有力量（百十名鬼子，百余名伪军），与已有准备的微湖大队较量很难取胜，闹得不好，自己的小命也要赔进去。他虽然心忧如焚，却不敢再劝，暗地盼咐孔玄急去临城，向日军大队报告。

出乎意外的是，日伪军来到南壮，竟未遇到任何抵抗。他们搜遍了村庄，不但没有游击队，连老百姓也不见一个。小野气得七孔生烟，刘哮林却暗自庆幸。小野一肚子恶气没法出，下令放火烧村。火未点燃，只听得戚城传来一阵枪声。枪声未落,郑杰飞马来报:"太君,大事不好了,游击队攻进了戚城。"

小野大惊失色,急令回兵夺城。日伪军张口气喘赶到城下,这时天已黄昏,只见城门大开,街上空无一人。小野正自疑惑,突然城上飞下一群"黑老鸹",日伪军急往后退,已被炸死炸伤了七八个。接着机枪、步枪一齐开火,子弹像雨点似的射了下来。日伪军顿时大乱,又丢下五六具尸体。

小野气急败坏,喝住四处奔逃的日伪军,整好队形。一顿枪炮轰鸣,硝烟弥漫,鬼子嗷嗷叫着冲进城门。却又奇怪,听不到游击队还击。爬上城头搜索,只捡到一些弹壳,并不见游击队踪影。小野傻了眼,难道游击队飞了不成?这时天已黑下来,小野怕再中游击队埋伏,不敢贸然四处搜索,令刘哞林带领伪军守住城门楼,他带着鬼子沿街向北搜索前进。一直搜到他们居住的"刘氏宗祠",只见祠庙里外躺着五六具尸体。一个尚未断气的鬼子向小野报告说:"你们走后不大会儿,就来了一帮抬着酒肉的人,说是维持会让他们送来慰劳皇军。我们打开门,冷不防被他们冲进来……"

小野四处查看一下,祠庙里的武器、弹药军用品全都没有了,桌椅床铺等却是完好。被关在后殿的"花姑娘"不见了。"一汪水"缩成一团,躲在小野的床底下。

刘哞林带着伪军提心吊胆地守在城门楼上。久久不见有什么动静,这才大着胆子带着胡空等人回家看望。一回到家,老婆孩子便围上来,大哭小叫地说游击队抄了他们的家,值钱的东西都弄走了,只剩下一些破烂。总算人家开恩,没要他们的命。管家也来报告说布店、粮店被游击队席卷一空。

大老婆指着刘哞林鼻子哭骂:"你干这个倒霉的汉奸司令干啥?一家人都跟着你担惊受怕挨骂。"

刘哞林一肚子窝囊气正无处出,一巴掌将大老婆打翻在地,又狠命踢了两脚。不想这两脚踢中了要害,大老婆翻了翻白眼,没了气。

这时游击队和湖渔民群众正忙碌着驾驶着船只把缴获的东西往回运。队员们在路上谈笑着战斗的情景。石大海高兴地说:"这次打戚城,一举三得,既打击了日寇汉奸,又保护了百姓免受损失,我们游击队还解决了给养。"

泥鳅好奇心最强,缠着银飞打听怎么杀的小野三郎。

银飞说道：

"云老汉一家五口在戚城南头开了一家烧鸭店，一来老两口的手艺好，二来有一双女儿长得惹人喜爱，因而生意满红火。不料想天有不测风云，人有旦夕祸福。

"这一天，一家人正忙照应顾客，突然闯进来几个鬼子，满店的顾客顿时跑了个精光。那鬼子头儿正是小野三郎，一眼望去，见云二姐生得美貌，当即扑了上去，强抱入怀，哈哈大笑，就要强奸。那云二姐如何肯从，拼命挣扎。小野三郎怒道：'你不依我，你的父母兄妹通通死了！'推开云二姐，抽出东洋刀，一刀砍下云大郎的脑袋。

"云老汉和云大娘吓得呆了，扑到儿子的尸体上，放声大哭。小野三郎提起东洋刀，一刀一个，两位老人顿时丧命。他又提刀追杀云三姐，云三姐尖叫一声昏了过去。云二姐却不啼哭，抢上前来，护住妹妹说：'太君不要杀她，俺依你便是。'小野三郎大喜，收刀入鞘，上来就欲寻欢。不料云二姐乘他不防，突然抽出暗藏在身边的柳叶刀，对准了他的心窝刺去。不想小野三郎武艺精熟，顺手一推，云二姐登时摔了出去。他刚要再扑上去，云二姐已举起柳叶刀，在脖子上一勒，含恨身亡。小野三郎见花朵般的姑娘死了，很是惋惜。一扭脸，见云三姐脸色惨白昏死在地上，犹未醒来。转目观看，那云三姐比云二姐虽是不如，却也有几分颜色。一时惊喜若狂，把云三姐抱入屋内，强行奸污。

"打那以后，小野三郎便像苍蝇见了血似的粘在云三姐身上，天天晚上来找云三姐寻欢作乐。父母兄姐都死了，云三姐一个弱女子万般无奈，含恨忍辱，强作笑脸，暗地里却寻找报仇的机会。可那小野三郎鬼机灵，处处提防，云三姐并无机可乘。

"这件事被一位好汉知道了，他气愤不过，找到云三姐，自告奋勇要替她报这血仇。云三姐起初不肯，怕连累了这位好汉。那好汉说：'你若依我，这事准成，若不依我，我就在大街等他，拼个死活。'云三姐见此只好答应。

"俩人计议好了。昨天夜晚，夜静之后，小野三郎喝得醉醺醺来了，在大门外便喊：'云姑娘睡了吗？'云三姐说：'俺身上不舒服，刚刚躺下。'小野三郎推门进来，嚷道：'起来！起来！给我冲点茶喝。'云三姐说：'俺头痛得厉害，动弹不得。桌上有茶，你自己倒吧。''你真的病了？让我看看。'小野三郎说着走到床前，揭开帐帘。那好汉早已躲在帐内，猛然跃起，一刀刺入小野三郎胸膛，小野三郎登时了结。

"云三姐不解恨，跳下床来，抽出小野三郎身上的东洋刀，将他的脑袋割下，祭了父母兄姐的亡灵。然后俩人将尸体拖到粪坑里埋掉，把那脑袋用盒子装了。天明之后，云三姐女扮男装，亲自将'礼物'送到刘哮林门上……"

泥鳅正听得津津有味，银飞突然住口不说了，急得直问："那好汉是谁？云三姐后来怎样？"

银飞神秘一笑，说："我也是道听途说的，哪知道得那么清楚！"

第十四章

血战南壮

一

这回打进戚城掏了敌人的老窝，缴获的战利品装了十船还多。游击队将部分物资运到白鹭岛隐藏起来，以备后用。

白鹭岛是一叶孤岛，隐藏在一眼望不到边的芦苇、柳棵丛中，与南壮村只隔着宽不过三里的明水。岛上只有数十户渔家。把东西藏在这里不显山不露水，就近使用也方便。

安置妥当，游击队将余下的大部分战利品运回南壮，布匹、粮食分发给南壮和附近村庄的湖渔民，留下武器弹药装备自己，一些值钱的金银首饰之类留作军费。人人高兴，个个欢喜，如过年一般，家家杀鸡宰鸭，置酒炒菜，慰劳子弟兵，直闹到深夜方休。又过了许久，南壮渐渐安静下来，连星星也眨着疲倦的眼睛。

铁飞查完哨，回到家，月儿已经西坠。院子里很静，篱笆墙上挂满了丝瓜、豆角，片片绿叶沐浴在朦朦的月光下，给人一种幽美、恬静的感觉。院中那棵老柳树低垂着枝条，像是已经睡去。北屋无声无息，东屋还亮着灯。他知道玉莲还在等着他。他刚要抬步，忽听得白马喷了个响鼻。他走去，用手轻轻地拍了拍马头。那"千里雪"仿佛懂得主人的意思，垂下头来，在铁飞的胸口亲热地抵了一下。铁飞往槽里加了些料，抚摸着光滑得像缎子一般的马背，倾听着"千里雪"咀嚼草料的声音。几个月来他和它已经成了一对亲密的伙伴。连他的声音它都能分辨得出来。只要铁飞一个手势，它便像猎狗一样按着他的意图去办。铁飞不用拴它，放在哪里，它便像哨兵一样不离左右。他需要用它，只需打一声呼哨，或叫一声"千里雪"，它就会飞奔到他的身边。"千里雪"低着头，贪婪地吃着。他又拍了一下它的头，便悄悄地离开了。

铁飞轻轻推开虚掩的门，见玉莲正坐在油灯下缝衣裳。她低垂着头，端庄秀丽的脸上含着甜甜的微笑，一绺头发散落下来，遮住了她的眼睛，鼻尖蒙着一层细汗。她的神情那么专注，一点没有察觉铁飞走过来。铁飞伸过手来，轻轻把她那一绺头发撩到耳丫上。她吓了一跳，手一抖，针尖刺破左手食指，血立刻滴出来。她抬起头，见是铁飞，脸上泛起了红晕。铁飞拿起她的手，吮了一下那出血的食指，柔声地问："疼吗？"

"不……"

"怎么还没睡？"

玉莲瞪了他一眼："明知故问！"

铁飞笑了，把她拢抱到床沿上坐下，握住她的双手，一双笑眼贪看着爱妻的秀色。结婚五个月了，相聚的日子没有分别的时间长。在他看来玉莲比花烛之夜的新娘子更显得丰润鲜亮了。只是她身上旧衣衫已经洗得褪色，还打起几块补丁。玉莲被丈夫看得脸上发烧，手捧着脸埋在铁飞怀里。

铁飞一阵心酸，搂住妻子的肩膀，说："玉莲，我们爷儿几个常年在外打游击，拖累你在家担惊受怕、吃苦受累。"

玉莲忙抽出一只手，捂住他的嘴，撒娇着说："俺愿当个受累的媳妇，一辈子跟你吃苦。只要你的心里想着俺，再苦俺也觉得甜。"她拿起那没有缝完的衣服又缝了起来。

"咦？这是替谁做的衣裳？"

玉莲缝好最后一针，咬断线头，嫣然一笑："你真是个木头疙瘩！"

铁飞惊喜地问道："有喜了？"

"四个月了。"玉莲搂住铁飞脖子，悄声地说。

"为什么不早告诉我？"铁飞高兴地把她抱起来，飞旋了一圈，然后把她轻轻放在床上，"明日我下湖摸几个圆鱼，好好给你补养补养。"

屋里的灯熄了，月儿沉入了湖底，黎明前的黑暗笼罩了一切……

"千里雪"已把槽里的草料吃得精光，又探出头去拉草垛上的干草，忽然它听到什么可疑的声音，立刻停止嚼草，抬起头来，机警地转动着两耳，向着篱笆墙外张望。它似乎明白了什么危险到来，朝着铁飞住的东屋，"咴呋"叫了两声,用它的前蹄把房门踢得山响……

二

铁飞从梦中惊醒,一骨碌爬起来,推了推玉莲:"快起!有情况。"

说着他从墙上摘下那口紫金刀往背后一插,又从枕头下摸出匣枪,嘟囔道:"我去看看。"他一阵风似的冲出屋门。

"当心呀!"玉莲在背后喊了一句。

"千里雪"见主人出来了,欢叫了一声,昂首向东,做出奔腾跳跃之状。铁飞拍了拍它的脖子,叫它安静。

这时王老大提着枪出了堂屋,问铁飞:"'千里雪'发什么疯?"

"东边可能有敌情。"

"怎么会?"王老大似有不信,摇了摇头说,"二连驻守村东,若有情况,他们会鸣枪报警的。"

话未落音,突然一声枪响,接着从村东传来炒豆般的枪声,南壮立刻从沉睡中惊醒了!

王老大皱了下眉头,刚要向铁飞吩咐什么,忽然从外边跑进一个提着步枪的队员,神色紧张地报告:"大队长,鬼子占领了运河堤,正向村头发起攻击。"

"鬼子有多少?"

"黑压压的一片,看不清。石连长见敌人来势凶猛,怕顶不住,叫俺回来报告,请大队长快撤退。"

王老大心想:"小野手下那些残兵败将打什么紧?"他摆摆手说:"去告诉石连长,沉住气,坚决顶住,不能放鬼子进村!"

来人重复说:"石连长请大队长快撤……"

一句未了,王老大火冒三丈地说:"刚刚接上火,就嚷叫着撤退,想把村子和乡亲们都扔给鬼子?传俺的命令,哪个敢后退一步,先敲了他!"

来人不敢再作声,匆匆地走了。

这时，队员们听到枪声纷纷跑了来，在院外的场园上自动地站好队。毛二旦、王银飞、黄大水、袁振国、丁文等都提着枪跑进院来，七嘴八舌地说："怎么办？大队长快下命令吧！"

王老大没有回答，静听着东边的枪声稠密得像雨点一样，可南、北、西三方却没有动静。

袁振国听枪声甚急，焦急道："大队长，趁敌人还未进村，快撤退吧！"

王老大严厉的目光扫过众人，不紧不慢地说："敌人既来偷袭，不会只在一方布兵力，我们贸然撤退，说不定会中敌人的埋伏。大家稳住神，先做好战斗准备，听候命令。"

果然不出王老大所料，不一会儿，村南、村北和西边的湖面上都响起了枪声。哨兵纷纷跑来报告："鬼子从南北两面迂回包围过来，伪军也坐着船从苇棵里钻出来，封锁了西边的湖面。"

大家一听，敌人四面包围了南壮，顿时紧张起来。王老大轻松地说："怕什么？天塌不下来。敌人四面包围，兵力分散，我们正好用兵。"

突然一颗炮弹落在锅屋顶上，"轰"的一声，土块、碎草飞满了院落，众人四处躲闪，王老大下达命令："铁飞，你带一连到村东去瞧瞧，把二连替下来，让石连长他们喘口气，再去收拾湖上来的汉奸队。"

"是！"铁飞转身要走。

"别忙！"王老大又喊住他，"子弹满不满？"

"满。"

"好！给他们点厉害瞧瞧，让他们知道想吃掉微湖大队没那么容易！"

铁飞早就料到父亲会把这样艰难沉重的担子放在他身上。敌人突然包围南壮，显然会有一场恶战。等王老大的话一落声，他便毫不迟疑地跑出去。一连的队员们早在门外集合好了，铁飞把枪一举，队员们立即跟着他向村东跑去。

王老大见一连上去了，回头命令毛二旦："三连长，你组织掩护群众往湖里转移，注意！一个人都不能丢下。"

毛二旦不高兴地低声咕哝着："就是看俺没用……"

"少废话！你的担子也不轻。群众受了损失，我要你的脑袋！"

"是！"毛二旦不敢再说什么，带着三连走了。

院子里只剩下王银飞带的手枪班和袁振国带的机枪班的队员。王老大在院子里的石凳上坐下来，点着一支烟，慢慢吸着。银飞知道父亲平时是不抽烟的，只是在心情最烦躁时才吸上一支。别看他表面上那么镇静，心里一定在为目前的处境担忧。

王老大微闭着眼，若有所思地噙着烟卷。过了一会儿，外边的喊杀声突然落下来，沉闷的枪声却稠密得像雨点一样。他微微地皱皱眉头，将烟卷一扔，从石凳上站起身来，拔出匣枪，打开机头，向堂屋里回望了一眼，见玉莲正帮她娘收拾东西，便吩咐说："东西不要收拾了，快扶你娘下湖！"

王老大回过头，向银飞他们一摆手："走！"便一个箭步蹿出了院外。

三

王铁飞带着一连赶到村东。在曙光中，只见鬼子黑压压的一片从河堤上冲下来，冲在最前面的鬼子已经上了石板桥。二连的队员在石大海的率领下虽然拼命抵抗，仍然顶不住敌人凶猛的攻击，渐渐退了下来。

铁飞见情势危急，冲上去射出一梭子弹，打倒了最前面的几个鬼子，他回头向一连的队员大喝一声："上！"

一连像一股急骤的旋风，向鬼子集结最多的桥头冲去。鬼子没有料到这突然的打击，一时乱了起来。一看鬼子阵脚乱了，石大海也带着二连反击，一气把鬼子赶回运河堤。

趁个空隙，铁飞向石大海传达了大队长的命令。石大海集合了二连，匆忙向村西去了。铁飞立即命令队员就地构筑工事，收集敌人遗弃的枪支弹药，准备迎击敌人的再次反扑。

不一会儿，敌人果然又反扑过来。他们像一群恶狼，一边弯着腰吼叫着往前冲，一边放枪。

队员们有的伏在桥头，有的趴在土堆上，有的隐蔽在树后，不停地向敌人射击。

把冲在前面的鬼子打倒，立刻就又有一批冲上来，死不后退，有的还怪声喊叫。枪弹、手榴弹像冰雹似的压过来，鬼子越来越多，双方在桥头展开激烈的争斗。每一次对射都有人倒下去，桥下的河水被染红，漂着尸体。

穷凶极恶的敌人，借助优良的武器和优势的兵力，渐渐地推近桥边。王铁飞见势不妙，向队员们做了个冲锋的手势。从背后抽出那把紫金刀，大吼一声："杀！"

一时刀枪的碰击声、死者的惨叫声、"杀杀"的怒吼声，交织在一起。刹那间，桥上横尸累累，几无立足之地。

王铁飞已经杀红了眼，那口紫金宝刀上下翻飞，勇不可挡，像砍瓜切菜一般。经过二十多分钟的厮杀，鬼子遗弃了十几具尸体，终于溃退下去。微湖大队也伤亡了八九个。战场上出现暂时的平静。

这时村西湖岸边突然又响起了稠密的枪声，二连和汉奸队交火了。慌乱的群众四处叫喊着、奔跑着，有的人在流弹中倒下去；有的吓昏了头，不知所措地在村子里乱窜。女人的号哭声、孩子的尖叫声、鹅鸭的惊叫声，整个南壮乱作一团。

毛二旦这才感到掩护群众转移的任务并不轻松。他带着队员一边向敌人射击，保护着船只，一边奔跑呼喊，组织群众向西南边的湖岸转移。但一股伪军乘坐着三只大船，已经绕过二连的防线，从西南面的湖上包围过来，切断了群众的退路。群众被一阵枪弹打了回去。有几只小船被敌人的手榴弹炸着了火，水天相接的地方燃起一片火光。队员们急了眼，纷纷跳进水里，一边抢救船只，一边拼命向敌人还击，压住敌船的火力。这时二连也分出一些队员蹚着水从敌船侧后打过来。那三艘敌船慌忙转舵后撤。三连抓紧时机，掩护部分群众上船。一些身强力壮的渔民跳水泅渡。

突然，几发炮弹落下来，随着几声巨响，十几个人倒了下去，顿时一片混乱……

这时，狂妄暴躁的小野太郎在受到一连沉重打击之后，开始冷静下来。他重新组织了一下兵力，先用猛烈的炮火和机枪扫射，将一连队员从桥上一步步逼回去。随着炮火的延伸，鬼子分成三路，从桥上水上的两翼同时发动进攻。

王铁飞当即命令队员们散开，阻击敌人。但他们毕竟人少、火力差，队员被敌人猛烈的火力压得抬不起头，只好节节后退。鬼子从桥上冲过来，两翼的鬼子也蹚着水冲上河岸。

这时天已大亮，铁飞清楚地看到正面的鬼子不下三百人。他暗暗吃惊，一夜之间，小野手下的兵马竟然增加了两倍。

铁飞哪里知道，临城的三木大队长得到孔玄的报告，连夜派来了二百多鬼子协助小野偷袭南壮。

正在这危急之时，磨房顶上突然响起清脆的轻机枪声，冲在前面的鬼子像麦个子似的纷纷倒地。

铁飞回头一看，只见袁振国抱着轻机枪，趴在磨房顶上，一会儿连发，一会几点射，弹无虚发，敌人死的死、爬的爬。王老大伏在他的身边，一边指挥，一边用匣枪沉着地射击着敌人。

袁振国听到欢呼之声更是得意，打得性起了，便跳起来，朝敌人扫一梭子，紫红的长方脸上，浮现出孩子似的顽皮的微笑，豆粒大的汗珠从宽阔的额角上一串串流下来。

敌人调来了重机枪对付袁振国，敌人的小钢炮也同时对着磨坊轰击。霎时磨房上一片火光，接着"轰"的一声，房顶塌陷了。

敌人乘机又压过来，队员们只好退守在村边，依托院墙、房屋阻击敌人。

"贼羔子，有种的上来，你爷爷在这里等着哩！"随着轻松的笑骂，轻机枪又在另一座房顶上欢叫起来。袁振国什么仗势没有经过？他见敌人调动，便把帽子摘下放在屋脊上，向大队长眨眨眼，抱着机枪溜下磨房……他不断地变换着位置。

在机枪的配合下，袁振国带着一连的队员与敌人展开了对射，王老大看看日头，已经三竿子高了，虽然一部分群众已经转移出去，但还有不少妇女、老人在村里打转。各连也纷纷前来报告：

"三连伤亡十八名！"

"二连伤亡十五名！"

"一连剩下三十个人！"

伤亡不断增加，每过一分钟都有几个人倒下去。队员们的子弹也快打光了。怎么办？大家都以焦急的目光看着大队长。王老大拧着眉头，咬了咬牙，对银飞说："快！通知二连、三连集中火力，立即向湖里突围！"

"爹——你……"银飞有些犹豫。

"不要管我！"王老大生气地说，"记住！不要恋战，能活着冲出去保存住力量就是胜利！"

银飞不敢再说什么，含着眼泪带着手枪班的队员向村里跑去……

这时一连阵地上的枪声突然稀落下来。王铁飞跑来报告："子弹打光了，队员们只剩下十七个……"

他的双眼血一样红，满脸的汗水混合着黑烟和尘土，衣服血迹斑斑，撕裂开许多口子，手臂和腿上到处是划破的伤痕。

王老大明白他的意思，犹豫了一下，终于狠了狠心说："回到你的位置上去，再坚持一会儿。"

王铁飞怔怔地望着父亲，一动不动，鼻孔翕动了几下，他跷起脚来朝西边望了一下，顿时坚决地说："爹，你快走吧，这里有我！"

"不！我要和大家坚持到最后一分钟！"王老大斩钉截铁地说。说罢，抽身向前跑去，但他刚跑出几步，突然一发炮弹在他身边爆炸了，他摇晃了几下，终于倒下去。

"啊！"铁飞惊叫着扑过去，从血泊中抱起父亲，连声地喊叫着，"爹，爹！你醒醒！你醒醒啊！……"

在铁飞的呼唤声中，王老大吃力地睁开眼睛，眼里浮着一层泪花，断断续续地说："铁儿……我对不起大家……没……没带好队……队伍……你要冲……冲出去！留……留得青山在……这支队伍就交给你了……"他吃力地抬起手臂，把他那支匣枪交给铁飞，就闭上了双眼。

这时袁振国和一连仅余下的十几个队员都围拢来，齐声地呼唤着："大队长！大队长！"

王老大猛地又睁开了眼，环视了大家一下，把目光又转向铁飞："带他们冲出去！我不行了……"

"不！我不能丢下你！"铁飞哭喊着抱住父亲。

袁振国和队员们纷纷说："大队长，要走，我们一起走；要死，我们死在一起！"

"快投降吧！你们被包围了。"敌人喊叫着冲上来。

王老大猛然推开铁飞，跃身而起，大喝一声："快走！"

铁飞一愣，王老大早已跃出一丈开外，像一只受伤的猛虎向敌人直扑过去。鬼子被王老大的突然举动惊呆了。当他们看到王老大手里举着两枚冒烟的手榴弹时，惊慌失措地掉头就跑，但已经晚了。王老大拼着最后的气力把手榴弹投入了敌群！

只听"轰轰"两声巨响，鬼子被炸得血肉横飞，躺倒了一片。

铁飞冲进烟雾里，从地上抱起父亲。父亲好像已经睡着了，嘴角还残留着一丝微笑。敌人的子弹在头顶上尖啸着飞过，铁飞毫无知觉，默默地抹去了父亲额头上的血迹。

这时袁振国和队员们都跑过来，铁飞放下父亲，伸手夺过袁振国怀中的机枪，断然地命令："我掩护你们，撤！"

袁振国知道铁飞的倔强脾气，他向队员们一摆手，背起王老大，向村里撤退。

王铁飞抱起机枪，向敌人发疯似的扫射。他心里充满了复仇的怒火，忘记了死亡的威胁，忘记了一切……打着打着，子弹光了。

"捉活的呀！"敌人得意地狂叫着，一拥而上。

铁飞冷笑一声，乒乒乓乓把机枪摔毁，从背后抽出紫金宝刀，昂然而立，怒视着敌人。

鬼子被他那威严的气势震慑住了，挺着刺刀围成扇面，但谁也不敢前进一步："看刀！"

铁飞突然大吼一声，跃进一步，鬼子吓得一个个面色如土。铁飞倏地一扑，只见他腕、胯、肘、膝、肩，五处着地用力，身随刀旋，平地里卷起一片刀光，向敌人滚来，像刮起一股旋风。这个被削去脚，那个被砍伤腿，一个个鬼叫鳖爬，纷纷后退。铁飞忽地腾空而起，使一个"金鲤穿波"，悬空飞起一刀。只听一声惨叫，一颗人头落下来。鬼子大惊失色，哪个还敢近前。

这时只听"哇"的一声怪叫，中队长小野举着军刀像只疯狂的狼狗一样扑将过来。

铁飞见那刀来得又快又猛，似一道寒光直奔他的脑门。铁飞提气运力，把宝刀向上一递。只听"当啷"一声，火星迸溅，小野的军刀脱手飞出一丈开外。小野两臂酸麻，虎口震裂，立足不稳，跌倒在地。

铁飞冷笑一声："哼！想送死，就滚起来！"

这一招比砍了小野一刀还要厉害。这表明对方武功超群，全不把他放在眼里。小野一向目空一切，自命不凡，他宁愿去死，也不愿忍受被人蔑视的羞辱，更何况当着他众多的部下，如何不恼？他满脸的横肉痉挛地抽搐着，双眼射出了凶光，厚唇极力向上翻，像恶狼似的露出吃人的獠牙。七八个鬼子要挺刀向前，被他喝退了。他双手握住那把捡回的军刀，发疯似的向铁飞直砍过去。那刀来得凶猛，铁飞身法更快，往后一闪，躲过刀锋，同时举刀朝小野的肩背直劈下去。不想小野盛怒之下，急于挣回面子，想用冒险取胜，不去抽身防卫，却把手腕一拧，刀锋一转，直刺铁飞的胸肋。这一招着实厉害！铁飞不收式，便会两败俱伤；而收式也已经来不及。铁飞只把身子一斜，左肋虽吃了一刀，但他那回敬的一刀却劈掉了小野的左臂。

小野疼得怪叫一声，一个后仰，滚翻出一丈开外。

铁飞不顾伤痛，一个箭步跳了过去，举刀就砍，一个鬼子急扑上来用刺刀挡架。被铁飞连人带枪砍倒在地。立时又有六个鬼子抢上来，将铁飞团团围住。他们齐声哇哇怪叫着，六把刺刀化作六团白光，朝着铁飞四面八方直刺过来。铁飞不慌不忙，手腕一转，身子飞旋，那口刀缠头裹脑，迅如闪电，快如疾风，搅得六个鬼子眼花缭乱，近前不得。但那六个鬼子死死地缠住铁飞不放。铁飞毕竟打斗了半日，又受了刀伤，血流不止，时间一长，渐渐气力不佳。

在这危急之时，忽然西边枪声大作，接着便是一阵急促的马蹄声。打斗的双方都不由得一怔。只见一位英俊的女子一手提缰，一手执剑，飞马而来。转眼间，已到近前。那女子手起剑落，一个鬼子的脑袋已被削去了半边，其余的鬼子纷纷躲避。

铁飞猛见到白玉莲骑着"千里雪"冲进敌群，又惊又喜，飞身一跃，稳稳地坐在白玉莲身后，一伏身接过缰绳，手一抖，双腿一夹马肚。那"千里雪"一声长啸，腾空而起，从鬼子头顶飞跃过去，闪电般地冲过桥头。

"打死他！"负了重伤的小野声嘶力竭地狂叫。

霎时，机枪、步枪响成一片，子弹如同飞蝗般射向"千里雪"。只见王铁飞、白玉莲紧贴在马背上，"千里雪"奔腾如飞，身后扬起一股黄尘，眨眼间已消逝得无影无踪了。

四

小野本想亲手杀死铁飞，为他的胞弟报仇，不料自己反被砍掉左臂，一时恼怒至极，大叫一声，气昏过去。日本军医急令士兵将小野抬回戚城抢救。不想刚抬到桥头小野忽然醒转，欠起身子，瞪着血红的眼睛大骂。那两个抬担架的士兵只得停下。小野指着南壮，对跟随在左右的日军和刘哮林咬牙切齿地命令："人芽不剩！片瓦不留！我要把南壮从地球上抹掉！"

出于一种疯狂的报复心理，无须小野的命令，鬼子也不会给南壮留下什么。鬼子像一群野兽冲进南壮，见人就杀，见房子就烧。而那些伪军则像恶鬼似的见东西就抢，凡是能拿得了的，无论好歹，一律都要。

在这疯狂的烧杀抢掠之中，郑杰独自一人茫然失措地跑来跑去。他恨自己没有设法将敌人偷袭的情报及早报告给微湖大队。其实，这怎么能怪他？事前，他也一无所知。等随队出发，他已无法脱身。他的心情越来越沉重，无限的凄怆使他透不过气来。他走到一个小水坑边，见那里横七竖八躺着许多尸体，坑水都被染红了。水坑中心，也只有膝盖那么深，坐着一个妇女，怀里紧抱着一个孩子，孩子含着母亲的奶头，满脸泪水。那妇女向走来的郑杰瞪大着恐怖的眼睛。郑杰刚想招呼她赶快躲起来，突然"砰！砰！"两声枪响，那妇女和孩子歪倒在水坑里。郑杰痛苦地闭上眼睛。

这时候侯七提着枪笑嘻嘻地跑过来，拍着郑杰的肩膀夸耀地说："怎么样？郑队长，俺的枪法称得上百发百中了吧？"

郑杰恨不得一下子把他的脑袋拧下来，但看到后面有几个鬼子来了，只得忍住，勉强地冷笑一下，没有说什么。他绕过水坑往西边走去。许多房屋都在燃烧，被旋卷的浓烟包围，从浓烟里传出来女人和孩子的凄惨哭唤。

只见鬼子抱着一个小女孩哈哈笑着冲出烟雾，把那小女孩扔进粪坑里，那半截小腿还露在上面，不停地动弹，一只脚赤着，另一只穿着红鞋。郑杰失声地惊叫了起来。不忍心瞧着这一双动弹的小腿，急忙跑进西南一片宅子里。在这一带，宅子里外，夹道路旁，到处躺着被打死的人，许多死者的血液还没有凝结。在一家门口，躺卧着一个老头和一个女人，那女人手里还紧握着一把菜刀；那老头身下有一具鬼子的尸体，老头瞪着一对可怕的眼睛，仅有的两颗门牙仍旧死咬住鬼子的喉管。

郑杰走过一个草棚，忽然一种微弱的喘息声音，针一样地刺痛耳鼓。他的脚步自然地停下，转身向草棚里寻找着。那声音在延续着，那是一种痛苦、窒息而又拼力挣扎的声音，从那堆干草里传了出来……他看清了，一个鬼子正在强奸一个年轻的姑娘。

一股热血猛然从心底冲了上来，他跳过去，一脚将鬼子踢翻，不容他爬起来，便扑去骑在鬼子身上，双手死命掐住他的喉管。直到他一动不动，方才松了手。唯恐鬼子不死，又拿起鬼子的那把刺刀，在他胸上、肚子上戳了七八个窟窿。那个衣服破碎的姑娘完全吓呆了。郑杰喃喃自语："第三个……"他想起在三河口混战之时，他乘乱打死一个鬼子，后又协助云三姐刺杀了小野三郎，今又杀了第三个，心里那满腔的怒气出了些，这才提着枪往外走。

敌人把南壮烧成了一片焦土，牵着猪羊、挑着鸭鹅、抱着包袱、押着被抓来的青年妇女，撤出南壮。

刘哮林跑到小野身边，讨好地说："太君贵体欠安，快回去吧。"

小野看了看化为灰烟的南壮，犹嫌不足，指了指附近的村庄，向鬼子、伪军下令："统统地烧光！"

鬼子、伪军立即冲进附近的村子，不一会儿到处都燃起大火。

小野失血蜡黄的面上露出了狞笑。他欠起身子见后面有几十个鬼子押着十七八个青年女人。他火了："把她们统统杀掉！南壮人不准留下一个！"

"哈依！"鬼子答应着，端起刺刀就要刺杀那些青年妇女。

"太君！"刘哮林急忙向小野鞠躬说道，"这些花姑娘都是煮熟的鸭子，飞不了。不如把她们带回城去作为人质，诱鱼上钩，那王铁飞必定找上门来送死。"

小野转怒为喜,向端着刺刀的鬼子摆摆手,然后拍着刘哮林的肩膀说:"你的主意大大地好!"他微闭上眼睛沉思了片刻,道,"谁个捉住王铁飞,赏钱一万元。你的,立即张贴布告。"

"是!敝人立即照办。"刘哮林献媚地说,"太君高见,守株待兔终是下策,布告四方,悬赏捉拿才是上策。俗话说,'重赏之下,必有勇夫'。嘿嘿,看那王铁飞往哪里逃?"刘哮林当即吩咐孔玄书写布告,四处张贴。

刘哮林跑回石板桥头,用刺刀把那歪脖子老柳树干剥下一块皮,用树枝作笔,蘸着尸体上的血,在白光的树干上写下两行血字:"生还十八女,须用铁飞头!活捉王铁飞,赏钱一万元!"写罢,把树枝一扔,望着火光冲天的南壮一阵狂笑。

侯七见了,向跟随在身边的其他"七怪"使了个眼色,悄声说道:"哥们儿,想不想发财?"

八怪之长孙平一道:"人为财死,鸟为食亡,哪个不想发财?只是那王铁飞太厉害,咱们兄弟八个不是人家的对手。"

侯七嘿嘿一阵冷笑:"眼下王铁飞身负重伤,落荒而逃,天赐良机,不可错过。"

八怪之三吴三通与侯七最为投机,立刻附和道:"机不可失,咱们都随老七去碰碰运气。"

丰二、赵四、王五、钱六、李小八等齐声响应。侯七目视孙平一,面色不悦。孙平一道:"微湖八怪同生死共患难,既然大家都愿去碰碰运气,俺孙平一岂能畏惧不前?"

侯七大喜,当即向刘哮林告假,八怪寻踪急去。

第十五章

情天恨海

一

傍晚，敌人撤走了，乡亲们陆续回到南壮，迎面是一片悲惨的情景：整个村庄化为一片废墟，烧焦的房框还在冒着黑烟，到处是人畜的尸体、烧毁的家具衣物，空气里弥漫着焦糊、血腥的臭味……

人们像疯了似的，哭着、叫着、咒骂着奔向烧毁的家园，用双手扒找着亲人的尸体。从敌人魔爪里侥幸逃生的人们，又沉浸在悲痛之中。撕碎人心的哭叫声惊天动地，连湖水也激荡起来。老人们已经哭不出眼泪；妇女们嗓子都哭哑了；一些壮年的汉子，守在亲人的尸体旁，默默地流着眼泪……

石大海、毛二旦带着队员们，一边安慰着受难者的家属，一边帮助他们料理后事。他们把牺牲的队员和遭难群众的尸体抬到湖堤上掩埋起来，湖堤上立刻形成了一个新的墓场。清点了一下，牺牲的队员竟有百十个，遇难的群众也有六十多名。

残阳如血，染红了粼粼的湖水，晚风如泣，摇曳着芦苇绿荷。鸟儿归巢了，但南壮幸存的人们却没有了家。他们守在亲人的墓旁再也哭不出声。渐渐暗淡的晚霞照着一张张悲痛欲绝的面孔，荒凉的湖岸更显出一种凄凉的景象……

母亲守在王老大的墓旁哭得死去活来，众人劝说了半天，她才止住了哭声。银飞、丛秀将母亲扶到船上休息。母亲抓住银飞的手说："银儿，你不要管俺，快去找大海、二旦他们，设法寻找你大哥大嫂要紧。"

银飞站起身来，看了看丛秀，自下船去。走不多远，忽听得村东传来一片哭叫之声。

石板桥头老柳树下聚集着一群人，围着石大海、毛二旦哭叫连天。

毛二旦不耐烦地挥舞着胳膊吼叫："哭！哭！哭管个屁用？！"

石大海耐心地安慰大家说："等铁飞回来，我们一定设法搭救被抓去的姐妹们。"

银飞挤进人群，借着火把的光亮看到老柳树上有两行血字："生还十八女，须用铁飞头！活捉王铁飞，赏钱一万元！"银飞心里顿时明白了。他转过身来向众人扫望了一眼，沉着而坚定地说："乡亲们，都请回吧。游击队不是孬种，会设法搭救姐妹们！"

乡亲们都慢慢散去，老柳树下只剩下石大海、毛二旦、王银飞、黄大水、袁振国、丁文几个。火把熄灭了，惨淡的月光透过枝叶投射下来，一张张脸绷得铁紧，周围的空气像凝固了似的。

群众情绪低落，军心动摇，形势危急严重。下一步怎么办？一时大家都没了主意。这时卜广义气喘吁吁地跑来说："汪福那个王八羔子约合几个队员偷了咱们存放在白鹭岛的金银首饰逃跑了！"

那些金银首饰是游击队打进刘府时缴获的，本想日后换成钱留作军用，不想出了这种事。毛二旦顿时火冒三丈，跳起来吼道："叫你带人留在白鹭岛，好好看守战利品，现在把金银首饰弄丢了，该当何罪？"

卜广义辩解说："大队长牺牲了，俺不能给他老人家送葬，心里难过，多喝了几杯，谁知……"

毛二旦满脸怒气，哼了一声，冷笑道："天知道你是真醉假醉？"

卜广义一怔，说道："毛连长信不过俺？"

毛二旦刻薄地说："就因为汪福是你的小舅子，要想叫俺信得过，除非你把他抓回来！"

卜广义解下腰带，连同手枪，摔到毛二旦怀里，拱手一揖，说一声："毛连长，小弟无能，两便了！"便转身大踏步地走了。

毛二旦提着枪，看着卜广义的背影，咬牙切齿地说："滚你娘的！这号人多一个坏事，少一个清静！"

石大海说："毛连长，卜广义虽有过错，但还不会和汪福一样，留下他吧！"

"俺信不过他！"毛二旦气冲冲地说。

石大海叹了口气，说："你信不过他，更不能放他走。"

毛二旦不明其意，反问："你说怎样办？"

石大海拉开枪栓，大声说道："卜广义，你若心中无愧，就请站下，吃俺一枪，死了也是一条好汉！若是心中有鬼，就快些滚吧，饶你一条狗命！"

卜广义回转身，一把撕开衣襟，露出胸膛，怒目圆睁，大叫："开枪吧！俺卜广义岂是贪财怕死之辈！"

石大海提着枪的手臂慢慢举起，枪口瞄准了卜广义的额头。毛二旦、黄大水、袁振国、丁文等都惊讶万分，但无人吱声。只有银飞心中明白，不动声色。卜广义毫不畏惧，纹丝不动。银飞看到手枪在石大海手里抖了一下，只听一声枪响，子弹贴着卜广义乌黑的头发滑过去。卜广义仍是一动不动。

"好样的！有种！"毛二旦高兴地奔过去，抱住卜广义诚恳地说，"是俺错怪了你，好兄弟，留下吧！"他把枪塞到卜广义手里。

卜广义热泪盈眶，感动地说："都是俺不好，酒后误事，总有一天，俺抓住汪福，亲手毙了他！"

石大海把枪往腰里一插，说道："好了，大家都回来坐下，盘算盘算今后该怎么办。"

毛二旦说："雁无头不飞，天大的事，只要铁飞哥活着回来就好办。"说罢，便跳起身来叫道，"俺去找铁飞哥和嫂嫂。"

银飞连忙说："你急什么，大家总得先商量商量呀！"

毛二旦急道："还商量什么？敌人悬赏一万元捉拿铁飞哥，若慢些个，大哥大嫂性命不保。有事你们商量，俺先走啦！"

银飞想劝毛二旦稍停片刻，毛二旦头也不回，飞奔而去，迎面碰上白云鹤，一把拉住他便走。白云鹤急问："到哪里去？"

"去找你女婿和女儿，再慢一步，可就没命了。"不由分说，毛二旦拉着白云鹤便走。

银飞冲着他俩的背影喊道："大爷，你陪他去吧。"

白云鹤遥遥答应，两人走远了。

毛二旦一走，黄大水、袁振国也都坐立不住，急着要去营救王铁飞夫妇。

银飞本来也要去的，见此情况，反劝大家说："现在有许多事情都急着要办，大家总不能都去寻找大哥大嫂。"

黄大水脸上充满焦急和疑问："还有什么事比寻找大哥大嫂紧急？"

银飞扳起手指道："一要掌握好部队，安置伤员；二要安排群众的生活；三要设法搭救被敌人抓去的姐妹。这最后一条最重要，若救不出她们，咱们无法向群众交代，也带不好部队。"

石大海摸着宽大的下巴说道："掌握好部队倒不难，安排好群众生活也有办法，咱们将隐藏在白鹭岛的粮食拿出来，分发给受难的群众，可以暂时救救急。难办的是如何营救十八位姐妹。现在咱们能集合起来的队员不过五十人，即便王连长回来，也难从敌人手里夺回人来。"

银飞点头道："现在只有一条路了，一面整理部队，一面派人去湖西搬兵，请张司令派义勇军来。"

"好啊！"石大海高兴地说，"俺去搬兵。"

银飞连忙道："你是连长，在这种时候万万不可离队，还是我去吧！"

石大海沉思了片刻，说："你去也好，不过最近湖面不太平静，你要多加小心。"

银飞道："放心吧，翻不了船。"

二

八怪顺着马蹄印和点点血迹追踪王铁飞，黄昏时，来到李家寨。进了村，再也寻不到踪迹。侯七心想天色已晚，先找个客栈，安歇一夜，明天再细细打听。李家寨只有一家平安客栈。那客栈土墙草房，简陋得很。进得店来，侯七不见店里的伙计出来迎接，大骂："人都死光了吗？"

店伙计慌忙跑出来，赔着笑说："长官请到西厢房里休息。"

侯七瞪眼大骂："操你奶奶，怕你老爷出不起钱？为啥不让我住上房？"

店伙计陪话："长官老爷别生气，我们开店的怎敢得罪长官老爷，实在是几间上房都给客人住了。"

侯七边说边往前走："什么人住上房，俺来瞧瞧！"

这时房门打开，一位少妇探出身，向店伙计道："劳驾给打点热水来。"

侯七见那少妇肤色白嫩，面目俊美，在余辉晚照映衬之下，更显得如花似玉，不禁心里一动，咽了一口唾沫，双眼骨碌碌乱转，大叫大嚷道："侯大爷走南闯北，可从来不住次等房子。没上房，给大爷挪挪！"

孙平一伸手一拉，却没拉住。那少妇见侯七闯进，"哎呦"一声，正想阻挡，只感到腿上一阵剧痛，坐了下去。原来她腿上受了枪伤，伤势不轻。

侯七一进房，见床上躺着个男人，房中黑沉沉的，看不清面目，但见他左肩、胸部都缠满白布，看来这人伤势很重。侯七心里打了个愣："这人可是王铁飞？"待要走进去看个明白，只听那人沉声喝问："是谁？"

侯七道："侯大爷受上司的差遣前来捉拿凶犯，路过李家寨，要住上房，劳你驾给挪一挪！这女的是谁？是你老婆，还是相好的？"

那人声音低沉，喝道："滚出去！"

侯七心想，你伤得不能动，连说话都有气无力，还要俺滚出去？嘿嘿，老子不乘机占占便宜，更待何时？他嬉皮笑脸地说："你不肯挪也成，咱们三个儿就在这床上一块挤挤！"

床上那男人哑声道："你过来。"

侯七正要走近去看个明白，床上那人突然起身，快如闪电，右手一掌击在他的胸上。侯七登时如腾云驾雾一般，平飞出去，"砰"的一声，结结实实地摔在院子里。侯七挨了一掌，身子摔得不能动弹，心里却是明白，哇哇怪叫："兄弟们快来，把上房围住，别叫王铁飞跑了！"

孙平一上前扶起侯七，低声道："老七，当真是王铁飞，咱们还是躲远点好。"那六怪见侯七被摔得这么重，个个面露惧色，不敢贸然近前。

侯七骂道："怕个屁，姓王的受重伤，躺在床上不能动，只有一个娘们守着。"

那六怪一听，抽出兵刃，一拥而上。

那少妇守住房门，一把宝剑舞得风雨不透，剑光闪闪，以死相拼。斗了几个回合，那六怪见进不来房，齐声呐喊，下了狠手。只见那使鬼头刀的当头劈下。少妇见刀势沉重凶猛，不敢硬接，向左闪让。另一刀却拦腰斩来，少妇剑势如风，直截敌人右腕，刀势顿收，少妇没被斩着。但这时左右又有两枪刺来。少妇挥剑挡开左边，却躲不及右边，右臂被刺了一刀。

她挨了一刺刀，仍旧恶战不退，剑挥动时点点鲜血四溅。侯七在一旁叫道："捉活的，别伤她性命！"

八怪之中吴三通身体最为强壮，此时见少妇右臂受伤，挥舞长刀硬闯上来。对方臂力甚强，她的右臂受伤，气力大减，刀剑相交，一震之下，宝剑几乎脱手。吴三通得势不让人，长刀乘势直进，少妇向右急闪，吴三通便在空当中闯进房门。

那少妇竟不顾身后攻来的兵器，一扬手，一柄宝剑向敌人背心飞去。吴三通只道少妇有自己的五个同伴缠住，并无后顾之忧，待听到脑后风声，已躲避不及，被剑刺进了背心，顿时丧命。那少妇抢上前来，拔出宝剑奋力关上房门。侯七见吴三通惨死，号叫道："先杀死那个娘们儿替老三报仇！再提王铁飞。"

七怪正待上前，忽听有人喝道："慢来！好端端的一朵鲜花要把她毁了，岂不可惜？朋友，且慢动手，这朵鲜花让俺摘吧。"说着一人飞身跃到近前，挡住侯七。

侯七见对方是一个手提匣枪的汉子，怒道："你是什么人？敢抢侯爷的生意！"

那人哈哈大笑："此店是俺开，怎能说是抢你的生意？"

侯七喝道："你可知上房住的是皇军通缉捉拿的要犯王铁飞？"

那人笑道："俺刚从外面回来，多谢朋友通风报信，俺正找那个王铁飞，不想他正巧送上门来。天命如此，该当俺乔苇时来运转了。"

那上房住的正是王铁飞夫妇，两人隔窗听到那人言语，却是大吃一惊，乔苇如何死而复生？

侯七怎容他如此纠缠，伸手推去，骂道："狗娘养的，快给俺滚开！到口的肥肉岂能让你抢去！"

乔苇身子摇摆，叫道："啊唷，自家朋友，何必动手！"突然前扑，似是收势不住，伸出匣枪向前一抵，刚好抵在侯七的左腿穴道。侯七腿一软，便跪了下去。乔苇叫道："啊唷，不敢当，别行大礼！"连连作揖。

这一来，七怪全知他身怀绝技，不好对付。侯七叫道："大伙并肩上，先除掉这个小子！"

乔苇哈哈一笑，从背后抽出钢刀，把匣枪往腰内一插，说道："久闻微湖八怪的名头，今日就领教领教，俺也不用枪，也不用帮手，和各位赌个输赢。谁个赢了，便去捉那王铁飞。"

当下乔苇与七怪斗在一起，一时杀得难分难解。七八个店伙计都拿着刀枪站在一旁观战。原来这平安客栈便是乔苇开的黑店，店中的伙计都是他各处收罗来的土匪恶棍。

铁飞、玉莲见双方恶斗，正低声商议如何逃出险境。忽听后窗咔嚓一响，跳进两人。白玉莲不顾伤重提剑便要上前。一个低声道："孩子，是我和毛二旦。"

白玉莲一听是父亲白云鹤的声音，顿时悲喜俱来，扑倒在父亲的怀里。白云鹤见女儿全身都是血迹，肩上、背上、右臂都是刀伤。也不及细问，连忙取出金创药给她敷上，扯下床单，撕成布条，给她包扎好伤口。

铁飞见玉莲为救护自己身负重伤，又是心痛，又是内疚，连忙问："大爷，玉莲的伤怎样？"

白云鹤说："黑灯瞎火，事又紧急，不及细看，你们先逃命要紧。"

这时就听侯七在院中骂道："姓乔的，你用暗器伤人，算不得好汉。"

乔苇哈哈大笑："你们七个斗俺一个，又算得什么好汉？要不是看刘司令的面上，俺早就结果了你们这伙笨蛋。"

围观的七八个店伙计齐声喝道："还不快滚，待在这里想找死吗？"

侯七见对方人多，手中又都有枪支，自知不敌，嘴上却不肯服软，一边招呼同伙背起吴三通的尸体，扶着两个受伤的同伙往外走，一边骂道："他奶奶的，咱们阴沟里翻船，十几年的老江湖栽了跟头，这一万元的赏钱咱不要了，留给龟孙买棺材吧。"说完最后一句话，他早已奔出了店门。

乔苇不去理他，向店伙计们招招手，直奔上房来。毛二旦站在门边，从门缝向外观察敌情，这时回头催促道："你们快从后窗逃走，俺已将'千里雪'牵到房后。"

铁飞说："咱们一块走吧。"

毛二旦着急地说："啰唆什么，你们快走！乔苇已经朝这边来了。"

乔苇在门外喝道："王铁飞，给俺滚出来！看看你爷爷是谁？"

铁飞一听，气往上涌，低声骂道："这个狗娘养的，真真可恶，我不走了，倒要看看他有什么能耐将我捉住。"

白云鹤急道："你不愿走，我们三个都得陪着你。你和玉莲身上有伤，动不得手，毛二旦和我两个与他们拼了。"

白云鹤打开后窗，跳了出去，铁飞、玉莲相互搀扶着爬出后窗。白云鹤在下面接着，然后将他俩扶上马，悄悄地从后院门走了出去。这时就听店中传来"砰砰"几声枪响，白云鹤一怔，在马屁股上拍了一掌，说了声："你们快走，我去接应毛二旦。"那"千里雪"向前猛地一跃，疾驰而去。

原来乔苇喊叫半晌，见房内没有动静，又不敢贸然进入，他大声骂道："他娘的，没种！"正想抬脚踢门，房门突然打开，"砰砰"就是几枪，随后跳出一个人来，只听那人大声喝道："你铁飞爷爷在此，哪个胆敢拦路，要你的狗命！"

乔苇见方才白玉莲与六怪恶斗，不曾动枪，料定铁飞、玉莲身边即使有枪也无子弹，所以才这么放心大胆地上前来。待到房门大开，枪弹射出，他急忙躲闪，还是中了一弹。子弹穿腮而过，跟在他身后的却有两个伙计中弹倒地。

众匪徒见"铁飞"突然从房中冲出，举枪打倒了两个，哪个还敢再阻拦？眼睁睁望着"铁飞"奔出店门。仓促之间，乔苇也辨不得真假，一面开枪射击，一面捂腮大叫："快追，别叫那小子跑了。"

追了一程，见那人奔跑如飞，哪里追赶得上？乔苇猛然醒悟，暗叫："上当！"心想王铁飞身负重伤，如何奔跑得动？定是有人冒充王铁飞。再回店搜捕，冲进上房，房里空空。再看马厩，那匹白马也不见了。乔苇把店伙计叫来一一细问，也无半点头绪。

三

铁飞夫妇纵马向东南方向奔去，一路乱石枯草，颇为荒凉。一口气跑出二十余里，跑进一道峡谷，迎面一座大山挡住去路。铁飞勒马观看，面前是一片天然的牧场，三面都是连绵的山峰，酷似一群奔腾的骏马，沉浸在白茫茫的月色之中。在壁立的岩石脚下，有一股泉水喷涌而出，直泻入一个小石潭里。那如削石壁上镌刻着"野马山玉泉峰"，字大如斗，清晰可见。小石潭边有两棵相抱的银杏树，因终年不受风寒，又有泉水的滋润，长得十分高大。

铁飞精神一放松，才感到浑身酸软无力，伤口也火辣辣地疼痛起来。

"玉莲，咱们就在这银杏树下歇一歇吧。"

玉莲没有回答，无力地偎依在他的怀里。

铁飞低头一看，玉莲双目紧闭，脸色像一张白纸。鲜血把马背染红了一片。铁飞惊叫了一声，抱着玉莲从马背上滚落下来，把玉莲平放在树下的草地上，见她背后、肩头、臂上都是伤口，处处流血，她一动不动，仿佛已经化成了一尊石像。

"玉莲！玉莲！你醒醒啊！"他大声疾呼，无法控制的泪水像雨点似的落在玉莲惨白的脸上。

白玉莲慢慢地清醒过来。她微微睁开双眼，轻轻地喘着气，不一会儿，睁开双目，用力抬起手臂，勾住铁飞的脖子，怅然地说："铁飞哥，让俺再看你一眼……俺不行了……可惜咱们的孩子……还没有出世……"

铁飞悲痛欲绝，泣不成声地说："玉莲，你为我吃尽了苦，你要去了，我岂能独活？"

玉莲微微摇了下头，嘴唇颤抖起来，半响才喘息着说："铁飞哥……你要保重……"她的声音越来越微弱，目光渐渐暗下去……

铁飞浑身一震，眼望奄奄一息的爱妻，纵声大叫："玉莲，你不能死，你不能死啊！"突然喷出一口鲜血，抱着玉莲竟昏死过去。

那"千里雪"起初只顾贪吃那细密而油绿的草，等它把小石潭旁的草吃光了一片，才回到主人身边。它不安地围着主人旋转着，喷着响鼻，嗅着主人的脸，伸出舌头舔他脖颈上的血。见主人毫无反应，它仿佛意识到什么，惊愕地扬起头来，环顾群山，"咴咴"嘶叫起来……

"千里雪"萧萧哀鸣在山谷的回应之下，经久不息，一直传入半山腰的一座观音庵中。

这座观音庵很小，隐在一片松林里。从前也许香火旺盛，现在却冷落了。正中供着观音的塑像，那面孔既美丽又庄严，但身上的彩绘大部脱落，手臂也断了一只，供桌缺了一条腿，用半截松木支撑着。铜香炉里燃着一炷香，没有烛台，代替它的是两块有凹坑的石头，上面插着燃过的蜡烛棍。一个细脖的瓷瓶里，插着一枝山茶花，放在供桌的正中，算是破庵中的唯一点缀。月光从塌毁的一角的庙顶上斜射进来，照在打坐在蒲团上的一位尼姑身上，那尼姑身边卧着一只梅花鹿。显然，在这荒庵之中，除了她和它，再没有第三者了。

萧萧的战马嘶鸣，使尼姑和梅花鹿都不安起来，尼姑拍了一下鹿角，站起身来。她从禅床上拿起一把短剑和一支匣枪，插在黄丝腰带上。她走出庙门，循声下山，步履如飞，那只梅花鹿也紧跟在后面。

"千里雪"见有人来了，便奔过去，叼住尼姑的衣袖，引领到银杏树下。尼姑见一男一女相抱躺在树下，不禁"呀"的一声，奔上前去，发觉两人尚有一丝呼吸，急忙扳开他俩相抱的手臂。

玉莲醒转过来，见一尼姑抱着自己，惊问："你……你是谁？"

尼姑喜道："玉莲姐，俺是红莲女呀！"

"红莲女？"玉莲望着她那身打扮，充满迷惑，"你这是……"见红莲女两手不停替她包扎伤口，叹息了一声，说道，"好妹妹，不要再费心了，俺不行了。只求你设法救活铁飞，他，他……"

她的声音弱下去，闭上眼睛，像一朵凋谢的睡莲花，静悄悄地安息了。

红莲女禁不住放声大哭。当下用剑挖了个坑，将玉莲掩埋了。又捡起刀、剑系在马鞍上，然后伏下身去将铁飞背起，回到观音庵，将铁飞放在禅床上，点起松明，仔细察看铁飞的伤势。她烧了一锅开水，化好盐水，为他洗净了伤口上的血污，用香灰敷在伤口上，止住血，撕了一些布条包扎好。一切做完了，见铁飞仍不醒，显然因流血过多，单凭包扎一下是无法救活的。红莲女急得团团转，不知如何是好。她见梅花鹿用嘴轻轻抚摩着躺在禅床上的铁飞，她的眼睛一亮，急忙抽出腰中的那把断魂剑，却又犹豫了。几个月前，她从狼嘴里把它救下来，在这观音庵中，她和它朝夕相伴，她怎么忍心下手？！那鹿儿好像明白主人的难处，毫不畏怯地靠了过来，用头抵着她握剑的手。她抚摸着鹿角，含着泪说："鹿儿，俺对不起你，为了救他一命，只好狠心让你流点血了。"

她咬咬牙，用剑在鹿唇上划开一道血口，血立刻流下来。她一手牵着鹿头，一手掰开铁飞的嘴，让鹿血流进铁飞的口中。

那鹿血乃是补血补气的珍品，对刀伤之人有起死回生之妙。铁飞得到了鹿血的滋补，不一会儿，身体渐渐转暖，心脏恢复了跳动，慢慢苏醒过来。

四

铁飞睁开眼，见一位年轻美貌的尼姑坐在自己身边。她头戴青缎子佛巾，身穿藕荷色的僧衣，腰系黄丝带，杏红脸儿，面如桃花，眼似秋水，香腮挂泪，樱口微开。他恍惚之中疑是引渡他的仙姑，环顾左右却不见白玉莲，心中一急，顿时又昏迷过去。红莲女见他又昏死过去，一时束手无策，不禁抱头大哭，眼泪一点一点滴在铁飞脸上。

铁飞躺了一会儿，神智渐清，以为天上落雨，微微睁开眼睛。红莲女见他醒转，心中大喜，忽见自己眼泪落在他嘴角边，忙掏出手帕，给他擦去："你好些了吗？"

铁飞哼了一声："是你救了我？"他左右看了看，问，"她呢？"

红莲女眼圈红红地说："俺怕你见了难过，把她安葬在银杏树下了。"

铁飞听了，挣扎着爬将起来，摇摇晃晃奔出庵去，扑通跪倒在门前，伸出双臂，向着群山呼叫："玉莲啊！你不能死！"他向着苍茫的夜空，捶胸呐喊，"玉莲啊！我对不起你呀——"

铁飞声泪俱下，群山回应，夜空激荡。红莲女默默地跟随在铁飞身后。她深知如今即使千言万语也难慰平铁飞心中的创伤，不如让他哭个痛快。不想铁飞越哭越悲，突然"哇"的一声，喷出一口鲜血，倒在地上，竟又昏死过去。

红莲女慌了手脚，连忙将铁飞抱进庵内，又是捶背又是揉胸，手忙脚乱，折腾了半晌，还不见铁飞醒转，便伏在禅床上哭了起来。哭了一会儿，猛然想起他是伤心过度，哭闭了气。她曾见人口对口帮助吸气，便能使病人醒转。心想："俺何不试上一试？"想到这里，她抹了抹眼泪，抱住铁飞，伏下身去，嘴唇刚要触到铁飞的嘴上，不禁立刻缩回，只羞得满脸发烧，直红到耳根，心里怦怦乱跳。红莲女虽是个性情泼辣不拘小节的江湖女子，但毕竟是个守身如玉的姑娘，初次与一个男子接吻，如何不面红心跳？她呆了半响，终于鼓足勇气，口对口帮他呼吸。

铁飞在昏迷之中，似乎遇见了妻子，将他抱在怀里，在他嘴上轻吻。突然一惊，醒觉过来，灯光之下，只见抱着他的不是妻子，竟是那尼姑，忙用力挣扎。

红莲女柔声道："你不要动，好好地躺着。"铁飞是个堂堂正正的男子，怎容她如此"轻薄"，一时发怒，反手重重地在她脸上打了一掌，挣脱她的怀抱，滚在一边。

红莲女一时又羞又怒，迸出两行清泪……正在这时，一石飞至，红莲女吃了一惊，急忙捡起"断魂剑"纵身跃出门外，大声喝问："是谁？"

第十六章

荒山野店

一

红莲女跃出门外，见月光之下立着一人，怒喝一声，挺剑便刺。

那人往后一跃，避开剑锋，大声疾呼："住手！"

红莲女一剑刺空，心中恼火，急扑上去，又是一剑。那人侧身闪过，就势闪电般拿住红莲女的右手腕，用力一扭，喝道："撒手！"

红莲女大吃一惊，急挥左拳向那人面门击去，俩人近在咫尺，红莲女见那人白须飘然，左拳急停，惊叫了起来："云鹤大爷！"

二人进得庵来，见铁飞昏昏沉沉躺在地上，满脸通红，白云鹤在他额角上一摸，烧得烫手。急忙诊了脉，将他身上的布条解下，见伤口已经发炎化脓，连忙挤出脓血，从衣袋里取出药膏敷在伤口上，重新包扎好。

红莲女在一旁看着，轻声问道："怎样？"

白云鹤忧虑地摇了摇头，说道："他现在气血甚亏，虚火上冲。"

红莲女道："那快想法子给他治治吧。"

白云鹤说："我去镇上买药，没药也是枉然。"

红莲女道："您老腿脚慢，还是俺去吧。"

白云鹤问："有纸笔吗？我开个方子，你去买药也可。"

这荒山破庵，哪来纸笔？红莲女皱起眉头，无计可施。白云鹤说："还是我去吧，我腿脚虽是慢，却不引人注意，办事更稳当。你好好守在这里。"

"不中！不中！他要是病情再恶化，俺可怎么办？"

"你烧点开水给他喝，一时半刻不要紧。"

白云鹤去了。红莲女端一碗开水来到铁飞身边，正好铁飞醒来，红莲女心里虽是高兴，脸上却是冷冰冰的，叫道："起来！喝水。"

铁飞忙挣扎着坐起,疼得满头大汗,伸手端水要喝,手上却无力,不住颤抖。红莲女看不下去,将碗接过,放在他嘴边。铁飞道"多谢"。

红莲女白了他一眼:"哼,谁要你谢?"

铁飞说:"都是我不好,你心里要还有气,就还一掌好了。"

红莲女一听心里火气顿消,嘴上却不肯让人:"哼!还你一掌,太便宜了你。等你伤好了,再找你算账。"

铁飞想她为救护自己吃苦受累,又受了委屈,心里很是过意不去,想说几句感谢的话,又恐受她抢白,一时默然无语。

红莲女见他只顾望着自己发呆,以为他神智又糊涂了,怜惜之情油然而生,连忙又舀了一碗开水,扶他喝下。又拿来湿毛巾轻轻地替他擦去脸上的血污。她坐在他身边,轻声问道:"怎么样?好些了吗?"

铁飞见她声容笑貌与玉莲一般无二,不禁一阵心酸,眼中又落下泪来。

红莲女见此,故意用冷言相激:"人家都说王铁飞是顶天立地的英雄好汉,却原来徒有虚名。"

王铁飞顿时收泪,道:"此话怎讲?"

红莲女冷笑道:"真正的英雄好汉,生当为国出力,建功立业;死当马革裹尸,为国捐躯,岂能为儿女私情所累!"铁飞脸上一红,低头不语。

红莲女又道:"你在战场上称得上英雄好汉,可是一旦失去了爱妻,便只会哭哭啼啼,把国恨家仇全抛于脑后!不要说有负于众望,就连你的妻子,你也对她不起。她要是九泉有知,定会责备你!"

一番话说得王铁飞又羞又愧。他一咬牙,坐起身来,向红莲女道:"惭愧,我一个男子汉,还不如一个出家人有胆有识。"

红莲女听了顿时一愣,随即大笑着说:"你还当俺真是尼姑。"她除去头巾,脱掉僧衣,露出女儿装,向铁飞睇了一眼,笑道,"你看俺是谁?"

"红莲女!"铁飞惊奇地瞪大了双眼。定睛看时,面前的这个红莲女与过去那个却又大不相同。她不施粉朱,衣着朴素,举止大方,比过去那个浓装艳抹、风流轻狂的女子更加美丽动人。

铁飞叹息道:"没想到红妹会跑到这里出家当了尼姑。"

红莲女柳眉一颦,寒下脸来,说出别后的经历。

原来除夕那天夜里,红莲女随夜的黑回到微山岛,夜的黑置酒向她赔礼,殷勤相劝,却在暗中下了蒙药。红莲女自小混迹绿林,闯荡江湖,这种勾当如何瞒得过她。她佯装醉倒,伏桌大睡。夜的黑见已得手,心中大喜,竟不顾月下白在场,将红莲女强抱入怀。月下白上前阻拦,劝道:"大哥,你若真心喜爱二姐,就该明媒正娶,堂堂正正拜天地,且不可胡来。二姐性情刚烈,一旦醒来,定会与你翻脸。"

夜的黑怒道:"狗咬耗子——你少管闲事!"

月下白火气上涌,抓住夜的黑胳膊说道:"咱们三人是结义兄妹,你这般胡来,俺怎能不问?!"

夜的黑大怒,一反掌将月下白打翻在地。

就在这时,红莲女猛然跃起,"啪"的一掌打在夜的黑的脸上。夜的黑被打得眼冒金花,顺嘴流血。红莲女拔出断魂剑,指划着夜的黑的肚皮,高声骂道:"你不是人,你是两脚的畜生!若不是看在过去交情的面上,俺一剑戳你个透明窟窿!"她挥剑割下衣襟一角,扔到夜的黑面前,"俺与你割袍断义了!从此以后,各不相干!"夜的黑又羞又恨,却不敢动。

月下白双膝跪倒在红莲女面前,哭道:"二姐,看在小弟的面上,你就原谅大哥一次吧。"

红莲女将月下白扶起,说道:"傻三弟,你还护着他?他心术不正,俺劝你也远走高飞,且莫毁了自己的前程!"说罢,红莲女挥剑而去。从此红莲女便离开了微山岛,隐名埋姓,来到这野马山玉泉峰观音庵中做了尼姑。

王铁飞听了,顿时对红莲女感激之中又加了一分敬重。他沉思片刻,说:"这玉泉峰的确是个好地方,但你一个女儿家,孤身一人怎能在此长住?"

红莲女抚摸着鹿背,无限惆怅地说:"俺无亲无故,不求有什么功德,但愿在这个清静的地方了却残生。"

铁飞叹道:"国家遭难,生灵涂炭,哪有清静的地方?红妹素有丈夫之风,堪称女中豪杰,又岂能在国家安危之时,躲进深山,袖手旁观?"

红莲女冷笑道:"说什么女中豪杰,俺在你眼里不过是个湖匪女贼,可杀不可留的乱世魔王!"

铁飞诚恳道:"我过去对你有偏见,可现在看清了,你是一块埋在泥沙中的金子！"

红莲女撇嘴道："谁爱听你奉承！"话虽这么说，听他赞扬自己，心里着实高兴。

铁飞说："红妹身怀绝技，又有报国之志，为何不参加我们游击队？"

红莲女道："俺这人自由自在惯了，最讨厌受人约束。"

铁飞沉吟半晌说："孤雁难飞，只掌难鸣，你独居荒山，远离人世，空有一腔热血，壮志难酬。"

红莲女见铁飞一片至诚，并无半点虚情假意，心中甚为欢喜，忙道："小妹不才，既蒙哥哥看重，敢不从命？愿听哥哥吩咐。"

铁飞大喜，握住红莲女的手说："我代表游击队欢迎你。"

白云鹤提着药满头大汗赶回来了。他见铁飞病势有好转，心中大喜，忙对红莲女说："红莲，快去煎药。"

铁飞吃下药后便躺在禅床上休息。白云鹤见铁飞睡着了，站起身来，对红莲女说："铁飞的伤势不要紧了，我得赶回南壮去，那里还有许多伤员等着我医治。你守在这里，不要乱走动。外面的风声很紧，敌人正悬赏一万元到处捉拿铁飞。"

"你放心走吧，只要有俺在，敌人休想动铁飞哥一根汗毛。"

白云鹤匆匆去了。红莲女见铁飞还在熟睡，便轻手轻脚提了个小罐，奔到山前的小溪边，将手洗净了，俯身一看自己水中的倒影，只见自己头发蓬松，脸上又是血渍又是灰尘，简直不成人样，于是映照溪水，洗净了脸，十指当梳，将头发梳好编了辫子，又灌满了水罐，提回庵中，生火做饭。

铁飞一觉醒来，见天已过午，摸摸身上出了一身大汗，烧已退了，活动一下身子，伤疼也减轻了许多。心想岳父医道高明，果然药到病除。

红莲女端来饭菜，见他居然坐起身来，喜道："好些了吗？"

"太好了！"铁飞见她端来饭菜，顿时感到饥肠乱滚。红莲女将一盘油饼、一罐小米饭、四碟山果野菜放在禅床上，虽无荤腥，却有清香扑鼻。

红莲女笑道："荒山破庵没有什么好吃的，等天黑下来，俺再下山去，给你弄点肉来，滋补滋补。"

夜晚红莲女到山下村子里弄来了几斤熟牛肉，还提来一壶酒。

二

铁飞的伤势虽重，但都是外伤，又未伤及要害，连吃了三服药，又过了两天，就能够下床走动。白云鹤一去无消息，铁飞心里焦急，坚持要回南壮。红莲女再三劝说不下，只得依他。

红莲女割了些青草放在梅花鹿面前，牵着"千里雪"，扶着铁飞来到小石潭边银杏树下，折了些松枝，采了些山花，放在白玉莲坟前。红莲女怕铁飞伤心过度，不断地催促铁飞快些上马赶路。

铁飞抹去泪水，定了定神，说："你骑马，我脚上没伤，走路不碍。"

红莲女说："你爽爽快快骑上去。别累得伤口复发，又要俺来侍候。"

铁飞只得上马。两人出得峡谷，面对夕阳拣小路走。山区不像湖边人烟稠密，两人走了半天，又饥又累，好容易才望见一处村庄，遇到一家客店。

进得房来，铁飞立即把门带上，轻声说："刚才见到侯七那帮坏蛋了吗？"

红莲女惊道："什么？"

铁飞说："刚才我瞥见一眼，认不真切，我怕他们瞧见咱们，所以赶快进屋，待会儿去探一探。"

店伙计进来泡茶，铁飞问道："戚城保安队的几位长官也住在这里？"

店伙计说："是呀，他们抓了一个白胡子老头，拷问王铁飞的下落。"

红莲女一听大惊，急往腰里摸枪。铁飞连向她使个眼色，待店伙计出去，红莲女拔枪在手，说道："怕是大爷叫这些小子抓住啦，俺去看看。"

铁飞忙道："别忙，他们人多，又不好动枪，咱们商量个办法。"

这时店伙计送来饭，两人吃了饭，铁飞把碗一推，伏桌假寐，红莲女实在按捺不住了，拔出枪，说道："走吧。"

铁飞不答，贴门听了听没有什么动静，便操起紫金刀，向红莲女招招手，低声说："不到万不得已，不要动枪。"然后开窗跳出。

红莲女把枪插回腰里，拔出断魂剑，跟在铁飞身后。两人绕到侯七一伙住的上房门外，只见房中透出灯火。铁飞往窗缝里望望，果见白云鹤双

201

手被缚在背后，坐在地上，侯七等人和衣倒在床上，呼呼大睡。王铁飞将紫金刀伸进窗缝，撬开了窗，跳进房中。红莲女跟着跳进，见白云鹤遍体鳞伤，忙割断绳索。

铁飞将侯七提起，叫道："玉莲，我给你报仇来了！"挥刀砍去，侯七登时人头落地。此人一生为非做歹，今日终于命丧铁飞之手。

红莲女挺剑便杀其他六怪，两剑结果了赵四、钱五。

这时其他四人已经惊醒，见此光景，吓得魂飞魄散，磕头求饶。红莲女厉声喝道："都滚起来，举起双手，面墙站着，姑奶奶不发话哪个敢动一动，叫他吃俺一剑！"四人乖乖地举起手面壁而立，八条腿直打战。

原来白云鹤离开观音庵，走出不过十余里，正碰上侯七一伙。白云鹤是戚城一带的名医，人人认得他。他想要躲避，已经晚了。只好冲上去拼命，无奈寡不敌众，被侯七一伙捉住，押往客店，被拷打逼问铁飞、玉莲的下落，白云鹤闭口不言，只是等死。哪知铁飞、红莲女竟会忽然到来。当下三人又另外寻了两匹马，各自骑了，奔驰而去。

三

傍晚，三人来到一处村庄，寻了个农家住下。睡前正谈着回去后的打算，白云鹤突然看到红莲女腕上戴着一串珠子，颗颗精圆，镌刻着并蒂莲花，更衬得她皓腕似玉。白云鹤目不转睛盯住它，眼里射出惊异的光，问道："孩子，这玛瑙手镯是哪来的？"

红莲女说道："你问这个干啥？"

白云鹤望着红莲女，神情甚为激动，雪白的胡须都颤抖起来："这可是你母亲留给你的？"

"是啊。"红莲女见白云鹤神色异常，心中奇怪。

"你母亲可是红小玉？"

"咦！你怎么知道？"这回轮到红莲女惊讶了。

白云鹤却不回答，从怀中取出一只玛瑙手镯，放在红莲女手中。红莲女看了又看，见也是八颗玛瑙圆珠，上面一样镂刻着并蒂莲花，和自己的那只刚好是一副。心想："这是母亲留给俺生父的信物，怎么会落到他手里？"

她瞪大了一双杏眼，上下打量着白云鹤。白云鹤忍不住流下泪来："我就是你的爹呀！"

红莲女半信半疑，喃喃地说道："这怎么可能？"

"孩子，你听我说——"白云鹤老泪纵横，讲二十年前的一段往事。

南国中秋，一轮皓月，将近中天。这时分，西湖上游船已快散尽，一对夫妇抱着一双甜睡的女儿，游兴未了，轻荡画舫，笑语连声。就在这时，一只乌篷船靠近了画舫。烛光摇曳，微风过处，一条黑影，蓦地扑入画舫。

跳进来的是个风流俊雅的青年，在烛光摇曳之中可隐隐看见他的眼角眉梢含着一股轻浮之气。那人向这对夫妇躬身施礼道："云鹤兄，艳福不浅，四十有零又娶一位美貌佳人，生下这一双如花似玉的孪生姐妹，哈哈！"

白云鹤吃了一惊，急将爱妻挡在身后，厉声喝问："什么人？"

"哈哈，云鹤兄莫非忘了？三年前，我在这湖上被人追捕，中弹落水，多亏你相救，才幸免一死。今夜特来相谢。"说着，拿出一串珍珠项链放在白云鹤面前，"这点薄礼不成敬意，请恩公赏脸收下。"

白云鹤猛然想起，三年前确实救过他一命。此人名叫玉面花郎刘仁凤，是苏杭一带有名的江洋大盗。当下便道："救死扶伤，原是我郎中的本分，先生何必厚礼相谢。"

刘仁凤道："这珍珠项链，价值千金，世间稀有，是我冒着天大的风险，才将它盗来。尊夫人若戴上它，美艳更添几分。"

白云鹤听他言语轻浮，心中恼怒，冷言道："这般贵重之物你自己留着吧，夫人佩戴不起。"

刘仁凤嘿嘿一阵狂笑："尊夫人红小玉是杭州城里有名的歌妓，才貌双绝，芳名远播。你如何说她佩戴不起？依小弟看来，是你这江湖郎中配不上她！使她明珠投暗，可惜可叹！小弟不才，颇有些积蓄，论年龄相貌，小弟与尊夫人正是天生一对。小弟久慕小玉的芳名，朝思暮想，寝食难安。云鹤兄若能体恤小弟，爱惜小玉，便成全我们，云鹤兄的大恩大德，小弟铭心镂骨，终生不忘！"

好一个人面兽心忘恩负义的家伙！白云鹤听了，顿时气得浑身发抖，猛扑上去，要将他撕个粉碎。刘仁凤左闪右躲，让过三招，突然飞起一脚将白云鹤踢倒，"唰"的一声，抽出腰间的利剑。

红小玉见了，惊叫一声，放下一双女儿，扑倒在白云鹤身上，怒视着刘仁凤骂道："狼心狗肺的东西，要杀，你先杀死我！"

刘仁凤还剑入鞘，哈哈大笑着说："若要我留他性命，除非你乖乖地跟我走。"说罢，把手一招，立时七八个如狼似虎的强盗跳上画舫，一起扑向白云鹤夫妇。

白云鹤跳起来与敌人拼命，怎奈寡不敌众，被刘仁凤一掌击昏。等他醒来，只见那好心的船家抱着小女白玉莲守在他身边。船家把一只玛瑙手镯交给他，说是夫人留下的，要他好生照看女儿，日后也许还有再见之日。

这玛瑙手镯原是白云鹤送给红小玉的定情之物。见物生悲，白云鹤痛不欲生，但看到不满两周岁的女儿，只好忍痛收泪。为防不测，便带着女儿来到微山湖，一晃就是二十年。

白云鹤诉说完往事，泣不成声地说："孩子，你的本名叫红玉莲，白玉莲是你的亲姐啊！"

红莲女如梦方醒，心想，难怪俺与玉莲姐长得一般无二，原来是孪生姐妹。顿时扑到白云鹤怀里，叫了声"爹爹！"便放声大哭。

白云鹤连忙道："孩子不要哭，快告诉我你娘现在哪里，她可还好？"

红莲女强忍着悲痛说："十年前她便去世了。在她临终时，把俺叫到跟前，把这只玛瑙手镯交给俺，叫俺长大了去寻找生父，杀了刘仁凤报仇雪恨。后来俺在江湖结识了夜的黑，求他相助，杀了刘仁凤。才报了这血海深仇。只是一直未能寻到您老人家和玉莲姐。"

白云鹤听了，说道："总算老天有眼，恶有恶报。你母亲九泉之下可以瞑目了。可叹的是我们一家再也不能团聚。"说着又流下泪来。

铁飞在一旁劝道："今日你们父女能够相聚，也算是不幸中的万幸了。事已如此，大爷不必再难过。"

白云鹤抹去泪水道："说得倒也是。"

第十七章

渔火悲歌

一

铁飞三人纵马直奔南壮，看着南壮将近，忽然从路旁高粱地里蹿出三个人来。铁飞定睛一看，原来是毛二旦和队员虎娃、黑豹。铁飞跳下马来，刚要喊叫，毛二旦连忙向他摇手，示意不要说话。他把缰绳接过，把马牵进了高粱地。铁飞心里纳闷儿，跟在后面，低声问道："你搞什么名堂？"

毛二旦边走边道："敌人悬赏一万元捉拿你，你还大模大样在大道上走，要是叫敌人碰上还有命吗？"

铁飞笑道："现在我的伤已经大好，碰不上我，算他便宜；碰上了，让他吃不了兜着！你领我上哪里去？"

"敌人到处抓不着你，便在南壮附近各个路口设下埋伏。为防敌人暗算，同志们和乡亲们都移到白鹭岛去了。咱从这里斜插到葫芦头去，再从那里乘船去白鹭岛。"

他见铁飞身后立着白云鹤和一个白衣女子，赶紧上前问候："嫂子回来了，你的伤势好了？"

那白衣女子面色一红，嗔怪道："哪个是你嫂嫂？"

铁飞连忙上前说道："这是红莲妹妹，玉莲她……她已经牺牲了……"

毛二旦扑上前来，抓住铁飞的手叫道："嫂嫂她，她当真牺牲了？"

白云鹤抑制住悲伤，安慰道："莲儿已死，大家不必过于悲伤，赶紧回白鹭岛吧。"

一行人来到湖岸边，把马交给守候在那里的张三大爷看管，撑船直奔白鹭岛。队员和乡亲们见铁飞安全归来，无不欢喜。

这时，一位白发苍苍的老大娘挤进来，抓住铁飞的手，哭叫着说："好孩子，俺求求你，快救救你荷花妹子吧，可怜俺一辈子守寡，就留下这么一个女儿呀！……"

铁飞急忙扶起老人，问："李大娘，荷花妹子她怎么啦？"

李大娘刚要开口，九菱大爷怒气冲冲地向她吼道："你哭叫什么？铁飞刚刚从虎口逃出命来，你又想把他往狼窝里推呀？"

李大娘顿时把话打住，闭口不说，只是低声哭泣。铁飞见此情景，不由一怔，想起路上毛二旦对自己说过的话，心里顿时明白了。他环顾四周，声音低沉地说："小野想消灭游击队，这是痴心妄想！我们一定要向日寇讨还血债，救出被抓去的姐妹！"

毛二旦性急地说："铁飞哥，快拿个主意吧！"

铁飞耸起燕眉，问："现在她们关押在哪里？"

袁振国说："我已探听清楚，姐妹们都被关押在戚城天主教堂地下室。"

戚城传出顺口溜：

天主教堂似魔窟，活人进去死人出，
良家女子被抓去，十有八九变白骨，
后花园里添新坟，楼亭夜夜闻鬼哭。

日军占领戚城那天，上千群众受了神父海登的欺骗，躲进教堂，惨遭杀戮。妇女则更惨，都是先奸后杀，从此这教堂便成了残杀百姓、蹂躏妇女的魔窟。这教堂占地近百亩，前院建筑着一座富丽堂皇的大教堂，两侧是钟楼和圆顶的住室。后院是一个规模颇大的花园，园中楼阁亭榭、曲径回廊，小野等夜夜在这里寻欢作乐。被抓来的妇女，凡是不从的或是玩够了的，统统都丢到铁笼里，让狼狗撕咬吃掉。剩下的白骨，埋在后花园中。

这时被掳去亲人的家属都哭叫起来。

石大海道："以我们现有的兵力深入虎穴，怕是不行。闹不好，不但救不出众姐妹，反会把老本儿赔进去。还是等银飞搬兵回来，义勇军一到，咱们立即去营救她们。"

铁飞沉思良久，抬起头望着众人说道："救人如救火，我们不能消极等待，我有办法了！"

众人急问："有什么办法？"

铁飞正要回答，只见一只小船向白鹭岛飞驶而来，船未靠岸，从上面跳下一人，急奔过来，众人见是去打探情况的张泥鳅回来了，忙迎上前打听："姐妹们现在怎样了？"

泥鳅又气又急地说："小野抓不到铁飞哥，狗急跳墙，杀了荷花姐和水红姐，把尸体抛在教堂门口示众，扬言明日午时，南壮不将铁飞哥的人头送上，就杀了下余十六位姐妹。"

李大娘一声尖叫，顿时昏了过去，水红的母亲也放声大哭。乡亲们都惊得目瞪口呆，游击队员都愤怒地吼叫起来，纷纷要求杀进戚城去！

毛二旦咆哮如雷："操他奶奶的，老子和他们拼了，铁飞哥，你快拿主意吧，救人要紧！"

铁飞虎目圆睁，激愤地说道："戚城就是龙潭虎穴，我们也要闯上一闯！今晚咱们召集个公祭大会，借此机会，可以激发人民群众的抗日情绪。"

石大海说："俺马上派人去召集微湖四帮渔民。"

铁飞又说："另外，我们可以请张杰、高凯带西张洼自卫团前来助战。丁文，就请你辛苦一趟。"

铁飞又把目光转向毛二旦、黄大水，道："毛二旦你安排好岗哨，密切注意敌人的动向，严密封锁消息。黄大水你组织人布置会场，准备船只。"

袁振国急道："铁飞，大家都分派了任务，寡人干什么？"

"你别着急。"铁飞附在他耳边低声吩咐道，"你速去戚城，设法弄清敌人的兵力部署，并通知郑杰，要他配合我们行动。"吩咐完事情，他又大声道，"时间紧迫，请大家立即分头行动，不可误了大事。"

众人听了，立刻散去。

二

入夜，一只只网船、舴艋、四笊、粮划、溜子……从四面八方向白鹭岛驶来，不多时，渔岛岸边聚满大小船只，渔火点点，桅帆如林，黑压压的人群挤满会场。他们有的扛着鸭枪，有的拿着鱼叉，有的提着斧子，有的空着手来，便在柴禾堆上或附近的树上弄根木棒树枝提在手里。光脊梁的男子汉，光腚的小娃子，光脚丫子的老娘们儿，穿着大布衫子的老太太，呼呼啦啦都拥进会场，汇成人群的海洋。

铁飞见此情景又惊又喜，望着石大海赞叹地说："你真行！不过半天的工夫，就动员这么多人。"

石大海气呼呼地说："不是俺有什么能耐，是鬼子把人们逼的。一听我们微湖大队要为乡亲们报仇雪恨，便都赶来了。"

会场点着三堆篝火，火焰烛天，像红色的战旗一样，在空中抖动着。大股黄褐色的烟柱，不住地盘旋上升，连天上的星星也吓得隐退了。火堆里的湿树枝吱吱作响。人们围列在篝火旁，面孔映着火光，显出古铜颜色。会场前面搭着灵台，上面点着香烛，香案前立着一杆大旗，上绣着"微湖游击大队"六个大字。按照渔家的风浴，两侧分立着金龙四大王旗和他们的神像。纸糊的八仙，这个背宝剑，那个持铁杖……人们肃然静立，像是暴风雨前的大海，默默地聚集着力量，等待着咆哮的时刻……

石大海高声宣布公祭、誓师大会开始，登时唢呐笙管齐奏，哀乐回荡，千首低垂，泪洒夜空。铁飞走到灵台前，将三杯酒浇奠了，念了祭文，倒身拜了三拜。接着死难烈士的家属都跪倒在灵前祷告了一番，烧化了金箔、银箔、纸钱。火光中灰蝶飞舞，香案上的大红蜡在默哀的人们面前流泪……

默哀毕，四个强壮的小伙子把一只活猪、一只活羊抬到供桌上，铁飞从黄大水手里接过烫好的酒，灌进猪羊的耳朵里，猪羊发出尖声哀叫，八面渔鼓立时敲响，唢呐笙管齐奏，铁飞领众人击鼓而歌。

歌罢，铁飞雷鸣般大吼一声："乡亲们，英雄流血不流泪！万恶的日本狗强盗，烧我村庄，毁我家园，杀我父兄，掳我姐妹，抢我财物，这血海深仇，我们能够不报吗？"

"要报仇！要报仇！"所有的人都举起手中的武器，会场上爆发出排山倒海般的吼声。

九菱老汉拉着小儿子奔过来，抓住铁飞的手说："俺把小龙交给你，顶替他牺牲的哥哥。"

"大爷，小龙兄弟还小……"

小龙挺起胸脯道："俺都十五岁了，什么重活都能干。"

铁飞说："这不是干活，是打仗！"

"俺不怕！"

"好，有种！收下你！"

白云鹤奔到队伍前面，激动地流着泪说："我人老了，心不老，我也要去杀敌！"

铁飞拔出宝刀，"唰"的一声砍去香案的一角，双手举刀，朝着烈士的牌位跪下去，队员和群众都一起跪倒，齐声宣誓，声震四野。

宣誓罢，铁飞立即将新老队长集合起来，整队编组，从老队员中挑选出三十三名组成突击队，由王铁飞、毛二旦带领，其余六十六名队员由石大海、黄大水带领，组成预备队。接着调配了武器弹药，宣布了战斗任务和纪律。这时忽听哨兵大声喊道："西张洼抗日自卫团来了！"

王铁飞、石大海、毛二旦等纷纷迎上前去，铁飞握住张杰的手说："请你们自卫团在戚城东门埋伏，若是我们突击队偷袭教堂失利，请你们立即夺取东门，牵制敌人。"

随后，十五只大小船只拔锚升篷，载着百十名战士飞离白鹭岛，向戚城进发……

石大海不时地向西边的湖面上张望，希望这时候银飞能带着义勇军及时赶到。他深知此去戚城，吉凶未卜，而救人急如星火，又不能不去。心中暗自埋怨："银飞啊银飞，你一向做事谨慎，为何这次误了大事？"

第十八章

湖西搬兵

一

那天夜晚，银飞别了石大海，撑着一只小溜子破浪急行。行至中途，忽然从附近湖汊的芦苇丛中传来两声惨厉的叫喊，静夜听来，令人毛骨悚然。

银飞停篙，侧耳细听，只听到一个女子的声音："救命啊，救命！"银飞吃了一惊，心想这湖上强盗甚多，定是他们在干伤天害理之事。本应去救援，一来势单力薄，二来有要事在身，十万火急，不能耽误。正要把船撑开，听那女子叫得更惨了："老爷，你们行行好，饶了我们吧！"又听得一个孩子哭叫："娘啊，娘！"当中还有另外一个女子的哭声。

银飞心下不忍，停下篙，又听到一个男子粗声喝道："你不肯，老子先杀了你的儿子。"在女子的惨叫与哀告声中，夹着几名歹徒的狂笑。

王银飞再也顾不得自己生死安危，用力一撑，小船窜进芦荡，果然见一只大船停泊在那里。

他见后梢无人，便在船舷上缩身向舱内张望，只见舱里的渔灯明晃晃的，五个湖匪按住两个女子，正要强奸。舱板上有几个男子的尸体，几只衣箱打开着，到处散满了衣物、票子。看情形显然是乘客误上了贼船，贼人夜中杀死乘客，谋财劫色。

银飞大怒，跳进舱去，"砰砰"两枪，将按住那女子的两名湖匪打翻，跟着向另一名湖匪开了枪。那湖匪胸部中弹，痛得大叫一声，猛扑上来，银飞连忙补射了两枪，那湖匪惨叫一声，倒在舱板上。就在这当儿，余下的两名湖匪向船头逃去，只听两声"扑通"，都跳下湖去。

银飞奔到船头寻找，见两边都是茂密的芦苇，又在黑夜之中，哪里找得着？他怕湖匪再来报复，急忙回舱拉起两个女子，说："快上岸逃命吧。"

一个女子吓得呆了，另一个女子道："俺姑嫂俩都不会使船，如何上岸逃命？"

银飞皱眉道："那快随我上小船。"银飞扶她俩上了他的小溜子，拿起竹篙刚要撑，突然小船左右一晃，翻了个底朝天，三人纷纷落水。银飞情知不妙，急要挣扎，已被人死死抱住，另一人照他头部猛地一击，银飞顿时昏了过去。

第二天清晨，银飞被一声尖利的惨叫惊醒，他极力睁开双眼，发觉自己被捆在桅杆上，脚边一裸体女子扑倒在甲板上，背后插着一把尖刀，鲜血直流到他的脚下。

这时，一个面带刀痕的悍匪走过来，从那女子背后拔出血淋淋的牛耳尖刀，将她身子翻转过来，看看已没了气，但他还是脱掉裉头、裤衩，露出黑乎乎的胸毛，像只黑熊般扑到那女尸身上，发泄兽欲……

这时，另一个女子想要跳水逃跑，刚奔到船舷就被揪住头发，拖了回来。一只眼的匪徒吼叫着："好哇，想跑吗？老子叫你吃点苦！"他把她的双手拧到背后，扯下她的腰带捆绑起来，又把她的衣服从肩上扯下来。那女子大哭大叫，先是苦苦哀求，后是咒骂，毫无用处，不一会儿就被剥光了衣服，推倒在地。

那女子拼命地哭叫挣扎，可是，哭喊声被无边的芦荡吞没了。

那独眼贼笑道："宝贝，你喊破了嗓子，也不会有人听到的，乖乖的，听话！"

银飞见昨夜被他救出的两个女子，又落入魔爪，一个惨遭杀害之后被奸，一个备受污辱，又被奸污，一时又气又急，忽然急中生智，高声大叫："快开枪，打死这两个畜牲！"

两个匪徒大吃一惊，急忙跳将起来，一个抓枪，一个摸刀。银飞又用粗嗓门喊道："四面围住！别叫两个贼跑了！"两个匪徒一时吓蒙了，听得喊叫，哪里辨得真假，慌忙跳水逃命。

银飞惊走了匪徒，见那女子仍旧发呆，连忙低声道："姑娘，快些过来，帮我割断绳索。"

那女子这才醒悟，也顾不得穿好衣服，从甲板上捡起一把鬼头刀，奔过来，割断绳索，随即挥刀向脖子抹去。

银飞大惊，急忙夺过刀来劝道："姑娘，你放宽心，快躲进舱里去，待我杀了两个坏蛋，再送你回家。"

那女子仍是呆立不动，银飞连拖带拉，把她推进船舱。

"好小子，你的口技不错，吓了老子一跳。"这时，那独眼贼一手扒着船舷，一手举着银飞的那支匣枪，瞄准银飞说，"把刀放下，举起手来，不然老子开枪打死你！"

银飞背靠着舱门，只得举起双手，望着那独眼贼爬上船，向他走来。同时听到侧后有人爬上船，迈着沉重的脚步向他走近，显然是那黑熊。银飞待那独眼走近，突然飞起一脚，踢中了独眼的手腕，他手里的枪飞了起来。接着一拳，正中独眼的下颌，独眼被打倒在甲板上。

忽听那女子叫道："小心后面！"银飞猛觉脑后生风，回身一个扫堂腿，踢向敌人。不想那黑熊力大身重，竟是踢他不动，鬼头刀却夹着风声直劈下来。他急忙躲闪，如何来得及，左臂早被砍着。他负痛就地一滚，刚刚跳起身来，黑熊、独眼已双双扑到，两柄鬼头刀迎面砍来。银飞手无寸铁，往后跃开，躲在桅杆之后，与二敌游斗。两人见砍他不着，便左右夹击。银飞两面受敌，避无可避，忽然纵身拔起，双手抱住桅杆。两柄刀呼啸而至，掠过他的脚下，砍在桅杆上。银飞见有机可乘，身子往下一滑，飞起鸳鸯连环腿，左脚正中独眼面门，独眼惨叫一声，跌下船去；右脚随上，向黑熊胸口踢去。"嘭"的一声，正中熊腹，居然没能将他踢倒。这是铁飞传授他的百无一失的绝技，但他气力不足，功夫欠佳，对付身材瘦小的独眼还能奏效，对付身高体胖、力大如牛的黑熊就不行了。

银飞心中一惊，急要收脚，已被黑熊右手抓住脚腕，用力一拽，左手一托，将银飞倒提了起来。

"好小子，你干得不错，昨夜打死俺三位盟兄，今日又伤了老五，现在该轮到你了。"说罢，猛喝一声，双手用力向甲板上打桩般砸去。银飞的头盖若撞在甲板上，焉能不碎？

银飞知道再难幸免，双眼一闭，只是等死。忽听得"砰！砰！"两声枪响，接着便是"嘭"的一声，他便失去了知觉。

不知过了多久，银飞醒来，吃力地睁开了双眼，眼前一片金花，他觉得额头上又凉又湿，他摸了一下，是一块湿毛巾。他的视觉渐渐恢复了，那女子正坐在他身边。

"天啊，你总算醒了。"

银飞侧过脸，发现自己躺在船舱里，便极力坐起来，问："姑娘，这是怎么回事？"

"别动。"那女子按住他的双肩，"你头还疼吗？"

"好多了。真没想到我还能活着。"

那女子笑了笑："你踢飞的那支枪，刚好落在船舱门口，我把它捡了起来……"她苍白的脸上泛起红晕，"我没有打过枪，没有杀过人，见那坏蛋把你倒提起来，朝甲板撞去，我心里一急，就开了枪。对了，我叫琼花。"

她把枪拿出来交给银飞。银飞转头向舱外望去，见那强壮的黑熊躺在甲板上。他转过脸来问："那独眼贼呢？"

"大概吓跑了吧。"

王银飞忽然想到自己的任务还没有完成，感到不安，立刻爬起身来，说道："咱们快些走吧。"

话刚落音，银飞就听到舱门外有响动，侧身一看，独眼和四个身材粗壮的人冲了进来，乌黑的枪口对准银飞和琼花，接着便把他俩拧起来，用绳子紧紧捆住。

一个满腮浓须、身形彪悍的家伙命令说："把船开到十八滩。"

船在行进，大胡子转过脸看着两个"俘虏"，吸着烟问："你叫什么？"

"王银飞。"

"噢！王铁飞是你什么人？"

"我大哥。"

独眼贼暴跳如雷，道："郝舵主[1]，别多问了，俺要他为四位盟兄抵命！"

大胡子喝道："混账！你瞎五还想管俺郝天刚吗？你们不讲义气，背着俺偷吃独食，死了活该！"

---

[1] 舵主：湖匪头领，或称舵主，或称管家。

215

瞎五吓得再也不敢多言，低头退下。郝天刚走近银飞说："很好，像个男子汉。告诉俺，王铁飞现在哪里？"

银飞冷笑道："你想领取那一万元赏钱吗？"

"混蛋！"郝天刚吼道，"快回答俺的问话！"

银飞闭口不语。郝天刚用烟蒂朝银飞的眼睛戳去，银飞一侧头，那烟蒂戳在了他的鬓角上，灼烈的疼痛使他浑身一抖，他咬紧了牙。郝天刚扬起巴掌，狠命地在银飞脸上打着，银飞嘴里喷出一口血，头垂了下去。

瞎五问："郝舵主想怎样打发他们？"

"按老规矩办，给南壮开条子，叫王铁飞亲自拿一万元到十八滩赎他弟弟。五日之内不来赎，撕票！"

瞎五又问："那女的如何处置？"

"嘿嘿，那大妮模样不错，俺明日要去湖西沛县面见冯旅长，拿她做见面礼。"

"舵主，你不想尝尝鲜吗？那大妮还是个雏儿。"瞎五讨好地说。

郝天刚瞪眼，道："冯旅长瞧得起俺，许俺当团长，俺岂能送他个破烂货？"

夜深了，船在十八滩停泊，匪徒们在大舱里喝酒吃饭，一阵阵诱人的香味飘进暗舱。过了一会儿，暗舱口打开，一个人送下饭菜，又给银飞和琼花解开手中绳索，说了声："吃吧。"便走了，又将暗舱口盖上。

从板缝里射下来一线微弱的灯光。银飞活动一下酸麻的双臂，盘腿坐下，见琼花站着不动，便说："你吃点东西吧。"

琼花摇摇头。

银飞吃了几口，问起琼花的身世。

原来琼花的父亲曾任过北洋军阀政府高级官员，下野后在北平，日军占领北平，拉他出来组织伪政权，被严词拒绝。日本人恼羞成怒，派特务深夜潜入他家，将其杀害，又放火烧房，消灭罪证。琼花的母亲被活活烧死。琼花和嫂嫂、侄儿逃了出来。到老家沛县寻找参加抗日义勇军的哥哥。行至微山湖戚城渡口，便上了这只船，不想是只贼船。

银飞问："你哥哥叫什么名字？"

琼花道:"他叫金石开,原是北平大学的学生,参加了民族抗日先锋队,被分派到老家沛县一带的抗日义勇军。"

银飞道:"我们要想办法活着逃出匪窟,去找你哥哥。"

二

天明,船向湖西行进,快到港口了,郝天刚站在船头上向港口眺望,港湾里,可以看得见停泊着的船只,码头上冷冷清清,看不见几个活动着的人。这时,有一只双桅大船离开港湾,迎面驶来,船上有人挥着手臂。

"舵主,你看——"瞎五说,"好像是接我们的,招手的那人穿着灰色的军装,他身后还有几个拿枪的。"

郝天刚看那船有五丈多长,一丈多宽,有两层船舱,船体吃水线以上包着铁皮,船头和船尾都装着钢板,这是一只双桅大网船改造的战船。郝天刚立刻叫道:"不对!快转舵,这是抗日义勇军的钢板船!"

"喂,请等一下!"钢板船上有人喊道。

船头已经掉转过去,郝天刚低声命令:"不要理他,快走!"他拔出匣枪,跑到船尾,注意观察着钢板船上的反应。他手下几个人一齐打起桨。

"快停下!你们逃不掉!"钢板船全速追来,同时有几个人拉响了枪栓。

郝天刚抢先开了一枪,对方立刻还击。双方相距五十余米,展开对射。郝天刚一边打枪,一边命令手下人把船往湖汊里开。湖汊航道窄,水浅,钢板船进不去。不想贼船进湖汊不过十米,便往水中沉去。

郝天刚对舵手吼道:"妈的,活见鬼,怎么回事?"

舵手看了一下,惊叫起来:"舵主,不好,船舱进水了!"

众匪徒大惊失色,瞎五跳起来说:"准是银飞那臭小子捣鬼,舵主,俺去结果了他。"他端着枪往船舱冲去,突然几声枪响,瞎五倒下去。

"都举起手来,缴枪不杀!"钢板船上有人大声命令。

郝天刚抬头看时,见钢板船离他们只有二十米了,船头上,穿灰色军装的青年身边,站着两个端冲锋枪的人,枪口正对着他和几个手下人。

"朋友，别误会，俺是郝胡子，郝天刚！"

"不错，我找的就是你！"那人笑着说，"两天来，我们一直寻找你们这条船，总算没有白费工夫。"

郝天刚突然一闪身，跳下水去。正在这时，枪响了，郝天刚只觉得胳臂一麻，一头扎下水里，双腿用力一蹬，钻进了芦苇丛中。冲锋枪扫射过来，打得芦苇哗哗作响。剩下的三个匪徒乖乖地举起双手。

这时银飞和琼花从灌满水的船舱里走了出来。琼花一看到那穿军装的青年，喊了声"哥哥！"便扑了上去，无力地伏在了他的肩上，哭了起来。

"妹妹，不要哭了，"那青年眼含着泪说，"都怪我接你们晚去了一步。"

"嫂嫂和侄儿他们……"

"我知道了，"那青年沉痛地说，"我去了出事地点，找到了他们的尸体。"

"哥哥，我能活着见到你，多亏这位……"琼花转过身，望着王银飞介绍说，"这就是我的哥哥金石开。"

金石开走过来握住银飞的手说："谢谢你！"

银飞接着将敌人血洗南壮的情形和他来湖西搬兵的事讲了。

"我立刻带你去见张司令。"金石开爽快地说，"请到船舱坐吧，咱们好好谈谈。"

三

义勇军司令部设在一所地主的四合院里。张光华背着双手在堂屋里来回地走着，两道浓密的剑眉紧锁着，两只因过度操劳而布满红丝的眼睛，却显得格外有神。他的部下只要看到那张面孔，便有一种崇敬的感觉。

"张司令，"他的警卫员进来说，"金石开教导员来了，他在外边。"

"请他进来吧。"张司令走到办公桌旁，拧亮了罩子灯。

"啊，金石开同志。"张司令笑了笑，"请到这边来吧。"他指了指靠近他办公桌的座椅。

"微湖大队的情况你都知道了？"司令员看着他问。

"是的，路上，银飞同志把一切都告诉了我。我们应立即派兵救援。"

张光华双手交叉在桌上："我和郭政委研究过，决定派你到微湖大队担任政委，全面负责领导微湖地区的抗日斗争。另外，任命王铁飞任大队长，石大海任副大队长。你看怎么样？"

"是，司令员。"

"司令部决定派特务连随你去湖东，帮助微湖大队打开局面，然后归建。你们的主要任务是建立微山湖抗日根据地，开辟湖上交通线，配合主力打击敌人。"

张光华站起身，从挂在墙上的皮包里取出一张地图，铺在桌上，指点着上面红线标出的地方说："石开，这方圆百里的微山湖战略地位非常重要。你看——微山湖像一条纽带，将湖西和鲁南联系起来。我们占据了它，便可以沟通两大抗日根据地的联系；正因为如此，敌人才拼命争夺这块地方，国民党顽固派也把手伸进来，还有数十股湖匪盘踞在这里，情况十分复杂。你要跟王铁飞共同把微湖大队带好，完成党交给你们的任务。"

金石开点头称是。

司令员把一只手放在金石开肩上，又说："你妹妹随特务连行动，你好好照顾她。由王银飞同志给你们带路。"

第十九章

夜闯虎穴

一

夜色茫茫，船队像夜飞的大雁一样悄悄地向戚城进发，没有灯火，没有人语，只有潺潺的水声。队员们分坐在十五只船上，一双双眼睛燃烧着复仇的怒火。

此时，铁飞的心一刻也不能平静，他深知这一战胜负实难预料。若不是急于搭救受难的姐妹，他决不会让这支刚刚重建的武装去闯龙潭虎穴。他只怕由于自己估计错误、指挥失当，葬送了这支队伍。这时石大海走到他身边，悄声地说："铁飞，俺和你商量一下，你带预备队，俺带突击队。"

"为什么？"铁飞盯住石大海。

"万一出什么差错，咱们这支部队有你在，还可以重整旗鼓。"石大海恳切地说。

铁飞皱眉道："你不必再说，一切按原计划进行。恕我固执己见，不救出受难的姐妹，我死不瞑目！"

石大海知铁飞决心已定，再难改变，只好叹口气，不吭声了。

龙凤湾到了，这里林木茂盛，芦苇丛生，附近只有几户人家。他们把船隐藏在芦苇丛中，悄悄上了岸，向戚城西门进发。借着星光看那戚城，黑魆魆的城墙连同城门楼和新修的碉堡，像一口巨大的棺椁横立在古运粮河畔，城墙里的一切都禁锢在里面，只有教堂的人字屋脊和望湖楼八角形顶部突兀出来。古城死一样的寂静，阴森可怖。西城门外已经没有多少房屋，昔日商旅兴盛、船舶云集、灯火辉煌的运河码头一片昏黑，只有几只无人问津的破船寂寞地躺在那里。

"咕咕……咕咕"，从不远的一棵树上传来两声鸟叫。铁飞知道这是袁振国发出的暗号。铁飞立刻回了两声。袁振国从树上跳下,铁飞急问:"怎么样?"

"看不出有什么变化。"

"西门上有多少人看守?"

"六个二鬼子。"

"好,你在前面引路。"

铁飞把手一挥,队员们立即悄悄地逼近到西门城下。这西门又名"瞻华门"。城高丈五,一座八角飞檐的城门楼高居其上。门楼左侧,有座圆柱形的炮楼,从炮楼的瞭望孔里射出灯光,城墙上看不见敌人的哨兵。

铁飞见城墙不高,纵身一跃,双手刚好攀住城垛,一个"龙摆尾"翻将上去。红莲女手一抖抛出"飞爪",挂在城垛上,她抓住丝带轻捷如飞登上城墙。下面的队员有的叠罗汉,有的抓住红莲女抛下的丝带,接二连三地攀上城头。

铁飞手提宝刀扑进炮楼,哨兵正抱着大枪坐在灯前打盹,冰冷的大刀压在脖子上,他才惊醒。

"城门的钥匙在哪里?"

"钥……钥匙在班长身上,他……他们在城门楼里睡觉。"

"跟我去!若声张,先砍下你的脑袋!"

那家伙哆嗦着领铁飞他们走进城门楼,五个家伙果然在睡觉。红莲女手起剑落,结果了一个。铁飞急忙制止,命队员将其余的五个捆上,嘴里塞上毛巾,取了钥匙,打开城门。等候在城门外的预备队员,一拥而进,占领了西门。他们夺了城门,得六支大盖枪,上百发子弹和十八枚手榴弹,立即将手里的破枪替换下来。预备队留下来把守西门,突击队像一把利剑直插教堂。

教堂坐落在东西大街上,砖砌的高大围墙扯上了铁丝网,两扇花梗铁门也装上钢板。铁飞绕着教堂转了一圈,见东墙角下有个阴沟,用手一抠阴沟边的砖,砖已碱化了。他用刀尖伸进砖缝一别,便掉下一块砖来。一会儿扒了一个大洞。他伏在洞口听了听,里面没有什么动静,把手一招,队员们一个接着一个钻了进去,隐蔽在墙边的一片桃林里。

目光向前推进,细细巡视一周,队员们不由皆愣住了。整个教堂院里黑乎乎的，死沉沉的，没有灯光，没有声音，也没有一个人走动。一切显得很神秘、阴森、恐怖，好像潜伏着无穷杀机。

铁飞心中感到奇怪："难道敌人毫无防备？"他昂首观天，三星已至头顶，正当亥子相交之时，约定进袭的时刻已到。他深知事已如此，如箭在弦，有进无退，把心一横，飞步向前，跃上教堂大门的拱廊，隐身圆柱之后，探头张望教堂内的动静。

突然几十支手电筒的光柱从教堂顶上、侧面的钟楼上射下来，他们全部暴露在电光之下。

"嘿嘿！"钟楼上忽然划空响起一阵阴森的冷笑声。窗口出现一人，正是日军中队长小野太郎。接着，三层高的钟楼上人影晃动，所有窗口内都站着人，一个个黑洞洞的枪口对准铁飞他们，准备射击。

队员们都被这意外的情况惊呆了。铁飞只觉得脑袋"嗡"一下涨得斗大，愤怒、仇恨、惊惶、懊悔……一万种情绪都袭上心头，但很快，他便镇静下来，飞快思考着对策。

教堂顶上传来一阵"哗哗"的拉枪栓声和纷乱的脚步声，与此同时，钟楼上"砰砰"两声枪响，升起两颗红色信号弹。

铁飞低声对毛二旦道："我来稳住敌人，你们借机退入教堂。"说罢，铁飞反而跃前一步，昂然而立，向钟楼上大声说道："小野，你不是要拿我的人头来换十六个姐妹吗？今天我送上门来了！"铁飞说着突然身形一闪，往后跃出一丈，快如闪电，疾如流星，进入教堂。

小野急令开枪射击，枪弹飞射，叮叮当当如冰雹一般。

二

铁飞跃上教堂祭台，把蜡烛扑灭，教堂里立刻陷入一片黑暗。外面的枪声也骤然停止。他压低声音说道："同志们要沉住气，守住这座教堂，敌人下来，就把他们消灭！毛连长，你带队员们守住大门和各个窗口，红莲女、袁振国、泥鳅、虎娃、黑豹跟我来！"

铁飞一行六人，点亮一支蜡烛，绕过祭台，穿过一道拱门，走进后厅，搜寻了一周，终于找到通往地下室的绿色铁门，一把象鼻铜锁扣在上面，铁飞对准锁头"叭叭"打了两枪。

突然，身后阁楼上传来一声门轴声响。铁飞等还未来得及转身察看，红莲女飞脚一勾，将铁飞带倒，扑灭蜡烛，同时甩手"砰"的一枪，向阁楼上打去。

红莲女枪法非常准，枪弹落处，但闻阁楼上"啊"的一声，一个人影倒下去。接着"哒哒哒"一梭子枪弹飞射而来，打得地下室的铁门火星乱迸。若不是红莲女鸣枪阻敌，王铁飞、袁振国及时躲避，五人将会丧生于枪弹之下。

机枪不停地扫射，地下室门已被封锁。

铁飞低声对红莲女道："我将敌人的火力吸引过来，你设法攀上阁楼，将他干掉！"

铁飞纵身往旁边一跃，"砰砰"射出两枪，接着就地一滚，敌人的机枪果然向他身边扫射过来。

红莲女身影一晃，快如疾风已抢到阁楼之下，"嗖"一个身影飞起，红莲女跃上阁楼，接着两声枪响和一声惨叫，一梭子枪弹射向天花板，震得后厅嗡嗡作响。

红莲女扑上去，在那人胸上补了一剑，擦亮火柴看时，原来是德国神父海登，鲜红的血从他那黑色法衣裹着的恶贯满盈的躯体里涌出来，瞪着一双邪恶的碧眼见他的上帝去了。

红莲女从他身上搜出一串钥匙，一支德国造二十响驳壳枪，一手操起那挺"六五"式轻机枪，纵身跳下楼来。

袁振国、泥鳅、虎娃、黑豹他们点亮蜡烛，拉开地下室的铁门，走下台阶，迎面是一座石门。铁飞用力一推，却推不动，六人合力猛推，仍是纹丝不动。移近烛光，细细看时，见石门一侧有个锁眼。红莲女连忙取出从海登身上得到的那串钥匙，选了一把插进锁眼一拧，只听"咔嚓"一声，再用手轻轻一推，石门便开了，现出一间宽大的石室。只见昏暗的油灯之下，一群女子都赤裸着身子缩在石室一角的杂草堆上，一个个蓬头垢面，身上伤痕累累。见有人来了，她们都惊叫起来，瞪大了一双双惊恐羞愤的眼睛。等她们看清是她们的亲人来搭救她们了，又都捂着脸，委屈地哭了起来。

铁飞在前，众人在后，当他们看到这种情景，气得浑身发抖，目眦欲裂，闪身退了出来。

红莲女双颊滚满热泪，怒气沸腾，向姐妹们问明衣服放在何处，取出钥匙，打开另一间石室，取出衣服，让她们穿上。

原来这地下室由十几间地下石室组成，石室之间有隧道相连。打开一间石室看时，见其中暗藏着许多枪支、弹药、粮食、衣物、用具，众人又惊又喜，又细细地察看一遍，希望能找到外出的另一通道，终于未能找到，不免失望。

他们六人每人挑了两支步枪，装满了子弹，让十六位姐妹也每人扛上一支步枪，出了地下室门，依旧将门关好，回到教堂大厅，听得外面枪声大作，杀声阵阵。

毛二旦迎上来，高兴地说："石连长他们来接应我们了，与敌人交了火，咱们赶快往外冲吧？"

铁飞听了听，浓眉紧缩，说道："教堂顶上的敌人火力很猛，教堂墙外好像也有敌人阻击，石连长他们很难接近教堂。我们冒险冲出，只能葬身于敌人的枪弹之下。"

队员们顿时慌乱起来："这可怎么办？"

铁飞镇静地向上下左右扫望了一眼，伸手往上一指，说："这教堂的天花板全是木质的，只要点着，屋顶上的鬼子便立足不住，趁混乱之际，我们或许可能在教堂倒塌之前冲出去。"

队员们立刻奔到祭台前，点着蜡烛，燃起十几把火炬，有的搭着人梯，有的登上桌椅，十几把火炬举向天花板，顿时，火焰冲天。

三

小野放的两颗信号弹升入夜空，召来了驻守在大庙的鬼子和刘府大院的伪军。上有鬼子压顶，外有重重包围，把一座教堂围得像铁桶一般。

石大海在城头上望见信号弹，情知不妙，留下十个队员看守西门，急带预备队前去接应。在教堂西侧布防的伪军，被他们冷不防从背后打了一阵枪弹，死伤了一片，纷纷后退。石大海带领队员乘势冲杀，眼看着接近了教堂的围墙。教堂上机枪、手炮、步枪一齐开火，枪弹像雨点一样打了过来，有几个队员倒下了，伪军又掉转过头来反扑。预备队立足不住，只好退守到附近一处宅院。

这所宅院，原是刘哮林家开的客店，现在无客居住，闲置起来。这里有五间瓦屋和一座二层的小楼，既可以坚守，又可用火力牵制教堂上的鬼子，配合铁飞他们突围。石大海命令队员们攀上房顶，登上小楼。刘哮林驱赶着伪军将客店包围起来。石大海一面要对付教堂上的鬼子，一面又要对付围攻上来的伪军，处境十分险恶。

正在这时，城东传来激烈的枪声，队员们知张杰的自卫团与敌人交了手，精神顿时一振，齐声呐喊向敌人射击。

刘哮林听到城东枪响，正不知如何是好，忽见郑杰飞跑来报告："司令，大事不好！刘府起火了！"

刘哮林抬头向刘府方向望去，只见夜空中升起一片红云，火光冲天，烟雾腾腾，直急得如火烧身，命令胡空带三中队继续包围客店，又命孔玄带二中队增援城东门，他自带一中队回去救火。

石大海在客店小楼上看得真切，心里暗喜，低声命令十几个队员守在房顶，牵制教堂顶部鬼子的火力，他率领其余队员冲出客店与伪军交手。

胡空抵挡不住石大海他们的冲击，一面急令伪军收缩，切断通往教堂的道路，一面派人向鬼子求援。石大海反复冲杀了几次，虽然杀伤了一些伪军，但终因兵少火力弱，不能突破伪军的防线。这时南边的鬼子又增援上来，他们只好又退回客店。

正在这时，教堂突然火起，直烧得教堂顶上的鬼子乱作一团。石大海他们一面向敌人射击，一面大叫："同志们冲呀！"

在熊熊的大火中，铁飞、毛二旦冲出教堂，甩出几颗手榴弹，队员们护着姐妹们一拥而出。

突然，钟楼的机枪喷射出子弹，跑在前面的几个队员倒下了，其他队员只好拖着倒下的队员退了回去。

石大海看到这一切，恨不得一拳将钟楼砸个粉碎，他命令队员瞄准钟楼一起开火。但是他们所在的位置和钟楼的机枪射口形成死角。

铁飞他们刚退避到教堂的门厅下，从教堂顶上跳下来的鬼子已扑杀过来。

袁振国抱着机枪，身子一旋，向鬼子射出一梭子子弹，鬼子直挺挺倒下去。他嘴里骂着："奶奶的，让你们也尝尝我们的机枪是什么滋味！"

前面的敌人倒下了，但后面的敌人又扑上来，双方在教堂燃烧的火光中展开一场混战。小野急令围墙外的鬼子增援。石大海他们则集中火力阻止鬼子的增援，一时围墙之外也展开激烈的枪战。

天就要亮了，东方的天空已经现出一抹白光。几束闪电般的光亮猛然一闪，一团烈火突地从大庙上空腾起，接着就是几阵撼天动地的巨响。巨大的气浪像暴风一般卷过来，把教堂周围的房屋都掀动了起来，被大火烧毁了的教堂便在这一阵强烈的震动中轰然倒塌了。在教堂庭院里混战的双方，有的被倒塌的砖瓦砸倒了，有的被扬起的烟尘迷住了眼睛。教堂内外所有人都被这意外的情况惊呆了。

"大庙的弹药库爆炸了！"

"义勇军杀进来了，快逃命吧！"

伪军惊慌地乱喊乱叫，抱头鼠窜。教堂内外的鬼子也乱了营，争先恐后地往钟楼里钻。

小野见此情景，在钟楼上暴吼如雷，吼叫："顶住！顶住！给我顶住！"

突然一弹飞来，擦着他的鬓角而过，小野急忙缩在窗下，再也不敢探出头来。这时池田小队长跑来报告："报告中队长，义勇军已经冲进教堂，将钟楼包围起来了！"

小野命令死守。他认为事已至此，只能坚守，冒险突围更为不利。

钟楼之外，倒塌的教堂还在熊熊燃烧，义勇军特务连、微湖游击队和西张洼自卫团三支武装胜利会合，众人不胜惊喜。王银飞领金石开与王铁飞、石大海、毛二旦、张英、高凯等一一相见。

铁飞握住金石开的手激动地说："多亏你们及时赶至，要不，后果真是

227

不堪设想！"

　　金石开微微一笑，说道："现在还不能说已完全脱离危险，现在刘哮林率大部伪军退居刘府，日军据守钟楼，敌人居高临下，一旦发觉我们并没有多少兵力，定会反扑。再则，此地离敌人重兵驻守的临城不过二十里，敌人若派骑兵增援，半小时之内便可到达戚城。我们应迅速撤出战斗。铁飞同志，你看如何？"

　　铁飞向钟楼望了一眼，愤恨地说道："好吧，政委，你带大家先撤，突击队留下，随我掩护大队撤退。"

　　金石开毫不犹豫地说："这里的地形于我不利，不便坚守，还是大家一齐撤退为好，敌人若要追赶，我自有退敌之法，请你放心。"

　　铁飞不再坚持，把手一挥，说了声："撤！"

　　小野伏在钟楼之上，半晌听不到外边有什么动静，胆战心惊地探头望时，见天色已经大亮，倒塌的教堂还在冒着黑烟，除了躺在地上的尸体，周围不见一个人影，拿起望远镜看时，见微湖大队和自卫团已经撤出西门之外，并不见义勇军的踪影。小野叫声："上当！"急忙命令集合日军追赶。追到西城门下，突然城墙之上伏兵齐出，枪弹、手榴弹倾泻而下，打得日军人仰马翻。小野大惊失色，急令后撤，但已经损伤七八个人。他指挥机枪向城头扫射，命令日军分成两队，从两翼迂回登城包抄。等他布置停当，冲上城头，城头之上已空无一人。只见城楼墙壁上用粉笔写着一行大字："恕不奉陪，改日再来取小野的首级！"落款："抗日义勇军"。小野气得哇哇直叫，想要出城追赶，又怕再中埋伏，只好垂首回营。

第二十章

少年英才

一

渔岛之夜是宁静的，微风轻摇着芦苇发出瑟瑟的响声，送来阵阵水腥味。在一间茅草屋里，金石开、王铁飞坐在煤油灯下，低声地交谈着……

不一会儿，石大海走进来。他一手提着瓶烧酒和一大荷包熟鸭蛋，一手托着一大盘鲜鱼，腋下还夹着一厚叠煎饼，放在桌上，抱歉地说："你们等急了吧？咱们边吃边谈吧。"

金石开笑道："弄这么多好吃的，拿我当客人待吗？"

石大海斟上三杯酒，说："你在湖西时怕是吃不上这些东西，在咱们湖里可就不同了，鲜鱼、鸭蛋不算什么稀罕物。想吃牛羊肉、白面饼可就难了。"

铁飞举起杯子说："来，为欢迎金政委，咱们干一杯！"

金石开笑道："平时我是滴酒不沾，今日入乡随俗，破个例。"

三人边喝边谈。铁飞、石大海将微湖大队成立以来的情况详细介绍了一遍。

金石开听完，抬起头来，才感到天已经很晚了。外边风声呼啸，风里夹着雨点，打着窗纸，远远传来了隆隆的雷声。

"在湖西，我就听说过你们英勇斗争的事迹，你们在遭受严重挫折后没有动摇，反而更英勇地战斗。说明这支武装的政治素质、战斗意志都很强。但是也要好好地吸取以往的经验教训。切不可死打硬拼，更不能感情用事，不要忘记我们是处在敌强我弱的复杂环境中。"

铁飞低下头，政委每一句话都像重锤一样敲在他的心上。石大海也不住地点头，他觉得政委的眼光很敏锐，一下子就抓住问题的关键。

接着他们研究了微湖大队整编训练方案。大队建立党支部，由金石开任书记，王铁飞、石大海任委员。决定将全大队编为三个连和一个直属手枪队，商定了各连的连长、指导员和手枪队队长。

接着又商议如何开展群众工作，发展建立党的地方组织，开展统一战线工作，发展微湖渔民群众抗日武装……

二

为了加强湖东的地方工作，这时湖西区党委委派朱林任湖东县委副书记，委派金石开兼任县委书记。朱林约莫三十岁，一身渔民打扮，面颊白净，四方脸上有一对和善的眼睛，说话眉眼带笑，常使人捧腹大笑。为配合开展工作，微湖大队在整训告一段落后就离开了白鹭岛和南壮，与湖东县委的同志们联合组成民运工作团，深入到各个村庄、湖岛开展工作，发动群众。这时正值秋收大忙季节，他们每到一处就帮助老百姓秋收、秧种、采菱、割苇、打扫院落、劈柴、担水。离开的时候，归还一切借用的东西，损坏的照价赔偿。

他们的队伍一天天地扩大。他们到过的村庄、渔岛，青救会、农救会、渔救会、妇救会、儿童团纷纷建立起来，在一些基础好的村庄还秘密建立了党的组织和民兵武装。

这一天，王铁飞和金石开来到大网帮。大网帮帮主、水上自卫团长蔡运昌和他的几个亲信正在筹划如何应付当前的局面。

铁飞向金石开伸出一手，介绍说："这是我们的金政委，特来拜访。"

蔡运昌连忙道："快请上座。"一边忙着斟茶敬烟，一边吩咐那几个亲信快去准备酒菜。

金石开笑道："蔡先生不必客气。"

蔡运昌道："哪里哪里，二位为抗战辛劳理应犒劳。"

铁飞哼了一声，说道："难得蔡帮主有此美意。但南壮遭敌血洗之后，蔡帮主为何破了渔家有难相助的规矩，粒米未曾救济？反而暗与刘哮林疏通，送去几千块大洋，换取了自卫团长的头衔？"

蔡运昌面红耳赤，辩解道："南壮遭受不幸，老朽实是痛心，有心相助，但恐日寇寻隙报复，毁了本帮百姓。老朽在强敌威逼之下，接受了刘哮林的委任，送去几千块大洋，实是避祸求安的权宜之策。望二位能体谅老朽的难处啊。"

金石开和颜悦色地说："蔡先生不必惊慌，我们来此，不是找你算旧账的。只是想奉劝蔡先生认清形势，顾全民族大义，不要与刘哮林同流合污，认贼作父。"

"老朽虽是糊涂，岂能与汉奸为伍？听说微湖大队又兴旺起来，老朽欣喜无限。"

金石开点头微笑道："过去的事我们不再计较，只是希望蔡先生今后能够为抗日救国出力，为我们游击队提供方便。"

蔡运昌满口答应："老朽定然鼎力相助。"

第二天，蔡运昌便亲自押着两只满载鸡头米、菱角、鲜鱼、青虾的船来到微湖大队驻地慰问。

为了保护湖渔民生命财产安全，微湖大队和义勇军特务连配合作战，清剿了那些不抗日还专门祸害湖渔民的湖匪，惩办了恶贯满盈的匪首马跃武、杜二海、孙大腚等。夜的黑见势不妙，收缩兵力，聚集在微山岛上。

他们趁热打铁，筹备建立湖东办事处。可由谁来担任办事处主任呢？

铁飞说："楚天章先生曾在冯玉祥将军手下当过师长，十五年前，任过戚城区区长，他虽是冯渊的舅父，但与冯渊不同，由他担任办事处主任，有利于我们开展统战工作。"

金石开道："他现在哪里？我们立刻把他请来。"

"听说戚城沦陷之后，他与女儿逃至郗山隐居。"铁飞道，"郗山与微山岛只有一水之隔，那是夜的黑的势力范围，常有湖匪出没。"

金石开划着一只小船，冒着风险，亲访楚天章。到了郗山，遇到一位渔翁。一打听，正是楚老先生。

金石开直接来到他家里，将自己的身份和前来拜访的目的说了一遍。

楚天章大喜，命女儿筱兰快置酒席。金石开连忙辞谢，楚筱兰早已出房去了。楚天章道："我并非苟且偷安之人，因报国无门，不得已而隐居于此。既蒙贵党抬爱，定然竭尽全力报效国家。"

这时筱兰梳洗一新，端着酒菜走进来说："我也要随父一同参加抗日工作，不知金政委肯收留吗？"

金石开表示欢迎。

楚天章摇头道："我这独生女儿人情世事不通，身体又娇嫩，只怕会给你们增添许多麻烦。"

筱兰顿足道："爸爸你总瞧不起我，我偏要干出个样儿，让你瞧瞧。"

金石开朗声大笑："楚姑娘不愧为将门之女，虽体弱而气壮，外柔内刚，定能锻炼成为一名坚强的抗日战士。"

筱兰听他赞扬自己反倒不好意思了，红着脸低下头去。

楚天章听他赞扬女儿自然满心欢喜，嘴上却说："金政委过奖了。"

金石开正色道："我说这话并非无据。临来之时听铁飞同志讲过，你们初次相见在船上共同拒贼的情景，他对楚姑娘的胆量和勇气也是赞不绝口。"

"要不是王铁飞，我们父女早已葬身鱼腹了。"筱兰摆好酒菜，让他俩边喝边谈。

两人谈古论今，越谈越投机，只恨相见太晚。

第二十一章

单枪赴会

一

秋去冬来，湖区的形势一天天好转，到处是抗日的歌声。各抗日救亡群众团体、村自卫团、村联防队如雨后春笋般纷纷破土而出，成长壮大。蔡运昌的水上自卫团改编为渔民大队。张杰、高凯从张洼自卫团中挑选了六十多人，编为微湖大队第四连。

微湖大队在湖区站稳了脚跟，义勇军特务连回归湖西。但夜的黑公开投靠了日军，被改编为伪水上保安大队，控制着微山岛周围的水域。

阴历年初，八路军一一五师苏鲁豫支队开进湖西，一举歼灭了伪军王献臣部千余人，接着又歼灭了数百名增援的日军，收编了盘踞在微山湖西岸土匪武装籍兴科部一千五百余人。在如何对待夜的黑的问题上，大队领导成员们曾经有过一番争论。

朱林说："夜的黑虽已投靠日军，但他的目的是保存实力，至今未与我们公开作对。他有较强的实力，又占据着有利地势，我主张进行争取。"

石大海说："俺同意朱副书记的意见。"并建议派红莲女去做争取工作。

铁飞摇头道："红莲女与夜的黑早已割袍断义，她不会同意的。"

石大海与金石开相视一笑，说道："昨晚红莲女来找过俺和金政委，希望我们不要用兵。"

铁飞道："我认为对夜的黑这种专以打家劫舍、祸害百姓为生的惯匪，应当以武力剿灭才是。"

这时金石开说道："我认为，在目前的情况下存在着争取夜的黑的可能：其一，我党有实力；其二，从夜的黑本人发迹史看，他与国民党地方实力派有矛盾，亦惧怕我军将其歼灭；其三，夜的黑部队中虽有兵痞、流氓、恶棍，但多数人是为生活所迫才铤而走险的。我们从民族大义出发，动之以情，晓之以理，是有可能将其争取过来的。"

听了政委精辟的分析，朱林、王铁飞、石大海无不折服。

会后，他们将月下白请来，设宴热情招待。席间，向他反复阐明了党的团结抗战的政策，希望他以民族大义为重，说服夜的黑弃暗投明，起义反正，我方则保证既往不咎，不动其一人一枪。

月下白没想到微湖大队对他们这样宽大仁慈，激动地说："一切包在俺身上，俺一定劝说大哥改邪归正，弃暗投明，为抗日救国出力。"

二

就在月下白去白鹭岛的那天傍晚，一只伪装的货船在微山岛杨村码头靠了岸。杨村是进出微山岛的门户，驻守着夜的黑的一个中队。中队长是当地的一霸，此人姓褚名斌，小时得过脑膜炎，落下个嘴歪眼斜的后遗症，人们都叫他"斜吊眼"。斜吊眼见那船来得蹊跷，提着枪迎上去，大声喝问："是什么人？从什么地方来？"

船上跳下一人，顺手抛出一盒烟，然后用手杖把头上的礼帽往上一戳，摘下墨镜，现出一副上宽下窄的酱色猴脸，淡眉下一对圆而灵活的眼睛闪烁着狡黠的幽光："嘿嘿，褚队长不认识哥们儿了？"

"啊，原来是乔……"斜吊眼说到这里，见来人连连摇头，急向左右扫望了一眼，斜吊眼猛然醒悟，忙改口说，"殷掌柜的这阵子在何处发财？来此有何贵干？"

乔苇向身后的货船一指："兄弟办了一批货，来此做一桩大买卖。烦尊兄通报一声，我要面见夜司令，就说一位姓殷的朋友前来拜访他。"

斜吊眼惊道："你要见夜司令，不怕他剥了你的皮？"

乔苇拍拍胸脯道："本人有护身符，谅他不敢把我怎样。"又拍拍斜吊眼的肩膀道，"更何况有尊兄当我的保镖呢？"

乔苇伸手摸出厚厚的一叠钞票，放到斜吊眼手里："这三百元只算引见费,事成之后,嘿嘿,白花花的银元等着老兄使用。"

斜吊眼连忙将钱收起,眉开眼笑地说:"咱哥们儿又不是第一次打交道,殷兄何必这么客气。"

乔苇低声说:"船上装的是二十条步枪、两挺机枪、五千发子弹,是送给夜司令的见面礼,你快吩咐弟兄们帮着卸下来。"

斜吊眼惊奇地瞪大了眼睛,这才明白乔苇来头不小,不敢怠慢,一边吩咐手下人卸货,一边忙跑去报告夜的黑。

夜的黑的司令部设在山顶的古庙里。这时天光已暗,古庙大殿里灯火辉煌。乔苇走进殿门,只见夜的黑高坐在殿堂之上,四个彪形大汉手提鬼头刀横眉立眼分站在两旁,齐声喝道:"跪下。"

乔苇不慌不忙,瞟了夜的黑一眼,单膝着地,左手压右手交叉在胸前行了一礼,说道:"小弟殷封拜见夜司令。"

夜的黑听乔苇自称殷封,又以青帮之礼相见,心想:"这婊子儿搞的什么鬼名堂。"他对乔苇暗助冯渊绑架老母之事至今怒气难消,但见乔苇以帮中同参兄弟的身份相见,不好破了帮规,只得暂且压下心中的怒火,问道:"你何时入的门槛,为何更名换姓?"

乔苇立起身来道:"夜司令可知运粮河上大名鼎鼎的青帮首领殷华龙?"

夜的黑冷笑道:"一日为师,终身为父。我是他老人家开山门的徒弟。"

乔苇笑道:"小弟便是他老人家的关山门徒弟,上门女婿殷封。"

夜的黑拍案而起,怒喝道:"你贼胆包天,竟敢侮辱师父!"

四名大汉立刻扑上去,四把鬼头刀架在乔苇的脖子上。乔苇"嘿嘿"一声,从怀里掏出一本小折子,手一扬扔了过去,说道:"夜司令若是不信,请看我的'护身符'。"

这小折子是青帮弟子人人必有的东西,上面写着三帮九代的名称以及各种"海底"盘答方法。夜的黑打开一看,见台头是"敬拜殷华龙老师门下",末后署名"通字辈门生殷封谨具",旁边写着"引见师张翼押,传道师李佐押"。上还有殷龙华的亲笔批注:"殷封原名乔苇,微湖南壮人士,因护师有功,招赘为婿,更名殷封。"

夜的黑知道殷华龙有一独生女儿,相貌虽不坏,但因水性杨花,性情暴躁，年过三十还未找到女婿。夜的黑把手一摆，叫四名大汉退下，讥讽地说："你有何功德做了师父的乘龙快婿？"

乔苇扬扬得意地说道："那是天缘巧合。今年夏天，我在运河滩花船[1]上过夜，忽听得不远处有人落水呼叫，我跳下河将人救起，原来是师父。他老人家夜晚喝醉酒独自离开大船，寻花问柳，不想误上了渔家姑娘的小船，被人家一棍打落水中。"

夜的黑见他对师父毫无敬意，忽又起了疑心，把脸一板问道："敢问老大，贵帮有多少船？"

乔苇一怔，知道夜的黑犯了疑，要盘"海底"，便答："一千九百九十只！"

"贵帮船是什么旗号？"

"进京百脚旗，出京杏黄旗，初一、十五龙凤旗，船首四方大纛旗，船尾八面威风旗。"

夜的黑见他不肯领教，更是恼怒，大声喝问："船有多少板？多少钉？"

乔苇答："板有七十二，谨按地煞数；钉有三十六，谨按天罡数。"

"有钉无眼是什么板？有眼无钉是什么板？"

"有钉无眼是跳板，有眼无钉是牵板。"

夜的黑不甘休，再逼问："天上多少星？"

乔苇也不甘示弱，昂首答道："三万六千星！"

"身上几条筋？"

"剥掉皮肤寻！"

夜的黑勃然大怒，操刀在手，喝问："一刀几个洞？"

乔苇眼珠一转，心想，若再硬对下去，夜的黑脸面上过不去，说不定真会给"一刀两个洞"，还是见好就收为妙。因此，他双手抱拳施了一礼，赔笑道："司令息怒，兄弟初到贵地，一切全靠诸位老大包涵。兄弟过去有得罪之处，请司令诉知家师。朝廷有法，江湖有礼，该责便责，该打便打。"

斜吊眼也忙跑过来解劝："大家都是自家人，有话好说，何必动气。来来来，都坐下说话。"一边说，一边忙着倒茶敬烟。

---

[1] 花船：妓女船。

夜的黑坐回太师椅上，斜眼望着乔苇，说："本人喜欢痛快，你有话说到明处，到这来干什么？"乔苇向左右一看。

　　夜的黑说："但说不妨，这都是我信得过的弟兄。"

　　乔苇道："冯旅长知道尊兄遇到难处，特派小弟送来枪支弹药，略表寸心。"

　　"这么说你是冯旅长的说客？"

　　乔苇摇头一笑："我又不是他的部下，怎能说是他的说客？小弟只是为同帮弟兄的安危着想，才乐意接受这份差遣。"

　　"屁！"夜的黑冷笑一声，说，"我有什么难处？要他姓冯的操闲心？"

　　"夜司令只当别人都是瞎子聋子？你既无难处，为何派月下白去白鹭岛？"

　　夜的黑面色一红，道："许他投靠八路军，难道我就不能与八路联络？"

　　乔苇哈哈大笑："冯旅长怎肯投靠八路军？投顺八路虽说可得一时之安，但以后再别想自由自在，吃香喝辣睡女人了。"

　　这番话正说到夜的黑心窝里。他沉吟了半响，把口气放得平和些，问道："老弟有何高见？"

　　乔苇脸上却不露声色，说道："冯旅长有心收留你，何不顺水推舟？"

　　夜的黑两眼盯住乔苇问："他给我安个什么庙？"

　　"只要你接受改编，便是保安旅独立团团长。怎么样？"

　　夜的黑低头沉思，一言不发。乔苇怂恿道："团长、团长，半个皇上，堂堂国军的团长，你还犹豫什么？"

　　夜的黑突然睁大双眼问："郝天刚投奔了冯渊，给他个什么官？"

　　"第四团团长。"

　　"哼！他郝天刚算个屁？老子拉队伍的时候他不过是我手下一个小头目。是冯渊要和我唱对台戏，暗地里拉拢他、培植他，他才慢慢发展起来。现在居然要和老子平起平坐。老子恨不能剥他的皮、抽他的筋！"

　　乔苇连忙道："以后都是冯旅长的人了，何必计较过去那些鸡毛蒜皮的小事。"

　　夜的黑瞪大眼睛道："干咱这一行，最讲哥们儿义气，他吃里扒外、叛主忘义，怎能说是鸡毛蒜皮的小事？冯渊既收抚了他，就别想收抚我。"

　　乔苇无可奈何地摇摇头，立起身子说："夜司令不听小弟劝解，总有你后悔的一天。小弟告辞了。"

夜的黑送他到庙门口,又突然拉住乔苇的手说:"老弟好不容易来了,就在这里住几日再走吧。"乔苇巴不得他说出这话来,便答应下来。

三

月下白回到微山岛,说了去白鹭岛前后的情况,劝说夜的黑立即接受改编,欢迎微湖大队进驻微山岛。夜的黑冷冰冰地说:"就凭这么空口白说,就想进驻微山岛,收编我的部队,也太瞧扁我夜的黑了!"

月下白愕然道:"你这话是什么意思?"

夜的黑便把乔苇劝说他归顺冯渊的事说了一遍。月下白争辩道:"冯渊是反复无常的白脸狼,怎能和人家金石开、王铁飞相提并论?大哥,你忘了去年这时候冯渊包围微山岛,放火烧山,若不是王铁飞带人前来冒死相救,哪有今天?咱可要分清敌友啊!"

夜的黑沉默了会儿,说:"明日你请王铁飞来赴宴,只请他一个人来。"

月下白怎么知道夜的黑请王铁飞单独赴宴的企图呢?高高兴兴地去了。

铁飞笑道:"夜司令设的可能是鸿门宴!"送走月下白,金石开、王铁飞、朱林、石大海等连夜商议对策。

第二天午时,铁飞准时到达微山岛杨村码头。月下白在码头上迎接,进了杨村一处大宅院,大院门口直到正房客厅,荷枪实弹的卫兵列队欢迎。

铁飞走进房门,见夜的黑双脚跷在桌上,身子仰在太师椅上,若无其事地叼着烟卷,连头都没抬,右侧坐着乔苇,大模大样地望着铁飞冷笑,铁飞没想到夜的黑竟然如此无礼,但也只好强压怒火。

这一来月下白极为恼怒,大声喊道:"司令,客人到了!"

这时,夜的黑方才坐正了身子,指着乔苇说道:"这位弟兄姓殷名封,是本帮新入门槛的弟子,也是我请来的客人。王大队长,请坐。"

铁飞冷笑说:"夜司令有言在先,请我来此赴宴,共商大事,并未说还有第三人参加!"

夜的黑只得道："江湖上讲究言而有信，殷老弟请到后房里休息。"

乔苇无可奈何只得起身离去。夜的黑本想给王铁飞来个下马威，用乔苇增加讨价还价的资本，不想弄巧成拙，只得赔笑道："兄弟有失礼之处，还望王大队长海涵。"

不一会儿，一桌丰盛的宴席摆好了。酒过三巡，夜的黑向铁飞问道："你们共产党有能力打败日本人吗？"

铁飞经过前一段的学习已胸有成竹，满怀信心地向他介绍了整个抗日形势的发展以及湖西、湖区人民抗日武装的实力，指出日寇必败的道理，希望他认清形势，弃暗投明。

夜的黑想了想说："咱们还像以前一样井水不犯河水，和平相处怎样？"

铁飞正色道："现在你们已经投靠了日军，我们怎能和平相处？"

月下白接着说："我们都是中国人，理应抗日！咱不能再戴汉奸的帽子，落个万代骂名。"

夜的黑把眼一瞪说："你嫌我的名声不好，去投靠八路好了！"

月下白一怔，忍着气说："大哥，你何必这样固执？当年你也曾与王老大击掌为誓，愿携手抗敌。今天人家来与咱协商抗日，大哥不要错过良机。"

夜的黑摆了摆手，重又坐下来。有好几分钟没有说话。低着头拼命地喝酒，一杯又一杯，看得出他思想上剧烈地斗争着，一时举棋不定。当喝完第五杯，他用血红的眼睛瞪着铁飞拍拍大脑袋说："咱打开窗户说亮话，我这七斤半卖给识货的，你们打算怎么对待我？"

铁飞不亢不卑地说："只要真心共同抗日，一切问题都好商量。"

夜的黑道："好吧，我同意抗日，改旗易帜。但我不能失去兵权，我不要你们一兵一卒，也不准你们动我一人一枪！"

铁飞郑重地说："夜司令的目的无非是要保存实力。只要你同意改编，接受党的统一指挥，以后不再做危害百姓的事，我们既往不咎！接受你的条件，保持你的队伍相对的独立性，不动你们一人一枪。"

夜的黑紧逼一句："你说话算数？"

铁飞昂然道："我们共产党人言出如山，最讲信用！"

"好！痛快！"夜的黑从口袋里掏出一张纸来，放在铁飞面前，"你只要在这保证书上签名画押,咱们就算说定了!"

铁飞向保证书上扫了一眼,见上面写道:"微湖大队保证永不进攻微山岛,永不干涉夜的黑部队的行动。"铁飞看罢,嘲讽道:"你以为微湖大队能够容忍你永远霸占微山岛胡作非为?那是白日做梦!"

夜的黑吼叫道:"你既信不过我,我何能相信于你?"

铁飞冷笑一声:"夜的黑,你不要自作聪明!"

夜的黑"啪"的一声把酒杯摔在地上,立时有四五个匪徒扑将上来,几把匪枪同时顶在铁飞身上。月下白慌了,急要上前保护铁飞,被夜的黑一推,用枪逼住,说道:"三弟,你要是吃里扒外,可别怪大哥不讲义气!"

话音未落,只听得外边一阵骚乱,一个人慌慌张张地跑进来报告:"司令,不好了,八路上了微山岛,已将杨村四面包围起来!"

夜的黑大惊失色,骂道:"混蛋!你们怎么不开枪?"

夜的黑气急败坏,对那人吼道:"传我的命令,不准八路军进村一步!不然我先杀了王铁飞!"

话未落音,只听门外有人接口道:"先不要把话说绝,你的脑袋已在俺的枪口之下!"

只见红莲女一手平举着匪枪,一手提着雪亮的断魂剑,笑盈盈走进来。夜的黑目瞪口呆,把枪慢慢放下,愤愤地说:"胜者为王,败者为寇,随你们怎样处置好了。"

铁飞说道:"夜司令不要误会,只要你肯接受改编,我们不会为难你。"

夜的黑简直不相信自己的耳朵,瞪大了眼睛问道:"这可是真的?"

铁飞正色道:"我给你讲过,我们共产党人最讲信用!是你反复无常才闹出这场不愉快的事来。"

夜的黑又是羞愧又是感激:"你们共产党真是仁义之师,我心服口服!"

红莲女笑了笑,看了铁飞和夜的黑一眼,说:"走吧,金政委和同志们都还在等着咱们的消息呢!"

夜的黑大声喊道:"斜吊眼快去看看,别叫乔苇那小子跑了,你把他抓来,请王队长发落。"

第二十二章

飞兵夺药

一

　　湖边的柳条发青了，芽尖绽出鹅黄，知春的燕子来了，在冰消雪化的湖面上翩翩起舞。队员们正在帮助乡亲们收拾船只渔具，准备下湖捕捞第一船鲜鱼。

　　铁飞拿着一把刷子，往船上涂着桐油。突然张泥鳅满头大汗地跑来。自从过了年，老虎营就到戚城以北的付村、陶阳寺、卓庙一带农村活动了。微湖大队还留在南壮、老坝、沙堌堆一带的渔村活动。这样就形成对戚城南北夹击的形势。今天早晨金石开带着张泥鳅和几个队员到付村去找李营长商量如何歼灭戚城这股敌人。还未到吃午饭，张泥鳅就急急地赶回来了。

　　"有什么事？"铁飞问。

　　"政委说有急事，叫你和副大队长到付村去商量。"

　　王铁飞和石大海赶到付村，见老虎营都已经集合好了，正准备出发，他们走进营部，李营长、金石开和湖东县委书记朱林（此时金石开不再兼任县委书记）、民运大队长纪善都在，大家的脸色都是阴沉的。

　　"怎么回事？"铁飞着急地问。

　　李营长一边扎着武装带，一边说："刚才接到湖西的急信，要我们马上回去，参加反扫荡。"

　　这突然的情况使铁飞和大海一怔。他们对望了一下，因为刚才在路上，他们还猜测要攻打戚城了。不一会儿，通讯员小赵又送来一封急信，上书：

　　　　有特殊任务，请金石开、王铁飞二位同志速来面议。

　　　　　　　　　　　　　　　　　　　　　　张光华即日

铁飞说："老石，你先回南壮把部队集合好拉到湖沿上，等我们回来。"

"好！"石大海答应着。

金石开望了一下朱林和纪善，说："你们要注意夜的黑的动向，这支部队虽已改编，但还未加以改造，形势变化时，容易发生动摇。"朱林和纪善都郑重地点了点头。

金石开、王铁飞跟着通讯员，匆匆来到湖边，驾着小船飞一般向湖西驶去。他们一路绕苇丛、穿荷塘，急驰飞渡。不一会儿就来到湖西沿的一个湾子里，听到远处响着枪炮声，他们上了岸，跟着小赵急奔到湖西军分区司令部。张司令正在看地图，见他们来了，高兴道："你们来得好快呀！"

"有什么任务？"铁飞劈头就问。

张司令把手一挥，说声"走！"便带着他们出了司令部。铁飞和金石开迷惑不解地互相望了一下，心里说：这是怎么啦？

三人旋即来到"野战医院"，一幕惊心的景象出现在眼前：茅屋里、帐篷里、向阳坡上……横七竖八躺满了伤员，他们一个个面色蜡黄，形容憔悴。几个医生、护士忙得团团转，繁忙和忧愁使他们眼里布满了血丝……

"看到了吧！药品、医疗器材奇缺，伤员得不到及时治疗……越来越多的人被夺去了生命。"司令员的声音低沉沙哑，眼睛湿润了。

他俩的心顿时像铅块一样沉重。

张司令员瞟了金石开、王铁飞一眼，道："药品、器材，我冲你们要！"

金石开点了点头，心想，原来这就是司令员信上写的"特殊"任务！

铁飞拍着大腿道："到济宁鬼子医院搞药，俺包了！"

司令员扬起乌黑的剑眉，又严肃地叮嘱："千万大意不得！"

二

傍晚，南风大起，天随人意，他们正好拔锚起程，鼓起白帆，一夜飞行一百五十里，穿过微湖，驶进白马河，黎明时分，到达马坡。铁飞命令每只船上留下两个队员，由石大海带着，把船退回湖边的桃花山隐蔽待命。他们上了岸，没有进村，钻进一片白腊丛中。好不容易等到日落西山，月上树梢。特务连的战士在前引路，微湖大队居中，后面是朱林带领的一百多民工。这支部队像一条长龙，沿河过桥，轻装疾进，踏着月光，悄悄地绕过敌人的据点，避开村庄，一口气跑了七十里，到达济宁市北的医院。这时天交三更，万籁俱静。

医院占地数百亩，像一艘巨轮停泊在一望无际的麦海中。高大的围墙隔断了视野，朦胧的月光给这死一样寂静的魔窟涂上了一层神秘的色彩。

金石开带手枪班在公路上布下岗哨，把三、四连隐蔽在公路两旁的麦田里。铁飞带一、二连在医院南大门旁隐蔽。民工留在村里待命。齐英带特务连五个战士绕到东墙下，搭人梯攀上墙头，用准备好的棉褥子盖住墙顶的碎玻璃。齐英伏在墙头机警地向院里扫视了一眼，见没动静，便学了两声夜莺叫。不一会儿，花园旁边一间小屋里闪出一个人影。

那人老态龙钟，脚步蹒跚，鬓发如雪。他是这里的一位老花匠。齐英轻轻跳进院里。老花匠亲热地握着他的手，低声地问："都来了？"

齐英点点头。"跟我来！"老花匠说罢转身迈着轻快的步子穿堂过院，看他的背影好像突然年轻了二十岁。

大门轻轻地打开，铁飞他们一拥而进。

突然，一声尖叫打破了深夜的寂静。月光下，只见一个长毛鬼子发疯似的向钟楼奔去。只要钟声一响，他们秘密夺药的计划就会全部落空，铁飞的心猛地收紧了。因为事先有令不准伤人，队员只好跑上前去追捕他。但那鬼子道熟腿快，眨眼间，已经奔上钟楼。

"当当当！当当当！"

钟声震得整个医院轰轰作响。队员都惊呆了。铁飞直觉那锤子像敲在自己的心上。毛二旦火冒三丈，大喊："住手！住手！"

那鬼子根本不听，反而更起劲地敲打。

毛二旦骂了声："狗日的，见你的鬼去吧！"抬手"砰"的一枪，那鬼子应声倒地。霎时各个角落都响起枪声。根据事前的侦察，他们知道敌人有二十支长枪。铁飞命令战士迅速散开，搜索敌人。队员们走进里面，像进了迷宫，一套套院落变化多端，一座座楼房奇形怪状，令人眼花缭乱。

曲径幽巷，斗折蛇行，叫人难辨东西。更奇怪的是进得楼去各个房间都大敞着门，却不见一个人影。用手一摸，被窝还热乎乎的。活见鬼！莫非他们是土行孙，会土遁？搜索了半天，毫无结果。铁飞直急得浑身冒火。

老花匠走进来悄悄地对铁飞说："不要搜了，他们准是钻了地穴。"

这下子坏事倒变成好事了。铁飞命令几个队员守住地穴的门，其余的人便可以放心大胆地搬东西了。

队员们立刻分成数股，由老花匠指点着，有的去药房，有的去手术室，有的去仓库……搬的搬，抬的抬，扛的扛，往返如梭，如同赶庙会一般热闹。鬼子躲在地穴里傻瞪着眼，支楞着耳朵，却无计可施。电话线早被我割断，放枪十里外城内的敌人也听不见。搬出来的药品、器材、物资堆积如山。这时民工们也进来了。打开口袋尽力地装，有的把扁担都压断了。一百个民工运不了，每个队员也都背了一大捆，压得歪歪斜斜走不动路。这时，齐英、毛二旦和几个战士赶着一大群奶牛走来，后面还跟着十几个中国籍的医生和护士。

"大队长，这回妥了，医生、护士、运输工具全解决了！"毛二旦哈哈大笑着说。铁飞高兴得几乎蹦起来，连忙吩咐队员们绑扎驮子。

月儿西转，他们愉快地登上归程。一路上交谈着战斗见闻，不时爆发出阵阵哄笑。

三

走出济宁十五里，天色已明。队员们累得实在拔不动腿了。那些奶牛也打着坠不肯前进。铁飞和政委商量了一下，正要寻个地方休息一会儿，突然，断后的手枪班队员跑来报告："鬼子追来了！"

铁飞连忙命令大家快撤。他们身上背着药品，又加上一夜的行军，一个个都累得东倒西歪，张口气喘。他们刚退到马坡，一百多鬼子、二百多伪军已经追上来了。

银飞着急地说："大哥，这样不行呀！鬼子人多，咱们人少，这里又没有有利地形可以利用,咱们背着药品打仗,要吃大亏呀!"

铁飞皱着眉头望着离他们越来越近的敌人,只好忍痛命令队员们将药品隐蔽在他们昨天隐蔽休息的白腊丛中。他们走出白腊丛,奔上白马河堤,鬼子也从屁股后面跟上来了。他们身上去了包袱,像卸了一座山似的轻松。铁飞指挥队员分作两队,轮番掩护撤退。

伪军打头,鬼子在后面紧跟,嗷嗷叫着追上来。队员开枪阻击,一个叫来雁的新队员拿着一支"汉阳造",一连打了三枪,子弹都飞了。他见一些老队员使的是三八大盖,手一搂枪机,子弹发出清脆的响声,敌人就倒下了。他噘着嘴拍着枪身说:"奶奶的,这破玩意只能当烧火棍。"

这话刚好被铁飞听到了。他从来雁手里拿过那支"汉阳造"一看,正是从丛秀家里借来的那一支,他没有说什么,把子弹推上膛,瞄也不瞄,举手一枪,冲在最前面的一个鬼子应声倒地。接着他又连发了三枪,弹弹命中。来雁一旁看傻了,面红耳赤垂下了头,低声说:"大队长还给我吧!"

他们边打边退,过了鲁桥,跨过白马河,敌人还是穷追不舍。这时金石开带着三、四连折回来接应。他们合兵一处,退居到桃花山,准备利用这里的有利地形,和敌人大杀一场。

鬼子分成左中右三路,向他们据守的山头猛攻。队员们一字儿散开,居高临下,等敌人撅着腚爬近了,铁飞大喝一声:"打!"霎时枪声大作,飞沙走石,打得鬼子鬼叫鳖爬。

鬼子气极了,支起炮来,向上头猛轰。轰了半天,不见有什么动静,便嗷嗷叫着冲上山头,一时傻了眼,哪有半个人影?转来转去,四处寻找,突然桃花村中飞来一群手榴弹,炸得他们血肉横飞。硝烟未散,四处即响起震天动地的喊杀声。鬼子伪军吓蒙了,纷纷逃跑。

等敌人清醒过来,急急忙忙赶到湖边时,他们已撤到湖里的茫茫无际的芦苇荡中。

毛二旦夸耀地说:"咱这支部队经过整训有点老八路的味了。"

铁飞点着他的脑门说:"你先别翘尾巴,你打死了一个鬼子医务人员,违反了纪律,我还要给你算账哩。"

毛二旦嘻嘻哈哈地把屁股一撅:"照这里打四十大板,俺也心甘情愿。"

政委望着铁飞赞许地说："看今天这次战斗，你把李营长那套战法全部'偷'来了。怪不得李营长要把你带到主力部队去。"

铁飞摆摆手说："俺比起人家李营长来，戴着斗笠亲嘴——差远哩。"

他们腾出五只小船，去马坡运回隐藏在白腊丛里的药品。齐英他们装了一船急用的药物带着那些医生和护士先去湖西报信。其中有一个护士因家是戚城的，要求回家看望父母，政委答应把她留下来。

天黑后不久，去马坡的船只回来了。他们集合一起。这时风向一转，正好刮起北风，铁飞领头，金石开殿后，指挥一只只满载的渔船，乘风破浪，飞驰而去。

他们回到湖西杨楼，张司令带着两连人已经等候在那里。两连人搬运走一小半药品、器材、物资，大部还留在船上。张司令看到这么多东西，连声夸赞："你们做了一件大好事，既解决了湖西缺医少药的困难，又调动了敌人，减轻了湖西的压力，一箭双雕啊！"

第二十三章

群英定计

一

驻防济宁的日军联队长龟田司令查明是微湖游击大队抢夺了他们医院的药品，便把小野叫到济宁，大骂一顿，严令他把药品追回来，否则就要他的脑袋。他命令滕县、临城、沙沟等地的鬼子配合他到湖边扫荡，给他调拨了三艘汽艇和大批军火。当天，小野就坐着汽艇赶回戚城。

第二天，各路的日伪军云集湖边，大肆搜索扫荡。他们每到一个村庄，就烧杀抢掠、奸淫妇女，抓住老百姓就吊起来拷打逼问。一时到处火光冲天，哭声震耳。可是一连三天搜来搜去也没有找到药品的下落。鬼子不死心，在沿湖一带较大的村庄驻扎下来，利用地主防匪的炮楼，修起临时据点，不分昼夜四下查。因为事前已经估计到敌人要来搜索，微湖大队早就把药品转移到远离湖边的十八滩一带了。

这十八滩隐在一眼望不到边的芦苇荡中，滩滩一般大小，间隔都在二里左右，上面同样生着一人多高的荒草、水柳。不清底细的人进入十八滩，三旋两转，便要迷失方向。因为十八滩地形复杂，这里便成了强人出没的地方，种种耸人听闻的传说也应运而生。

微湖大队在十八滩里隐蔽下来，敌人发现不了，即使发现了，要想进十八滩搜索，谈何容易？他们在十八滩深处的卧虎滩上搭起窝棚，寻机歼敌。

在他们刚转移到十八滩的那天夜里，一连单独住在靠近入口的鲤鱼滩，担任警戒。下半夜，除了岗哨，队员们都睡熟了。毛二旦突然被一声尖叫惊醒了。他以为是敌人摸进来了，起来四处搜索，没有发现敌人。他们又向鲤鱼滩南的草丛深处搜索，发现一个护士被人奸污了，肚子上还被刺了一刀，人已经奄奄一息了。这个护士本来是要回戚城看望她父母的，不想出现了这样的事件。毛二旦气得浑身哆嗦，便叫两个队员连夜把她送到南壮去，找白云鹤想方设法把她救活。

有人发现"野狸子"脸色不对，衣上还带着没有洗净的血迹。再一问，那天下半夜正是他值班站岗。他过去干过湖匪，原是杜二海手下的八大"金刚"之一。杜二海被微湖大队歼灭以后，他被俘虏过来，参加了微湖大队。

第三天，毛二旦听到那护士已被白云鹤救活，就带两个队员赶到南壮，一问干坏事的果然是野狸子。毛二旦气呼呼地折回鲤鱼滩，野狸子却逃了。

金石开和王铁飞知道野狸子熟悉十八滩的地形，一旦投敌，对我方坚守十八滩十分不利。于是立即命令部队把东西装上船，转移到别的地方去。同时连夜通知地方党组织和我们的内线关系注意防范。

二

他们从卧虎滩转移到盘龙滩，又派出队员分头去打听野狸子的下落。这天夜晚，金石开、王铁飞、石大海正在煤油灯下研究敌人的动向，突然莲娃带着一个人走进来。

那人戴着一顶大斗笠，帽檐压得很低。直到他摘下斗笠，在灯光下显露出忧郁的长方脸来，金石开和王铁飞才看出是郑杰，他俩忙问："野狸子的事，你知道吗？"

"不是他，我还不会到这里来哩，操他祖宗，这小子投鬼子啦！"

郑杰接过金石开递过来的一缸子茶水一气喝下去，接着说："野狸子一到戚城，刘哮林就摆上酒肉，请他吃喝，还叫和他相好的婊子黄菜花作陪，又拿出一百块大洋赏他。他把我们的情况全都说了，小野要他带领日伪军进十八滩扫荡。"

铁飞担心地问："你的事他知道吗？"

郑杰说："看样子他已经注意我了。"

铁飞不放心地说："敌人已经注意你了，就留在这里吧。"

郑杰握住铁飞的手，留恋地说："说实话，顶着个汉奸的臭名儿，那滋味真不好受。我做梦都想着和同志们在一起，痛痛快快与敌人干一场。可是现在我不能不回去呀！我发展的几个同志，如果不安排好，就会连累他们。"

铁飞用力握住他的手，充满感情地说："老郑同志，你要多加注意呀！"

金石开也走过来握住郑杰的手关切地说："以后有什么情况，我们会派人与你联系，你千万不要再冒风险亲自来了。战斗在敌人心脏里，你要处处小心，一旦暴露，要迅速撤离。"

铁飞送郑杰回到盘龙滩，见金石开正将微湖大队的骨干分子召集在大敞棚下，大家的脸色都显得异常严肃，全神贯注地在听政委关于敌情的分析。然后，大家你一言他一语，提出了在十八滩大摆"迷魂阵"的歼敌方案。白云鹤还为这阵法起了个名字，叫"九龙迷魂阵"。

铁飞对政委说："摆这个阵法，我们的有利条件可以全部发挥，也符合你所说的几个战斗原则！"

金石开微笑说："叫你们先把我'迷魂'住了，什么是九龙迷魂阵呀？"

石大海笑着说："这是我们箔帮渔民常用的一种逮鱼方法。"他蘸着茶水在桌上画了个草图，解释说，"在水里用苇箔摆成蜗牛形状，中间插一高杆，上挂标志。渔船四面围定，用竹篙击水，把鱼轰进苇箔。鱼只能顺着苇箔摆的九龙迷魂阵，一圈圈地往里走。沿途安放着一只只篼笼，鱼只要进去，就别想出来。经过九道关口，剩下的鱼就不太多了。最后进入最里圈，便把最里圈的箔门封死，用罱网把它们全捕上来。"

金石开听了连连点头："这个方法好。不过这一次我们逮的是'大鱼'，而且他们有野狸子引路……"

"没问题！"铁飞把拳头重重地捶在桌子上，充满信心地说，"野狸子虽识得路，却不知我们在何处设伏。"

经过大家一番商议，一个详尽周密的作战计划最后形成了。

三

第二天一早，鬼子、伪军乘着汽艇和抢劫来的渔船出动了。但他们并没立刻进十八滩扫荡，只是把十八滩封锁起来，一天、两天、三天过去了，却没有进攻。望娘门外似乎比往日还要平静。人们都在暗暗猜测：难道小野真的不敢来闯十八滩吗？

原来，鬼子、伪军倾巢出动，开进湖里，隐蔽在青纱帐里的湖东县委民运大队得到消息，立刻集中兵力向敌人进攻。他们连续攻克三个伪军据点后，又挥师北上，虚张声势，直捣戚城。敌人不得不抽调一部分兵力，加强戚城和各据点的防备。鬼子、伪军来到十八滩望娘门外，刘哮林觉得兵力减少了，心里直打鼓，便对小野说："太君，你看这十八滩地形多么复杂，是微湖最险要的去处。当年大清三千水师进荡剿匪，全军覆没。"

野狸子连忙说："太君，这十八滩，我非常熟悉，一无高山峻岭，二无深沟陡涧，有何险要？一定是刘司令被八路吓破了胆，故意编造出吓人的故事来。微湖大队能在十八滩安如泰山，难道堂堂皇军就不能进十八滩？"

小野一听恼了，恶狠狠地盯住刘哮林，滚圆的猫眼射出逼人的凶光，上唇从齿根向上翻卷，露出白森森的牙齿。

刘哮林心里恨得直骂："野狸子，你这小子过河拆桥呀！得了势，就翻脸不认人了！"

但他在小野面前不好发作。刘哮林的参谋长孔玄走上前来，向小野深鞠了一躬，说："报告太君，刘司令所言句句是真。据敝人所知，这十八滩，滩滩芦苇如墙，河道如网，百步九折，扑朔迷离，人入不辨东西，鸟入难分南北。有民谣云：'误入十八滩，休想把命逃；冤魂哭嚎舟迷航，尸骨森森沉泥沼。'太君，千万不可轻举妄动呀！"

小野听了右手不由自主地紧握刀柄。

野狸子嘿嘿一阵冷笑："照你这么说，微湖大队早就在十八滩死净了，皇军何必再去扫荡？"

听着两个走狗唇枪舌箭地斗嘴，小野一时拿不定主意。

刘哮林三角眼骨碌一转，献计说："太君，这十八滩只有望娘门一个出入口，只要我们设重兵把守，再派汽艇、船只在十八滩四外巡逻，搭起瞭望棚，瞭望十八滩的动静。见哪里有烟火就往哪里打炮。不消三日，微湖大队就会自己走出来，我们以逸待劳，可一举将其歼灭。"

小野这才又眉开眼笑地说:"大大地好!"

刘哱林这一招确实狠毒,微湖大队被困在十八滩,一连三天,随身所带的东西都已吃光,只好捕捞鱼虾和挖苇根充饥,没有油盐酱醋,用清水煮着吃。鬼子从瞭望棚上看到烟火就打炮。幸亏躲得快,没有伤着人,但船被炸毁了四五只。不动烟火,生吃活吞吧,腥得令人发呕。实在饿急了,捧口湖水漱漱嘴,再往下咽。大家愁苦的脸上罩上了一层阴云。

张泥鳅见丛秀趴在船帮上,一口接一口吐得正凶,连鼻涕眼泪都流出来了,一本正经地说:"哟,恭喜二嫂得喜病了?"

这一下把大家都逗乐了。丛秀的脸腾地红了,她紧闭着嘴,强压下泛上来的酸水,扑上去揪住泥鳅,抬手要打,不想一折腾,一口酸水又泛将上来,忍不住"扑哧"一声,鼻子嘴里都喷出生鱼汤水。这回大家笑得更猛了,闹得都止不住趴在船上呕吐起来。

泥鳅笑得肚肠子拧了劲,抱着肚子嗷嗷直叫疼。刚缓过气来的丛秀指着他的脑门笑骂道:"看你个兔崽子生个啥玩意?"

泥鳅哭丧着脸说:"俺这是怪胎,光拉臭稀屎!"

黄大水咧着嘴说:"别闹了,俺的肠胃都快倒出来了。"

毛二旦擦着嘴里的白沫说:"操他奶奶的,可叫鬼子把咱害苦了!"

铁飞收住笑,紧蹙着燕翅眉,对沉思的金石开说:"政委,小野到底捣什么鬼?再这样拖下去,队员们会被拖垮的。"

金石开那张白生生的圆脸已变得又瘦又黄,饱满的额头失去了光泽。他比湖渔民出身的队员更不习惯生食鱼虾,胃肠一阵阵作痛,但他极力克制着。听了铁飞的话,他沉思了片刻,说:"根据情报分析,小野急于追回药品,上面又催逼得很紧,他绝不会这样老守在十八滩外按兵不动。他之所以迟迟不敢进十八滩,一是怕我们有埋伏,二是想等我们粮尽人饥,然后再来个偷袭。我看,咱们就来个将计就计,把各滩埋伏的队员都调回来,让敌人放心大胆地进来。"

铁飞连连称是。

果然不出政委所料,小野得到各处瞭望棚的报告,整整一天也没有见到烟火,他高兴得咧着大嘴不住地狂笑。他把手下人都召集起来,着实把刘哮林夸奖了一番。这时，龟田又发来急电，催他快速行动。小野不能再等待了。他命令日伪军做好准备，只等日落夜静偷袭十八滩。

刘哮林一听连忙劝阻："太君，夜间行动，看不真切，对我们不利呀。"

小野哈哈大笑道："王铁飞是我的老对手，他知道我惯于白天用兵，一定严加防范。我偏要来个夜间进兵！这叫出其不意，攻其不备！"

刘哮林不敢再说什么。他和孔玄回到他们的船上，孔玄突然一头栽倒在船板上，口吐白沫，两眼翻瞪，不省人事。刘哮林慌了手脚，急忙叫随军医生刘家连。刘家连是郑杰发展的一个地下关系，与孔玄也有点拐弯的亲戚。听到召唤，他便和郑杰一前一后走出船舱。他伏下身子看了一下，又摸了摸孔玄的脉搏，一切正常，心里就有底了。刘家连故意慌慌张张对刘哮林说："参谋长羊角疯又犯病了，必须立刻回戚城抢救。"

刘哮林满腹狐疑，把孔玄看了又看，终于没看出什么破绽，"哼"了一声说："妈的，早不犯病晚不犯病，单等这个节骨眼上挺他妈的尸了。"又对郑杰道，"还不快把他弄回去！"

第二十四章

智歼小野

一

夜静风息，月上苇梢，一百多鬼子、二百多伪军乘着木船悄悄地摸进十八滩。一进望娘门，两边芦苇如墙，夹着一条条斗折蛇行的水道。周围静得出奇，只有木桨划水的哗啦哗啦的声响。小野瞪大了双眼，东张西望，唯恐两边芦苇丛中飞出一阵子弹。日伪军提心吊胆走了大约两里路，前面出现一片荒滩。野狸子指指前面，对小野说："这就是卧虎滩！"

小野定睛一看，滩上草丛之中果然影影绰绰有不少窝棚，滩头还有几个人影。小野命令日伪军将卧虎滩团团围定。一声呐喊，齐向滩上扑去。那几个"哨兵"倒下了，鬼子跑上前仔细一看，原来是几个草人！日伪军把大大小小的窝棚搜个遍，空空荡荡，连个人影也没有！

小野知道中计，连忙带着日伪军撤出卧虎滩。他们急急忙忙赶到岸边，却又不见了船只，四面芦荡悄然无声，环滩湖水平明如镜，无风无浪，难道这船飞了不成？突然四面八方响起枪声，子弹像飞蝗一般射进敌群。日伪军乱了阵脚，有的中弹倒在水里，有的转身逃进了芦丛。

小野狂吼乱叫，命令机枪手向四面芦荡拼命扫射。日伪军在机枪的掩护下，弓着腰，重新向芦荡发起进攻，芦荡里却又一点动静没有了。小野直眉瞪眼望着硝烟弥漫、深不可测的芦荡，只觉得处处布满了杀机。他紧握着指挥刀，又气又恼，真想一刀结果了野狸子，但又怕回去无人带路。他们好不容易找到了失去的船只，但是船上的桨都没有了。日伪军爬上船，只好以枪代桨，丢下二十多具尸体，往前爬行。小野假惺惺地拍着野狸子的肩膀说："你的不要害怕，土八路到底藏在哪里？药品在哪里？"

野狸子定了定神，对小野说："我估计他们一定在盘龙滩，盘龙滩是十八滩的最中心，水道四通八达，极利于隐蔽和转移。"

"好的，你的带路，从小道悄悄地进去。"

四个鬼子划着小船刚绕过去，发现一条小船拐进一道小河汊，便紧追不舍。可是小船三转两拐，忽然不见了。鬼子正在四处寻找，突然水下钻出四条大汉，把鬼子的船掀翻在水里，四个鬼子脚在水皮上乱蹬一阵，就不动弹了。那四条大汉为首的正是毛二旦。

毛二旦等四人，换上鬼子军装，戴上鬼子钢盔，摸进敌群，恰巧遇到小野，便冷不防开了火。一颗子弹擦着小野的耳边飞过，吓得他连忙趴在船上，日伪军开枪还击。不想后面又飞来三只小船，照着敌人的屁股就是一阵枪弹，打得日伪军鬼哭狼号。小野急令分头还击，前后的小船又飞一般隐进芦荡。小野清点了一下，又损伤二十多人。

小野受了两番打击，欲进怕中埋伏，欲退又不甘心，正在犹豫不决之际，刘哞林劝道："太君，微湖大队诡计多端，千万不可上当呀。以小人之见，不如避实就虚，折回卧虎滩，把汽艇调进来，再回兵直捣盘龙滩，使土八路防不胜防。"

小野点了点头，命三挺机枪开路，两挺机枪压阵，回兵卧虎滩。

毛二旦、王银飞见敌人不去盘龙滩，反掉头而回，一面派人去盘龙滩向大队长、政委报告，一面急忙带着一连抄近路赶往卧虎滩，帮石大海他们把刚转移到那里的药品装上船。这时日伪军已经赶到。小野一见满载着东西的货船，喜出望外，带着日伪军猛扑过来。毛二旦指挥一连拼命封锁住河道，掩护石大海他们转移。可是敌人仗着人多势众，一面在滩头支起机枪，压住一连的火力，一面派出鬼子伪军从两翼包抄，企图截下货船。王银飞见形势对他们不利，连忙对毛二旦说："快撤！"

一连掩护着货船边打边撤，退到一条小河汊。可是这条小河汊是个死胡同，船进到里面就无法再往前走了。他们只好隐蔽在两边的芦荡里用枪封锁住河口，不让敌人进来。小野决心要把东西抢到手，命令日伪军不顾一切往里冲，形势越来越紧急。正在这时，敌人背后突然枪声大作。王铁飞带着二连赶来了。敌人顿时大乱，一连趁机向敌人展开反冲锋，杀开一条血路，与二连合兵一处，护着货船，飞驰而去。等小野整理好队伍，想要追击，看看自己的船桨没了，就像无翅的笨鸟，如何追得上？只好眼睁睁地望着他们去了。

小野命信号兵打出三颗红色信号弹，把汽艇调进来，又把卧虎滩上的窝棚点着火，为汽艇指示地点。小野还不放心，又派野狸子带着几个人前往迎接。

二

午夜之后，三艘汽艇拖着九只小船开进了卧虎滩，垂头丧气的日伪军又打起精神。小野登上汽艇，愤恨地说："我要把土八路的统统地消灭！"

他的话未落音，忽听得南边河汊里传来一阵哗啦啦的水声。月光下，两只小船飘然而来。

汽艇开足马力，气势汹汹冲过去，那两只小船却不慌不忙，滴溜溜拨转船头，打起两桨，悠然而去，拐过两道弯，一眨眼不见了。小河汊水浅道窄，水草繁生。鬼子不知是计，只顾追去。不想汽艇进入河汊不过五十米，船下的"拨翅"便被水草缠住，进退不得，咕嘟咕嘟直冒黑烟。后面的汽艇刹不住，"砰"的一声撞在前面的汽艇尾巴上，两艘汽艇趴了窝，第三艘也被挡住了去路。几个鬼子爬下船去检查故障。

就在这时，突然"轰——轰——"两声巨响，从苇丛里射出两道火光，火光拖着浓烟，扑向汽艇，接着手榴弹纷纷落下。刹时汽艇腾起一团烈火。鬼子惨叫着滚下水去逃避。一截炸下的鬼子大腿从空中落下来，落在小野的头上，他打了个趔趄，跌下水去。

后面的日伪军赶上来，一面发疯似的向两边苇丛射击，一面扑打汽艇上的烈火。苇丛里的枪声停息了。鬼子把小野拖上船，他脸色乌青，翻噘的厚唇气得乱抖。鬼子向两边搜索了半天，只找到绑在船上的两支大抬杆。鬼子觉得稀罕，便把这又粗又长的黑家伙搬到他们的船上，成了他们的战利品。

小野抬头一看五十米外有十几只小船，急令一面扫射，一面追击。

刘哼林吓得脸色煞白，结结巴巴地说："太……太君，别……别追了。"

"啪！"一巴掌打在刘哮林的脸上，小野怒不可遏地说："你的良心大大地坏了！"

刘哮林再也不敢作声。

金石开在小船上听得真切，笑着对队员说："狗急要跳墙了，快走！"

霎时间枪炮齐鸣，炮弹呼啸而来，机枪像刮风似的扫射着，敌人绕过"趴窝"的汽艇，乘着木船追来。前边的船忽左忽右，巧妙地躲避着枪弹。时快时慢，在斗折蛇行的河汊里穿来穿去。看看把敌人引进了盘龙滩，他们立刻加紧划桨，小船如飞一般隐入茫茫的芦荡里。

这盘龙滩地处十八滩的中心，向四面八方伸展出一条条蜿蜒的小河道，如群龙盘绕一般。敌人只顾追赶，忽然失去了追击的目标，环顾四周，荒草茫茫，夜风萧瑟；近处看，小河道七股八叉，飞龙走蛇；仰脸看星月无光，阴云四合，日伪军一时都晕头转向，小野极力控制住内心的恐惧，问野狸子："这是什么地方？"

野狸子仔细一看，叫道："不好！这就是盘龙滩，我们快撤退吧。"

小野浑身一颤，喃喃道："神啊，菩萨保佑！"

敌人正在四处寻找退路，忽见七八只小船出现在离他们百十米的地方。小野急忙命令刘哮林："你的绕到他们背后，我的从这面……一定要统统地消灭！"

刘哮林带着伪军偷偷绕了过去。忽听得一阵哗啦啦的水声，刘哮林吓了一跳，他刚想趴在船上看个究竟，不防一阵枪响，撂倒了身边的几个喽啰。他急令部下卧倒，开枪还击。

小野听到枪声，带着鬼子从正面急追过去。原来这里是铁飞直接指挥的八只小船，铁飞看看鬼子近了，命令大家一齐开火。小野也急忙命令鬼子兵开枪。王铁飞把手一招，队员们各把船登翻，跳上盘龙滩，隐进又高又密的草丛之中。

日伪军瞎驴般转悠了半夜，处处碰壁挨打，个个又渴又饿，憋着一肚火，不管三七二十一，拼命地射击。双方的机枪、手炮、手榴弹、步枪一齐大作，只打得人仰船翻，天昏地暗。两下里正打得起劲，小野忽听得有人惊呼："刘司令挂彩了！"

261

刘哮林吊着一只被打伤的胳膊，哭丧着脸，望着在船上团团乱转的小野，胆战心惊地说："太君，我们快撤退吧！"

小野还没来得及回答，背后草丛中钻出十几个人来，离他们不过三十米，为首一条大汉用手一指，厉声喝道："小野、刘哮林还不快下船投降！"

小野定睛一看，那人正是王铁飞。仇人相见分外眼红。他对身边的士兵狂叫："抓住他！"

日伪军一窝蜂拥上草地。铁飞他们见敌人追来，呼哨一声，四面散去，一个个身轻如燕，忽东忽西，像捉迷藏一般。

日伪军抄了近路，直扑过去。不想霎时间这里喊爹，那里叫娘，一个个干瞪着眼动弹不得。原来这盘龙滩地势低洼，到处布满淤泥陷坑，上面长着水草，看上去如平地一般，日伪军照直追去，却纷纷陷进泥潭，愈是挣扎，愈往下陷。转眼间这个没了腰，那个没了顶。那些侥幸未陷进去的，也都吓得不敢再移动半步。

王铁飞见敌人已经全部进入"网底"，正要下达战斗命令，最后围歼。湖东县委书记朱林和民运大队长纪善带领援兵赶到。金石开、王铁飞把战斗计划向朱林、纪善一说，他俩赞许地点了点头，就马上带领民运大队进入阵地。

这时小野正指挥着部下拖拉陷身泥潭的日伪军。忽听得四面八方金鼓齐鸣，杀声骤起，通往盘龙滩的各条水道被灯笼火把照得通亮，恰似一条条巨龙，摇头摆尾，汇拢而来。微湖大队和民运大队的健儿们，划着船，举着大刀、长矛、鱼叉呐喊着，射击着，席卷过来。日伪军乱跑乱窜，跑到东有人截，跑到西有人杀，钻进草丛有人抓，滚到水里有人捉，上天无路，入地无门。

战斗很快就结束了。大家打扫了战场，清点了俘虏，但搜寻了半天也没有找到小野和刘哮林。

三

原来小野见大势已去，顾不得他的部下，便和刘哮林、野狸子带着几个护兵，爬上一只小船溜走了。可巧迎面碰上一队赶来参加战斗的民兵，野狸子眼尖，急忙把船划进道旁的草丛中，等人群过后，他们又钻出来，认了认方向，摸进一条小河汊拼命逃窜。也不知过了多久，他们来到一个滩头，小野问野狸子："这是什么地方？"

"太君，这就是鲤鱼滩！"

小野一听鲤鱼滩，知道前面不远就是望娘门了。心想："我虽逃得一命，但手下的兵马都完了，龟田司令有言在先，追不回药品，消灭不了微湖大队，要我的脑袋。可怜我忠心耿耿为天皇卖命落得这般下场。都是野狸子这个狗奴才，要不是他我怎能上这个当？"想到这里，他"嗖"地抽出刀来，步步逼近野狸子，手起刀落，只听得野狸子惨叫一声，一头栽下水去。但这一刀只砍伤了野狸子一条大腿。野狸子负痛咬牙憋住气，一个猛子扎进芦苇丛里……

小野猛一抬头，却见滩头竖着一块木牌，上面写着"小野葬身处"五个大字，不由得又是一颤！就在这时，那木牌后猛然闪出一个人来，炸雷般地大喝一声："站住！"

小野定睛一看，面前站着一个威风凛凛的大汉，那大汉正是王铁飞。他的背后立着七八个持枪举刀的人。小野惊叫一声，指挥刀掉在地上。

那几个"保镖"一看不妙就要举枪射击。红莲女手疾眼快，把二十响匣枪一举，"哗啦"一梭子子弹扫过去，结果了他们，又飞身一跃，跳上船，把刘哮林从船舱里一把揪出来。

小野趁这个机会从地上捡起那把指挥刀，怪叫一声，爬将起来，恶狠狠地向王铁飞扑去。

铁飞屹立如山，冷冷一笑。待小野的刀锋照脑门劈下，他身子一闪，轻轻避过。小野急收身，横刀一扫，铁飞往后一退，仍然闪过，小野二招落空，蓦然向前一跃，挺刀直取铁飞的心窝。这一招快如闪电，红莲女不由得惊叫起来，想要开枪又怕伤着铁飞，一颗心突突直跳。在场的队员正要一齐上前。谁料铁飞身法奇快，在这刻不容缓之际一侧身让过刀尖，伸出一只蒲扇般的大手，五指如铁钩一般，抓着了小野的手腕，用力一拧，同时另一只手化掌为刀，照小野的脖子直劈下去，小野"哎呀"一声，颈断臂折。

铁飞从背后抽出紫金刀，一时千仇万恨涌上心头，眼前又浮现出小野血洗南壮的情景。小野惊恐万状，连连后退不止。铁飞怒火万丈逼视着小野，突然拔地而起，大吼一声，好像晴天响个霹雳，紫金宝刀"嗖"的一声，直劈而下，小野一声哀叫倒在那木牌之下。

这时天已发亮，微湖大队和民运大队都已赶到，后面的几只船上还押着五六十个伪军俘虏。大家见抓住了大汉奸刘哞林，都纷纷跳上鲤鱼滩，围住刘哞林，怒吼痛骂，拳脚齐下。金石开急跑来制止，刘哞林已变成一块血肉。金石开本想留下他，召开一次群众大会，然后再枪毙，不料发生了这样的事。金石开又想到那些俘虏，连忙找到王银飞、毛二旦，要他们一同看押俘虏，要避免出现杀害俘虏的现象。转移到新的地点，对他们进行了一番教育，全释放了。

第二十五章

斩角拔牙

一

驻济宁的日军联队长龟田司令，闻报小野兵败身亡，大为震惊。他万万想不到一向以勇猛著称的小野会惨败在土八路手里。龟田又是痛惜又是懊悔，不该三令五申迫其孤军深入芦荡。小野有勇而无谋，连连中计，如何不败？龟田立即将此情况报告了驻兖州的日军三十二师团团长石井一郎。石井命令他率部进剿，并命令驻滕县、临城、韩庄等地的日伪军由龟田统一指挥，兵分四路，合围微山湖区，迅速扑灭该地的共军。

龟田率领两千兵马，带着从济南请来的特务队长铃木，水陆并进，杀气腾腾，星夜赶往戚城。微湖大队早已转移到微山岛上，地方上的同志也已化整为零，分散隐蔽。

龟田坐着汽艇来到十八滩，看到到处都是日伪军的尸体，不禁连连摇头叹息。太阳就要落山了，龟田回望微山湖上烟云茫茫，残阳如血，心想这微山湖浩如烟海，芦荡千顷，大小岛屿星罗棋布，要想剿灭八路军游击队谈何容易？他所指挥的兵马两千五百人，若要正面对阵自然绰绰有余，若要进湖清剿却是大大的不足，更何况地理不熟。他苦思冥想不得其法，只好问计于特务队长铃木。

铃木是个很有经验的老特务，略一思索，说道："我单以武力进行清剿是无法奏效的，若军政结合以华制华，便可置游击队于死地。"

龟田听了连声说好，并委任铃木兼任戚城驻军司令，指挥戚城残余的日伪军，又把孔玄、胡空和野狸子找来，委任孔玄接任保安大队长，胡空仍任副大队长，委派野狸子担任特务队长，组织汉奸特务队。

野狸子受宠若惊，千感万谢，表示伤好后，一定为皇军效劳。孔玄对他的"荣升"并不感到高兴。这一次,他要了一个小花招,拾得一条命,不愿再冒风险,况且保安大队所剩不过百人。但他不敢推辞,怕引起铃木的疑心,要他的脑袋。孔玄强颜作笑,应承下来,心里却另打着算盘。胡空没有当上大队长,心怀不满,却不敢在铃木面前表露出来。

第二天拂晓,鬼子大队人马就从北到南进行拉网扫荡。老百姓四下逃跑,鬼子就用机枪扫射。湖边、路旁、树林、田野里到处都是死伤的百姓。村村都在冒着黑烟火光。枪声和火光在前面开路,人马不停地向前移动。湖滨人民遭受到一场空前的浩劫。

日军特务队长铃木又采取更为毒辣的手段:一面对湖边加强控制,一面调来三艘汽艇,封锁湖面。企图把微湖大队困死在芦荡里。

鬼子的汽艇架着机枪穿梭着在湖上扫来扫去。见人就抓,见船就毁。

微湖大队的队员们隐蔽在芦荡里,眼望着鬼子的汽艇横冲直撞,百姓四散逃跑,成熟的湖产没人收获,一个个气得两眼冒火,纷纷到大队部请战,要求打掉鬼子的汽艇,为民除害!

金石开召集干部研究,也认为当务之急是斩断鬼子伸向湖里的"毒角"。可是怎样打掉敌人的汽艇呢?敌人的汽艇在远离芦荡草丛的广阔的湖面上跑来跑去,上面配有机枪、手炮,打伏击是不可能的。硬打硬拼,即便是打胜了,也要付出很大的代价。商量来商量去,最好的办法,还是趁敌人的汽艇夜晚停泊时进行偷袭。

铁飞派了两个队员侦察了一下情况。回来报告说,汽艇夜晚停泊在三孔桥头炮楼底下,炮楼上驻着伪军的一个小队,上面安着探照灯,把汽艇周围照得雪亮。炮楼四周有三道铁丝网,戒备森严。汽艇上的鬼子就住在离炮楼不到半里路的水火庙小学里。三孔桥村是戚城南门外一处半乡半城的集镇码头,人烟稠密。因为它是戚城的门户,敌人一直控制得很严,遇有情况,戚城的鬼子很快就可以赶到。三孔桥是座拱形桥,横跨两条河。一条是古运河,由北而来流经左边的桥洞;另一条是通微湖的分水河道,流经右边的两个桥洞。汽艇就停泊在分水河道的桥洞旁,那炮楼就矗立在东边的河堤上。不论从水上还是陆上,想接近汽艇都是很难的。

大队的几位领导人正在为打汽艇的事犯愁,二连连长袁振国特来献计。

他这个人粗中有细，拉着梆子戏腔唱道："关隘难通钱作马，城池欲破酒为兵。"接着不慌不忙将如何利用当地的关系乔装打扮……如此这般说了一遍。

铁飞一听，高兴地擂了他一拳："中！"

二

转眼间，到了中秋节。晚上，月亮爬上了桅杆顶，白亮亮的银子似的光辉洒在湖面上。要在往年，这时湖边的渔船上，又该一家家围坐在船头，摆上月饼、石榴、菱角、莲子、毛豆……欢欢乐乐地圆月了。自从来了鬼子，人们就没有心思过节了。

可这三孔桥的炮楼上真够热闹的。天刚擦黑，当村的颜保长领着一位阔商人来到炮楼。他们身后跟两个人抬着鸡、鱼、酒、肉、月饼、香烟、茶叶等礼品。伪军小队长一见送来这么多好东西，眉开眼笑迎出炮楼，骂道："颜保长，你这个龟儿子一向不出血，这回怎么这样大方？"

颜保长道："这位过路的'财神'袁老板，今晚在此地泊船，特地来看望小队长和弟兄们。"

"哦，袁老板，咱们素不相识，为何这么破费？"

袁老板笑嘻嘻地说："今借队长管辖的风水宝地泊船，安全过宿，适逢中秋佳节，兄弟特备些薄礼，一来和诸位交个朋友，二来求诸位高抬贵手，明天准我的船过桥。哈哈哈，这点小意思，请队长笑纳。"

小队长一见这么多礼品，还有几坛好酒，十分喜悦，一面留袁老板共饮赏月，一面把酒赏给众弟兄过节。顿时，炮楼一片"五呀六呀"的行酒令声。

这时，黄大水带着二连十一名水性好的队员，撑着一只丈二的小划子，飞快地向这边驶来。小划子一会儿消失在芦荡里，一会儿出现在莲叶丛中，不大会儿，就在河口停下来。他们把小划子藏好，头顶荷叶，嘴衔着芦苇管，纵身潜入水中，向停放汽艇的三孔桥下游去。要说游水，微湖大队的队员们个个都是好样的，游得又快又没有声响。

玉盘似的月亮高悬在深蓝的天幕上，湖面上闪着淡淡的青光。夜，静静的,只有那不知疲倦的青蛙此起彼伏地对唱着。黄大水鼓起腮帮子"咕哇""咕哇"地学叫几声,引得满湖的青蛙叫得更起劲儿了。

借着这支"乐队"的掩护,他们很快地潜游到三孔桥下。黄大水探出半截身子,向炮楼上观望了一下,上面不见人影。黄大水向队员一摆手。十二个人分成三组,像十二条大鱼分别蹿上三艘汽艇。黄大水和其他两个队员举起大弯头镰刀,"咔嚓嚓"一阵声响,缆绳全部割断了。他们互相打了个手势,溜下船去,正准备下手推船,突然,头顶上的探照灯亮了,强烈的光柱像一把巨大雪白的刷子,在汽艇上和周围的水面上扫来扫去。

队员们憋住呼吸,把身子缩进船底。探照灯扫射了几遍,没发现一点动静,很快熄灭了。队员们立刻钻出船底,把三艘汽艇悄悄地推出河口。又从草丛中推出小划子,拿起事先备下的竹篙,跳上汽艇,撑着汽艇走出二里多路,队员们一个个累得腰酸臂疼。黄大水身材瘦小,在湖上使船却是好把式,不论是溜子、划子、四笩,还是双桅双篷的大船、大粮划,他都能使得又快又稳。大风天,别人落篷抛锚,他却风浪里来去自如。可这一回,竹篙撑汽艇,还是"大闺女坐轿——头一遭"。

不一会儿,他也累趴下了。回望三孔桥,不过走出三里多路,东方启明星已经升起,不一会儿,一只小溜子箭一般飞驶而来。队员们欢呼起来:"袁连长他们回来了!"

这时就听炮楼上响起枪声。袁振国飞身跳上汽艇,大声说:"老黄,这家伙咱不会开,别费那个牛劲了,还不快烧掉!"

黄大水说:"别忙,看看船舱里有啥好东西!"

他们从舱里找出一些罐头、香烟,搬上了小溜子、小划子。然后扳倒油桶,拧开桶盖,把油倒在船舱里、甲板上,点着火。汽艇顿时变成了火艇。他们跳上溜子、划子,摇着棹子,撑着篙,回白鹭岛去了。

三

烧毁了汽艇,鬼子无法进湖骚扰了,铃木又采取了恐怖与怀柔兼施的政策：一方面频频使用武力；一方面极力拉拢地主、渔霸、乡保长，扶植汉奸，扩充伪军，建立伪政权，实行保甲制度和连坐法，用"以华制华"的手段巩固对湖边的控制。与此同时，日伪军还在沿湖一带的大村庄抢修据点、碉堡，对微山湖实行军事和经济封锁。

　　冬季来临了，水草、湖莲枯萎了，大部分苇子也已经收割，湖上是一片光溜溜的明水。敌人站在湖边的炮楼上一眼能看到十几里远。敌人不准湖里的船只靠岸，也严令禁止湖边的船只下湖。

　　这天，野狸子得到微湖大队的人到了刘庄的情报，铃木带着他们的特务队扑到刘庄，扑了空，又向西搜索，到了卜湾村边，野狸子悄悄地对铃木说："这村有个卜占山，是微湖大队的关系，咱们去看看，可能在那里。"

　　铃木命令特务队包围卜湾，野狸子连忙摆手道："太君，他们如在这里，村边一定设有岗哨，咱们最好绕过岗哨，悄悄地摸进村去。"

　　银飞他们在卜占山家里吃完饭，天快亮了，银飞站起来，催促道："快走吧，拂晓前我们必须离开这里。"

　　突然，外边传来一阵急促的脚步声，黑豹进来报告道："我在村边看见有一溜人影向这村走来，突然不见了。"

　　银飞说："做好战斗准备！"他拔出匣枪，打开机头，走出屋门，又回头对老卜说，"卜大哥，你们也快点转移吧。"

　　话未落音就听外边"砰砰"两枪。黑豹回头向大门奔去，可是刚一跨上门槛，就被一阵乱枪打倒了。特务从大门外蜂拥而入。野狸子看到银飞大叫："捉活的！捉活的！"

　　银飞一举枪，向扑进门里的特务扫去，特务像摺倒的谷子似的仰跌在门槛里外。他把枪向前一挥，向队员们喊道："快！冲出去！"他一纵身跃过门槛，踏着特务的尸体冲出去。冲到胡同口上，见一群鬼子从对面涌过来，他掷出一颗手榴弹，鬼子群里轰隆一声。他乘着爆炸的烟雾，蹿过号叫着的敌群，箭似的向村外奔去……

　　银飞冲到村外，后边敌人用火力追击，子弹像雨点似的在他身边乱飞。

　　他已跑出一里路了，听到后边的枪声，已不集中向他射击了，有的在东边响，有的在西边响，他知道这是他的队员在突围。他停下来，往回一看，在茫茫的大雪里看到一个人影，也向这边跑来。原来是毛二旦。

银飞急忙大叫："二旦！不要打枪，快跑！"他知道这样的大雪天只要跑离敌人百十步远，敌人便看不清目标了。可是毛二旦好像没有听到他的喊叫，仍在不时地回头打着枪。

银飞跑了一阵，再回过头来见毛二旦还没有摆脱敌人，急得大叫："快！快跑！"

这回毛二旦听到了，急速向银飞跑过来，可是没跑出多远，一阵激烈的机枪子弹扫过，毛二旦突然倒下了。银飞惊叫了一声，不顾一切地向毛二旦奔过去。

毛二旦低沉而嘶哑地说："银飞，我不行了，你快跑！我掩护你。"

银飞见毛二旦两腿已经被子弹打穿，血流出来，染红了他身边的雪。他一句话也没说，俯身背起毛二旦，向湖边奔去。

后边的敌人边追边打枪，子弹在他们身边嗖嗖地飞着。银飞累得上气不接下气，但他丝毫没有放慢脚步。毛二旦在他耳边小声叫着："放下我！放下我！"

银飞根本不理睬他，双手死死勒住毛二旦的双腿，拼命往前跑。跑着跑着，前面突然出现一条封锁沟。银飞心想过了封锁沟就可以脱离危险了。一纵身便跳了下去，俩人都摔倒在沟底的雪窝里，银飞爬起身来一看，不由得暗暗叫苦。

原来这封锁沟被积雪覆盖了一层，从上面猛一看并不深，可是到了下面，伸直了双手还摸不到沟沿。要是俩人都好好的，爬上沟沿是不成问题的，可是现在毛二旦负了伤，敌人又在后面追得紧。

毛二旦把枪交给银飞，说："你快跑吧，不要管我！我身上还有两颗手榴弹，龟孙们上来，我有办法对付他们。"

银飞急得流下泪，他怎能丢下自己的战友不管呢？他看着毛二旦陷在雪窝里，忽然急中生智，叫毛二旦赶快躺好，不要动，飞快地用雪将他埋上。他往北走去几十步，奋力爬上封锁沟。回头一看，敌人正向他们刚才跳沟的地方走去。银飞立刻向敌人扫射了一梭子，然后一边沿沟向北跑，一边喊叫："毛二旦，你跑得好快，等等我！"

这时毛二旦躺在雪窝里听到银飞的喊叫,知道他有意要把追击的敌人引开,掩护自己。接着又听到几声清脆的枪响和敌人的机枪的扫射声。那机枪子弹像打在他的心上。这时就听野狸子在沟沿上说道:"太君,那是微湖大队一连的指导员王银飞,千万不能再让他跑了!"

接着又听到另一个声音说:"机枪瞄准射击!打掉他!"

毛二旦怒不可遏,忽地爬起身来,将两颗手榴弹一起投向沟沿机枪狂叫的地方。轰轰两声巨响,炸得敌人血肉横飞,一个人从沟沿上跌落下来,刚好砸在毛二旦身上。毛二旦一看那人正是野狸子!真是仇人相见分外眼红,毛二旦顾不得伤痛,大叫一声,扑上去,双手如铁钳一般死死掐住野狸子的脖子,同时张开大嘴,一口咬下野狸子的耳朵。

野狸子拼命挣扎,如何挣扎得脱。几个鬼子跳下来,照毛二旦臂上、身上一阵枪砸脚踢。毛二旦使尽全力,一双大拇指往里猛地一扣,竟然切入野狸子的咽喉。

鬼子急了眼,用枪在毛二旦头上猛力一击,毛二旦被打昏过去。鬼子扳开他的手,野狸子已经气绝身亡。

这时另一伙鬼子已经翻过了封锁沟,向银飞追去。银飞也不知跑出多远,只觉得两脚发软,气喘得胸脯要炸裂似的。回头一看,敌人离他越来越近了。心想,再这样跑下去,早晚会被敌人追上,必须找个地方喘口气。他看到左边有个高大的坟堆,就向那里跑去。可是他刚爬上坟头,便被一阵飞来的枪弹打倒了。

银飞咬紧牙关,趴在坟头上一动不动。敌人认为他被打死了,大着胆子向坟头走过来,四十米、三十米、二十米!银飞突然双枪齐发,打倒了走在前面的四个鬼子。其他的鬼子连滚带爬地退了回去。

过了一会儿,鬼子分散着从三面包围过来。银飞居高临下,沉着应战,弹弹命中,又打倒了五个。鬼子见银飞的枪法如此好,大坟周围又都是平地,没有任何可隐蔽的地方,便退到百米之外,伏在地上,向银飞射击。打了半天,听不到银飞还击,几个鬼子企图接近大坟,突然从坟头扔下一颗手榴弹,正好落在一个鬼子的身上,轰的一声,肉血模糊。其他的鬼子慌忙爬起身来往后跑。

鬼子连伤十几人，恼羞成怒，调来机枪猛烈向大坟扫射，又四面围住大坟，向上面掷出数十枚手榴弹，等硝烟散尽，鬼子上坟察看，只见一件血迹斑斑的黑棉袄被打穿许多窟窿，炸成数片，却不见银飞的踪影。

就在这时，南边传来激烈的枪声，铁飞带着二百多名队员赶来了。鬼子见铁飞他们人多，不敢恋战，撤回戚城去了。

铁飞是听到枪声才带着部队赶到这里的。见敌人匆匆撤走了，他们也不再追赶，带着部队到卜湾去了。在村边的麦田里，发现了虎娃和两个队员的遗体，在村里和老卜的门边找到了黑豹的遗体。老卜一家也惨遭杀害了。他们在坍塌的大坟里，找到了昏迷不醒的银飞。

原来银飞在大坟上打退了敌人三次进攻，枪里的子弹只剩下三粒了，便将身上的黑棉袄脱下来，放在坟头上，伪装成人形，迷惑敌人。他正准备撤走，一不小心，掉进墓穴中，头部碰撞在石壁上，昏了过去。铁飞他们又搜索了半天，只是不见毛二旦的下落。

四

铃木见毛二旦把野狸子活活地掐死了，如失去了一只心爱的猎犬，愤怒地拔出枪来对准了毛二旦的脑袋，就在扣动枪机的一刹那间，他又突然改变了主意，他命令手下人，将昏迷不醒的毛二旦抬回戚城去。

微湖大队得知了毛二旦被捕的消息，大家都十分焦急，接连派人化装进城，设法营救毛二旦。但由于敌人看管得十分严，一时无法下手。

除夕这天，郑杰派人到微山岛送来一份情报，说孔玄初一要到沙沟车站附近的许庄给他老丈人许守业拜年。许守业是许庄的地主，开着粮行，当着保长，又是沙沟一带的"三番子"[1]中的"二十一炉香主"[2]。他为了扩大自己的势力，正大开山门，广收徒弟。

---

1 三番子：安清帮，又称青帮。
2 二十一炉香主：当时青帮中辈分最高的。

当天夜晚，王铁飞带着十几个队员，突然闯进许守业的家门。许守业一家正围着火炉守岁过年，突见一伙人提着匣枪闯进来，许守业吓得面色如土，结结巴巴说不出话来。

铁飞笑着说："你不要怕，听说许先生大开山门，我是来认师父的。"

许守业连忙道："不敢不敢，大队长真会说笑话。请坐请坐。"

铁飞说道："许先生不必客气，我们知道你的大儿子在临城日本洋行当买办……"

许守业连忙解释道："我那不肖之子虽然给日本人当买办，可也不敢做什么坏事，望大队长明察。"他转脸向站在一旁吓得面色蜡黄的大儿子喝道，"许春，还不过来见大队长！"

许春扑通跪倒，磕了三个响头。铁飞连忙将他扶起，道："你不要怕，我们知道你不是死心塌地当汉奸的。"

许春连说"是！是！"便退到一边，垂手而立。

铁飞说明了来意。许守业这才稳住了神，抹掉脸上的冷汗，不好意思地说："这事何烦大队长亲临，只需捎个口信也就妥了。许某敢不效劳？等过了年，我去了戚城，叫孔玄放人就是。"

铁飞笑道："我们在这里打扰你一夜，明日孔玄来给你拜年，我当面和他谈谈。"

许守业怔了一下，着急地说："不行呀！这里离沙沟车站只有二里路，万一走露了风声，就麻烦了。"

铁飞冷笑道："谁不知道许先生为人，你不报告鬼子，谁敢报告？"

"俺怎么敢？各位既然愿意，请到西屋里住吧，红姑娘到后屋住吧。"

第二天早饭后，许守业对铁飞说："请你们到里屋躲躲，俺把孔玄迎进来，你们再说话。可不要动家伙，闹出乱子来，鬼子知道了俺可吃不消啊。"

这时外边传来马蹄声，许守业慌忙迎到大门口。孔玄头戴礼帽，身穿蓝缎子棉袍，斜挎匣子枪，大摇大摆地走过来，向许守业鞠了一躬。他后面跟着七八个护兵，看派头不是来拜年的，像是来夸官亮职的。

许守业咣当把大门关了，上了顶门杠。孔玄一怔，许守业说："大年下，你带枪来干什么，叫兄弟们把枪放下，到屋里休息。"

俩人说着过年的话走进客厅，门帘一挑，王铁飞和红莲女从里屋走出来。孔玄一看，大惊失色，吓得一屁股坐在椅子上。

"孔先生，想不到咱们在这里见面吧？"铁飞笑着说。

"你……你们要……要干什么？"孔玄强作镇静。

"孔先生不必惊慌，我们只是想通过你设法把毛二旦放出来。"

孔玄一听不是对他来的，摊开双手，现出为难的样子，说："不是孔某推诿，这案子是铃木队长直接过问的。"

"这我知道。"铁飞说，"案子虽是铃木直接过问的，但警察所长陈玉基是你的亲信，你又是铃木眼里的红人。只要孔先生肯帮忙，这事不难办成。"

孔玄连连摇头："我若私自放人，日本人查出来，定会要我的脑袋。"

铁飞冷笑道："我们要你帮忙，是看在许先生的面上，给你个立功赎罪的机会，你既然执迷不悟，就别怪我们不客气了。"

红莲女"嗖"的一声抽出断魂剑，身影一晃已扑到孔玄身前，冷冰冰的剑锋压在孔玄的长脖上。

孔玄吓得连忙叫道："别……别动手，有话好说。"

许守业也连忙劝说道："大家都坐下谈。"他转身对孔玄道，"贤婿，咱们都是中国人，怎么能和日本人一个鼻孔里出气？王大队长早就在戚城暗中布置好了人，叫你三更死，你活不到五更。是我再三向王大队长求情，给你个立功赎罪的机会，你若执迷不悟，我也无能为力了。"

孔玄又羞又怕，不觉脑门上渗出了冷汗。自从小野和刘哼林死后，孔玄就提心吊胆，听老丈人这一说，他更是深信不疑。如果保安大队里没有微湖的人，如何知道他今天会到许庄来拜年？心想，好汉不吃眼前亏，我先答应再说。于是说道："大队长息怒，救毛二旦之事，我一定尽力而为。不过，大队长不要着急，容我慢慢想办法。"

铁飞摆摆手，让红莲女撤剑，目视孔玄道："只要孔先生肯帮忙，办法有的是，我们保证不让你引起铃木的怀疑。"

孔玄听了铁飞后一句话，心中一动，连忙问道："大队长有何高见？"

铁飞放低声音将营救的计划说了。孔玄听了大喜，连连点头道："孔某一定照办！"

五

三天之后，警察所长陈玉基来到日军司令部，见铃木和孔玄正在商议着什么，便大声报告说："太君，五号牢房那个姓毛的今天早晨上吐下泻，眼看着不行了，请太君指示怎么处置。"

铃木先是一怔，接着问："医生检查了吗？什么病？"

"刘军医看过了，说是疫病，如果不赶快转移，全所的人都可能传染上。"

铃木听了，眼珠狐疑地转了半天，把手一摆，说了声："去看看。"

隔着牢房的铁栅栏，铃木远远地站着，用手绢捂着鼻子。见毛二旦倚躺在墙根上，面黄肌瘦，面前是一摊呕吐的饭菜稀汤，旁边是一摊稀屎，臭气熏天。铃木摆摆手，对陈玉基说："快快地抬走，送到南关医院去，严加看管，不准跑了！"

这个医院原是刘家连的私人诊所。后来刘家连被迫参加了伪保安队，当了军医，被郑杰秘密发展为地下党员。在一间门窗紧闭的病房里，毛二旦安静地躺在床上，刘家连一边检查外伤，一边悄悄告诉他营救计划。

铃木不放心，当晚又派日本特务轮流监视。

就在这天夜里，有只担架被抬到医院门口。监守的鬼子盘问："什么人？"

刘家连报告说："十号病床的杜疯子，肺部中了弹，抢救无效，死了。"

鬼子揪开被单，借着灯光看了一眼。又跑到毛二旦的病房门口，向里望了一下，见床上躺着一人，这才放了心。于是摆摆手说："开路开路的！"

紧接着刘家连又报告毛二旦死了。铃木知道他患传染病，不敢亲去验证，又放心不下。刘家连看出他的心思，忙道："太君，你要是不放心，就照尸体打几枪试试。"

铃木一听，咧开大嘴笑了，举起枪来，瞄准尸体的头部，"砰砰砰"一连打了三枪，见那尸体毫无反应。他拍了拍刘家连的肩膀说："快快地抬出去，烧掉！"

第二十六章

武装请客

一

初夏的微山湖多么美好！碧蓝的水，碧蓝的天，水天之间是轻翔的白帆，一片片点燃的红莲，青翠如云的芦荡，成群结队的湖鸭。岸上麦浪滚滚，麦香阵阵。

要是在太平年，熬过冬寒、忍过春荒的庄稼人，望着这丰收的景象，心里都会笑开花。可现在，一座座耸立在湖边的炮楼，像巨兽似的窥视着无边的麦田，一张张日伪顽军的征粮布告，像索命符般贴满了街头村口。人们憔悴黑瘦的脸上罩上了层层愁云。

铃木将扫荡中投日的各股顽匪军与戚城保安大队合并，扩编为皇协军反共自卫团，孔玄升任为团长，协助铃木召集区乡保长开会，部署征粮计划。

国民党沛县县长冯渊、滕县县长周同、铜山县保安团长耿聋子等也都纷纷下命征收湖麦。

收获的日子一天天临近，套在庄稼人脖子上的一根根无形绳索也渐渐勒紧。这时，湖西军分区来了紧急通知，要金石开、王铁飞、朱林立即赴湖西军分区司令部，商议保卫麦收问题。他们接受任务回来，就马上开会布置行动。

会议刚结束，夜的黑吵吵嚷嚷地闯进来，见了朱林，怒气冲冲地质问："你们召开会议，为什么不通知我参加？"

朱林解释说："这是党内会议，所以没通知你。"

夜的黑向楚天章斜望了一眼，冷笑道："既是党的会议，为什么有人不是党员也参加？"

楚天章是最近才发展的秘密党员，朱林不便对他明言，只得耐心地解释说："我们研究保护麦收的事，是政府的工作，所以特邀办事处主任楚天章先生参加。"

"哼，反正俺夜的黑是外来人。"

铁飞冷笑道："我看你的态度有些反常，通知你参加的会，你总是左推右推，不通知你参加的会你反倒积极起来。"

夜的黑面红耳赤，说了声"好！我不打扰你们！"便拂袖而去。

屋内的空气沉闷下来，过了好大一会儿，金石开对朱林说："你找他谈谈，摸摸他的思想。"

朱林点头说："他接受改编之后，思想一直很消极，每遇战斗总是缩在后面，一心只想保存自己的实力。他的部队违反群众纪律的现象时有发生，我批评过他几次，他口头上答应对部下严加管教，但行动上还是老样子。"

铁飞说："朱书记，你的心肠太好，手太软，要是我，非狠狠敲打敲打他不可。"

金石开说："要想把夜的黑这种人教育改造过来，确实是件很不容易的事。太软，他不听你的；太硬，又可能闹崩。我们要掌握一个尺度——在原则问题上，要旗帜鲜明，决不能姑息迁就；在非原则问题上，可以放宽一些，原谅他们一些一时难以改掉的坏习惯，生活上给予适当的照顾，以便团结争取他们。"

在大家往外走的时候，金石开拉住石大海，低声问道："这几天有没有行迹可疑的人到微山岛来？"

石大海沉吟片刻说："有，很可能与夜的黑有关，那人说不定就是乔苇。"

"找个可靠的人打听一下，不要叫夜的黑他们觉察了。"金石开说。

二

按照计划，这天深夜，微湖大队各连悄悄离开微山岛，驾着小船，分头向预定的目标驶去……

黎明时分，金石开、卜广义率领三连来到卜湾，区委书记郝春和村长在村头等候着。卜湾是卜广义的家乡,这里一百五十户人家,有近四十户抗属烈属,春节前那场战斗之后,这里又重建了党的组织和村政权。村长范成功是地下党员,为应付敌人还担任着伪保长。金石开叫郝春派人给付村乡、欢城乡、田陈乡的乡保长送去通知,要他们明天下午到周村开会。

半夜以后,他们悄悄离开卜湾,向周村摸去。

初夏的夜很短,天也明得快,鸡叫三遍时,他们来到周村,东方已发白了。晨风轻轻摇动杨树叶子,哗哗地响。周村模模糊糊的轮廓,在黑暗中渐渐地清晰了。这个村子不大,一条东西大街穿村而过。街南又低又矮的破草房,住的都是受苦的百姓。街北是朱恒森的青砖瓦舍。他们进村后,在几家比较可靠的群众家住下来。一部分手枪队队员化装成拾粪的、赶集的、锄地的,在村里村外设下了岗哨。为了防备离这里不远的土楼据点的敌人,在周村南边的陶阳寺、皮口一带运河堤上也派了岗哨。

卜广义来到朱恒森家,大门还紧闭着。朱恒森原是国民党欢城乡的乡长,后来当上了伪乡长。大门"吱扭"一声开了。是朱恒森家的长工,这人认识卜广义,亲热地打招呼:"老卜来了,进来吸烟吧。"

"有点小事。"卜广义说,"请你告诉朱恒森,就说土楼据点的吴队长来拜访他。"

朱恒森家是两进院子,前院是客屋,他在后院住,这时他正搂着小老婆睡懒觉。朱恒森听得长工喊他,不耐烦地扣着扣子,趿拉着鞋,来到前院,看到卜广义站在院子里,吃了一惊,强作笑脸说:"啊,是卜连长来了,快快请客屋里坐。"

朱恒森身穿白绸褂,扣鼻上挂着金灿灿的表链,倒水的时候,两只眼不时瞟着卜广义。卜广义接过茶,微笑着拿出一张印好的通知。朱恒森接过一看,见上面写着:"今天下午在本村开会,请按时参加。"

朱恒森把通知在手里掂量着,不自然地笑道:"兄弟一定参加,一定!"

下午,乡保长们陆续来到周村。卜广义把他们带进朱恒森家门外柴火院的仓库里。这仓房屋只是在打场时临时存放粮食、农具,现在空荡荡的,什么也没有。这时,三连的队员们和当地的民兵早已把这个柴火院围了起来。金石开和丁文带着手枪队的几个队员走进来。乡保长们见这阵势不同往常，一个个瞪眼望着，不知要干什么。

金石开笑了笑，对大家说："我们是奉上级的命令，请你们到湖西去学习的。"

刚说到这里，乡保长们马上明白了怎么回事，有几个胆小的吓得哆嗦起来，会场一阵骚动。手枪队员立刻用枪指住那几个乡长。

卜广义大声说道："大家都不要动，谁动就对谁不客气！"

仓房屋里又安静了下来。金石开说："各位不必紧张，请大家到湖西去学习，增长点见识，换换脑筋，没有别的意思。"

乡保长们哪个敢说不愿去？

三

就在金石开他们离开周村的那天傍晚，三孔桥村大街上，有身穿大褂的乡绅保长，有背着破枪的乡丁，有老实巴交的庄稼汉，也有歪戴帽子斜楞眼的地痞、懒汉……他们有的提着酒，有的拿着烟，有的挑着鸡、鱼、肉、蛋，三三两两，向据点走去。

伪军连长正在院子里和排长们打麻将。听到送礼的来了，顺手把麻将一推，骂道："你们这些穷亡国奴，真混蛋！已经向你们要了半个月了，为什么现在才送来？"

袁振国装着没听见，把脸扭到一边，拿出烟来，背着风，点火抽烟。

伪连长见袁振国没理他，朝着袁振国就骂开了："他妈的！大胡子！我问你，你是他娘的哪庄的？为什么现在才送来？"

袁振国向前靠了靠："啊！连长，连老朋友都不认识了吗？"

"啊！原……原来是袁老板。"苟连长吓得说不成话，"你……你要干什么？有话好说，别……别动家伙。"

"去年中秋，承蒙苟连长相助，烧了汽艇，今天来，听说孔团长和新来的孙区长今晚要在你们炮楼上召集一镇四乡的头目密商征粮的事，特来会会他们。"

伪连长一听，吓得两腿直打战，连说："是，是！"袁振国看到黄大水已带着队员趁炮楼上的伪军下来抢礼品时，靠近了炮楼口，张泥鳅等人也已把据点门岗看管得严严的，便小声对苟连长说："把几个排长叫过来！"

三个排长提着酒、抱着烟，嘻嘻哈哈地走过来。袁振国向左右的队员使个眼色，队员们飞步向前，缴下了他们的枪。三个排长傻了眼："你……你们是干啥的？"

袁振国用枪一顶苟连长的腰，苟连长连忙按照他吩咐的话说："这几位是这个！"他用手势打了一个"八"字。

袁振国、黄大水和二连的队员换上伪军的军装，布好了岗哨，封锁了据点附近的通道口，派人看管住营房的伪军。铁飞、红莲女率领手枪队进了炮楼。

孔玄带着人来到了炮楼，刚迈进门槛，猛看到铁飞坐在里面，左右都是手提驳壳枪的便衣游击队员，大吃一惊！欲转身逃走，不想袁振国在他身后暗推一掌，孔玄身不由主跟跟跄跄进了炮楼。孙继广、陈玉基、李家俊等也只得随后跟进，炮楼门立即关闭。

孔玄生得干瘪瘦小，獐头鼠目，一套小号的伪军装穿在他身上，还显得肥大。孙继广与他相反，生得体壮膘肥，胖头大耳。陈玉基身穿黑警服，仙鹤腿，虾米腰，细长脖子，刀形脸。三孔桥乡伪乡长李家俊是老乡长李洪源的儿子，子袭父职，生得也像他爹一样，胖脸小眼，扁鼻子，厚嘴唇，肚大腰圆，四肢短小。

铁飞冷笑道："如果你们信守前约，我就不会来这一趟。孔玄升任团长后，积极协助鬼子扫荡，屠杀、镇压抗日军民，征粮派款，勒索百姓钱财。现在又与姓孙的勾结，联合对付我们。你的胆不小啊！"

孔玄吓得一哆嗦，连忙解释说："我做了一些对不起父老乡亲的事，完全是受日本人的逼迫，不得不应付差事。望大队长再宽大一次。"

"只要真心悔过，我们再给你一次机会。"

"是，是！多谢大队长。"孔玄又是点头又是作揖。

铁飞单刀直入地说："为了使你们能够认清当前的抗战形势，湖西分区派我们来，请你们去湖西学习一段时间。"

四个家伙和另外三个伪乡长，都像老鼠见了猫，吓得直出冷汗。

"您看，我穿的这一身，像什么？要去，也得回去换件衣裳啊！"孔玄想找个借口溜掉。

"这一身就不错嘛！"红莲女说，"到了湖西，人家好知道你是反共自卫团长嘛！"

铁飞严厉地说："我们这次'请客'，想去也得去，不想去也得去！哪个敢说半个不字，可别怪我不客气！"

队员们押着孔玄等人，出了炮楼。这几个家伙当中，陈玉基平日里还比较收敛一些。他们要"请"的客人名单上，并没有他。铁飞对他说："你可以回家去。"

哪知陈玉基却很"积极"，一迭声地说："别把我留下，我得去！"

原来他怕孔玄等人被"请"走以后，鬼子让他征粮。

这时扮成伪军的队员已经换上了原来的衣服，把伪军装和退了子弹的枪支仍放在原处。袁振国他们也将手枪归还了伪连、排长，他们几个感激得不住地作揖磕头，一直把队伍送出三孔桥村。

王铁飞对苟连长他们说："以后把眼皮放活点，为自己留条后路，不要死心塌地为日本人卖命，落个不好的下场。"

"是是，以后你们有什么吩咐，我们一定照办！"

四

当王铁飞他们押着孔玄等人来到南壮的时候，一连、四连从蒋集、张洼、郜山等地"请"来的乡长、保长也都陆续到了。"客人"坐满了打麦场，有的哭丧着脸，有的唉声叹气，有的脑袋耷拉着，有的东张西望，有的求情哀告。

石大海说："请政委给他们上堂课吧，吃个定心丸，免得路上找麻烦。"

金石开很和气地说："这回请大家到湖西学习，只要你们老老实实，我们决不委屈大家，不要疑神疑鬼。依我说，去学习是天大的好事，于人于己都有利。要不你留在家里,鬼子找你征粮怎么办?征吧,祸害老百姓,我们不依;不征吧,鬼子也饶不了你。这一走,一了百了,躲个干净。麦收完了送你们回来,与家人团聚。"

大多数乡保长解除了思想顾虑,不再愁眉苦脸了。吃过晚饭,铁飞带着手枪队,陪着"客人"上了船,借着月光,向湖西出发了。行至中途,朱恒森、孙继广见路旁有片芦苇,企图跳水逃跑,铁飞早已注意他俩了,他俩刚跃起身来,铁飞"砰砰"两枪,把他俩打落在水里,芦苇荡惊起一群野鸭。再也没人敢捣乱了。他们顺利地把"客人"送到湖西沿,交给了前来接应的湖西分区特务连。

后来这批"客人"在湖西学习了二十多天,大部分表现不错,经教育后,全部释放回来。这些人回来后,有的洗手不干了,有的虽然继续干,但已是"身在曹营心在汉"。

沿湖一带的伪政权经过这次武装"请客",基本上被摧垮了。沿湖百姓欢天喜地,收割小麦,百里湖区一片繁忙景象。麦田里,银镰飞舞;场院里,麦垛如山;打下的麦子,一堆一堆,一袋一袋⋯⋯

第二十七章

狼狈为奸

一

日出三竿，夜的黑还躺在山顶古庙大殿里睡觉，一阵吵吵嚷嚷的声音从院子里传进来，把他从梦中惊醒，只听斜吊眼褚斌高声说道："他娘的！一天到晚喝'四个眼'的糊涂汤，吃黑面饼，老子身上的肉都掉光了！这日子真没法过。"

少半鼻立刻附和说："是呀！过去咱跟着夜司令闯荡江湖，吃香的喝辣的，夜晚还能搂着小娘们儿睡觉。现在可好，整天吃斋念佛，鸡巴朝天，当起他娘的和尚了！"

皮豁子冲少半鼻一笑："嘿嘿，当和尚有什么不好？放下屠刀，立地成佛，修成正果，你小子就成了老不死的万年龟了！"

少半鼻回骂道："皮豁子，老子是乌龟，你小子不就成了杂种了！"

"少半鼻，你把嗓门放低点。"斜吊眼警告他说，"当心吵了夜司令的好梦，他剥你的皮！"

"哼！他现在能有什么好梦？"少半鼻嗓门更高，"他的心上人被人家夺走了，手下的弟兄跑了三成，再这样下去，他不成光杆司令才怪哩！"

"夜司令他有他的难处，在共产党手下混事，他能自由自在？不得不叫大家受些委屈。"斜吊眼假意解劝，实是煽风点火。

"要我说当初就不该接受八路改编。也不知夜司令是怎么想的，冯旅长要他当团长他不干，偏要当这受罪的独立大队大队长。"皮豁子失望地摇头叹气。

"什么独立大队？独立个屁！夜司令还不是处处看人家的脸色行事？要不咱们能受这份洋罪？往年这时候，各村早就乖乖地把麦子面送上门来了。"少半鼻愤愤不平地说。

皮豁子向斜吊眼恳求道："褚连长，你替弟兄们求个情，请夜司令到杨村去要几袋麦子，给弟兄们改善改善生活，现在老百姓送到杨村的麦子堆得像小山似的。"

"那是微湖大队为湖西筹集的军粮，哪个敢动？夜司令去要，准得碰一鼻子灰！"

夜的黑听到这里，再也躺不住，披衣坐起，趿拉着鞋，走到大殿门口，怒气冲冲地骂道："都给我滚！妈的个巴子，光说败兴话！嘴痒痒往树上蹭蹭去，别站在老子门前放狗屁！"

蹲在院子里吃饭的人互相观望着，片刻间没有人敢说话。

夜的黑点着一支烟，猛吸了两口，对护兵吩咐："去，叫李军需马上来！"

夜的黑一支烟没吸完，李军需已经急急跑了来。

"你是怎么搞的？"夜的黑用脚踢了踢饭桶，"到这时候还叫弟兄们吃这些猪食！"

"司令，这……这还是好的呢，人家微湖大队吃的是糠面三合饼。"

"放你娘的狗屁！老子就是不信他们会吃三合饼。去！弄十袋子白面、两扇子猪肉来，给弟兄们改改胃口。"

"是，司令……现在就办？"

"立刻就办！"夜的黑坚决地说。

李军需面露难色，嗫嚅道："这额外的开支，钱……钱从哪里出呀？"

"混蛋！没有钱你就不会想办法吗？"

李军需摸不着头脑，胆怯地说："想……想什么办法？上级有命令，各部队的供给由办事处统一配给，不准胡乱筹款筹粮。"

夜的黑怒道："上级，上级，妈了个巴子，你眼里还有老子没有啊？！"他提上鞋，扣好衣服，对斜吊眼说，"褚连长，多带几个弟兄，跟我下山走一趟。"

"是！"斜吊眼高兴地一拍屁股，向少半鼻、皮豁子挤眉弄眼地一笑。

湖东办事处设在杨村一所四合院里。前来送交军粮的人络绎不绝，工作人员忙得不可开交。

"闪开！闪开！"斜吊眼、少半鼻在前开道，连推带搡分开众人，夜的黑大摇大摆，昂然而入。

楚筱兰正埋头整理账目，听得有人走近，抬头看时，见一人面黑如漆，头大如斗，一对眼睛却是又圆又小，如黄豆一般，那双小眼睛向她脸上骨碌碌一转，筱兰不禁打了个寒战。她起身问道："同志，你找谁？"

"你是谁？"夜的黑见她面如白雪，眉如弯月，眼似秋水，一张樱桃小口灵巧端正，两排细细的牙齿如碎玉一般，不由得看呆了，心想，我当天下女子再没有人比得上红莲女了，没想到老天爷又造出一位绝色美女。

筱兰被他看得心慌意乱，面色飞红，低头道："我姓楚，是办事处的文书，你有什么事？"

夜的黑态度变得客气起来："噢，原来是楚小姐，我叫夜的黑。"

筱兰向他望了一眼，忍不住扑哧一笑，心想，真是人如其名。

"你笑什么？"夜的黑莫名其妙。

"没什么，你请坐，我去叫父亲来。"

夜的黑连忙说："不忙不忙，有点小事，对你说说就可以了，不必劳动令尊了。是这样，我们独立大队的粮食吃光了，来领给养。"

筱兰愕然："怎么会？你们李军需前天刚领走三千斤高粱、五百斤黄豆。"

夜的黑往院中一指："这不有的是，我们要的不多，十袋二十袋都行。"

筱兰毫不含糊地说："这是微湖大队为湖西筹集的军粮，别说你要十袋二十袋，就是一斤一两也不行！"

夜的黑把脸一沉："你一个小小办事员，口气倒是不小，你依仗谁的权势，敢对我这么说话？"

筱兰冷冷地说："我仗了你的权势。"

夜的黑一呆，喝道："胡说八道！你能依仗我什么势？"

筱兰道："你身为独立大队长，这么高的身份，这么大的权势，岂能和一个小小的办事员为难？"

这几句话，捧中有套，夜的黑仰面哈哈大笑，说道："这话倒也有理。我不与你为难。"说着，提笔写道，"借粮一千斤。夜的黑。"他把笔一扔，吩咐斜吊眼等快去扛粮食。

筱兰大急，拦在门口，说道："你说话算不算数？"

夜的黑把眼一瞪："我说话怎么不算数？"

"你说不与我为难，为什么又要强拿军粮？"

"我已与你立下借据，便是不与你为难，谁要问起，你把借据给他，叫他找我好了。"

"你这借据一钱不值，没有王铁飞大队长的批条，一粒军粮都不能动。"

夜的黑一声怒吼："你倒是借不借？"

"不借！不借！！就是不借！！！"筱兰毫不示弱。

夜的黑"砰"的一拳击在办公桌上。办公桌顿时塌了半边，他恶狠狠地道："老子要借便借，哪个敢要阻拦，是他活得不耐……"话没说完，猛然看到王铁飞、红莲女、楚天章等出现在门口，立刻怔住了。

筱兰见到王铁飞，立刻奔过去说："大队长，他……"话未说话，眼泪已流了出来。

铁飞目光如电，怒视着夜的黑。夜的黑虽是站着没动，但满脸都是惊慌之色，一对又小又圆的眼睛不安地斜睨着铁飞，屋里的气氛顿时紧张起来。

铁飞记起政委说的"遇事要冷静"的话，强压下心中的怒火，尽量把语气放得平静些，说道："夜大队长，你们有什么困难，需要什么，应该向组织提出来，只要合情合理，组织上不会不给你们解决。你明明知道这些军粮由我经管，不来找我，却带领众人闯到这里胡闹，是何道理！"

夜的黑脸上青一阵，红一阵，突然间砰砰两拳，将两张椅子打得背断腿折，拔足奔出。斜吊眼等像一群受惊的狗似的，夹着尾巴跟在夜的黑的后面，急急忙忙地去了。

二

夜的黑在街心走着，正兀自生闷气，却听得身后有人笑道："夜司令，火气不小啊！"

夜的黑回身望去，见那人一身破衣烂衫，一顶没边没沿的斗笠遮住了脸。那人悄悄凑上前来，笑嘻嘻地说道："一月不见，师兄便不认识我了？"

夜的黑一看那人正是更名殷封的乔苇，怒道："你这个害人精，又来干什么？"

殷封故作惊讶："师兄何出此言？"

夜的黑怒道："你上次来，胡说他们开会密商吞掉独立大队，老子听信你的鬼话，冒冒失失闯进他们的会场，结果自讨没趣，事后被朱林训了一顿，才知人家是商议武装大'请客'的事。你小子惹了事，拍拍屁股走了，叫老子坐蜡烛。"

"嘿嘿，我要不是走得快，被他们发觉了，抓了去，拿到证据，说你暗通冯渊，岂不更糟？"

夜的黑"哼"了一声，说："我与冯渊无半点瓜葛，他们能如何？"

殷封冷笑："师兄何必推得一干二净？你以为冯旅长的枪和钱是白送的？"

"哼！他冯渊也太小看我了，几支破枪、几个臭钱便想收买我？"

殷封满脸堆下笑来："冯旅长不是不舍得花本钱，小弟这次来也不是空手……走吧，这里不是说话的地方，请到舍下喝两杯，咱们细细地谈。"

夜的黑心中疑惑，问道："你住在哪里？"

殷封笑道："不远不远！"

俩人来到湖边，殷封从芦苇丛中拖出只尖头秃尾的小船，俩人上了船，离开微山岛，行不多远，便驶进一片芦苇荡中。夜的黑不由得慌乱起来，喝问："你要带我到哪里去？"

殷封撑着竹篙，回头答道："不是告诉你了吗？请你到舍下喝两杯。"

"放你娘的狗屁！这荒芜人烟的芦苇荡中怎会有人家？"

"嘿嘿，你不用着急，马上就到。"

说是马上就到，又曲曲折折行了两个多时辰，看看太阳就要落山了，夜的黑又饥又渴，气得直骂娘。这时芦苇渐稀，前面现出一个小岛。

殷封说："到了！师兄饿坏了吧？"

夜的黑苦笑道："早知道这么远，你用轿抬，老子也不来。"

俩人上了岸，夜的黑一看满岛都是苍松翠柏，并无人家。走进树林，见疏疏落落四五座房舍，建造在花木丛中。迎面一间房舍小巧玲珑，匾额上写着"龟山仙居"四字，笔致颇为潇洒。

殷封把夜的黑领进客厅，刚刚坐定，便有一黄衫少女捧上清茶糕点。

夜的黑见那黄衫少女一双纤手雪白如玉，忍不住上下打量了她一番。这少女约莫十六七岁，满脸都是温柔，浑身尽是秀气。夜的黑不由得看呆了，直到那少女退了出去，方才端起茶杯，见淡绿茶水中漂浮着一粒粒深碧色的茶叶，像一颗颗小珠，生满了纤细的绒毛。他从未见过，喝了一口，只觉满口清香，舌底生津，叫道："这是什么茶？好香！"

殷封笑道："这是太湖名产'碧螺春'。"

夜的黑问道："刚才那小姑娘是你什么人？"

"她叫黄丽，是我花钱买来的丫头。"

"妈的，买这么漂亮的丫头，不怕你太太吃醋？"

殷封哈哈一笑："她住在徐州，根本不知这个地方。"

"妈的，你小子真会享清福。"夜的黑吐出嘴里的茶梗，恨恨地说。

殷封向夜的黑瞟了一眼，说："师兄，我说句实话，你这人也太实心眼了，人家红莲女看不上你，你何苦再恋着她？世上好看的姑娘有的是，你想要多少，小弟给你找多少，包你满意。"

"去你娘的！"夜的黑骂，但丝毫没有怒意，"老子披着八路皮，怎能玩那个？"

"师兄何必假装正经？我这地方僻静得很，到晚上我给你找个如意的大闺女陪你解解闷儿。"

说话间又有一个绿衫女子走了进来，像蝴蝶穿花似的送上一道道热菜。夜的黑见这女子也是十六七岁，对着夜的黑似笑非笑，一脸精灵顽皮的神色，另有一番动人之处。殷封替他斟上满满的一杯酒，说："人生在世，不过是吃喝玩乐，师兄为何与自己过不去，干土八路，受那份清苦？"

夜的黑端起酒杯，一饮而尽，斜眼望了望殷封，没有说话。

殷封又说："当初师兄要是听我的劝，投顺冯旅长，享不尽的荣华富贵，小弟过的日子怎能比得上你？可惜呀，一步棋走错，落得个鸡飞蛋打。你手下的弟兄心灰意冷，走的走散的散，好好的一座微山岛，被人家占了去。这样下去，你还有什么混头？"

夜的黑连连摇头："冯渊为人奸诈，性情多变，过去又与我不和，我去投靠他，同样会被他吃掉！"

殷封笑道："师兄太多心了。"伸手递出一张委任状，"师兄看看这个。"

夜的黑接过委任状一看，见上面写道："委任夜的黑为国民党沛县保安旅水上保安团团长。"他把委任状往桌上一扔，说道："这一纸空文顶什么用，我需要的是钱、枪和地盘。"

殷封哈哈大笑："师兄放心，冯旅长一切都为你准备好了。"

夜的黑似信非信，瞪眼望着殷封。殷封站起身来，走到客厅的另一套间，抱出一个紫檀木匣子，放在桌上，打开看时，里面全是白花花的银元。夜的黑两眼放出光彩。殷封捧起一把银元，双手慢慢松开，银元落入钱匣，发出叮叮当当的悦耳响声。夜的黑直看得眼花缭乱。殷封笑道："这两千块大洋是冯旅长给师兄的一点小意思，等事成之后，另有厚赏。"

夜的黑抱过钱匣，细数了一遍，脸上露出一丝笑容，忽又收敛起来，冷言道："冯渊也太小看我了，两千块大洋便想要我替他卖命？"

殷封道："另外冯旅长还答应，消灭共军之后，微湖百里的水域都归师兄管辖，连我这小小的龟山岛也属师兄治下。"

夜的黑道："此话当真？"

殷封正色道："若有半句虚言，你拧下我的脑袋！"

夜的黑一拍胸脯说："好！老子这百十斤算卖给他姓冯的了！"停了一下，又说，"我还不能马上起事。因为微湖大队、民运大队现都住在微山岛，我手下这点兵力，实难与他们抗争。"

殷封笑道："师兄不必忧虑，冯旅长已经做好一切准备，即刻就要发兵湖东，到那时，来个里应外合，将湖区的共军一网打尽。"

夜的黑大喜道："一言为定！"

他知道殷封是冯渊的红人，心想，若是和他拉上关系，对自己定会大有好处，便道："师弟聪明过人，若不嫌我的庙小，为兄想请你当我的参谋长，不知师弟意下如何？"

殷封一听正中下怀，忙道："师兄既然瞧得起小弟，小弟不敢不从命。"

夜的黑大喜，说道："来，为咱们的合作痛饮三杯！"

殷封笑道："两个汉子干饮太乏味，我叫红杏姑娘凑个热闹。"说罢，向屋外叫了几声。

不一会儿,门上的竹帘一挑,进来一个妖艳的女子,只见她身穿一件半开胸紧束腰的红裙子,肉皮色的高腰丝袜套着两条白白的大腿,脚上穿着粉红缎子绣花鞋。一张粉白的脸儿秀丽美艳,一双媚眼顾盼多情,身上散发着一股诱人的清香。夜的黑见这女子不过二十上下,虽不及红莲女那般明丽绝伦,但神色之间多了几分风骚,却也叫人喜爱。

殷封指着那女子说道:"这是我的干妹子红杏,"又指着夜的黑说,"这是我的师兄,大名鼎鼎的夜的黑夜司令。"

那女子飘飘下拜,娇声娇气道:"夜司令大驾光临,龟山仙居蓬壁生辉。"

夜的黑哈哈大笑:"红杏姑娘真会说话。"

红杏纤腰一扭,坐在夜的黑身边,又是敬酒,又是点烟,弄得夜的黑手忙脚乱,心痒难支。殷封匆匆躲开。夜的黑见殷封走了,更是毫无顾忌,目不转睛地望着红杏,就势抓住她的手,往里一拽,将她搂在怀里。

三

第二天日头偏西,夜的黑才回到微山岛。

月下白见他回来,一颗悬着的心方才放下来,埋怨道:"大哥,你到哪里去了?四处寻你不到,大家都急得团团转,还当你出了什么危险。"

夜的黑打了个哈欠,瞟了月下白一眼:"有什么大惊小怪的,俺到一个清静地方散了散心,多喝了两杯,睡了一觉。怎么,山下有什么风声?有人到山上来了吗?"

"金政委和朱书记今天早上来看望大家,询问了山寨的情况,派人送来十袋白面和二百斤猪肉。"

"你领他们各处都看了?"

"是的。"

夜的黑把脸一沉:"三弟,你好糊涂,怎么能领外人看咱们的山寨?"

月下白一怔,生气地说:"金政委、朱书记是我们的同志,又是领导,怎么说是外人？"

夜的黑冷冷地打量了月下白一眼："三弟，你和他们越来越近乎了！"

月下白生气地说："大哥，和他们近乎一点有什么不好？俺看你变了，变得越来越疑神疑鬼，连同生死共患难的结拜兄弟也信不过了。"

"嘿嘿，三弟，你不要误会。大哥是怕你年轻，阅历不深，被人家的花言巧语迷住，与大哥离心离德。"

"哼，俺月下白虽是年轻，总还知道好歹，怎能被别人的花言巧语迷住？听其言，观其行，将心比心，人家八路对咱怎样，俺不说，你也清楚。打仗，人家总是冲在前面；分给养的时候，又总是先照顾咱们。俺没有歪七歪八的心眼，只知道人家对咱诚心诚意，咱们也应该把心肝掏给人家。"

夜的黑叫道："你这话什么意思？"

"大哥，纸里包不住火，雪里埋不住死人，殷封那小子两次到山寨来拉你投靠冯渊，你当人家不知道？"

夜的黑冷笑道："知道又怎样？俺不是一口回绝了吗？"

月下白盯住夜的黑问道："昨天殷封又来干什么？你为何到办事处搅闹？后来你又随他乘船到哪里去了？"

夜的黑大吃一惊，怒道："好啊，三弟，你暗中监视起我来了。"

月下白气道："俺月下白明人不做暗事，监视你干什么？"

夜的黑松了一口气，道："大哥错怪了你。我不会听信殷封的鬼话的。"

月下白心地单纯，为人实诚，见夜的黑有悔过之意，又劝说了几句。

待到第四天下午，夜的黑来到微湖大队部，见到金石开、王铁飞伏地便拜，放声大哭。金石开吃了一惊，忙道："夜大队长请起，有话慢慢说。"

夜的黑道："我搅闹办事处，违犯纪律，越想越觉得对不起金政委、王大队长，对不起办事处的同志们，特来请罪，甘愿接受最严厉的惩罚。"

铁飞见夜的黑大声干嚎，并无泪水，心知他在演戏，站在一旁冷眼静观，不动声色。金石开上前扶起夜的黑，让他在椅子上坐下，和颜悦色地说："你能认识到自己的过错，这就很好，我们并不苛求于你，更谈不上惩罚。希望你接受教训，真正改过，做一个正大光明的人。"

夜的黑极力显出诚恳的样子，说："政委的话，我一定铭记在心！八路军对我恩重如山,我决心痛改前非,重新做人!为表示我的诚意,明天我愿当众向办事处的同志们赔礼道歉,并把队伍带来,与你们微湖大队合编,听从你们指挥。"

金石开微笑着说:"你愿当众道歉,消除不良影响,这很好嘛。至于合编,我看就不必了。"

夜的黑急道:"政委信不过我?"

金石开正色说:"你诚意要求合编,怎能信不过你?"

夜的黑发誓说:"皇天后土,此心可鉴,我若无诚意,天降五雷击!"

金石开与王铁飞相互望了一眼,彼此心领神会。金石开对夜的黑说:"好吧,明日太阳露红时,我们列队欢迎你们。"接着又意味深长地说,"夜大队长选择的时机很好,太阳露红之时接受合编,标志着一个新的开端。"

夜的黑大喜,连说"好好"后,便与金石开、王铁飞握手告别。

金石开望着夜的黑消逝的背影,笑道:"夜的黑自作聪明,戏演得太过分了,反倒叫人起疑。"

铁飞说:"我看他笑里藏奸,心怀叵测,是想借合编麻痹我们,发动突然袭击。我们只要做好准备,夜的黑休想得逞!"

金石开沉吟道:"事情可能更要复杂些。"

傍晚,押送军粮的石大海从湖西回来了,报告说:"冯渊部正在湖西各渡口集结,收集了大量船只,有进犯湖东之状,张司令要我们做好准备。"

红莲女也跑来报告说:"黄昏时,一支来路不明的便衣队伍在基前村秘密登陆,被夜的黑接进山寨去了。"

"有多少人?"铁飞问。

"百十人。"红莲女回答。

事情更明朗了,他们商议了一下,决定派红莲女立即去山寨查明那支便衣队伍的来历,并设法与月下白取得联系。

红莲女转身要走,铁飞喊道:"等等!你把我这支二十响匣枪带上,遇有紧急情况,你连发三枪,我会接你!"

红莲女心头一热,接过枪来,深情地望着铁飞说:"你放心吧,俺会平安地回来的。"

第二十八章

巧突重围

一

红莲女来到山寨,从僻静处越墙而入,避过岗哨,悄然无声地来到月下白的住处。见院门半掩着,房屋里亮着灯,便侧身进去,回手慢慢地关闭了院门,上了栓。月下白正在灯下擦枪,听得房门轻轻一响,抬头见红莲女,惊喜地叫道:"二姐,你怎么来了?"

红莲女叫他不要声张,走近来低声说:"你要认俺这个姐姐,就坦白地告诉俺,今晚到山寨来的那支便衣部队是什么人?"

月下白说:"都是过去走散的弟兄,现在回来了。"

"事情这么凑巧?说回来,一齐都回来了。"红莲女目不转睛地望着月下白。

月下白皱了皱眉头:"俺也觉得这事蹊跷,听说是殷封带来的,俺更是担心,正要去找大哥问个明白。"

"你担心什么?"

"大哥已答应明晨与你们合编,殷封这一来,说不定他又会变卦。"月下白忧愁地说。

红莲女轻叹了一声:"三弟,你为人太实诚,至今还被蒙在鼓里,夜的黑谎称要与微湖大队合编,实是要对我们发动突然袭击。"

月下白惊奇地瞪大了眼睛,问:"二姐,你有什么根据?"

红莲女道:"冯渊集结重兵要过湖进犯,殷封又突然带领百十人来到山寨,夜的黑又偏偏选择明晨与我们合编,这难道是巧合吗?"

月下白脑门上冒出了冷汗:"二姐,果真如此,你们可要早做防备呀。"

红莲女笑着对月下白说:"三弟,你不用为我们担心,倒是要提防夜的黑对你下毒手。"

月下白一怔，立刻摇头道："二姐，你对大哥成见太深，我们是生死患难的兄弟，他怎忍对俺下毒手？"

红莲女冷笑道："你要顺从夜的黑与我们为敌，他自然不会杀你。"

月下白面色涨得血红："二姐，八路对俺的恩情，三天三夜也说不完，俺怎能忘恩负义，与你们为敌！"

红莲女笑道："三弟，姐姐这次来，是想劝说你和俺一块下山，把你手下信得过的弟兄都带上。"

月下白摇头道："二姐，俺要劝说大哥真心实意与你们合编。"

"劝说不成呢？"

"离开微山岛，不与你们为敌，也不帮他，回家种地。"

这时听院门外有人走动，红莲女"噗"的一口吹灭油灯。脚步越来越近，是褚连长的声音："月副司令睡下了吗？夜司令要你到大殿里去，有紧急事商量。"

"好吧，俺这就去，你先走吧。"

月下白摸起桌上的匣枪，往腰里一插，立起身来。红莲女扯了下月下白的衣襟："三弟，你真的要去？"

月下白不以为然，说道："二姐不必担心。"

二

月下白来到山顶古庙大殿，见夜的黑和殷封都坐在那里，神色甚为诡秘，心里不由得一怔："大哥，深更半夜，叫俺有什么急事？"

"三弟，大哥明人不做暗事，对你直说了吧，我要投冯旅长，冯旅长树大根深，是正牌国军。他封我团长，你就是副团长。冯旅长的五千人马已经开过来了，明晨发起围攻，将湖区的八路一网打尽！夺回微山岛！"

月下白大惊失色，颤声道："原来你假借合编之名，要对微湖大队发动突然袭击！"

夜的黑说："三弟，你平时最讲义气，为啥这节骨眼上与大哥不一心？"

月下白气恼地说："不是俺不讲义气，是你出尔反尔，偏要走邪路。"

夜的黑眉头一皱："三弟，你是决意不听大哥的话了？"

月下白昂然道："坏良心的事，小弟宁死不做，要杀要剐随你的便吧。"

"嘿嘿，三弟你想到哪里去了？咱们总归是结义的兄弟，动你一根汗毛，大哥便是狗娘养的。"

"那好，多谢大哥网开一面，小弟告辞了。"

夜的黑一怔："你要到哪里去？"

"回家种地，安分守己，当老百姓。"月下白言语里充满了伤感。

夜的黑沉默了片刻，拿起桌上的一百块银元，拉住他的袖子说："三弟，你把它拿着，以后混不下去了给我捎个信，我派人去接你。"

月下白说："这不干净的银元俺不要！"

夜的黑嘿嘿一笑："三弟真是个硬汉子，大哥不为难你。临行敬你一杯酒，为你送行。"

月下白拱手道谢，接过杯来，举杯要饮，忽听殿门之外有人冷笑："天下哪有兄长先敬小弟之理？三弟，你先敬他一杯！看他喝是不喝。"

三人听了大吃一惊。原来红莲女恐月下白遭受杀害，尾随月下白来到山顶古庙，见夜的黑敬酒，疑心他从中使了手脚，故出言相阻。月下白见夜的黑、殷封神色大变，顿时起疑，把那杯酒送到夜的黑前面，说道："小弟先敬大哥这杯。"

夜的黑见机关被识破，嘿嘿冷笑道："三弟敬酒不吃，莫怪大哥手辣！"说罢，飞起一脚，将月下白手中酒杯踢去，大声喝道："拿下了！"屏风后，登时涌出八个手执鬼头刀的匪兵。

红莲女抢先一步，跃进大殿，手持双枪，一枪指住夜的黑，一枪指住殷封，厉声喝道："哪个敢动，俺先要了他俩的命！"

月下白又惊又怒，说道："你这人面兽心的东西，无情无义的小人，俺和你誓不两立！"

夜的黑强作笑颜："二妹、三弟，是大哥一时糊涂，看在过去结义的分上，请你们再原谅大哥一次。"

殷封接口道："都是自家人，何必动武？有话好商量嘛。"

红莲女冷笑道："你们想活命，把双手举起来，乖乖地站好。要不，俺可要开枪了！"

夜的黑、殷封无计可施，只得把双手举起，眼睁睁地望着红莲女、月下白一步一步退出大殿外。夜的黑突然"噗"的一声吹灭灯盏，大声叫道："守住寨门，谁放走了红莲女、月下白，老子要他的狗命！"

话音未落，只听"砰砰砰"三声枪响，夜的黑"哎哟"一声倒了下去，接着大殿内外都响起了纷乱的枪声，整个山寨顿时大乱。

殷封大惊，忙附身问道："夜司令，你怎么啦？"

夜的黑咬牙道："没什么大不了的！快！集合队伍，点着信号大火堆！向冯旅长示警告急。"

殷封应声而去。夜的黑率领众人冲出山顶古庙，寻不见红莲女、月下白踪影，只闻寨门口枪声激烈，杀声大起。夜的黑恐寨门有失，率众急向寨门扑去。只见寨门大开，里里外外横躺着许多尸体，一个负伤的匪兵报告说："王铁飞率领众人冲进寨门，将红莲女、月下白接了出去。"

夜的黑有心下山追击，恐中埋伏，正在犹豫，殷封集合队伍赶来，见夜的黑按兵不动，急道："夜司令，快下山追击吧，误了战机，放走了微湖大队，冯旅长怪罪下来，咱可吃罪不起。"

夜的黑道："现在天色未亮，三十步之外看不见人影，我们贸然冲下山去，若是中了埋伏，岂不更糟！"

殷封知道夜的黑一心保存实力，不愿冒险，只好作罢。

等到天色大亮，冯渊的大部人马从南北西三面压过来，夜的黑这才虚张声势，率队冲下山去。他们气势汹汹扑进杨村，结果杨村空无一人，上百万斤军粮也不翼而飞。夜的黑气急败坏，便要下令放火烧房，忽见冯渊的大队人马已经登上微山岛，夜的黑大惊失色，急要率队重归山寨。

殷封笑道："冯旅长驾临微山岛，你应当率队迎接才是。"

夜的黑瞪眼道："万一他要借此机会将我……"

殷封哈哈大笑："一切包在小弟身上。"

夜的黑只得硬着头皮，列队迎接冯渊。冯渊在一群护兵的簇拥下来到杨村村头，夜的黑迎上前去，躬身施礼："属下夜的黑拜见冯旅长。"

冯渊举手还礼，见夜的黑头上裹着绷带，脸上显出关切的神色："夜兄挂彩了？"

夜的黑支吾着说："属下率部攻打杨村，不慎受了点轻伤，可惜微湖大队突围逃走了，粮食也被他们运走了。"

冯渊皱眉道："我与夜兄约定黎明时分里应外合发起攻击，夜兄何故提前行动？"

"这个……这个……"夜的黑张口结舌。

殷封连忙道："夜司令的一位盟兄月下白背叛了他，向微湖大队通风报信，夜司令恐微湖大队逃跑，所以提前发起进攻。"

夜的黑扑通跪倒："请冯旅长恕罪，我夜的黑愿为冯旅长效犬马之劳，将功折罪。"

冯渊忙将夜的黑扶起："有夜兄助我一臂之力，剿灭湖区共军指日可待！"

夜的黑献计说："冯旅长的大队从湖西压过来，共军必定向湖东逃窜，望冯旅长火速进兵湖东，别让他们再跑了。"

冯渊自负地说："我已经布下天罗地网，他们想要从我手中逃脱，除非太阳从西边出来。"

夜的黑道："冯旅长千万不可大意，那金石开足智多谋，王铁飞勇猛善战，湖东沿湖一带百里的区域都是微湖大队的活动范围，百姓都向着他们。"

冯渊哈哈大笑："夜兄有所不知，我已与滕县县长周同、铜山县保安团团长耿继勋约定同时进兵，对湖东形成四面合围之势，大功告成，湖东就是我们的地盘了。"

夜的黑仍是放心不下，问道："我们兴师动众进攻湖东，日本人要是出兵干涉呢？"

冯渊笑道："夜兄太过虑了。日本人做梦都想消灭湖区共军，我们能替他们了却这件心事，他们高兴都来不及，岂能加以干涉？孟参谋长已与铃木达成协议，铃木答应撤离戚城并在津浦铁路一线布防，配合我们剿灭湖东的共军，防止他们东越铁路逃窜。"

夜的黑大喜，说道："冯旅长真是神机妙算，夜的黑不才，愿攻打头阵，为冯旅长效力。"

冯渊说："湖东的事就不劳夜兄费神了。你要好好地坚守住微山湖，封锁周围的水域，切断共军的水上通道。"

"是！"夜的黑恭恭敬敬地回答。他见冯渊无意借机夺取微山岛，心里自然十分高兴。

三

微湖大队借着夜幕的掩护撤到湖东郗山。金石开带领四连驻守郗山，以便监视微山岛敌情。铁飞率一、二、三连沿湖北上，到二十里外的柳林设营。

柳林紧靠着湖边，是一片方圆数十里的杞柳丛。柳林深处只有一户姓柳的人家，三代同堂，三十四口人，居住着两处院落，二十几间房屋，另有一处小客房，用来接待亲朋好友。

当家人柳直年过古稀，仍目明耳聪，身板硬朗。他为人热情好客，当年与王老大有八拜之交，老人见铁飞率队而来，喜出望外，吩咐儿孙杀鸡宰羊热情款待，还腾出一处院落让他们住宿。

吃过饭，铁飞派人分别与金石开、朱林联系，并派手枪队员四处打探敌情，留在柳林的队员忙着搭盖草棚，挖掘壕沟陷阱，以防敌人偷袭。

金石开率领四连，在郗山渡口挖掘战壕，埋伏下来，刚刚布置停当，只见数百只大小船只从微山岛连帆而来，声势浩大，敌军仗着人多势众，毫无顾忌，坐在船上，把枪放在膝盖上，指点着岸边，说说笑笑。他们前队人马刚登上渡口堤岸，便枪声大作，立刻人仰船翻，鬼哭狼号。

冯渊见状吃了一惊，他原以为共军见他大队人马开来，必定远远地躲避，没想到共军竟敢迎头而上，在渡口阻击。冯渊立即命令后队人马在渡口两边涉水登陆，企图从两翼包抄，抢占郗山，切断四连的退路。

金石开见敌船向渡口两侧运动，立即命令四连撤出渡口阵地，转移到郗山，抢先占领隘口要道。待敌兵爬上山来，又饱尝了一阵枪弹，滚了下去。

敌军遭受两番打击，死伤六七十人，冯渊异常恼怒，下令轮番向郗山发起攻击。金石开见敌兵众多，不敢恋战，对四连长张杰说："铁飞在北边的柳林，我们如向北退，追兵跟到，他们猝不及防，只怕要受损失。我们向南快撤！"

首战得手，众人都欣喜异常，轻装疾进和追兵越离越远。金石开登上高处，忽见有一队兵马从南边包抄上来，打的是国民党铜山县保安团的旗号。

众人一惊，立即停住。张杰熟悉这一带的地形，对金石开说："东边一里有座土山，咱们快到那里隐蔽，到夜里再设法突围。"

金石开见南北两面的敌兵越来越近，形成合围之势，摇头道："看样子白天是走不脱了。"

他们折回来，来到土山，立即挖掘掩体，准备坚守。

敌兵渐近，几十名骑兵率先冲来，队员们沉着应战，机枪步枪一齐射击，登时射倒十几名骑兵，其余的吓得魂飞魄散，拍马而回。队员们乘机冲下土山，捡回敌兵抛弃的枪支弹药，牵回三匹战马。

杀退了骑兵，敌人又从四面八方密密层层包围上来。

金石开说："同志们再加把劲儿，把掩体挖深些，挖长些，土山四周都要挖通。"

大家一起动手，奋力挖掘，将挖出来的土堆在沟边，筑成避弹的矮墙，直至周围挖通，众人才喘了一口气。

金石开说："高凯同志你带两个队员到上面监视敌兵的动静，咱们等到半夜再突围。"

这时北风越刮越大，天上乌云密密层层，似欲直压上头来，张杰愁眉道："天要下雨了？我们怎么办？"

金石开抬头望天，突然一道闪电，接着便是一声惊雷，豆大的雨滴纷纷落下。四周的敌兵顿时混乱。金石开跳起来，叫道："咱们冲出去！"

众人跳出壕沟，把马牵上沟沿。敌兵见状，呐喊冲来。张杰跃上马背，当先冲出，奔不数丈，忽然"哎呀"一声，连人带马摔倒在地。高凯大惊，拍马上前，尚未走近，坐马也中弹跌倒。

金石开大叫："回去！回去！"

众人架着负伤的队员掉头奔回土山。敌人乘势追来，被守在壕沟的队员们一阵枪弹打了回去。这一下没冲出包围，反而被射死两匹马，伤了几名队员。眼见得雨越下越大，敌兵仍是不进不退，死死地围住土山。张杰说："王大队长他们见咱们久不去柳林，定会派兵接应。"

金石开说："他们一定早已派人，只是我们向南奔出这么远，只怕他们一时难以找到。"

高凯说："那只有派人去求救。"

张泥鳅立刻说："我去！"

金石开沉吟一下，道："好！你骑这匹黄马去。我们向东佯攻，你从西边冲出去。"

大雨如注，众人齐声呐喊，徒步向东冲出。泥鳅悄悄把黄马牵上，伏在马腹之下，双手抱住马头，两腿勾住马腹，右脚轻轻在马肋上一踢。那黄马放开四蹄，向西疾奔而去。守在西边的敌兵，都疏散在树下避雨，黄马奔到近前，方才发觉，见马上无人，还当是失落的马匹奔回，及至发现马腹下有人，黄马已经冲出圈外。

铁飞派人四处寻不到四连的下落，正焦急万分，一见泥鳅骑马驰来，喜出望外，听到金石开他们被敌包围，铁飞皱着眉头，沉吟不语。不一刻，院外人奔马嘶，刀枪铿锵，队员们已经自动集合起来，列队待发。

毛二旦跑进来说："大队长，队伍都集合好了，快出发吧。"

铁飞钢牙一咬，说道："不，不能去！"

毛二旦吃了一惊，瞪眼望着铁飞问道："为什么？"

铁飞说："冯渊不是笨蛋，对咱们一个连队只困围，不进攻，其中必有诡计，我们千万不能上当。毛二旦，你率一连冲入敌阵，接战之后，立即后退，边打边退，引敌向西北追赶，待敌渡过蒋集河，立即把桥毁掉，然后甩脱敌人，回柳林驻防。袁振国，你率领二连从日军和敌军的结合部插过去，直捣敌军耿继勋部的后方司令部，要打得干净利落，然后迅速撤离。卜广义，你率三连和渔民自卫团偷袭郇山渡口，夺取冯部的船只。石大海，你去卜湾，请朱林、纪善同志把民运大队拉过来，打出黄河支队的旗号，从西部冲入敌阵救人。我率手枪队袭敌骑兵队，夺取马匹，从东北插入救人。"

石大海听了心中暗自称赞："铁飞经过战斗的磨炼比过去更加精明，人也变得沉着老练了。"

四

　　四连在雨中苦等了一天一夜,大家又饥又冷,不见救兵到来,也不知泥鳅半路上会不会出事,是不是已经把信送到了。

　　中午时分,骄阳当顶,敌军正在开饭,突然枪声骤起,毛二旦、王银飞率领一连从树林里杀出,冲入敌营。敌军仓促应战,已经死伤了一片。敌军集队反击,一连立即后撤。冯渊命令一团长率部去追,务必全歼。一连且战且退,直把敌人引过蒋集河。埋伏在桥下的队员,见敌军将近过完,立即点着导火索。只听轰轰几声巨响,木桥顿时被炸飞了,桥上的数十名敌军坠入河中,立时被湍急的洪水吞没了。过了桥的敌军看得心惊肉跳。惊魂未定,又突然遭到一连的反击,顿时大乱。敌军团长好不容易喝住混乱的士兵,列好阵势,一连已经飞奔而去。敌军怕再中埋伏,不敢再追,原地待命。

　　冯渊派出一团之后,郝山那边突然枪声又起,不一会儿留守郝山的敌军派人跑来报告:"冯旅长,大事不好,微湖大队偷袭郝山渡口,抢夺船只,马营长请冯旅长速发援兵。"

　　冯渊吃了一惊,立即派了三团去增援。又对铜山县保安团团长耿继勋说:"这是王铁飞的伐秦救赵之计,你我南北夹击,立即将土山上这股共军吃掉!"

　　耿继勋说声:"好!"起身前去调兵,忽有人飞马来报:"报告耿团长,微湖大队偷袭我韩庄后方司令部,巩团副怕粮草有失,请团长速回韩庄。"

　　耿继勋大惊失色,来不及向冯渊告别就带领本部人马匆匆而去。冯渊见耿继勋不告而别,又气又急,恐四连乘机突围逃跑,便命令二团立即发起攻击。

　　金石开见敌人蜂拥而来,指挥队员沉着应战,待敌攻到五十米处,一齐开火,登时打倒了十几名敌军。敌军进攻受挫,但不一会儿又整好队形,呐喊吼叫着冲了过来,队员们奋力抵抗,打倒了一批又一批的敌人。但敌人

305

在官长的威逼下,死不后退,步步逼近土山。

张杰怒火冲天,骂道:"这些龟孙见了鬼子腿肚就转筋,反共倒是有种!"他杀得性起,大喝一声,跃上战壕,端枪向敌人射击。

高凯见状大惊,叫道:"快下来!"

喊声未落,张杰身子一晃,倒了下去。高凯急扑上去抢救,顿时身中数弹,他咬紧牙关,抱住张杰,奋力一滚,滚下壕沟,张杰挣扎着爬起,见高凯浑身鲜血,已经气绝身亡,不由得放声大哭,抓起枪来,双腿跪在沟边,向敌人拼命射击。

金石开见敌人气势汹汹地扑来,大声喊道:"同志们,为高指导员报仇呀!一定要坚守住阵地!咱们的救兵就要来了!"

敌军已经攻到土山下,眼看就要得手了,忽听得西边枪声大作,石大海、纪善率众杀入敌阵。敌军见他们打着黄河支队旗号,吓得四散奔逃,哪里还去分辨真假?冯渊知道苏北专员汤敬正调集上万兵马围攻湖西根据地,黄河支队绝无可能分兵援救湖东,料定必是游击队所为。他命令军队回兵堵截,但士兵争相逃窜,没人听他们的号令。冯渊怒极,命令卫队向逃跑的士兵开枪射击,方才镇压住乱逃的顽军。但民运大队已趁敌人混乱之机,与四连会合了。

冯渊驱兵重围土山,仗着人多势众,发起猛攻。四连和民运大队坚守土山,敌军冲锋两次,都被众人奋力挡住,土山四周尸首堆积,双方伤亡均重。这时天色已晚,冯渊心急火燎,命令敌军发起第三次冲锋,想在天黑之前攻下土山。一时杀声震天,硝烟弥漫,敌军正攻得起劲儿,忽然背后受袭,一彪军马冲了进来。晚照之下只见当先一人,手挥紫金刀,身跨"千里雪",刀砍马踏,勇不可挡,来者正是王铁飞!紧跟在他身后的是骑红马着红装的红莲女,一手提缰一手打枪,顽军应声而倒。

金石开大叫:"救兵来了,大伙儿冲呀!"率兵冲下土山。

敌军突遭两面夹击,阻拦不住,四散而逃。

游击队合兵一处,欢喜异常,把伤员扶上马背,立即乘胜杀出敌围,消失在茫茫的夜色之中。

冯渊空劳了两天两夜,没有将微湖大队消灭,反损失了不少兵马和船只,一时恼羞成怒,欲连夜驱兵追赶。

参谋长孟繁礼劝说道:"金石开、王铁飞诡计多端,不好对付,天色又黑,还是暂且息兵为好。现在日伪军已经让出戚城,我们如不快些去驻防,恐被他们钻了空子。"

冯渊叹道:"好吧。"下令向戚城进发。

五

月上柳梢,微湖大队、民运大队和湖东县委、湖东办事处在柳林聚齐了。战士们分散休息,金石开、王铁飞、朱林召集党员干部开会,总结几天来的战斗得失,研究今后的战斗部署。

就在这时候,他们接到了湖西军分区的命令,为了保存力量,要他们立即转移到湖西根据地整训一个时期,等待时机重新开辟这个地区。可是,如何才能突破敌人的封锁包围安全地撤到湖西去呢?湖西微山湖各渡口已被敌军占领了,通湖西的航道,也被夜的黑切断了。向南然后向西突围,又势必遭受微山岛和湖东岸日伪敌军的夹击。

铁飞说:"咱们向北突围。"

众人都吃了一惊。石大海说:"这步棋太险呀!航道靠近湖东岸,东岸驻扎着众多的日伪敌军,我们要在敌人的眼皮底下穿过百余里,方能突破敌人的防线。一旦被敌人发觉,就可能遭受全军覆没的危险。"

铁飞笑道:"正因为这步棋太险了,冯渊必以为我们不敢走这条路。我们出其不意,利用夜色掩护突出去。"

金石开沉吟道:"夜间行船,又不能举灯火,有把握吗?"

铁飞说:"我从小就随父亲在湖里行船,上至济宁,下至徐州,这航道我闭着眼睛也不会走错。石大海、黄大水,还有许多渔民出身的同志都是使船的好手,万无一失,政委放心吧。"

石大海思考了片刻说:"现在已是深秋,连日的北风不断,我们顶风逆流而行,一夜最多只能行驶五十里。到了天明便会暴露在敌人的眼下,敌人前后阻截，我们欲进不能，欲退无路，可就糟了。"

铁飞道："诸葛亮能够借东风，我们就不能借南风吗？"

一切准备工作就绪。第二天下午，南风渐起，初时苇叶沙沙，水波涟涟，不多久，波涛汹涌，船摇树晃。众人愁眉尽展。

金石开脸上却毫无喜色，说道："风是好风，可惜刮得太早，现在离天黑还有三个小时，如果刮到半夜，突然风停浪息，岂不糟糕！"

铁飞大笑："政委放心吧，湖里有句俗话叫'晨风不过午，晚风刮到明'，这风到天黑只会加强，不会减弱。"

果然，风越刮越大，湖水掀起万顷波涛。天黑之后，百十只大小船只纷纷拔锚升篷，摆成一溜长龙，顺风向北急驶。神不知，鬼不觉，飞离了微山湖，穿过昭阳湖、独山湖，黎明时分到达了南阳湖的马闸。刚刚风平浪息，又巧遇大雾。他们立刻掉转船头向西，进入西支河，向鱼台县境的摆渡口驶去。行至三四里路，突然迎面驶来几只伪军的巡逻船。船上的伪军拉响枪栓大声喝问："什么人？"

"九十二军！"铁飞从容地答道，"弟兄们让开道，咱们各行一边，不要撞翻了船。"

大雾弥漫，伪军看不清他们到底是什么军队，但影影绰绰地看到庞大的船队，不敢轻举妄动，随即答道："自己人，不要误会，请过吧。"

伪军眼睁睁地望着他们驶了过去。他们在摆渡口登岸，借着大雾掩护，绕过敌伪据点，穿过鱼台县境，急行百余里，平安到达了丰（县）单（县）边境的湖西军分区驻地。

第二十九章

将计就计

一

冬天到了，湖水冰封，万木凋零，肆虐的狂风扫过干枯的树枝发出尖利的怪叫。微湖大队、民运大队西撤之后，敌军便穷凶极恶地镇压革命群众，疯狂地搜捕留在当地转入秘密斗争的干部、战士。凡是被他们抓到的，首先施以酷刑，令其自首，若是不从，便将其活埋、抄家、封门。不到一个月，被惨杀的群众竟达三百之众。敌军还以抓"八路军"为名，到处抢掠民财。逼迫群众补交三年的所谓"抗日公粮"。交不出的便被关押起来，吊打折磨，什么时候交齐，什么时候放人。为此不少人家被逼得折卖房屋，家破人亡。群众切齿痛骂冯渊：不认爹和娘，只识钱和粮。

湖匪出身的敌军军官郝天刚、夜的黑、殷封等更是凶狠残暴，明抢暗夺，无恶不作。夜的黑效法殷封，一心要在微山岛搞一个龟山那样的"仙居"，看到谁家的闺女漂亮，便抢了来做他的小老婆，若是不从，便交给手下人轮流奸污，直至摧残至死。殷封看中了柳直的小女儿柳英，又眼红其家产，硬要与柳英拜堂成亲，柳直不从，殷封一怒之下惨杀柳直一家三代三十二口，抢走柳英，把柳老五留下，敲断其双腿，为他看守家院。

阳春三月，一天深夜，微湖独立支队又回到了南壮。他们这次回来，已今非昔比。微湖大队和民运大队撤到湖西，经过了一段时间的整训，与黄河支队两个老八路连队合编成微湖独立支队，由身经百战的老红军李兴武担任支队长，金石开担任政委，王铁飞任副支队长兼参谋长，石大海任政治部主任兼一营教导员。下编三个营，共计八百余人。

他们从湖西悄悄开过来，在白鹭岛隐蔽休息了一天，与坚持湖东斗争的县委书记朱林接上关系，了解到冯部的布防情况，决定先吃掉兵力较弱的郝天刚团,震慑敌军,鼓舞群众的斗志。

郝天刚一夜之间被歼灭,使冯渊大为惊恐,他怕分散驻守的部队被八路军各个击破,急忙把戚城以南各据点的部队调回戚城。他得到情报说王铁飞、金石开率领上千人马到湖东来了,从南壮到蒋集的十几个村庄都驻满了八路,他更是惶恐不安,立即派人把丰县、鱼台、铜山、滕县的敌军头领请到戚城,密商对策,缔结五县反共联防,冯渊担任总指挥,约定五天之后,一起行动。

会后,冯渊把夜的黑召到戚城,向他讲明了计划:"夜兄,我想让你在微山岛暂时打一下皇协军的旗号,诱使共军攻打微山岛,他们一行动我就调集各县兵马跟踪而上,四面围攻,咱们里应外合,将他们消灭在微山岛下。"

夜的黑没想到冯渊会出这一毒招,忙道:"冯旅长,我夜的黑手下不过四百弟兄,如何能顶得住他们的进攻?"

冯渊笑道:"你不必担心,我可以拨一营人帮你防守微山岛。"

夜的黑摇了摇大脑袋,满腹狐疑地打量着冯渊:"冯旅长是不是信不过我夜的黑?要趁机夺取微山岛?"

冯渊心中暗骂"黑头贼得寸进尺",嘴上却说:"好吧,我那一个营归你调遣。"夜的黑这才应承下来。

二

夜的黑心怀鬼胎,带着赵大牙的一营人马回到微山岛,安排好赵大牙营驻守杨村、官庄、吕蒙,他急急忙忙奔回山寨,令护兵把殷封请到古庙大殿。

夜的黑望着殷封半晌不说一句话,突然问道:"师弟,自从你上山以来,师兄对你怎样?"

殷封察颜观色,心知有异,连忙说道:"师兄待小弟情同手足,委以重任,再好不过了。"

夜的黑道:"你不要把话说得这么漂亮,我再问你,冯旅长对你如何?"

"冯旅长?"殷封满腹狐疑望着夜的黑,眨着狡猾的眼睛,干笑了两声,说道,"冯旅长待我还算不错,但怎能像师兄这样真心待我?"

夜的黑又追问道:"万一师兄与冯旅长失和,你是帮我,还是帮他?"

殷封笑道:"你我同师为徒,理应生死相助,现在我的干妹子红杏又嫁与你为妻,咱们更是不可分了。"

夜的黑遂将冯渊如何要他打皇协军旗号,如何诱使八路攻打微山岛的事情说了,然后道:"冯渊要借刀杀人,我想给他来个假戏真唱,请贤弟到临城去找铃木队长,请他们出兵相助,方能大功告成。"

殷封这才明白了夜的黑的真意,便说:"凭小弟的三寸不烂之舌,一定能够说动铃木出兵!"

就在夜的黑、殷封密谋投敌的这天,孟繁礼以讲和为名来到微湖支队司令部所在地柳林,要求面见王铁飞。见面之后,相互客套了几句,孟繁礼便抢先说道:"贵军一向标榜团结抗战,为何对我军不宣而战,突然袭击?"

铁飞冷笑道:"你不要和尚戴着个道士帽,假装糊涂!你们不抗日,专反共,从湖西反到湖东,屠杀抗日干部、群众及抗日军人家属,与日本人勾结对我军频繁进攻,你们欠下我们的一笔笔血债,难道不允许我们讨还吗?"

"嘿嘿,过去的事休要再提了,敝人这次来是奉冯旅长之命,愿与贵军化干戈为玉帛,重归于好。"孟繁礼滔滔不绝说了一大篇。

铁飞说道:"我党历来主张团结友党友军共同抗战,但对那些不抗日又破坏抗日的反共顽固派是不会轻易放过的!"

孟繁礼倒吸了一口冷气说:"希望王大队长能以大局为重,不要再计较过去的恩怨。"

铁飞怒斥道:"不顾大局、破坏团结抗战的是你们!你们若是真心讲和,就应当拿出一点实际行动来,我们才能相信你们的诚意。"

"贵军有何要求,但说不妨。"

铁飞斩钉截铁地说:"第一,你们立即释放被你们无理关押的抗日干部、群众;第二,废除强加在人民头上的苛捐杂税;第三,立即退出侵占我方的沿湖一带地区。做到了这三点,我们可以再谈团结抗战。"

孟繁礼听铁飞的口气如此强硬,踌躇半响,说道:"王大队长提出的前两条,我们可以答应,这第三条确是过于苛刻了,我们现在已经让出戚城以南的湖边地区，若再把戚城以北的湖边地区让出来，我们这么多部队到何处驻扎？还望王大队长能够体谅我军的难处。"

铁飞想了想，便道："好吧，这第三条就依孟参谋长的意见。"立时有人拿来笔墨纸张，写好和约，双方签字划押，各保存一份。铁飞设宴招待了孟繁礼，并亲自送出柳林。

第二天上午，冯渊果然释放了部分被关押的抗日干部、群众，还贴出了废除苛捐杂税的布告。中午冯渊又派人给王铁飞送来请帖，请他到戚城去参加宴会，"共商抗日大计"。铁飞看着请帖说："不知冯渊又耍什么花招？"

三

宴会在戚城微湖宾馆举行，宾馆里外布满岗哨，戒备森严。在宴会大厅里，王铁飞看到了沿湖各县国民党军政头目和湖东沿湖各区的区长、乡长，唯独不见夜的黑的踪影，这引起了他的警觉。

冯渊满面春风，笑容可掬，以主人身份频频举杯劝酒。酒宴正进行，一个军官匆匆走进大厅，把一份密报递给孟繁礼。孟繁礼展开一看，神色大变，赶紧递给冯渊。冯渊看后，拍案而起，愤然地说道："诸位，冯某本想借这个机会，与大家共商抗日大计，联合扫平湖区的日寇伪军，不想背后又出了乱子。现在，夜的黑公开投敌了！诸位看，应该如何处置？"

各县的军政头目都佯作吃惊，那些区长、乡长大眼瞪小眼，一个个好似丈二和尚——摸不着头脑。孟繁礼站起来，装腔作势地说："夜的黑是微湖一霸，杀人抢劫，祸国殃民，恶贯满盈，现在又公开投敌，罪上加罪！我建议各县友军联合讨逆，剿灭这帮湖匪。"

国民党滕县县长周同立刻接上说："本人完全赞同。八路军微湖大队湖上作战的经验丰富，驻地又靠近微山岛，所以我建议王大队长首先发兵主攻微山岛，我军愿意联合各县友军作后援。"

其他各县军政头目都随声附和，齐把目标对准了王铁飞。王铁飞不动声色，一边吃菜喝酒，一边扫视五县的头目。

冯渊拿出五县"盟主"的派头说:"诸位的意见很好,不知王大队长能否勇担重任?"

王铁飞早看透了冯渊的阴谋,便将计就计地慨然应允:"既然冯旅长信任,诸位又肯配合行动,我们微湖大队愿意主攻微山岛。"

冯渊怕其中有诈,又追问道:"兵贵神速,不知贵部何时出兵?"

王铁飞沉思一下说:"三日之外,五日之内,一定动兵!"

冯渊心中暗喜,忙举起酒杯:"诸位,为我们精诚团结、讨逆大胜干杯!"

王铁飞一饮而尽,起身说:"多谢冯旅长盛情款待,我先走一步了。"

冯渊把他送出大门外,微笑着说:"王大队长一路保重,祝你旗开得胜,马到成功!"

送走王铁飞,孟繁礼疑惑地对冯渊说:"王铁飞这么痛快答应主攻微山岛,其中是否有诈?"

冯渊狞笑了一声:"我明天就去柳林,迫他就范。"

王铁飞回到柳林,立即向支队领导成员汇报了戚城宴会的情况,然后说:"冯渊挖好了陷阱,逼着我们往下跳呐。"

李兴武扬起剑眉说:"我们必须采取果断措施,今晚就开始行动,打他个措手不及!"

金石开又补充说:"为防止日伪增援,我们可派人和鲁南铁道游击队联系,请他们在铁路上闹一下,牵制住临城、沙沟的日伪军。"

天黑下来,没有月亮,乌蓝的天幕上只剩下几颗星星。湖上起了风,风推浪涌,正是隐蔽行军的好时刻。王铁飞带着二营、三营的战士,乘着小船,在渔民游击小组引导下,悄悄向微山岛进发。

根据事前的侦察,夜的黑从戚城带来的那三百敌军,分别驻在微山岛上的杨村、官庄和吕蒙。营部设在杨村东头一家地主的大院里。夜的黑的水上保安团驻在工事坚固的山寨里。

夜越来越深,二营兵分三路,摸上微山岛东北角,像三支利箭一般向官庄、杨村、吕蒙射去。三营绕到微山岛的南面登岸,隐蔽在山寨通往杨村的峡谷两边的山坡上,等东边打响后,伏击山寨增援的湖匪。后半夜,各路部队都进入了指定位置,只等冲锋号响一齐发起攻击。

二营长毛二旦领着二营五连摸进官庄。有一排敌军住在庄边一座大院里。院门敞着，院子里鼾声如雷。有几个家伙围坐在院门口的石桌旁打麻将。毛二旦本想等攻击的信号发出一齐动手，谁知一个敌人要拉屎，正好迎面走来。那家伙走到暗处，解开裤带就往下蹲，哪想刚好蹲在莲娃的头前。莲娃一阵恶心，伸手向那家伙抓去。可是，他一把抓滑了。那家伙吓得嗷的一声鬼叫，提起裤子就跑。莲娃情知不好，猛扑上去，一刺刀把那家伙捅倒在地。

这一下惊动了院门口的敌人，一个个似受惊的兔子，站起身就往院里蹿。毛二旦一跃而起，喊了声："打！"二十响匣枪一举，哗啦打倒了三个。

霎时间，枪声、爆炸声、喊杀声响成一片。敌人从睡梦中惊醒，全吓蒙了。兵顾不得官，官顾不得兵，哭的、叫的、跑的，全乱了阵营。敌人来不及反抗，有的死在枪弹之下，有的跪倒求饶，有的撒腿向杨村跑。

二营教导员王银飞带着六连包围了吕蒙。枪打响后，村内毫无反应。他们冲进村内搜索，村内竟无一敌。一打听，原来天傍黑时这里的敌人撤到杨村去了。他们也立刻向杨村奔去。

杨村是微山岛最大的村庄，有三百多户人家。敌军进驻杨村之后，村里的群众几乎都跑光了。官庄的残敌逃到杨村，王铁飞让战士放他们进村，然后关门打狗。五连、六连赶到杨村，与王铁飞带的七连会合，将杨村严密地包围起来。

这时，天已微明，只听一声号角，战士们个个奋勇当先，冲进杨村。据守在村头街口的敌人，见八路军铺天盖地而来，早已吓慌了手脚，胡乱地打了几枪，就往村东撤退。战士们像秋风扫落叶一般，将村里零星顽抗的敌人一扫而光，最后把敌人压缩包围在村东头两处大院里。两院相距百十米，东院是敌人的营部，院内，一拉溜五间堂屋，三间南屋，东南角有座方形的高约二丈的炮楼。敌人凭借炮楼上的机枪火力控制着附近的胡同和民房，与西院上房压顶的敌人相呼应，战士们一时无法靠近。

毛二旦火了，要组织战士们用火攻。王铁飞朝他摆摆手，说："别忙，把夜的黑从山寨引下来。"

战士们摆开架势，一时枪声大作，喊声四起，硝烟滚滚，连鸭枪、鞭炮全用上。但敌人隐藏在土堆、墙头、屋角喊叫、打枪,并不往前冲。

官庄、杨村的枪声早已惊动了山寨里的湖匪,山寨虎踞微山顶上,占地百亩。内有镇山寺、清风阁、卧佛堂,房屋上百间,存粮数万斤,镇山寺里新修了一座望湖楼,居高临下,一览无余。山寨周围设有三道防线,有石墙、壕沟、暗堡。只有东面留一山门,设有吊桥,门窄路险,石阶陡峭。

夜的黑、殷封、斜吊眼站在望湖楼上,观察着杨村的战况,夜的黑吃惊地说:"微湖支队行动得真快,来势好猛啊!"

斜吊眼惊慌地说:"官庄已经被攻下了。我们再不出兵杨村也要完了。"

夜的黑厉声喝道:"慌什么!微湖支队擅长声东击西打埋伏,再等等看。"

四

夜的黑、殷封、斜吊眼站在望湖楼上,见攻击杨村的部队开始向湖边后撤。夜的黑自鸣得意地说:"人人都说微湖支队厉害,依我看来,他们只会游击战,不善于攻坚。冒险强攻,自讨苦吃。"

斜吊眼急不可待地说:"司令,我们应该马上冲下山去追击!"

殷封急忙劝阻:"别忙,声东击西是他们的惯用伎俩。"

正在这时,一个湖匪跑上望湖楼,将一份电报呈给夜的黑。夜的黑展开一看,惊喜地喊道:"铃木队长来电,他亲率部队赶来增援,要我们务必牵制住八路军,以便一举全歼。"他立即命令,"集合部队,随我下山追击!"

不一会儿,寨门大开,吊桥放下,湖匪倾巢而出,沿着通往杨村的山谷向东追去。刚刚进入山谷,立时枪声四起,杀声震天,硝烟弥漫了山谷。敌人遭到突然打击,东突西窜,乱作一团。殷封大叫:"不好!"对夜的黑说,"大哥,赶快撤回山寨吧。"

夜的黑未及答话,忽听山寨上枪声骤起。不一会儿,少半鼻满头大汗地跑来报告:"不好了!八路军占领了山寨,截断了后路,向这边冲过来了!"

夜的黑大惊失色,回头一看,一支人马从山寨之上飞奔而下,其势如山洪爆发,勇不可挡。左右望,伏兵尽起,从山坡上猛扑下来。夜的黑知道,若再迟疑不决,他这四百弟兄就会完全葬身山谷。他大声喊道:"弟兄们跟我冲出去,向杨村转移!"

混乱的湖匪听到头领的喊叫,似乎看到一线生的希望,紧随着夜的黑向东冲杀。冲到前面的湖匪被打倒了一片,几个家伙吓得掉头回窜,夜的黑举手三枪,打死三个后退的湖匪,厉声喝道:"哪个再敢后退,老子送他上望乡台!"说着他飞身一跃冲上前去,像一头凶猛的野兽不顾一切向东冲。

夜的黑带领众湖匪突出山口,等他带着残兵败将钻进杨村,清点手下的兵马,只剩下二百多人了,和据守在杨村的人会合在一起不过三百余人。

这时只听村西杀声大起,夜的黑等急忙登上炮楼观看,只见斜吊眼等从村西败退下来。八路军随后追击,不一会儿便将两所大院紧紧包围起来。

李兴武来到微山岛杨村,看到战士们正在向敌人开展政治宣传攻势。月下白站在一个墙豁口上向夜的黑喊话:"八路军优待俘虏,夜的黑,只要你放下武器,我保你没事。弟兄们,快投降吧,再不投降生命可就难保了。"

夜的黑心神不安,在炮楼里转来转去不知如何是好。

最感到恐惧的是殷封,他知道自己一旦落到八路军手里绝无生路,他背靠着炮楼的墙角,坐在那里打着自己的小算盘。这时斜吊眼凑过来,悄声说:"夜的黑这杆旗靠不住了,参谋长,你快拿个主意吧。"

殷封向周围扫视了一下,见无人注意,便昐咐说:"咱们甩开他,拉一帮人突出去。夜的黑敢投降八路,咱就先把他干掉!"

斜吊眼点点头,去暗中联络心腹。殷封站起来,走到夜的黑的身边,假意关切地说:"大哥,我们不能坐着等死,必须尽快突围。"

夜的黑摇摇大脑袋,忧虑地说:"人家里三层外三层包围着,如何突得出去?还是固守待援牢靠。铃木不会失信。冯渊也会设法增援我们。"

这时少半鼻慌慌张张地跑进来报告:"团长,不好了!八路军已经爬上周围民房,不停地喊话,弄得兄弟们人心惶惶,有人嚷着要投降哩。"

殷封不等夜的黑答话连忙道:"我去看看,哪个敢投降,先敲掉他!"

殷封爬上炮楼,对抱着机枪听喊话的湖匪吼道:"都他妈的支着耳朵听啥,还不快给我打!"说着,他朝着喊话的战士"砰砰"打了两枪。

喊话的战士倒下了,这下可把战士们惹火了,纷纷要求下达攻击的命令。

李兴武看了一下表,对王铁飞说:"敌人不投降,队长下命令吧。"

王铁飞一声令下,机枪、步枪一齐开火,压住敌人的火力,担任主攻西院的五连战士,借着火力的掩护,接近了西院。几个战士把浇了煤油的公鸡点着,越墙扔进院里,火鸡嘎嘎惊叫着在院子里乱飞乱窜,转眼间,房檐、秫秸、苇垛里着火了。火乘风势,风助火威,浓烟滚滚,大火冲天。

敌人惊恐万状。自古以来,只见过天上落雨,未见过天降火鸡。一个个吓得嗷嗷直叫,到处乱窜。一连的战士乘势攻进院里,一排排手榴弹,炸得敌人血肉横飞。不过十分钟,西院被攻占了。几个侥幸活下来的敌人都被生擒。

东院的敌人更加恐慌,夜的黑命令手下人扼守炮楼,死命顽抗,妄图苟延残喘,以待援兵。殷封把夜的黑拉到一边,悄声地说:"大哥,咱们不能指望铃木了,别落个晴天不快走,单等雨淋头,赶紧组织突围吧!"

殷封向斜吊眼一摆手:"弟兄们想活命的,快跟我突围呀!"

夜的黑在炮楼顶上,看得真真切切,见斜吊眼带着人出来,又气又急,抱起机枪就向斜吊眼他们扫射。但就在同时,殷封的枪响了。夜的黑头上中了一枪晃了几晃,几乎栽下楼去。当他发现是殷封打了他的黑枪之后,立刻像受了伤的野兽一样,大吼一声,纵身跃下炮楼,向殷封扑去。殷封大惊失色,连忙又向夜的黑打了两枪,转身就往外跑。

毛二旦见敌人要突围逃跑,就想堵住敌人,王铁飞一把拉住毛二旦,命令战士们闪开通向湖边的路。毛二旦急得直跺脚:"怎么把敌人放跑了?"

王铁飞笑了笑:"放心吧,煮熟的鸭子飞不了。"

几十个敌人突出重围,向湖边拼命奔逃,一路上并没有遭到截击,都暗自庆幸自己捡了一条命。到了湖边便争先恐后下湖涉水逃跑。

"哎呀!不好!这里有钩!"跑在前面的一个湖匪突然惊叫起来。

"我的娘,俺也给钩住了!"一时这个叫,那个嚷,一个个狂叫起来。

原来渔民游击小组早已在这里布下了"鱼钩阵"。那鱼钩一排排、一串串暗设在水中,张牙舞爪,锋利无比。不论是鱼是鳖,碰上它,就别想逃掉。人碰上它,不动还好,越动,钩越往肉里钻,四周的鱼钩都聚拢来,死死咬住"猎物"不放。

战士们从四面八方荡桨而来,像渔民收网拾卡一样,把鱼钩上的"猎物"扔到船上。清点俘虏却不见殷封。战士们划着船四处搜索仍没有结果。王铁飞心里纳闷儿,周围都是一片明水,他能跑到哪里去?他寻问俘虏,俘虏说只见他往水里一钻就不见了。王铁飞听了,让战士将方圆几十亩的水域严密包围起来。他亲自划着船,在湖面上来回仔细察看。忽然他见到不远处有芦苇秆直立在水面上,向远处慢慢地滑动。他瞄准苇秆的下部开了一枪。只听"咕噜噜"一阵声响,随着冒起的血红的水花,浮上一个人来。正是化名殷封的乔苇。

在打扫战场时,红莲女发现夜的黑浑身是血躺在炮楼下,已经奄奄一息了。夜的黑突然睁开眼睛,看到红莲女,他用乞求的目光望着红莲女,喃喃道:"我……求求你,给我补一枪吧,看在过去结义的分上,让我死个痛快!"

红莲女想起夜的黑种种罪恶,恨不能将他千刀万剐,但此刻反倒不忍下手了。李兴武走过来,向她摆摆手说:"不要开枪!暂留他一条活命,以后看情况再作处理。"

五

冯渊知道夜的黑已全军覆没,立即以五县联防总指挥的名义,电令各县部队连夜进军,合围八路。

各路敌军不下一万二千余人,如洪水猛兽连夜向微湖支队驻守的柳林、蒋集、南壮一带湖边村庄扑去。黎明时分,敌军气势汹汹冲进村庄,却不见一个人影。

原来微湖支队料定冯渊会来报复,带着群众连夜转移到微山岛去了。临走,金石开提笔以李兴武的口气写了一封信,留在司令部的桌子上。冯渊赶到柳林,看到这封信,掷于地上,"嘿嘿"冷笑道:"想以一纸空文吓退我五县上万兵马,真是笑话!这一次侥幸让他们逃了,我倒要看看他们有何本领再重回湖东!"

冯部重占戚城以南的沿湖地区之后,借助众多的兵力,在戚城至张洼一线不到五十里的地区抢修了九个大据点，每个据点都放一连兵力驻守，据点之间有公路和封锁沟相连，形成所谓的"铁堤"防线。为确保据点的安全，把离据点百米内的民房、树木全部拆毁、砍光。

这天一早，王铁飞带领侦察班前往大王庙据点侦察敌情。下午，他们赶到大王庙以北四五里的一个小村，把战马隐藏在村里。天将黄昏，他们又换上老百姓的衣服，步行赶到大王庙，伏在运河堤上悄悄地观察。

据点在村东南角，南面紧靠运河堤，东、西、北三面的民屋被拆，林木砍伐一空，皆是开阔地。据点共三道防线，四层火力网：外围是树桩、铁丝网连成的鹿寨，中间是深四米、宽八米的壕沟，里面是高约五米的寨墙。下有地堡，中有壁垒，上有碉堡，正南居中的寨墙上还高耸着一座圆柱体的大炮楼，居高临下，一览无余。东西只有一座吊桥可以出入。单从据点的设施就可以看出：这股敌军果然不同一般，难怪他们自吹是"常胜营"。

回程的路上，王铁飞找当地干部和群众进一步了解敌情。冯旅的一团一营是冯旅中装备最好、实力最强的，三个连，分驻在大王庙、欢城、班村三个据点，构成三角形。营部和三连住在中心据点大王庙。有一百四十多人，多数是老兵油子，装备着一律的偏耳朵捷克式步枪，有轻机枪三挺，日本掷弹筒两个，弹药充足。

回到驻地，王铁飞立即向支队长、政委汇报了情况，马上召集营以上干部开会研究。此时的微湖支队有三个营九个连，另外还有支队直属的警卫排和侦察排，共一千二百余人，相当于冯旅总兵力的三分之一。但敌军分驻在十二个据点，首尾相距七十余里。组织研究决定攻击的重点选择在大王庙。

农历五月初六，参战部队向邓集集结。为迷惑麻痹敌人，白天部队故意向南运动，等夜静以后突然掉头北撤。

六

五月初七，新月如钩，繁星灿烂，部队悄悄地出发了。沙沙的脚步声，像微风扫过芦荡，在夜空里飘洒……

夜晚九点，各部进入指定位置，神不知鬼不觉将该据点团团包围。指挥所设在大王庙以西半华里的小李庄，据点里敌人的动静，在这里可以看得真真切切。

王铁飞和李兴武来到阵地前沿。星光下，吊桥高悬，一盏马灯挂在杆顶，像鬼火似的忽明忽暗。

灯光下，影影绰绰的哨兵，大背着枪，龟缩脑袋，像幽灵来回游荡。敌人自以为有坚硬的乌龟壳，便能高枕无忧。担任主攻的五连战士，正簇拥着一副便桥和几架竹梯，静静地隐蔽在河湾芦荡里。

深夜，据点那边突然爆发出激烈的枪声，铁飞瞪大了眼睛极目望去。无数条火龙在夜空中飞舞，刺眼的光柱在据点周围晃动。从睡梦中惊醒的敌人反应极快，不等战士们冲到近前，机枪、步枪疯狂地吼叫起来，掷弹筒、手榴弹像冰雹似的倾泻而下，腾起一股股硝烟。枪声、爆炸声、呐喊声搅在一起，栖居在芦苇丛中的苇喳子惊叫着飞起……

担任爆破的一排战士冒着弹雨勇敢地冲上去，一个接一个倒下，铁飞的心顿时收紧了。李兴武的脸阴沉得像六月的乌云，浓密的剑眉微微颤抖着。

"轰"的一声巨响，指挥所震动了一下，屋梁上的灰尘纷纷落下。第一道鹿寨被炸开了缺口。七八个战士架着便桥，借着烟幕的掩护，迅速冲到壕边，架起便桥。

敌人毛了，惊叫声、哨子声、枪弹声乱成一锅粥，但很快又镇静下来。寨墙上立刻列满敌兵，三挺机枪同时封锁住便桥，一股敌军趁机涌出寨门，向便桥扑来。

"三排，快！把敌人压回去！机枪班注意！封住敌人的火力！"夜幕里传来二营长毛二旦宏亮的吼声。

敌人依仗工事，居高临下拼命顽抗，战斗异常残酷激烈。为争夺便桥，战士们冲上去，被压回来，又冲上去，又被压回来，反复多次，又有几个战士倒下了。他们只有两挺轻机枪，很难压住敌人的火力，便桥终于被敌人拖进了沟壕里。

第一次攻击失利，毛二旦重新部署了兵力。因五连伤亡太大，便把他们调到北面佯攻，西面由四连担任主攻，六连掩护。又调来两挺轻机枪加强火力。一副新的便桥绑扎好了，机枪都架在路沟的土埂上。一声令下，机枪、步枪一齐向敌人开火，突击排的战士，猫着腰，架着便桥，向前猛冲，很快，便桥架好了，接着战士们飞一般跨上便桥。

突然，几束手榴弹扔下来，随着隆隆的爆炸声，便桥毁了，几个战士被埋在烟幕中……

"不能再这样硬拼！"李兴武猛然转过身来，面对铁飞，那双刚毅的眼睛闪烁着火花。铁飞点点头，向阵地前沿跑去。天很黑，他深一脚浅一脚地来到前沿阵地。二营长毛二旦和一营长赵克正在那儿低声而激烈地争论着。

毛二旦脸色铁青，方正瘦削的脸膛痛苦地抽搐着，充血的眼睛喷射着怒火，衣襟上沾满了血迹，他看王铁飞来了，连忙报告说："副支队长，我们牺牲了十二名战士，我请求再次攻击，死也要拿下据点！"

一营长立刻插进来说："我反对！我们应该接受教训，改变打法。"赵克是个老红军战士，原是黄河支队一位队长，他是同他率领的连队一起编入微湖支队的。铁飞朝他俩摆摆手，又用手按了一下毛二旦的肩头。他没有责怪毛二旦，他觉得造成这种情况是因为他事先估计不足。他看了看表，已是凌晨两点，立即下令停止攻击，对他俩说："走！到指挥部去。"

他们三人来到指挥部，支队长、政委都等候在这里。金石开是个细心的人，一眼就看出毛二旦的情绪，亲热地拉住他的手，微笑着说："同志，不要钻牛角尖嘛，一条道走不通，再想别的路。"

毛二旦一腚坐在板凳上，把头埋在臂弯里不吭声。

"敌人的工事坚固，火力很猛，强攻不下，应改变战术。"李兴武说到这里停下来，望着铁飞问，"副支队长的意见？"

"我建议执行第二套作战方案，暂时放弃对大王庙的攻击，集中兵力打援！"铁飞的建议与他俩的想法完全一致。

王铁飞赶到三河口，老乡让出一间小屋，作为他的临时指挥所。他顾不得休息，和警卫员一起在村东运河堤的高岗上堆起一堆干柴，做好信号准备。回到临时指挥所已是凌晨五点，各连都来报告：按照命令，都已进入指定位置。铁飞这才稍稍松了一口气……

七

  红艳艳的太阳渐渐升起,蝉翼般的雾纱慢慢消散,运河两岸的村庄升起缕缕炊烟。遥望微湖上,水天一色,风动船移。王铁飞离开草屋,向运河走去……

  站在河堤上举目而望,薛河如带,运河似练,像两条银色的巨蟒在他脚下并行而过。流水潺潺,絮语悄悄。两条河堤铁臂一般拢抱着一块楔子状的洼地。铁飞想起第一次与鬼子交手就在这里,想不到三年后又在此地与国军较量了。

  时间好像放慢了速度,南面的公路上,冷冷清清,不闻声息。战士们忍耐不住了,不时抬头张望。

  八时许,南面的公路上尘土大起,像一条黄龙滚滚而来。侦察员报告:敌军一个加强营共五百多人前来增援。

  "乖乖,派头还不小!"铁飞心里说,随后立即命令各连做好战斗准备。

  不一会儿,尘土下现出蝗虫般的敌军。战士们抑制不住内心的高兴,悄悄地传递着消息,每个人都揭开手榴弹盖,瞪大了眼睛盯住南面的敌人。

  离西纸坊还有二里远,一小股敌军突然离开大队,沿运河堤直扑三河口。

  "啊!难道敌人发现了我们?"铁飞的心顿时一紧,再定睛一看,大部分敌人仍沿公路徐徐爬行,这小股顽军来势虽猛,但不是战斗的姿态,显然是敌人的侧翼侦察部队。心里一块石头落了地。铁飞命令战士们不要理睬它。

  蠢头蠢脑的敌人已经钻进了"口袋"。一营长赵克低声命令:"不要慌,靠近了再打。"

  五十米,四十米,三十米……刺刀快戳到鼻尖了,只听一声大叫:"打!"

  霎时,一群"黑老鸹"飞入敌群。浓烟滚滚,杀声阵阵,震耳欲聋的爆炸声摇天撼地。西纸坊围墙下成了一片火海。紧接着机枪、步枪、驳壳枪齐声怒吼。当头棒打得敌军鬼哭狼嚎,东奔西窜。

  王铁飞见时机已到,即刻命令侦察兵将信号火点着。熊熊的大火冲天而起,映红了河畔。埋伏在三河口和纸坊东南的伏兵齐出,像铁臂一般将敌人合围包抄。那小股沿运河堤搜索前进的敌军,被红莲女带的警卫排战士顶头一打,杀伤大半,其余的吓得掉头就跑,像磨扇压着驴耳朵,没命地嚎叫:"不好了,我们被包围了!"

王铁飞看到战士们射杀敌人的场面,也不禁心痒了,抱起一挺轻机枪,向敌人扫射起来。三营长袁振国率领战士们乘势冲击,迅速占领了运河堤,居高临下,朝着敌人的腰部和后腚猛打。同时毛二旦也带领二营的战士从东面堵住了敌人。五百多敌军成了瓮中之鳖,四处挨打。五六匹受惊的骡子,驮着弹药,嘶鸣着横冲直闯,把敌阵冲得稀里哗啦,敌军的轻重机枪和掷弹筒都无法发挥火力,抛下武器争相逃命。

毛二旦这回高兴了,像孩子似的又蹦又跳,一面追杀敌人,一面高喊:"奶奶的,杀呀!打呀,不要叫龟孙们跑了。"

激战两小时,战斗胜利结束,全歼冯旅一团三营。

战士们打扫完战场,收拾好战利品,押着俘虏回到大王庙。王铁飞叫战士押着俘虏从大王庙前绕过,好让据点的敌军"检阅检阅",把重机枪也架在河堤上让他们"见识见识"。大王庙据点的敌军伸头探脑。宣传员开始喊话:"国军弟兄们,快投降吧!八路军优待俘虏。反共没有好下场,不要再为冯渊卖命了。"据点的国军骚动了。

八

"又是一夜没睡,看!眼都熬红了。"早晨一见面,金石开就责怪铁飞。

"你还不是一样?"王铁飞望着政委的黑眼圈笑着说。

李兴武摇摇头:"毛营长那犟脾气,一夜又是打枪,又是喊话,闹得六神不安,鸡犬不宁。"

金石开说:"敌人也真够顽固的,上半夜一直对打对骂,下半夜才老实了一点。毛营长早就不耐烦了,直嚷着要挖坑道炸它个龟孙。"

王铁飞说:"敌人不投降,原因有二:一是幻想冯渊再次派兵增援;二是由于敌人的反动宣传，士兵不了解我们的俘虏政策，害怕被'割鼻、挖眼、掏心'。"

李兴武说："对，用刚俘虏的三营长刘贵章的口气给据点的连长写封信，他们就相信我们的俘虏政策了。"

这时日上东山，大王庙暂时平静下来，金石开带着那个丁连长来到运河堤上。那丁连长朝着据点，扯着喉咙喊："喂！弟兄们，王连长在吗？我是三营九连的丁二保连长，营长叫我来给王连长说几句话！"

开始无人答腔，停了几分钟，炮楼里叽叽咕咕乱了阵，窗口探出一个干瘪的脑袋，向这边张望了半晌："我就是王连长，你有什么话？"

"我是丁二保呀！我们营来增援你们，走到西纸坊全被……八路对我们很好。营长叫我给你送封信，请把吊桥放下来……"

"你让八路往后退退，我放你进来。"王连长不放心地说。

金石开让战士们往后退了百十步。炮楼上的脑袋不见了。过了一会儿，吊桥放下来，丁二保独自一人走进据点，吊桥又高高拉起。

时间一分分过去，战士们焦急地等待着……炮楼上终于再一次出现那个干瘪的脑袋："我是王连长，请大队长王铁飞讲话。"

金石开对李兴武笑道："敌人还蒙在鼓里，还以为我们是微湖大队呢。"

李兴武大笑："县官不如现管，烧香先敬土地爷。"

王铁飞往前一站，冲着炮楼喊道："我就是王铁飞，有什么话，快讲！"

"大队长开恩，俺投降，能保弟兄们不死吗？"王连长可怜巴巴地问。

"缴枪不杀，优待俘虏，是我们一贯的政策，八路军说话算数！"

"是是是，俺投降，俺投降！"

"把武器放下，站队走出来！"王铁飞命令。

不一会儿，敌人放下吊桥，把枪支放在地上，站好队走出来。二营的战士集中在吊桥两边列队欢迎顽军投降。丁连长、王连长走在前面，后面跟着一长串乌眉皂眼的国军，断胳膊瘸腿的、破头烂脸的……嚆！好一副"常胜营"的气派！

第三十章

智取戚城

一

在微湖支队集中兵力追歼冯旅的时候，日伪军乘机进入戚城，并抢占了国军放弃的戚城以南各据点。

伪师长聂挺斌外号聂大肚子，生得身高体胖，肚大腰圆，冬瓜脸，酒糟鼻子，牛蛋眼，扫帚星眉，是伪淮海绥靖军的王牌师的师长。他一来戚城便四处烧杀抢劫。正值麦收季节，许多村庄的麦子被伪军抢劫一空。还频频向八路军挑衅，湖东县委和地方武装都被他们挤出。聂大肚子还大言不惭地声称："开的打仗铺，专找老八路！"

微湖支队司令部再次召开会议，研究如何教训聂挺斌。

"砰！"铁飞一拳砸在桌上，震得茶壶茶碗都跳了起来："不打下戚城，这口气实在难咽！"

正在这时就听门外一阵大笑，张泥鳅领着两个军人走进来。灯光下，只见那两个军人，一个两鬓斑白，一个年轻干练。

铁飞惊喜叫道："张司令！齐连长！"

屋里的人立刻都站起来，纷纷迎上前去和张司令、齐连长握手。金石开倒了两碗凉开水端给张司令、齐连长。张司令捧起碗来喝个精光，意味深长地说："微山湖的水真甜啊！"

这时袁振国端着一大盆热气腾腾的团鱼汤笑哈哈地走进来。身后跟着黄大水，手里托着一摞煎饼。

"张司令、齐连长腿长，我们难得吃一次夜餐，叫你们赶上了。"袁振国笑着说。

"老袁的手艺不赖。"张司令喝了一口团鱼汤，咂着嘴说。

大家哄堂大笑。金石开心里思忖：张司令亲自出马，连夜赶来，定有重大的紧急事情。但他神态轻松，谈笑自若，却又不像。

吃完夜餐，铁飞见天色已很晚，怕张司令劳累，便说："同志们，天不早了，有话明天再说，让张司令休息吧。"大家听铁飞一说，都连忙站起来。

"不要走嘛。"张司令示意大家都坐下来，"现在吃饱喝足了，正有劲头，闲话少叙，书归正传吧。"他望着金石开道，"我先考考你这个'智多星'，聂挺斌向你们挑战了，你们打算怎么办？"

金石开道："张司令又挖苦我了。"他向李兴武望了一眼，接着说，"我们还没有好好商量。反围剿斗争的胜利只是很小的一步，日伪一旦在占领区站住脚，会很快向我们发动大规模的进攻。我们应当趁敌人刚来湖区，立即进军，并一鼓作气摧毁其伪政权，把群众发动起来，造成四面包围戚城的形势，为解放戚城创造条件。"

"好，我赞成！"铁飞高兴地说。

李兴武补充说："拿下戚城，消灭了聂大肚子，其他问题就迎刃而解。目前我们尚不具备攻城的条件，倘若张司令能够助我们一支兵马……"

张司令打断李兴武的话，说："我这次来的目的就是和大家共同研究一下围攻戚城的计划。敌人长期占领戚城，不但切断了鲁南山区与湖西根据地的联系，也切断了华中、山东与华北、延安的交通线，山东军区首长决定派——五师老六团来，帮助你们迅速打开局面，巩固、扩大微湖根据地。"

一听老六团开过来了，大家都高兴了，你碰碰我的肩膀，我扯扯你的衣角，交换着喜悦的目光。

二

"冷在三九，热在中伏。"热风吹来炙人皮肤，石头晒得烫人，树叶像烤焦了似的卷曲着。狗趴在树荫下，伸着舌头哈嗒哈嗒直喘气。

这时进出城的行人几乎断绝了，守在西门的岗哨躲进了城门洞里。离城西不远的运河里，有一些胆大泼皮的半大孩子和热得受不了的庄稼汉在洗澡。守在西门楼上的伪军们见了十分眼热,都鼓动着排长向连长求情,要求下去洗个澡。碉堡里好似蒸笼,热得人透不过气来。排长生得胖胖的,热得头昏脑涨,汗水把军衣都湿透了,这会儿巴不得泡在河里才痛快,他硬着头皮去找连长:"连长,弟兄们要求下去洗个澡,凉快凉快……你看——"

"谁的主意?"连长骨碌爬起来,瞪起大眼珠子,"不想活了?这几天风声正紧,八路说到就到。"

伪军士兵洗不成澡,心里好不自在,平时对连长的一肚子怨恨就发泄了出来:"妈的,老子不干了!背他娘的汉奸黑锅,还得受当官的窝囊气。"

"弟兄们都别嚷了,要是叫连长听了,皮肉又得吃苦了。"

他们正在议论纷纷,忽听得有人喊叫:"西瓜!西瓜!"

运河上漂来三只满载着花皮大西瓜的小船,到了城下,立刻被洗澡的汉子拦住了。人们一呼啦围上来,远近的人也都闻声而来,石桥附近人越聚越多,乱哄哄地争着要买瓜。守在城门的伪军跑过来,拉着枪栓狂吼了一阵,见谁也不理睬他们,只好横在桥头,防止人们过桥,两只眼睛却盯着船上的西瓜,馋得直咽口水。

城上的伪军见此情景,眼都直了,嗓眼里恨不得伸出手来。那连长听到动静,也摇着扇子,趿拉着鞋走过来。眨眼间,一船瓜快卖完了,伪军都着了慌。你推我,我推你,拥到连长跟前,见连长也馋得口水直流,便七嘴八舌地央求道:"连长行行好吧,让弟兄们弄几个瓜解解渴。"

"送上门来的西瓜,不吃才是憨种哩!"

"渴得嗓子都冒烟了,连长你就开开恩吧。"

连长心想刚才没让弟兄们下去洗澡,这会儿都憋着一肚子火,要是再不让他们弄瓜吃,火气就更大了。于是命令排长和两个士兵下去弄瓜。

排长和那两个士兵急急忙忙出了城门,走上石桥,大声吆喝:"别卖了,剩下的这两船瓜,老子全包了!快送上去!打总给你算账。"

"老总,你可要说话算话呀。不过,俺这几个人得搬到哪年哪月?还是请老总下来搬吧。"

"两条腿的蛤蟆没有,两条腿的人有的是。"排长吆喝周围的人,"来来来,都帮帮手,给我们把瓜抱上去。回头送你们几个瓜吃。"见洗澡的汉子要去穿衣服,排长又喝道,"裤子不用穿了,拿来装瓜!"

一个光腚汉子道:"老总,这赤身露体上城头,可有点……"

"怕什么。"

那些赤身露体的汉子只好用裤子装上西瓜,和那些前来买瓜的人都抱着西瓜,跟随着伪军进了城门,登上城门楼。几个落在后头的被城门岗哨拦住。

城门楼上的伪军早就等得不耐烦了,见人们把瓜抱上来,都纷纷跑出碉堡,拥上前来争抢。

"老总,老总!先别慌,瓜还没过称哩!"船老大故意大声嚷叫。

"称个屌!先吃完再说。"伪军们乱哄哄地一拥而上。

这时,只见船老大摘下头上的苇笠往空中一抛,霎时所有抱瓜的人齐把西瓜捣烂,有的从中取出了短枪、匕首,有的从怀里拔出了匣枪,各自寻找目标,齐声呐喊:"不准动!都举起手来!"

"我的娘,你们是……"伪连长吓得呆了,手里的芭蕉扇掉在地上。

"微湖支队!"扮成船老大的铁飞大声说,"八路军优待俘虏,缴枪不杀!"

一连伪军乖乖地举起了手。扮作群众的突击队战士快如疾风,抢占了城头碉堡、城腰机枪工事和城墙底部的暗堡,留在城门的战士也解决了岗哨,夺了城门。

埋伏在运河岸边高粱地里的战士们看到信号,一跃而起,冲进城去。按照事前区分的战斗任务,各营、各连立即向纵深发展,与敌展开了激烈的巷战。城里弥漫着硝烟,天上纷飞着火星。枪声、爆炸声夹杂着敌人的哀嚎,震撼着古镇戚城。

傍晚,城内之敌大部被歼,只剩下了刘氏宗祠和东城门的敌人。当微湖支队完成了对两处敌人的包围,天完全黑下来,枪声也渐渐稀疏下来。

三

铃木的特务队和胡空带领的百十个伪军被紧紧包围在大庙(刘氏宗祠)里。日军特务队长铃木,盼救兵望眼欲穿,焦躁地把电话机摇了十几遍,也没有摇出一点声音，气得他摔烂了话筒，不停地来回走着。伪自卫团团副胡空蹲在椅子上，急得抓耳挠腮，不知如何是好。看看天已经完全黑下来。

他们哪里知道，为了打击增援的敌人，老六团早就在戚城、临城之间的柏山布置好了。下午四点，满载着鬼子的五辆汽车沿临戚公路向戚城急驰，走到柏山脚下，第一辆突然落进了陷沟，第二辆汽车急刹不住，撞击在前车尾上，立刻起火。接着一串串手榴弹在敌群开了花，枪弹像雨点似的扫射着鬼子。五辆汽车全部趴了窝，惊慌失措的敌人还没来得及反抗，老六团就从公路两侧的山坡上冲了下来，经过一场激烈的白刃格斗，除少数突围逃窜外，二百多名鬼子全部被歼。

大庙的日伪军已成了"瓮中之鳖"，夜幕降临，善于夜战的八路军战士已经做好了充分的准备，只待一声令下，就要勇猛地冲锋了。支队长李兴武观察了地形，决定从西南角对敌人炮楼实行爆破。这里有一段五六十米的开阔地，通过十分困难。他命三营所有的轻重机枪同时向炮楼开火。敌人的机枪和手榴弹也撒起泼来，弹雨、硝烟笼罩了那片开阔地。

因为微湖支队没有人会爆破，老六团派来三名爆破手支援他们。第一名爆破手刚进入开阔地，就中弹倒下了。爆破队长马骏立即跃出掩体，上前接过炸药包，飞速冲上去。透过硝烟，只见他以熟练的动作、敏捷的步伐，忽东忽西，忽停忽进，像灵巧的山猫，躲过密集的子弹，迅速地接近了炮楼。突然，敌人的几颗手榴弹在他周围接连爆炸，火光中，只见他一个前扑，不动了。时间一分一秒地过去，大家的心情越来越紧张。

李兴武两眼紧盯着马骏倒下的地方，连敌人也停止了射击。大家沉默着，猜测着可能发生的不幸，忽听李支队长高兴地喊道："冲上去了！"

紧接着一声轰鸣，炮楼下腾起一股滚滚浓烟，炮楼被炸塌了半边。敌人死的死，伤的伤，不死不伤的也被震得晕头转向，迷迷糊糊。战士们如风卷残云，呐喊着冲了上去，残余的敌人缴械投降了，胡空已被炸死，只有铃木还想负隅顽抗，几颗仇恨的子弹同时射进了他的胸膛。

聂挺斌闻报八路军夺取了西城门，攻进城来，情知不妙，急急忙忙带领着他手下的团长、营长等一百多人，撤离了安在刘府的司令部，退守东城门。有这些当官的督阵，东门上的伪军显得"勇敢"多了，重机枪在门楼上

"嘟嘟嘟……"像刮风一样朝下扫来扫去,城门两侧的地堡、暗堡的轻机枪也"哒哒哒"狂叫着,上中下的交叉火力封锁了通往东门的道路。

王铁飞、金石开率领二营围攻东城门,战士们每前进一步都要付出很大的代价。从城墙两边迂回攻击城门楼的战士,也被敌人的侧射火力阻住。城墙顶部宽不过两丈,又无隐蔽之处,战士们在敌人机枪封锁下,很难接近城门楼,只好又退了下来。

铁飞见到几十名战士牺牲了,心里像刀割一样难受,他命令暂停攻击,和金政委商量了一下,决定组织突击队先消灭敌人的火力点。突击队很快组成了,由四连连长卜广义率领。铁飞组织所有的火器一齐开火,压住敌人的火力,突击队扔出一排手榴弹,借着烟雾和夜幕的掩护立刻向城门扑去。

手榴弹爆炸的烟团形成一幅宽厚的烟幕,把城门上下左右都遮住了,什么也看不见了。一分钟,二分钟,三分钟——却不见突击队的人从烟幕中出来!只听敌人的机枪在狂叫。五分钟又过去了!还是没有人影,没有动静,烟幕在城门边凝然不动……铁飞扭头看了看政委,呀,他的脸色也是阴沉的!他俩都不说话,都担心着突击队的同志们。

在焦急的等待中,终于传来"轰轰"的几声巨响,城门两侧的地堡群被突击队用手榴弹炸毁了。

铁飞和金石开相视而笑。但是他们笑得并不轻松,因为城腰的暗堡和城门楼的碉堡还在敌人手里,敌人的轻重机枪还在疯狂地扫射着。铁飞重新组织了火力,把一挺重机枪和两挺轻机枪编为一组,集中火力对准城腰的一处暗堡开火。这办法果然有效,城腰的两个暗堡接连被打掉了。最后只剩下城门楼的三座碉堡了,可是敌人还在顽抗着。

这时大庙的战斗已经结束,李兴武带着三营赶来了,看到铁飞组织火力对付城门楼的碉堡,但由于他们架在屋顶的机枪低于城头碉堡,火力虽猛,却是伤不着敌人。

李兴武问爆破队长马骏:"你看有办法炸碉堡吗?"

马骏向城头望了一下,肯定地说:"有办法!找几根杆子来。"

杆子找来了,马骏和另一个爆破队员,把三十多斤的炸药包绑在杆子的一头。李兴武命令所有轻重机枪向城门楼碉堡射击,马骏和那个爆破手立刻挟起爆破杆，向城门冲去。铁飞抱过一挺机枪瞄准敌火力点射击，掩护他俩前进。整个阵地沸腾着，轰响着，摇撼着……两个爆破手飞奔到城下，举起爆破杆，接着，一个震耳欲聋的爆炸声，把一切喧嚣都吞没了……城墙被炸开了一个缺口。

爆破手飞跑回来，又挟起一个爆破杆。机枪又吼叫起来，卷起一阵风暴向缺口扑去。爆破手再次飞奔前去。就这样，枪弹和爆破员穿梭似的来往不歇。城墙缺口，完全被浓烟遮住了，大地在脚下微微战栗。

戚城东边和南边传来激烈的枪炮声。通讯员飞马来报：一团伪军和一百多名鬼子增援来了，在柏山与老六团接了火；同时，张洼、郗山、蒋集等据点的一营伪军也出动增援，被张司令指挥的部队阻击在十字河一线。

李兴武看这里的战斗已经接近尾声，立即命令三营全部和埋伏在东城门外的一营一连和二连赶赴柏山配合老六团打敌援兵，从二营抽出五连去支援十字河的战斗。

四

两个爆破手连续爆破了五次，终于把城门楼的三个碉堡全部炸毁了，但是他俩也累垮了，身上受了伤，仍在流血。

城墙的缺口下面，已被崩坍下来的砖石铺成了一个斜坡。冲锋号响了，战士们顺着斜坡，踏着乱砖碎石，冲进了城墙缺口。烟雾把他们的视线完全迷住了，硝药味又苦又辣，焦热烫人，刺激得他们喉干嘴渴，鼻腔酸痛。

突然机枪响了，子弹从烟幕中射过来，战士们遭受到意外的打击，躺倒了一片，不得不退了下来。突击队长卜广义冲在最前面，身中数弹，倒下去，鲜血染红了脚下的城墙。

"操他奶奶的，拼啦！"毛二旦一声怒吼，抓起几个手榴弹，也不管在他身旁"啾啾"作响的子弹，向城缺口冲去。

铁飞连忙将他拉住，命令战士们闪开。李兴武见抬下来十几个死伤的战士，紧皱起眉头，满脸汗珠，气呼呼地问："这是怎么搞的？"

"看，那里！"铁飞愤怒地说。硝烟已经散尽，李兴武顺着铁飞手指的方向望去，只见城门楼下现出来一个暗堡，只留一个枪眼在地面。在他们冲锋前，它一直被鹿寨巧妙地掩蔽着，所以没有发现，现在枪火把鹿寨射断了一大片，才使它显露出来。

李兴武紧咬牙关，眼里燃烧着怒火，他把焦躁和愤恨咽下肚里，竭力让头脑冷静下来。铁飞咬牙切齿地说："我来炸掉它！"

"你？……"李兴武望着王铁飞，摇了摇头，"你是指挥员！"

"首长，还是让我去吧！"马骏从担架上挣扎着爬起来，身上和右臂上都缠着绷带。

"不！"铁飞坚决地说，把两包炸药捆绑在一起，挟在腋下，望着支队长说，"让我去吧，爆破我已经学会了。"

"铁飞同志，这样太冒险了，还是想别的办法吧。"金石开劝阻说。

"请支队长和政委放心吧，我完全有把握完成任务。"

万弹飞射，顿时打得城楼暗堡烟尘滚滚，火星乱迸！敌人据守的城门楼上，笼罩着一片痉挛和喑哑。

铁飞挟着炸药包飞似的向城头冲去。他的脚步声，紧紧地扣着大家的心弦。当看到他那魁梧高大的身影出现在城墙缺口时，大家都情不自禁地欢呼起来。就在这时突然从城门楼上扔下几颗手榴弹，在他前面爆炸了，烟尘顿时吞没了他的身影。

"糟了！"李兴武暗叫了一声，心像刀剜一样，身子像跌落在万丈深渊里，红莲女像当头挨了一棒，扑通一声跌倒。金石开两眼瞪大，盯住前方。大家的心弦都绷紧了，屏住呼吸。时间一分一秒地过去，希望渐渐地消逝，阴影慢慢地袭上人们的心头……

过了不知多久，烟尘疏稀了，大家模糊地看到一个人影在活动，"啊！他还活着！"大家尽力抑制住内心的激动，向敌人又一次猛烈地射击。

铁飞爬了好几次都没有爬起来，他一定是负伤了。他拖着沉重的炸药包，身子一曲一伸地向前艰难地爬行。他每爬几步，就要停下来，好像是在积蓄一下力量，越往前，停顿的时间越久。大家真担心，恨不得冲上去帮他一把。爬啊，爬啊，他终于爬到暗堡跟前了！看到他身子晃了几下，又紧紧地趴在炸药上。

这时，只见他突然就地一滚，火光一闪，"轰"的一声巨响，山崩地裂一般，炸得砖石飞溅，城门楼像散了架似的，在浓烟中轰隆隆倒塌下来，烟尘弥漫了整个城头。战士们立即冲上城去。看到倒塌的城门楼废墟间到处是伪军的尸体。聂大肚子和他手下的团长、营长全被埋葬在火海里了，几个侥幸活下来的伪军不是缺胳膊少腿，就是头破脸肿。

火红的太阳升起来了，被蹂躏了四年的戚城人民，第一次见到了天日。人们纷纷涌向街头，敲锣打鼓，鸣放鞭炮，欢庆胜利。东路增援的敌人被击溃了，南路的援敌被歼灭了，老六团、微湖支队、县大队等各部抗日武装会师戚城，欢庆胜利，火红的战旗在城头上飘扬，金色的阳光洒满了全城！

在这欢庆胜利的时刻，铁飞昏昏沉沉躺在床上，糊里糊涂的，也不知过了多少时候。他忽感到一阵凉意，鼻中又闻到隐隐的香气，慢慢睁开眼睛，首先看到了投射到屋里的一束阳光，随后听得一个清脆柔和的声音低声说道："铁飞哥，你醒来了！"

铁飞转睛瞧去，一张秀丽的脸庞挂满了泪珠，好似带露的荷花，一双水汪汪的眼睛凝视着他，轻声说道："吓死人了，俺当你醒不来了。"

铁飞的神智完全清醒了，他发觉自己躺在床上，身上盖着单被，便想坐起来，但身子一动，红莲女便按住他说道："你刚醒，可不能动。"她用手轻轻替他拂去脸上的汗珠。

铁飞心里禁不住"突突"直跳，望着她那娇羞的面容，感觉有说不出的妩媚动人，一种封闭已久的感情终于冲破了堤防，他忍着疼痛，抬起胳膊，把她那只柔软的手握在自己粗糙的大手里⋯⋯

红莲女觉得自己好似从失望的痛苦的深渊一下子被感情的波涛推上了幸福的顶端，忽而这奔腾的波涛又化为泪水夺眶而出，她伏下身去，把脸偎在铁飞那宽阔的胸膛上⋯⋯

李兴武、金石开站在门口，看到这一对情侣如此亲密，不由得相视一笑。他们把水果挂在门边的盆架上，悄悄地退了出去⋯⋯

| 附录一 |

抗日英烈王志成

笔者祖父王志成，又名王昆、王文斋，生于一八九三年一月，属大龙，是老祖父王兆文之长子。他继承了父亲正直刚强、急公好义、扶危济困的品格，又吸收了母亲善良、忠厚、乐善好施的优点。他讲义气、好朋友，结拜的仁兄弟成百上千，连他自己也说不清有多少。他常说"四海之内皆朋友""愿为朋友两肋插刀""在家靠父母，出门靠朋友""多一个朋友，多一条路"……

有一位渔民朋友向他求助，当时他身无分文，却二话没说，脱下身上的大褂典当，招待朋友吃喝，然后拿出仅有的两亩地的地契送给了那位朋友。三孔桥葛、李两家因在两家之间挖河沟之事闹得不可开交，居下坡者因要排水定要挖河沟，居上坡者因河沟断其出路定要填平。谁也不肯相让，闹得要惊官动府。祖父闻知，不动声色，花钱雇工悄悄在河沟之上修建了一座桥，既解决了排水问题，又方便了出行。葛、李两家化解了矛盾，和好如初，谈起来方知是祖父花钱修的桥。两家十分感激，共同宴请祖父表示感谢。像以上这样的例子不胜枚举。因他经常为人排忧解难，调解纠纷，真诚助人，所以深受湖渔民的敬重爱戴，人们尊称他为"王老大"，提起他都跷起大拇指称赞。

二十世纪二三十年代，微山湖区的渔民约有十万人。其中陆居湖岸、以湖产植物和种湖田为生的湖民占绝大多数，以船为家、以捕鱼为生，过着萍踪浪迹漂泊生活的渔民约万人。微山湖渔民的组织形式是"船帮"。以生产方式不同分为船载帮（又称卖载帮、货船帮）、大网帮（又称大船帮，实际为船载帮和大网帮的通称，两帮互有交叉，既从事捕鱼又从事运载）、枪箔帮（又分为枪帮和箔帮）、罱网帮（又分为罱帮和网帮）四大帮。

祖父王志成承接父职担任船载帮帮主，为了对付各码头名目繁多的苛捐杂税和沿途湖匪的抢劫（二三十年代湖区处于无政府状，湖匪强盗蜂起，多如牛毛），每次装载行船，必须携带武器，结伙成帮，集数十只甚至上百只船一起行动。船头上挂出父亲王兆文的旗号，各码头闸官不敢收捐，湖匪不敢抢劫。志成公善于团结组织湖渔民，有很强的亲和力，从济宁到江南各码头都有朋友接应帮助，所以他带领的船队像父亲在时一样从未出过差错，一帆风顺，财运亨通。因此湖渔民对他特别信服，只要"王老大"一声招呼，众渔民无不争先恐后相随。

在家，祖父也是个十分受尊敬的家长。老祖父母去世后，祖父兄弟三人没有分家。全家祖孙三代二十多口，共同生产、生活，和睦相处，兄弟妯娌之间互谅互让。祖父治家有方，到抗战前夕，王家靠勤劳智慧发家，已经比较富裕。当时家有：大船两只，一只是三丈二尺（白布尺，一尺是现在的一尺六寸）长的两桅两篷的大网船，是当时微湖最大的船，另一只是一丈八尺的大粮划。四合房十二间。大粮地（交"皇粮"的纳税地）四十八亩，湖田地几百亩，在大王庙有无人管的庙地几十亩，在前洛房有林地三亩。耕牛三头，驴一头。另外，在夏镇有三套房（小闸口、三孔桥、越河崖各一套），一九三五年遭遇大水灾，新河的房屋被淹，全家曾转移到夏镇闸口北箭道的房屋去住（现此房还在，由张万生家居住）。在夏镇街里，还有王家与金家、黄家三家合资开办的"同德祥"杂货店。当时王家以装载船运为主业，兼顾捕鱼、种田和经商。

一九一三年，祖父与陈氏结婚，一九一五年生育一子，名吉善，不久祖母陈氏病逝。三年后，续妻蔡氏，即笔者祖母，微山县前洛房人，生育两男三女，依次名曰：吉德、吉森、玉芝、玉兰、玉英。两房合计三男三女，乳名依次曰：大喜、连喜、三喜、大兰、二兰、三兰。蔡祖母的脚很小，行动不便，身体瘦弱多病，但她为人善良宽厚，性格坦白温柔，说话慢声细语，堪称贤妻良母。但因脚小体弱，不能上船下地干活，只能在家操持家务，看护儿女。

祖父成年当家之后，整个人在外忙碌，早出晚归，很少有时间与家人团聚。尤其是行船到江南镇江等地时，一个月才能往返，虽然能挣二十块大洋给家人一个惊喜，但总是聚少离多，留有遗憾和担忧。相对来说最令人欢喜的是大渔讯的日子。这时除祖母留家看护幼儿外，其余男女老幼齐上船。而且王家、黄家大网船一起出动，两船合作拉网。当时我们家捕鱼所用拖，是微山湖大网帮渔民通用的拖网。因其是利用风力在拖曳中逮鱼，故称"风网"，又称"大网"。风网是一种大型双囊风帆双船拖网，结构比较复杂，主要由网衣、网纲及属具组成。网衣又由大迸、二迸、三迸、倒间、主干和囊网六部分组成。倒间，当地人叫"倒饯"，鱼儿可进不可出。每船各备网半列，并列后网呈漏斗形。捕捞时，两船的两半列网要在口门处联结起来，在三至六级风的日子里，鼓篷拖网，大箧子似的在湖波上"篦"来"篦"去。拖在两船后的风网，在水面上拖成蛱蝶状。网后，两只作业小船跟随，适时提起网有渔获的囊网，"倒袋"（当时俗语），并用大叉粗略剔除杂草。还要不时在网口处用剔草篙排草。拖网逮虾时，要加打死纲，拖速每小时四里，一般每半小时倒袋一次。拉鱼时，去掉打死纲，装设轰鱼缆，拖速以每小时七八里为宜，四五个小时倒袋一次。一般通宵拖网逮鱼，翌晨停船卸鱼、除草。拖网逮鱼，可称得上真正的捕鱼，鱼稠时一天一夜所捕的鱼可挣二百四十块银元，为网帮拉网的两倍半，罩帮罩捕的二十五倍，箔塘拾鱼日产也少它三分之二。祖父是驶船拖网捕鱼的行家里手，每遇鱼讯都有大收获。这也是王家的生活越过越好的重要原因。但一年之中鱼稠而又有适量风的好日子不多，所以王家的大船绝大多数时间用来长途贩运。

祖父王志成带领卖载帮船队走南闯北，见多识广，受五四运动的影响和新文化、新思想的熏陶，逐步萌发了变革社会、要求进步的思想。据曾担任过河南省委副书记、国家第二商业部部长的杨一辰（山东金乡县杨瓦屋村人，一九二七年五月加入中国共产党）回忆，在南四湖地区，北伐战争时期入党的共产党员湖西是他本人，湖东夏镇是王老大（王志成）。另据沛县人李公俭（一九二九年加入共产党，曾任国家地质部华东地质科学研究所所长、党委书记）回忆，在他入党之前王志成就是共产党员。再据沛县党史记载："一九三二年，王志成任中共湖东区委书记。"一九二七年春，在国民革命北伐军节节胜利的鼓舞下，祖父在微山湖区组建了数百人的"湖上团练"武装。五月，到达徐州的国民革命军吉鸿昌（中共秘密党员，当时任军长）部派其副官与祖父联络，并委任祖父为营长。后因蒋介石、汪精卫先后叛变革命，捕杀共产党员，革命转入低潮，"湖上团练"被迫解散。根据以上的种种情况推算，祖父极有可能在一九二七年春夏之交加入共产党。后因党组织遭到破坏，与党组织一度失去联系，在"白色恐怖"笼罩下暂时隐蔽起来。但当群众利益遭受国民党反动当局侵害之时，他毫不犹豫地挺身而出。

一九三三年六月，荷莲刚一鼓嘴，国民党沛县县政府为霸占湖产，强令封湖，并以沛县七区（夏镇区）区长刘皋民的名义布告湖区村庄，禁打莲蕊、禁罱湖草。封湖直接受害的是沿湖湖民，他们大都一无土地、二无渔具，全凭两只手打莲扒藕，罱草割苇，维持生计，养家糊口，过着"笑冬不笑夏，光着露着都不怕"的贫困生活。若封湖，这些二湖崖上"混穷的"只好像鱼鹰一样扎起脖子等死了。封湖令激起了湖渔民的强烈不满，在夏镇党组织的创始人张光中的直接领导下，由在湖渔中有威望、有号召力的王志成兄弟出面具体组织这场反封湖斗争。王志成和夏镇党总支书记郑安良（当时王、郑互不知其党员身份，只是志同道合的仁兄弟）组织发动群众，联合南庄一带的开明绅士、社会名流，成立了一个反封湖委员会，与反动政府针锋相对地进行斗争。他委派三弟王志美带领上百只小船、架着鸭枪，伏击沛县七区水警队和乡丁的搜查船，迫使区长刘皋民取消了封湖令，夺取了反封湖斗争的胜利。

一九三三年九月，汛期晚到，大雨狂泻，河水猛涨，大捐河、十字河淤泥积高，挡住了上游常口、汇子湾、沙谷堆下泻的湖水。汇子乡乡长王兆义，袁庄大地主袁某策划开挖大捐河，排水种麦。王、袁征得刘皋民的同意，并经沛县县政府批准，拨下了以工代赈款。如果只挖大捐河，不挖南庄河（庙头河）、十字河，湖水便屯积到大捐、南庄一带，不仅湖田被淹，还影响高地种麦。南庄、大捐以北，夏镇以南的群众对此不满，地主地多，受害更大，他们也反对挖大捐河。为保护群众利益，以张光中为首的夏镇党组织积极支持反挖河斗争。这次斗争仍由王志成、王志美兄弟领头，联合南庄的汪玉珠、张保钧、傅佑铭等十几户地主，并得到夏镇的名流士绅张世昌的支持，同刘皋民再次展开斗争。一天，刘皋民乘船来大捐进行鼓动。他的话刚开个头，就被王志美"回敬"过去："挖通了大捐河，不挖南庄河、十字河，想把我们这一带人都饿死？"一群光腚半大孩子，钻到水底，挖出烂泥，扔向刘皋民乘坐的大船。刘暴跳如雷，下令水警队持棍行凶。忽地从苇荡中划出百余只小船，无数只鸭枪对准刘皋民的水警队，刘见状钻进舱里，连喊："开船！开船！"慌忙逃回夏镇，大捐河终于没有挖成。

经过这两次出面领导反封湖、反挖河斗争，王志成在湖渔民中的威望更加高涨，连张光中（新中国成立后曾任江苏省检察院检察长、省政协副主席，一九八四年病逝）也称赞王志成是"红色群众领袖"，不愧是王老大！

抗日战争爆发后，王志成即与党组织接上了关系，并立即着手拉武装，于一九三七年十一月在三孔桥、南庄一带组织了湖渔民抗日自卫团。次年二月，日寇炮击夏镇，形势危急，王志成率湖渔民抗日自卫团和张运海（后名张新华）、郑安良（又名郑一鸣）带领的夏镇自卫团一起转移到湖西沛县宋庄，与中共沛县县委书记张光中领导的沛县抗日武装会合，共一百余人。三月初，中共苏鲁豫皖特委书记郭子化和张光中（特委组织部长兼沛县县委书记）通过抗日民族统一战线关系，在国民党徐州专员兼第五战区游击总指挥李明扬那里，取得"人民抗日义勇队"的番号，任命张光中为队长。所属抗日武装编为一个大队，夏镇和南庄的抗日自卫团编为义勇队第二中队，王志美任中队长。王志成和张运海、郑安良仍回家乡发展抗日武装。

同年三月二十八日，夏镇沦陷，日军在夏镇沿湖一带大肆抢掠烧杀奸淫，无恶不作，百姓惨遭蹂躏，苦不堪言。王志成把全家人召集在一起，悲愤激昂地说："国家、国家，先有国，后有家，国破家必亡，只有舍家救国，国家才有希望。"经商议，全家人一致同意把家中仅有的大网船、粮划全卖掉。船卖了五百块银元，从溃退的国民党川军手中买了五支汉阳造长枪，加上家中原有的一支德国造九连珠长枪和动员亲家拿出的看家护院的枪，高粱还未出穗，便拉起了一支一二百人的队伍，还发了灰色军装，臂章蓝底子上写着"沛八"二字，旗帜鲜明地亮出"沛县八路军"的旗号，这在抗战初期是非常罕见的（当时原国统区共产党领导的抗日武装一般都采用国民党军的番号）。王志成任大队长，在国民党军队当过营长懂点军事的吴广耀（湖西人）任副大队长。在祖父的带领下，三祖父王志美、伯父王吉善、父亲王吉德、三叔王吉森都参加了党领导的抗日武装，新河村几乎所有的青壮年男子都参加了"沛八"，附近村庄的青年男子也都纷纷加入"沛八"。队伍拉起来后，吃住都在王家，几位妇女支起几盘鏊子烙煎饼给战士们吃。个别群众对他毁家纾难、倾其所有武装抗战的做法不理解，甚至找上门来劝说："王老大，你放着好日子不过，拉枪攘牛，渔民卖了船，还指望什么生活！你到底图个啥啊？"他说："俺图的是不做亡国奴，百姓不受鬼子欺负，为子孙后代谋幸福。"

"沛八"组织起来的当夜，就拉到湖西王楼。第二天在沛县城南一片高粱地里与日军遭遇，打了起来。由于缺乏战斗经验，吴指挥失误没打好，有几个战士负伤。之后，王志成率部转移到沛县以北活动，并和丰县、单县的抗日武装（以上皆为义勇队第二总队所属）相互配合开展游击战，打击日伪军。同年秋，党组织又派王志成回湖东搞武装，他先在家乡南庄（当时新河村小，在外无名，把附近的大村南庄称家乡）后又到老家汇子一带活动。汇子村姓王的多，大都是本家。

他利用亲族关系发动组织大家参加抗战，并发展一些骨干积极分子加入共产党。十一月中旬建立了东汇子党支部。他还在东汇一带掀起抗日救国农民运动，很快在附近各村组织了工、农、青、妇群众组织。当时，欢城一带的反动势力非常嚣张，他决定组织群众游行示威，杀杀反动势力的威风。

一九三九年三月，他率领南庄、三河口、汇子等组织起来的民兵武装和各群众团体一千余人，手持长枪短棍，齐集三河口街庙，天一黑就开始出发，一路高呼口号，由欢城到阎村、周村，路经陶阳寺运河浮桥，最后返回三河口。这次示威游行，震慑了反动势力，显示了人民群众的强大力量，扩大了党的影响。在这之后，他还多次选派党员到夏镇泰山庙沛滕边县委开办的训练班学习，培养了一批抗日骨干。

一九三九年五月，"沛八"与湖西各县党领导的抗日武装合编为苏鲁豫支队第五大队（团的编制），下辖两个营，作为中共苏鲁豫区党委警卫部队。不久改称区党委警卫营，"沛八"与丰县六大队等编为警卫二营，康文彬任营长，王志成仍回沛滕边（湖东夏镇沿湖一带）开展工作，发展武装。

一九四○年二月，黄天明接替主传珍担任中共沛滕边县委书记，王志成任军事部长。五月，建立丰沛鱼三县大队，王志成任大队长，郝子香任教导员。同年八月，中共山东分局派潘复生（新中国成立后，潘复生先后任平原省省委书记、河南省省委书记、黑龙江省省委书记）到湖西领导党的工作，路经微山湖受阻，便在湖东沛滕边领导湖区反顽斗争。经山东分局批准，以微山湖为中心，建立湖区五县工委，潘复生任书记；同时从主力部队黄河支队二团抽调两个连为骨干，与沛县警卫营、沛铜独立营、沛滕边警卫营、民运大队、丰沛鱼三县大队等合编为五县游击大队（相当于团），以沛滕边为基地，坚持微山湖地区的斗争。此时，丰、沛、滕、铜（山）、鱼（台）五县顽军大举向我围攻，我党政军民一千五余人被压缩在湖边南庄、刘昌庄、西万一带几个村庄里，又值秋雨连绵，湖水泛滥，天气转冷，军民忍饥受寒艰苦奋战，终因众寡悬殊，无法在此狭小的区域坚持下去。对敌斗争指挥部（潘复生任总指挥，王志成为指挥部领导成员）召开紧急会议，决定组织突围，撤离沛滕边，转移到湖西单县中心区。在西撤的行动中，王志成起到重要作用。他利用自己在湖渔民中的威望，很快就动员组织了一百多只船，并筹集了物资给养。十一月二十四日傍晚，突然刮起了东南风，王志成凭在湖上几十年的行船经验，对潘复生说："今天夜里可以行动，晨风不过午，晚风刮到明，顺风夜行定可突围。"除转入地下坚持当地斗争者外，我党政军一千余人集中于王楼，夜乘一百多只船，王志成和黄克俭乘坐头船，摸黑带路，每条船尾挂盏气死风马灯，指引航向。由于王志成熟悉水路，航行经验丰富，加上顺风，一夜之间行至马闸，顺利突围，安全转移到湖西单县东南部抗日根据地。

一九四〇年十二月至一九四一年五月，王志成率领丰沛鱼三县大队主要活动在丰县十字河一带，配合主力——五师教导四旅，坚持十字河地区的斗争，成功地粉碎了敌伪顽军的联合夹击，为巩固扩大湖西抗日根据地作出了贡献。一九四一年五月下旬，丰沛鱼三县大队编入教四旅第十团，王志成因年龄偏大调离主力部队，改任湖西专署贸易局局长。

从一九三九年年底至一九四一年一月，王志成先后失去三位亲人。先是三弟王志美在郯马战斗中牺牲，接着妻子蔡氏受伤病逝，然后是长子王吉善在丰北陈新庄对日作战中壮烈牺牲。接二连三的打击，没有击倒这位年近半百的抗战老人，没有动摇他抗战到底的坚强决心！他揩干眼泪，踏着烈士的血迹，更加英勇地投入战斗。

为粉碎日伪顽军对抗日根据地的封锁，解决根据地急需的药品、油墨、纸张等物资，一九四一年六月，中共湖西地委派专署贸易局长兼济宁县地下县委书记王志成带领李健民、张振乐、杜玉森、汪洋等四名特工队员打入敌占区济宁城。六月中旬，通过与我党有联系的济宁四明粮行经理刘永海（王志成的老朋友）潜入济宁，在南关外小闸口运河西岸的三官庙开设了"复兴炭场"为掩护，积极开展工作。炭场开业后，生意兴隆。焦炭都是从枣庄经夏镇水路运来济宁的。贩运焦炭的商贩大都是夏镇、南庄一带的人，有些还是王志成的同乡、邻里和湖渔民朋友。他充分利用这个有利条件，搜集日伪军活动的情报，扩大抗日宣传。

为了把根据地急需的物品运出济宁城、送往根据地，王志成结识了"文合斋"经理陈永庆。此人拥护抗战，同情我党我军，并且交际广泛。从"文合斋"买的钢板、钢笔、蜡纸、油墨、油印机等物品，都是由陈亲自护送出城，通过卡子口。从我根据地带来的一些物品，也是通过陈来倒换。此外，王志成还与柴草行经理赵子馨取得了联系。赵子馨是湖西三段人，曾和王志成一起在微山一带打过游击。一九四〇年一月我沛滕丰铜鱼五县游击大队西撤后，赵自动到济宁隐蔽下来，名义上开设柴草行，暗地里仍和我党我军有来往。他与王志成接上头后，对抗日工作十分积极，经常不顾及个人安危为根据地采购、转运急需物品。根据赵的表现，王志成发展他为中共党员。

四明粮行和赵子馨的柴草行的工友，大都是穷苦出身，靠劳动挣饭吃。王志成和工友们混得很熟，彼此往来中经常向他们进行抗日救国的宣传教育。通过一段时间的工作，动员了一批青年工友到湖西抗日根据地参加革命工作。同时设法购买了一批敌人封锁禁运的药品、文具运往根据地。

随着地下工作的开展，王志成考虑到，仅在群众中做工作是不够的，还必须打入敌人内部，分化瓦解敌人，争取敌人反正。也只有打入敌人内部，才能探明敌人的动态，给我党我军提供可靠情报。于是，王志成与其朋友顾明亮取得了联系，通过顾明亮认识了其子顾维新。顾维新是伪济宁水上自卫团团长，掌握着检查济宁至夏镇水路过往船只的职权。经过王志成的耐心说服教育，顾维新决心弃暗投明，为抗日救国出力。他不仅提供了许多日伪情报，而且为我根据地船只进出济宁提供了安全和便利。从而疏通了敌占区与我根据地的物资转运渠道，打破了日伪军的封锁。经过一段时间考验，王志成发展顾维新入党，从此伪水上自卫团为我掌握。

一九四一年秋，日伪军在济宁城区再次推行"治安强化"运动，加强了城区警戒，派出大批特务汉奸寻找我地下党活动的线索。为巩固湖西地委在济宁城的地下工作点，王志成等几个从根据地来的工作人员打算办理"良民证"，以获取日伪方面的合法身份。他们向小闸口伪警察分局报了户口，交了照片。过了近一个月，"良民证"仍没下来。王志成决定宴请一些"关系人"，以求早日把"良民证"的事办妥，但没想到他们的抗日活动已被敌人察觉。

九月的一天，正当王志成和刘永海、赵子馨等人在南门大街万福楼饭店设宴款待"关系人"时，饭店被日宪兵包围，王志成、刘永海、赵子馨被当场抓捕。与此同时，日宪兵队还包围了复兴炭场，张振乐、汪洋也被逮捕。济宁城乡几个联络点先后都遭破坏。

王志成被捕后，日军宪兵队对他刑讯逼供，要他说出在济宁城区的联络点及联系人。王志成大义凛然，宁死不屈。同年十一月，日军宪兵队将王志成、张振乐、汪洋和刘永海等四人押解到济南。王志成受尽酷刑，始终未暴露党的任何机密，英勇就义于白马山下。张振乐、顾维新也被日军宪兵队杀害。汪洋成了可耻的叛徒。

敌人抓捕王志成等人时，并不知他们的真实身份，是汪洋（又名汪云刚）贪生怕死供出王志成等人的真实身份和各联络员，致使我党辛苦建立的济宁城乡联络点均遭破坏，王志成、张振乐、顾维新遭敌杀害。汪洋被释放后又混入我军，甚至当了营长，但叛徒终究没有逃脱人民的法网，新中国成立后镇压反革命时，事情败露，汪洋被逮捕，交代了自己的罪行，受到了应得的惩罚——被判了无期徒刑，死于狱中。

| 附录二 |

抗日英雄王志美

笔者三祖父王志美，据推算生于一九〇九年，属鸡，比祖父王志成小十七岁。老大哥对三弟十分疼爱，从小就教其读书习武，十几年下来，书没读好，武功却是十分了得。微湖上下方圆百里，他和其侄王吉善并称"钢鞭双雄"。叔侄对练，一个擅长上七节鞭，一个专攻下七节鞭，双鞭舞动，龙飞蛇舞，电闪雷鸣，风雨不透，观者无不惊叹喝彩。叔侄俩武功比肩，但各有所长。王志美身手敏捷，行走如飞，身轻似燕，蹿房越脊如履平地。王吉善则力大无穷，掌能劈砖，足可断碑，双拳挥处无敌手。

王志美身高腿长，细腰宽肩，曼长脸，浓眉大眼，高鼻方口白牙，英俊潇洒，风流倜傥。他与父亲王兆文长得十分相像，脾气也像父亲一样暴躁；只是比父少了一点威严，多了一点任性。他天不怕，地不怕，想干啥就干啥，只要他看不顺眼，皇帝老儿也敢拉下马，老天也敢捅个洞。他爱说爱笑爱唱，平生不知愁滋味，今日有酒今日醉，天塌下来也不问。桀骜不驯的他却对大哥言听计从。他知道大哥疼他爱他，叫他做的事都是利国利民的大事，都是除暴安良积德行善的好事，也是顺他心意的事。他对大哥唯一不满意的是不让他当家管钱。当时王家是祖父和伯父两人当家，三祖父随意花钱让祖父很不放心。

有一年冬天，大船运货到江南，返程至韩庄时，突降大雪寒流，运河一夜冰封，船不能行驶，只好在韩庄留住看船，不能回家过年。伯父王吉善将两百块大洋交给三祖父王志美，叫他带回家去交给奶奶好过年用。结果三祖父带钱到徐州过春节，没回家。春节后回家仅交给奶奶一百五十块。三祖父虽有贪玩好吃的毛病，但在大事上总是是非分明，敢作敢为，从不含糊。

一九三三年六月，在波澜壮阔的反封湖斗争中，按照大哥的吩咐，王志美一马当先，带领上百只溜子、划子、四笊、三节杆，架起鸭枪，不顾个人的生死，与国民党区长刘皋民、乡长李锡增等带领的水警封湖队展开针锋相对的斗争，终于赢得了斗争的胜利，维护了湖渔民的利益。同年九月，在反挖河斗争中，他再次带领湖渔民青少年和上百只小船鸭枪队，挫败了反动当局损公肥私的挖河图谋，保护了群众利益。

一九三四年，为躲避国民党反动当局的迫害，王志美到韩复榘部手枪旅当兵，凭借一身好功夫和百发百中的枪法，不到两年的时间便当上连长。但一九三五年"一二·九"爱国学生运动爆发后，他不满韩复榘的媚日反共镇压爱国运动的行径，于一九三六年年初开小差跑回家。手枪旅派人跟踪而至，错将伯父王吉善抓走。后花钱托人才将伯父救回，一场风波才算平息。

一九三七年抗日战争爆发后，他全力支持大哥王志成毁家纾难的抗日爱国壮举，第一个报名参加抗日自卫团。一九三八年二月，自卫团转移到湖西沛县宋庄，与张光中领导的沛县抗日武装会合。三月，合编为抗日义勇队一个大队，王志美任第二中队中队长。台儿庄大战期间，张光中率义勇队跨湖东渡，三次袭击津浦铁路沿线的日军。第一次夜袭临城日军兵营，毙敌多人，缴获小炮一门、轻机枪一挺、步枪多支；第二次夜袭临城，火烧临城火车站，破坏铁路一段；第三次，在官桥南边的铁路上痛击日军骑兵巡逻队，毙敌六人，义勇队无一伤亡。王志美在战斗中总是身先士卒冲在最前面。李明扬（第五战区游击总指挥兼徐州专员）对义勇队英勇作战深为佩服，大加赞赏。

一九三八年五月十九日，徐州失守，鲁南沦为敌后。中共苏鲁豫皖特委书记郭子化调集党在沛县、临城、滕县、峄县的人民抗日武装在滕峄边墓山、南塘会师，宣布成立第五战区"人民抗日义勇总队"（六月，湖西成立第二总队后，义勇总队改称第一总队），张光中任总队长，何一萍任政委，王志美先后任连长、大队长。义勇总队成立后，即遭到国民党地方反共势力申宪武、秦启荣、梁继璐等联合夹击。在艰苦的反顽战斗中，义勇总队虽然取得了胜利，但也遭受了重大损失，政委何一萍等十几人牺牲。义勇总队不得不撤离滕峄边，转移到临沂、费县、峄县交界处的抱犊崮山区大炉一带。在此之前，王志美奉张光中总队长之命，与大炉的开明士绅万春圃联系，争取了他的同意和支持，为此后建立以抱犊崮为中心的鲁南抗日根据地奠定了基础。万春圃是鲁南山区大炉一带首屈一指的大地主、开明士绅、民团武装的首领。民国以来，军阀混战，兵连祸结，民不聊生。为了保土安民，在当地组织民团，万是负责人之一。他性情豪爽，讲义气，人称"万三爷"。早在抗战前，他的长子万国华、管家杨春茂先后加入共产党，并与中共苏鲁豫皖边区特委取得了联系。抗战爆发后，应临沂专员张里元要求，在边区特委协助下，万春圃恢复建立了临郯费峄四县边区联庄会和办事处，并建立了联庄会抗日武装。人民抗日义勇总队进军鲁南山区抱犊崮大炉之后，万家便成了中共鲁南地方党政军骨干的活动基地。

九月，义勇总队进入大炉。抱犊崮以东的大炉一带是贫瘠的山区，当地人民群众生活非常艰苦，无力长期供养义勇总队。为了减轻当地群众负担，解决供给困难，同时为便于搞好与临沂专员张里元的统战关系，经报请中共山东省委同意，郭子化与张里元达成协议：在不改变部队建制、不干涉部队人事安排、保持部队独立活动的前提下，将人民抗日义勇总队改编为"山东省第三区保安司令部直辖四团"，由张光中任团长，李乐平任政治处主任，下辖三个营，王志美任营长（第几营不详）。一九三九年三月，经八路军山东纵队批准，直辖四团对外仍保持张里元部的番号，改为保安二旅十九团，王志美仍任营长。义勇总队使用国民党张里元部的番号后，在当时顽军环绕情况下有利我之生存，也有利于对张里元的统战工作，但同时又受到束缚和限制，严重地影响了自身的发展。尤其是一九三九年春，以沈鸿烈、秦启荣为首的国民党顽固派在山东掀起反共高潮之后，张里元在国民党特务的要挟下逐步与共产党疏远，并趋向反共。九月，一一五师师部、六八六团等抵达鲁南抱犊崮山区大炉与义勇队第一总队会师后，经报请中共山东分局和山东纵队批准，决定取消张里元部二旅十九团的番号，于十月一日在鲁南邳县呦鹿山镇将第一总队正式改编为八路军苏鲁支队，仍属于八路军山东纵队建制，但由一一五师指挥。一一五师抽调彭嘉庆、胡云生、吴世安等红军干部和两个红军连队充实加强苏鲁支队的领导和基干力量。改编后，由张光中任支队长，李乐平、彭嘉庆先后任政委，胡云生任参谋长，李荆山任政治部主任。苏鲁支队下辖第一、二、三营和特务营，王志美仍任营长。

一一五师主力进入鲁南抱犊崮山区之后，采取的第一个作战行动是进军郯马平原，支援当地人民抗日武装，打通与华中区新四军的联系。郯马平原是苏鲁边界上的富庶地区，它控制沂、沭两条河的中段，直通陇海铁路。南下郯马对巩固以抱犊崮为中心的山区根据地，发展平原游击战争，具有重要战略意义。

一九三九年十月，八路军苏鲁支队按照一一五师政委罗荣桓提出的"以抱犊崮为中心，向北向西北连接大块山区，向南向东南发展大块平原"的战略部署，由抱犊崮山区南下郯马地区，配合山东纵队南进支队，开辟郯马平原抗日根据地。两支抗日武装会师后，首先攻克了临郯公路上的李家庄伪军据点，歼敌一部，残敌逃窜，打通了一一五师主力进军苏鲁边区的道路。

十一月初，王秉璋、黄励率一一五师东进支队南下郯马地区，支持这一地区的人民抗日武装的对敌斗争。他们在苏鲁支队和陇海南进支队的配合下，于十一月十八日攻克了国民党顽军、郯城县长阎丽天盘踞的苏鲁边区重镇马头，接着又攻克郯城县城，收复了重坊镇。驻在重坊镇附近冯窑村的邳县反共反人民的邳县县长王化云及其常备队闻风丧胆，连夜向炮车镇一带逃窜。王化云部的另一支部队盘踞在呦鹿山镇。他们秘密勾结日伪，经常袭扰人民抗日武装，破坏抗日活动。张光中率领苏鲁支队奔袭呦鹿山镇，歼顽军（国民党反共顽固派）一部，残敌连夜逃窜。苏鲁支队在追歼王化云残部过程中，在找埠一带同栗培元率领的临郯独立团协同作战，歼灭阎丽天残部两百余人，缴获轻机枪一挺、步枪一百余支。

从十月至十二月，王志美率领该营先后参加了李庄、马头、郯城、重坊、呦鹿山、找埠等战斗，他指挥得当，冲锋在前，作战坚决勇敢，屡立战功，因而受到一一五师首长的称赞。但在十二月底攻打日军据守的一高围墙据点时，不幸壮烈牺牲。当时日军凭借深沟高墙和优良的武器装备，拼命抵抗。担任主攻的王志美营发起几次攻击，都被敌人居高临下的强大火力击退，部队伤亡很大。

王志美向负责这次战斗前线指挥的一一五师副团长建议：为避免过大伤亡，等天黑后再实施攻击。那位副团长却不分青红皂白，无视实际对我不利的战况，斥责王志美胆小怕死，指挥不力。

王志美艺高胆大，从来不畏生死，见副团长竟骂他胆小怕死，顿时火冒三丈，反唇相讥："你才是胆小鬼！躲在后面瞎指挥，不顾战士们的死活，只图自己报功领赏，有种你带部队亲自去攻！"

那副团长恼羞成怒，下死命令要王志美一小时拿下据点，否则就地正法！王志美怒道："我死也要堂堂正正地死在战场上，不会冤死在小人枪下！"

说罢，他只身冲向日军据点，不顾飞来的弹雨，纵身跃过深沟，飞身跃上高墙，伸手夺下敌人的机枪，大喊"战士们冲啊"后，便倒在围墙上。全营战士呼唤着营长的名字冲了上去，付出牺牲大半的代价，终于攻下了据点，给了这位创造奇迹的英雄营长最后的安慰。战士们把王志美尸首抬下围墙时，只见他双手还是紧紧抱着机枪，全身已被敌人的枪弹打得像筛子似的，他的战友和部下见此情景都难过得大放悲声。战后，他的警卫员（也是他的干儿子）将他的尸首背回根据地车辋镇，安葬在高高的山岗上。

笔者三祖父王志美牺牲时年仅三十岁，英年早逝，令人不胜惋惜，他那不怕牺牲、勇往直前的大无畏革命精神永远活在人们的心里。

王志美壮烈牺牲了，留下了年轻的妻子钟文英（滕县坦山村人）和四个年幼的儿子（长子吉绪、次子吉友、三子吉亮、四子吉元）。当时，长子年仅十岁，幼子不满周岁。丈夫牺牲没有留下只言片语、分文钱财，好在有王家大家庭的温暖、安慰和照顾，三祖母钟文英一家才能坚强生存下来。三祖父王志美是王家为国捐躯的第一人，他短暂而又光辉的一生使家人既感到痛惜又觉得光荣。

| 附录三 |

虎胆英雄王吉善

伯父王吉善,一九一五年一月生于山东省微山县昭阳乡新河村(当时属江苏省沛县七区新河村),属虎,是祖父王志成的前妻陈氏(微山县寨子村人)所生。伯父三岁时生母陈氏病故,后母蔡氏对伯父视同己出,百般疼爱,悉心照料,没让他受一点委屈。伯父六岁时,祖父教其习武。三年后,祖父开办拳房,从湖西中闸(曾祖父王兆文岳父家)请来著名武术师梁龙德,教伯父王吉善、三祖父王志美等二三十名青少年习武练功。历经七个寒暑,勤学苦练,伯父终于练得十八般武艺样样精通。学成出师之日,梁武师说伯父是世间少有练武奇才,悟性极高,一点就透,过目不忘,先得家传少林武功,后获他武当神技,刚柔相济,内外兼修,其武功已到了炉火纯青境界,现在缺少的仅是实战经验和江湖阅历。假以时日,其武功成就无人能及。

学成出师这年,伯父刚满十六岁。这年春,他随父运载到济宁。适逢一贯道道首张天虎霸占济宁运河码头,包办航运,在太白楼下立擂,声言"脚踢四方好汉,拳打五路英雄",擂台摆了十天,不知多少好汉毁在他的手下。张天虎气焰更加嚣张,自恃武功高强,抢男霸女,无恶不作。王吉善一是少年气盛,二是要检验一下自己的功夫,便瞒着父亲毅然登台打擂。

虎背熊腰、五大三粗的张天虎根本不把乳臭未干的小吉善看在眼里。小吉善却是精神百倍，一出手便以武当绝技九宫神行掌全力对敌，三拳两脚便将不可一世的张天虎击落擂台下。从此王吉善一举成名，被誉为"铁掌小雷神"。

这年秋，南京浦口码头的刘老板闻名前来求助。这刘老板是祖父王志成拜把子的兄弟，也是生意上的朋友。他说有个姓薛的财主要霸占他的码头，花钱从少林寺请了个武功高强的大和尚，打不过这和尚，就得乖乖地让出码头。祖父虽知此事凶险，还是答应了朋友所求。父子俩随刘老板来到浦口码头，那和尚早已等候在此，二话没说，挥掌将码头的石桩打断，喝问王吉善："你的骨头有这石桩硬吗？"王吉善冷笑道："本少爷练就的金钟罩、铁布衫，区区石桩何足挂齿？"那和尚说："你我都是受人所托，犯不着拼个你死我活，咱们来个'文比'，分出高下就算了结。"王吉善答道："就按你说的办，来个'文比'，各打三拳定输赢。我敬你是少林武僧，与家传武功一脉，让你先打三拳，我双脚若是移动就算输了，侥幸站稳了再还打你三拳，规矩自然一样。"

那和尚笑道："你这娃子年龄不大，口气不小，让我先打三拳，是你自找倒霉，不是贫僧以大欺小讨你便宜，你站好了，先吃我三拳。"那和尚心存善念，仅使出三分力，一拳击出也足可将一头犍牛打倒，不想王吉善纹丝不动。和尚略一沉思，退后三步，忽返身向前拳带风声击来，只见王吉善身子晃了三晃终于站稳。大和尚已使出七分力还未击倒对方，大吃一惊，他平生未遇如此少年强手。他退后七步，运足力气，突奔向前，排山倒海地打出第三拳。王吉善见第三拳来势凶猛，不敢硬拼，在拳碰胸的一刹那间身往后仰，使个"铁板桥"功夫卸去拳力后，如弹簧一般身子又恢复原状，双脚从始至终未离原地。大和尚虽知王吉善"使巧"，但也无奈，只好抖擞精神，摆好架势，接对方三拳。王吉善知大和尚功底深厚，第一拳便使尽全力击出，大和尚果然十分了得，身子只是晃了几晃便挺直了。第二击，王吉善化拳为掌，拧腰垫步击出。这一掌已将脚、腿、胯、肩、臂五力合一打向和尚前胸，志在必得。大和尚若要硬顶必然凶多吉少，若要后退当可保全自身，但即输了。不想大和尚大喝一声挺胸迎上，掌、胸相碰，一声巨响！王吉善只觉得手臂酸疼，如击铁石一般，那和尚双手抱胸，面色蜡黄，屏住呼吸，一声不哼，显然受了重伤，只是双脚未动，仍未算输。

待大和尚呼吸渐渐平稳，面色好转后，王吉善问道："师父伤势如何？还要比试吗？"大和尚嘴硬反问："是你手臂骨折了吗？你要认输，不比也罢。"王吉善道："我敬你是少林高僧，不忍伤你，你既不领情，我也就无须客气，反正我这微薄功夫也伤不了你。"说罢左手挥出，用"二指禅"功夫点向和尚胸尖穴。大和尚疼痛得"哎呀"一声，喷出一口鲜血跌坐在地上。王吉善忙将大和尚扶起，让他盘膝而坐，运功于掌将和尚的胸口按摩一番，他才慢慢恢复过来，双手合掌向王吉善施礼道："这回贫僧'文比'输了，多谢少侠手下留情，三年后我到府上与少侠'武比'讨教。"说罢，大和尚扬长而去。

三年后，一觉大和尚果然如言所至，但他一见王吉善便大吃一惊！三年前那个少年英雄如今已长成身材魁悟的彪形大汉，剑眉虎目，目光如电，棱角分明的四方脸黑红发亮，威风凛凛，叫人望而生畏。王吉善正在拳场练武，见一觉和尚来了，佯作不知，将轧场的一对碌碡一边一个夹在腋下，围着拳场走了三圈，轻轻地放在地上。这一对碌碡少说也有四五百斤重，看热闹的人都惊得吐出舌头，赞叹不已。那一觉和尚见了不愿自讨没趣，便悄然离去。王吉善不但身高体健力大惊人，而且武功精进登峰造极，同时练得双手使枪，百发百中。其水中功夫也十分了得，能一口气潜游百米，踩水跃起露出肚脐，水中飞行追得上快船。年仅八岁岁之时便跳进湍急的河流救起不慎落水的二弟王吉德。王吉善性如烈火，嫉恶如仇，好管"闲事"，路见不平，拔刀相助。人说他喝河水长大的——管得宽；他说俺是喝湖水长大的，五湖四海不平事都要管。党领导的夏镇、南庄一带的反封湖、反挖河、反警察迫害斗争样样少不了他，惩治地痞无赖强盗恶棍更少不了他。

当时有个叫季典的"大仙"，经常"吓神"装仙骗人钱财。有一次季典装大力神下凡附体，被王吉善碰上。王吉善将五块砖摞起来放在季典面前，运力一掌将五砖击断，然后对季典说："你要不能像我这样一掌击断五砖，今后就别再装神弄鬼骗人钱财，否则我拧断你的脖子。""大仙"吓得屁滚尿流，从此再不敢装神弄鬼。

有一天，王吉善起早摸黑挑着两大席篓鱼去赶夏镇早市，路遇二十几个持刀拦路抢劫的强盗。他抽出扁担将他们打得一个个磕头求饶，并警告他们：下次再敢为非作歹，叫他遇着定然打断他们的双腿。像以上这样的故事不胜枚举，三天三夜也说不完。他不信神不信鬼，不拜佛烧香，别人说他信白莲教，确有几分道理。因白莲教教义崇尚光明，认为光明定能战胜黑暗。其实，他真正信的是共产党，他相信科学、民主，向往民族独立、国家富强，人民自由平等，没有剥削、压迫和外族侵略，一言以蔽之：光明战胜黑暗！他练功的宗旨就是为国效力，为民除害。他的功力有多强，无法估量，因为他终生从未遇过敌手。平时看他练习，知他一拳能打穿百张草纸，一脚能踢断石碑。邻居杨为明与他玩耍，逼他施展功夫看看。他说："我没工夫陪你玩，去你的吧！"顺手反掌向外一拨。不想这随意轻轻一反掌竟将年青力壮的杨为明打翻在地，神智昏迷，呼吸已闭。经王吉善全力抢救，杨为明才慢慢恢复呼吸清醒过来。从此，王吉善与人对练之时十分小心，生怕失手伤人。

抗日战争爆发后，他即参加父亲领导的抗日自卫团，并于一九三七年十一月加入中国共产党。英雄有了用武之地。一九三八年二月，南庄抗日自卫团转移至湖西沛县宋庄，与张光中领导的抗日武装会合后，于三月间合编为抗日义勇队。王吉善随父亲仍回湖东南庄、三孔桥一带，担任手枪队队长，负责锄奸工作。同年夏，有三个日军士兵跑到湖边的渔船上，强暴妇女，抢掠鱼虾。王吉善闻讯赶来，跳上渔船，赤手空拳将三个鬼子一一打落水中，头下脚上倒栽在烂泥里。王吉善带领手枪队对通敌有据的汉奸坚决镇压，从不手软。不管他们隐藏得多么严密、防范得多么周全都逃脱不了王吉善之手。敌人都称王吉善为"活阎王"。一时，夏镇微山湖东一带谁也不敢明目张胆地充当汉奸走狗。

一九三九年五月，"沛八"发展到五百多人，升编为苏鲁豫支队第五大队，即中共苏鲁豫区党委所属警卫部队，王吉善随父回湖东再次发展武装。七月，沛滕边县民运大队建立，王吉善任民运大队队长。该大队辖农民连、青年连、职工连、妇女连和警卫连五个连，共五六百人。民运大队是沛滕边县的主要抗日武装力量，对巩固发展湖东抗日根地发挥了重要作用。

一九四〇年八月，山东分局派潘复生到湖西领导党的工作，路经微山湖受阻，便在沛滕边区领导湖区抗日反顽斗争。经山东分局批准，以微山湖为中心，建立湖区五县工委，潘任书记。下辖沛县、沛（县）铜（山）、沛（县）滕（县）边、邹（县）西、滕（县）西五县。同时黄河支队从二团二营中抽两个连为骨干，与沛县警卫营、沛铜独立营、沛滕边警卫营、民运大队、丰沛鱼三县大队等合编为五县游击大队（相当于团），以沛滕边为基地，坚持微山湖地区的斗争。许言语任大队长，郑统一任政委（新中国成立后曾任军长），并成立以潘复生（新中国成立后曾任省委书记）为首的军政指挥小组。民运大队被编为五县游击大队第三营，王吉善任营长。在反击沛、滕、铜、丰、鱼五县顽军大举向我围攻的斗争中，王吉善充分发挥其人熟地熟、英勇善战的优势，既打退了顽军的进攻，又壮大发展了三营的实力。而一营二营在战斗中遭受较大损失，大队长许言语和一营营长在战斗中牺牲。

同年十一月二十四日（农历十月二十五日），王吉善协助父亲调集一百余只大船，我五县工委党政军民一千余人集中于王楼，夜乘一百余只大船，在父子俩的引领之下，一夜之间行至马闸，顺利突围，转移到湖西单县东南部与苏鲁豫区党委胜利会合。我五县工委和五县游击大队虽然被迫撤离了沛滕边回到湖西，但成功地粉碎了顽军将我一举聚歼的阴谋，牵制调动了敌人，减轻了对湖西中心区的压力，有力地配合了黄河支队主力反击敌伪顽的联合进攻。王志成和长子王吉善在西撤中立下了大功。在两万五千余顽军四面围攻、敌众我寡、秋雨连绵、湖水泛滥、天气转冷、缺衣少食的极其危险艰难困苦的情况下，父子俩不顾自身和家庭的安危，想方设法引领我党政军民一千余人突出重围，显现了超人的胆略和智慧。

十二月，五县游击大队与一一五师黄河支队会合，原二团二营归建，沛滕边警卫营（张新华任营长）、沛滕边民运大队编入黄支二团三营，王吉善因英勇善战，被任命为三营营长，孙新民任教导员。此时的三营已是主力部队，其副营长、副教导员及连排干部许多都是身经百战、经过两万五千里长征的红军战士，战斗力和武器装备大为增强。

一九四一年一月上旬，湖西主力部队根据一一五师整军会议精神进行整编，黄河支队改编为一一五师教导第四旅，邓克明（一九〇四年—一九八三年，湖南安化县人，一九三〇年参加红军，新中国成立后任福州军区副司令）任旅长，张国华（新中国成立后曾任西藏军区司令员）任政委。下辖两个团：原黄支团改编为十团，李金铎任团长，戴润生任政委；原黄支二团改编为十一团，匡斌任团长，刘仁贵任政委，全旅四千余人。王吉善任十一团三营营长。黄支整编教导四旅后，为确保十字河这一交通要道，打击丰、沛顽军反共气焰，在教导三旅九团、教导二旅五团（微山湖东策应）配合下，教导四旅组织了东进讨顽战役。一月十六日，九、十、十一团分路以远距离奔袭战术，向十字河以东顽军盘踞地区进行穿插，对刘新庄、刘楼、刘码头、魏楼、高庄、孔庄、师后楼、七堡、八堡等地的顽军突然开展猛攻。战斗至二十日，王吉善攻克围寨十余处，毙伤俘顽军团长陈海峰以下六百三十余人，缴获机枪三挺，步马枪五百余支。同时他教导二旅五团，解放了微山湖东岸彭口闸、黄埠庄一带。

当王吉善讨顽战役正在进行之际，一月十八日，驻丰县的日军装甲混成旅乘机向我教四旅袭击。十一团三营奉命阻击顽军，由单县朱村出发，一夜急行军，于十九日拂晓到达丰北欢口镇。当三营战士在镇东南角空地上休息时，突然接到侦察员报告：有大批日军向我营扑来。营长王吉善当即决定：沿抗日壕沟向东撤退，摆脱日军的突然袭击。当部队走出七八华里时，前哨部队遇到一股顽军的阻击。由于顽军的火力太强，前哨部队无法通过。前有堵截，后有追兵，三营八百名战士，都被压在壕沟里。在此危急关头，王吉善做出了"舍小保大"的果敢决定：为掩护教四旅主力及三营大部转移，他亲率营部部分战士和九连机枪班等约四十余人，抢占沟南的陈新庄，就地阻击日军，为大部队转移赢得时间，并命令副营长李清顺（红军干部）率领三营大部战士向南突围。王吉善率领四十余名战士迅速抢占陈新庄（不满百户人家的小村）西南角地主庄园里的两座青砖楼房和围墙上的三个土炮楼，并立即组织火力，向沟北的日军射击。日军果然被吸引过来。李清顺乘机率领八百名战士从沟中跃出，向南飞奔而去，顺利突围。日军想去追击，却被王营长组织的火力死死截住。日军指挥官气急败坏，调集日军三百多人、伪军一千余人，汽车十五辆、坦克三辆、大炮数门，以坦克、大炮、燃烧弹、毒气弹等向我坚守陈新庄民宅大院的四十余名战士发动疯狂围攻。王吉善已将生死置之度外，带领战士们沉着应战，打退敌人无数次进攻，从早晨一直血战到夜幕降临，毙敌百余，击毁敌汽车三辆、坦克一辆。王吉善既是指挥员又是战斗员，仅他个人就枪打刀劈鬼子十几个，但不幸的是他双腿负伤，已不能走动。天黑后，实施突围，他再次选择把生的希望送给战士，把危险留给自己。为不拖累战友和部下突围，他独自坚守一处砖房，等教导员孙新民率仅余的七八名战士胜利突围后，他用剩余的最后一粒子弹，举枪自尽，宁死不做俘虏。这次丰北陈新庄血战，营长王吉善、副营长陈明富（红军干部，湖北省人）、副教导员姚友三（红军干，四川人）、十一团组织股长肖嗣金（红军干部，江西省人）等三十八人壮烈牺牲。战前，肖股长携上级命令来到三营，向营级干部宣布了王吉善升任湖西专员公署公安处长（团级）的命令。因大战在即，王营长怕影响战士们士气，坚持等打完这一仗再去赴任，不想他和留在三营等他赴任的肖股长双双牺牲。

伯父王吉善的牺牲，不仅是微湖区抗日军民的一大损失，也是武术界的一大损失。他嫉恶如仇，爱憎分明，敢作敢为，舍己为人，大公无私，胸怀坦荡，英勇果断，冲锋在前，从不计较个人的得失安危。他是当时湖东沛滕边区最为杰出、最受拥护的军事指挥员，也是当地老百姓最为敬重爱戴的侠义之士。他的牺牲给王家全家带来巨大的悲痛和无法挽回的损失。年老的祖父王志成失去了年轻力壮、奋发有为的爱子，新婚仅一年零八个月的伯母刘新民失去了丈夫，刚刚出生不久的王立仁失去了父亲，最感痛心的是失去兄长的王吉德。他从小体弱多病，受到兄长王吉善百般爱护照顾，还曾两次被他从水中救起。父亲王吉德生前曾对我说："我一生最难过的就是大哥的牺牲。大哥一生光明正大、大公无私、品德高尚、德才兼备，是不可多得的军事、武术奇才，若是没有牺牲，其前途不可限量。"

伯父为国壮烈牺牲时年仅二十六岁。他十八岁时与汪氏成婚，育有二子：长子王忠仁、次子王孝仁。汪氏生孝仁七日，得产后风不幸去逝。二十四岁时再娶刘氏新民，生育一子，名王立仁。伯父牺牲时，伯母刘新民年仅二十四岁，长子年仅六岁，三子才几个月。伯母一直守节至今，今已年逾九十。好在英雄有后，子孙不负所望，伯父英灵有知，应感笑慰了。

| 附录四 |

"滕小国王"王吉德

笔者按：王吉德是笔者的父亲。早在八年前我就写过一篇纪念父亲的文章，发表在《春秋》杂志和《人民权力》报上。文章名便是《"滕小国王"王吉德》。现在根据修家史的需要和掌握的新资料，将原文做必要的修改、删削、补充，但仍保持原文第三人称的写法。

毛泽东在庆祝吴玉章六十寿辰大会上曾经讲过："一个人做点好事并不难，难的是一辈子做好事，不做坏事，一贯的有益于广大群众，一贯的有益于青年，一贯的有益于革命，艰苦奋斗几十年如一日，这才是最难最难的啊！"被毛泽东称为"滕小国王"的王吉德就是个一辈子总是做好事的人。他生前常说："人生在世，草木一春，就要行得正，坐得直，尽心尽力为国为民做些好事，造福百姓，惠及后代。"王吉德是这样说的，也是这样做的。无论是在血与火的战争年代，还是在风与雨的建设时期，无论是顺利之时，还是逆境之中，他总是尽其所能、勤勤恳恳地为国为民做好事，生命不息，奋斗不止，鞠躬尽瘁，死而后已。

一九二一年一月十一日（农历庚申年十二月三日），王吉德生于山东省微山县（当时属江苏沛县和山东滕县共辖）昭阳乡新河村一户湖渔民家庭。

王吉德的父亲王志成，粗通文墨，精于武功，种田、捕鱼、运载行船样样都是行家里手。他为人忠厚，重义气，好朋友，乐善好施，见义勇为，为乡邻排忧解难，扶贫济困。因而深受沿湖一带的湖渔民敬重，人称"王老大"。王老大自幼在微山湖、京杭大运河上运载行船，走南闯北，经多识广，千里江湖船帮皆朋友。王老大耳闻目睹内忧外患、国家遭难、人民遭殃的黑暗世道，敬仰那些献身革命救国救民的志士仁人。一九二七年，他欣闻国民革命军北伐，便秘密组织湖渔民"团练"武装，策应北伐军。同时，加入了共产党。大革命失败后"团练"被迫解散，但王老大并未消沉。一九三一年至一九三三年，在沛县共产党员张光中等人的影响和支持下，他和三弟王志美先后成功地领导了湖区人民反高利贷斗争、反挖河斗争和声势浩大的武装反封湖斗争，沉重地打击了国民党反动当局和土豪劣绅，维护了广大湖渔民的利益，经受住了革命斗争的考验。

在父亲的影响和教育下，王吉德在少年时就立志救国救民，做个顶天立地的男子汉。父亲也十分注意对子女和乡邻后生晚辈的培养。除教他们种田、渔猎等谋生的本领之外，还自办"拳房"，聘请武师，教他们习武健身。年少时的王吉德体弱多病，骨瘦如柴，最令父亲担忧。但他志向远大，豪气不让父兄。父亲因材施教，除让他习武健身之外，还把私塾先生请到家里教他读书识字，以期多学一点安身立命的本领。四年后，王吉德不仅身体日渐强壮，还以优秀的成绩考入公办高小，成为夏镇南八村沿湖一带远近闻名的"小秀才"。他平时代人读写书信、张罗红白喜事，逢年过节为乡邻书写春联、门对，总是有求必应，从不收任何报酬，因而深得乡亲父老的喜爱。在家，他还倾其所学，教哥哥、弟弟和邻居伙伴读书识字。既了却了父亲无力供养所有子女读书之憾，又化解了穷乡亲无钱送子女求学之难。这也是王吉德为老百姓做好事的开端。

抗日战争爆发后，王志成与中共沛县县委书记张光中取得联系。一九三七年十一月，在日军大举南侵、国民党溃逃、形势危急的关头，王志成挺身而出，响应党的"武装民众全面抗战"的号召，毅然变卖赖以生存的家产，购买了枪支弹药，在夏镇南庄一带组织起一支民众抗日自卫团。年仅十六岁的王吉德也随父王志成加入了抗日自卫团。次年三月，台儿庄战役打响，王志成率部编入张光中领导的苏鲁人民抗日义勇队。新婚不到两个月的王吉德别妻离家走上抗日战场。

王吉德扛着动员岳父献出的步枪加入抗日义勇队，被分配到宣传队做宣传员。他运用自己能写会唱、大嗓门、擅讲演的特长，部队走到哪里，哪里就响起嘹亮的抗日歌声，哪里就贴满醒目的抗日标语。不久，他便加入共产党，并被提升为班长。他决心把自己的一切都献给党和人民的解放事业。义勇队成立之初，缺少武器、给养、被服、住所，一切全靠募捐和战斗所获维持，生活异常艰苦，战斗频繁。枪林弹雨、风餐露宿、挨饿受冻、伤亡疾病等时时处处煎熬、考验着每一位战士。对远离家门、初次离开温暖幸福家庭独自在鲁南山区（父兄仍留在家乡沛滕边一带发展组织抗日武装）随义勇总队参加战斗的王吉德来说更是严峻的考验。但他从未叫过一声苦，说过一声累，反把它看成磨炼意志、增长才干的大好机会。他说："义勇队是一个革命熔炉、同志式的温暖大家庭，官兵一致同甘共苦，再苦再累心里也甜。参军百天，胜读十年书，懂得了许多抗日救国的道理，学会了如何宣传、动员、组织群众和开展游击战争。"

国民党所谓正牌军见义勇队穿得破破烂烂、吃的是糠菜饼子、手里拿的是土枪和长矛，便讥笑他们是"夹着要饭棍的叫花子队"。王吉德书写了一首快板诗，借以鼓舞士气，回敬所谓正牌军。"义勇队，好儿男，不怕苦来不怕寒，穿着叫花衣，吃的百家饭，手拿打狗棍，专打鬼子和汉奸，保国救民志冲天！遭殃军（百姓称中央军为遭殃军），穿得鲜（亮），吃白面（一指吃得好，二指吸大烟），喝民血，欺压百姓如虎豹，见了鬼子腿肚子转。"战士、百姓听了都拍手叫好，纷纷传扬。

一九三八年六月麦收季节，王吉德被提升为排长，奉命回家乡沛滕边区筹集给养和发展武装。这时父亲和大哥也在沛滕边区发展武装，不久便拉起了"沛八"。他便与父兄一起活动。同年九月，沛县中心县委派主传珍来湖东沛滕边区，吃住在王家，并在此成立了中共沛滕边区委。十二月，又升建为沛滕边县委。王吉德便留在沛滕边县委工作，在县委书记主传珍直接领导下,负责抗日宣传和民众动员工作。不久,工、农、青、妇各界抗日救国联合会均成立。王吉德担任青年抗日救国联合会主任,在他的组织领导下,青联成为沛滕边区最为活跃的抗日群众团体。年仅十七岁的王吉德已显示出少年老成的才华。在党组织大发展的基础上,到一九三九年七月,丰沛鱼三县大队、民运大队和沛滕边警卫营三支抗日武装纷纷建立,王吉德任民运大队青连连长(由原青年抗日救国联合会骨干组成)。

一九四〇年二月,主传珍调走,黄天明(沛县人,新中国成立后曾任中共云南省委组织部常务副部长)接任县委书记,为提高新发展的大批党员和积极分子的政治、文化素质,县委调王吉德和其他几位同志共同负责新党员和工农青妇积极分子的培训工作,先后举办了五期党员训练班和三期工农青妇积极分子训练班。他们自编教材、自筹经费,克服种种困难,终于圆满完成了培训四百三十余名抗日骨干的任务。不但对巩固发展沛滕边的抗战形势起到重要作用,而且为革命事业培养了大批有用人才。其中有上百名培训班的学员以后成长为党的高级干部。至今他们谈起那段往事仍感慨不已,称王吉德是引导他们走上革命道路的人。这也是王吉德引以自慰为党为民做出的又一件好事。

一九四〇年秋,因日伪顽军联合夹击,沛滕边区的抗战形势急剧恶化,我党政军为保存实力准备向湖西转移。这时王吉德因母病故和感染风寒,身患重病,卧床不起,生命垂危。经党组织批准,随大嫂刘新民(共产党员)去安徽蚌埠就医。临行前夜他住在本村吴利品家,夜遇敌军清查,翻墙到张宝均家躲避。由汪贵营雇黄包车将他和大嫂及两个孩子(王忠仁和王立仁)送至薛城,住在谢家茶馆,由其父的仁兄弟宋贯一帮助办好"良民证",乘火车到蚌埠,依靠大嫂的父亲刘玉田(当时是蚌埠中兴公司的老板)资助治病。经七八个月的治疗,才慢慢好转,不等痊愈,他就回到老家,不想等待他的竟是一件件塌天之祸!

从一九四〇年十月至一九四一年十一月,王吉德病重治病期间,伪顽势力占领的沛滕边区的形势极为严峻,王家不幸的消息接踵而来,年仅二十岁的王吉德除经受病身折磨之外,还要承受一次又一次的巨大的精神打击和生活压力。先是慈母病故，接着是与他感情最深的大哥在对日作战中壮烈牺牲。一九四一年九月，担任湖西专署贸易局局长兼济宁地下县委书记的父亲王志成，不幸在济宁被日本宪兵队逮捕，因叛徒出卖，身份暴露，被日军押解济南，受尽酷刑，仍坚贞不屈。十一月，英勇就义于白马山。一年之内，他失去了父母兄长。再加上一九三九年年底，他三叔王志美在郯城对日伪作战中壮烈殉国；他三弟王吉森（当年十四岁）离家外出参军，音信全无，生死不明。当时王吉德便成了这个大家庭中唯一的成年男子，余下的幼儿寡母十几人都指望着他养家糊口。失去亲人的伤痛，沉重的家庭负担，险恶的斗争环境，像一座大山压在他的背上。但他没有被痛苦和困难压倒，他说："开弓没有回头箭，我既选定了走革命的路，纵是千难万险、赴汤蹈火、流血牺牲也在所不惜。这也是父兄的遗志，我不能半途而废。"为解燃眉之急，他劝说婶母、大嫂和妻子各自带领年幼的子女投靠娘家暂避，等形势好转再接他们回家。随后，他又把三个年幼的妹妹送至外祖母家。一切安排妥当，他又投入到抗战中，没有向党组织叫一声苦、道一声难。

一九四二年四月二十一日，日伪军三千余人对我党政军驻地微山岛进行合围大"扫荡"，我驻岛武装与敌激战后，被迫分散突围涉水转移。王吉德和他的战友转入地下活动。五月，惊闻县委书记王洪垒牺牲，沛滕边的抗战形势再度急剧恶化。叛徒王二狗等带领日特四处捕捉抗日军民，血雨腥风笼罩着微山湖畔，人心惶惶。王吉德心急如焚，冒着生命危险，越过敌人的封锁线三次去湖西，终于与地委书记潘复生接上关系，汇报了沛滕边的情况。湖西地委派张庆林接任沛滕边县委书记，王吉德为县委委员兼任县委秘书。俩人化装成渔民回到湖东，隐蔽在新河村王吉德家。为了尽快地恢复党的工作和地下交通，张庆林派王吉德任沙沟中心区委书记，在沙沟火车站一带开展恢复工作。王吉德以卷烟卖烟为职业掩护，到村了解情况。沙沟火车站是津浦铁路上日军的重要据点，也是地下交通线的重要关口。这里通不过去整个交通线就会中断。为了把临城、沙沟一带党的组织整顿好，把两面政权掌握在我们手中，把据点的伪军争取过来为我们办事，张庆林经常去沙沟和王吉德研究工作。在张庆林的领导和铁道游击队的配合下，经过两个月的

365

努力，王吉德终于将沙沟一带的党组织全部恢复了，为我所用的两面政权建立了起来，并与铁路沿线据点的伪军建立了联系，各村的情报站网也都恢复建立起来，重新打通了地下交通线。使敌占区成为我隐蔽的抗日根据地。

这年七月下旬，新四军政委刘少奇同志在我沛滕边党政武装和铁道游击队掩护下，顺利从沙沟通过津浦铁路，渡过微山湖。在大捐岛休息期间，刘少奇先后接见了鲁南铁道大队的负责人杜季伟、刘金山、王志胜和沛滕边县委书记张庆林、微湖大队大队长张新华等人。王吉德作为参加护送的人员之一，有幸目睹了领袖的风采，聆听了领袖的教诲。少奇同志平易近人的作风和着眼大局、扎根群众、讲究斗争策略、做好敌伪军工作、千方百计地维护微山湖整区地下战略交通线的指示，使他深受教益。

遵照刘少奇的指示，沛滕边县委及其领导的微湖大队用鲜血和生命维护了湖上交通线畅通。从一九四二年七月至一九四五年八月，在这条华中、华东途经微山湖直达延安的战略交通线上，先后有刘少奇、朱瑞、陈毅、肖华、陈光、罗荣桓等千余名党政军领导干部从此过往，从未出过任何差错，因而受到中共中央军委的电报嘉奖和中央领导人的多次表扬。陈光、罗荣桓、肖华、黎玉当时还联名写信给微湖大队。信中说："……你们像一把尖刀插在敌人心脏，用你们的勇敢和智慧，在星罗棋布的据点中，蹚出了一条通往延安的坦途，保障了南北交通的畅通……"

一九四二年冬至一九四三年春，由于敌人频繁、残酷的扫荡和大规模"蚕食"、封锁，加之国民党顽军夹击和连续三年的旱灾、蝗灾，鲁南抗日根据地遭受到空前严重的困难。军民都以米糠、树叶、草根充饥。因缺少油、盐和基本粮食，干部战士普遍体质下降，许多人患了夜盲症，战斗力大为减弱。冬季，部队不能及时穿上棉衣；伤病，没有医药医治；战斗，缺少弹药。人民群众四处逃荒避难，根据地十室九空。一九四二年九月，沛滕边区划归鲁南区党委领导，相比鲁南山区，地处沿湖的沛滕边区日子相对好过一点。鲁南区党委、军区殷切地希望沛滕边区想方设法支援鲁南山区渡过难关。这时沛滕边党政军干部战士每人每天仅配给四两杂粮，已是泥菩萨过河——自身难保，但仍每人拿出二两杂粮支援鲁南山区。但杯水车薪难解鲁南军民之饥。向百姓募捐,忍饥受饿的百姓已无存粮可捐。王吉德审时度势向组织提出"发动军民耕种湖田"的建议。他说:"由于干旱,湖水退缩,露出数十万亩湖田,我们可以调集干部、战士,组织沿湖百姓和四处汇集来的难民抢种小麦,明年六月初湖水上涨之前即可夺得大丰收,便能满足百万军民衣食之需。当然,关键在于制定谁种谁收的利民政策才能调动百姓抢种湖田的积极性。"

沛滕边县委采纳了王吉德的建议,并制定了湖田归公,谁种谁收的利民政策,由沛滕边办事处颁布实施,一个党政军民齐上阵耕种湖田的大生产运动迅速开展起来。国民党顽军企图抢劫湖麦。为保卫麦收,五月中旬,按照鲁南区党委的统一部署,活动于沛滕边区的铁道大队、微湖大队、武工队等在沛滕边县委统一领导之下,一夜之间将百里湖区的伪区乡村长、伪警察所长及夏镇的伪警备大队长等一个不剩地全部抓获,集中到南庄然后派部队押送到鲁南山区接受教育。这就是著名的"武装大请客"。此举胜利保卫了湖区麦收,沉重地打击了日伪顽势力,密切了抗日军民关系。湖区百姓欢天喜地,手捧收获的小麦激动地说:"这碗饭是共产党、八路军给的,我们有吃有喝,不会忘记共产党、八路军。"上百万斤抗日军粮迅速汇集起来,又一批批护送到鲁南山区。

一九四四年夏,王吉德又被调回县委,担任群众工作委员会书记,负责举办党政干部和群众运动骨干分子训练班,先后有近两千人接受培训,经培训后有一千多人被吸收入党,对建立健全全县各级党政组织,巩固发展沛滕边根据地的大好形势发挥了重要作用。一九四四年八月,沛滕边区改扩建为临城县委、县政府,地域扩大为十个区。为迎接大反攻的到来,县委动员发动数千名微湖儿女参加八路军,不但为主力部队输送一个团,而且扩建了县大队和各区中队。

一九四五年二月,鲁南第二军分区主力部队,在临城县、滕县地方武装配合下,历经五天五夜,全歼伪军两个营,拔除伪军十二个据点,一举解放了包括夏镇在内的所有沿湖地区,迫使日伪军退守徐州和临城、滕县等铁路沿线孤立城镇。

随着抗战形势的好转,根据上级部署和群众的要求,沛滕边区大张旗鼓地开展了减租减息、锄奸反霸、民主建政运动。当时,王吉德被派往新开辟的欢城四区担任区委书记。在极其艰难危险的环境中他带领十几名干部和区中队迅速打开了局面,胜利完成了减租减息、锄奸反霸、民主建政工作;并在此基础上建立了一百多人的区中队武装,王吉德兼任区中队指导员。

一九四五年初至一九四九年九月,王吉德先后任区委书记、县委副书记等职,无论做什么工作,他始终把工作立足点放在维护人民群众的切身利益上。他常说:"我们共产党人进行革命斗争的最终目的就是使天下的老百姓都过上好日子。得人心者得天下,革命的成败在于利民,利民才能得人心、得天下。"在减租减息、土地改革、动员青年参军、带领民工支前、坚持敌后游击战争、剿匪反霸、抗灾救灾等革命斗争中,他事事工作出色,数度身临绝境而化险为夷,皆因他与人民群众建立了血肉相连密不可分的关系,走到哪里便与哪里的群众打成一片。

新中国成立后,王吉德担任中共临城县委第一任县委书记,在三年多的任期内,他将一个备受战争摧残、满目疮痍、饥民遍地、匪特横行、水旱蝗灾不断的湖区大县,治理得井井有条,人民安居乐业,衣食无虑,社会安定,路不拾遗,夜不闭户,到处呈现祥和繁荣的景象。这时干部尚未实行薪金制,王吉德每月仅有三块钱的生活津贴,根本无力供养已有的五个儿女和牺牲的大哥留下的三个侄儿。为了减轻政府的负担,他拒绝了政府给予干部家属的照顾,把侄儿安排到烈士子弟小学就读,动员早在一九三九年就参加革命工作的妻子种秀玲暂时退职回家(这时已迁居临城),自谋生计养活烈士遗孤和儿女。妻子一双小脚,目不认字,身无分文,如何自谋生计?她大哭一场,但终究还是服从了丈夫"舍小家为国家"的决定。她和大女儿纺线织布、为人拆洗缝补,勉强维持生计。后又四处求亲告友,借贷了几百元钱,拆下门板铺面,买卖糖果、笔墨纸张、针线等,生活才渐渐好一点。邻居百舍见县委书记家生活如此清贫,糠菜为食、破衣蔽体,生活不及平民百姓家,无不感慨赞叹廉洁奉公、一心为民的王书记。

一九五二年十二月，王吉德调任滕县地委组织部副部长、地委委员，干部、群众万人空巷前来挽留、送行。王吉德热泪盈眶对大家说："同志们、父老乡亲们，这里是我的故乡，有我同生死共患难的战友和乡亲，有父兄和数千烈士洒下的热血，有我熟悉的一草一木，我也舍不得离开！但是，我是党的人，得服从组织的决定。我相信新来的书记会把家乡建设得更美好。"

一九五三年七月，中共滕县地委和湖西地委合并建立中共济宁地委，地委机关由滕县迁至济宁。此后，王吉德先后任济宁地委组织部副部长、部长、地委常委兼组织部长，一九五六年八月升任地委书记处书记，仍分管组织工作。在长达四年零八个月的工作中，他倾注全力加强党的思想、组织建设，培养和输送了数千名国家社会主义建设急需的干部人才。

一九五七年七月，滕县连降六次暴雨，造成山洪暴发、河流漫溢决口，为滕县历史上百年未遇的特大洪水；造成七十七个乡、一千四百二十一个村受灾，受灾人口达六十四万余人，被淹土地九十六万四千余亩，倒塌房屋七万三千余间。当时的滕县由原滕县和薛城（原临城县）、凫山县的部分区合并而成，全县共二十个区二百六十个乡一百万余人，人口和面积均占济宁地区的三分之一，有全国第一大县、"鲁南粮仓"之称。滕县出乱子势必影响整个济宁地区。为了迅速稳定滕县的局势，中共山东省委决定派熟悉当地情况又有地方威望的济宁地委书记处书记王吉德，兼任滕县县委第一书记。

七月，王吉德到滕县上任之后，组织带领全县干部群众、当地驻军抗洪抢险救灾，日夜奋战在最前线，发放救灾粮款，救助、安置、慰问灾民，调拨大批粮食、物资、贷款，帮助灾民重建家园、恢复生产，迅速稳定了全县的局势，终于战胜了洪涝灾害。次年战胜春旱，夏粮大丰收。

一九五八年八月九日是王吉德终生难忘的日子。这天，他正顶着烈日和农民一起挑水抗旱，听说中央首长到了兖州要接见他。他慌忙在河沟里涮涮脚，穿上布鞋，乘车赶到兖州车站。在火车专列上，当他看到接见他的中央首长正是所敬仰的毛主席时，顿时惊喜激动得说不出话来。毛主席站起身来，上下打量他一下，微笑着握住他的手说："你像个农民。"山东省委副秘书长谢华向毛主席介绍说："他是滕县县委第一书记王吉德。""噢，那你就是滕小国的国王喽。"毛主席边说边拉着王吉德的手，让他坐在自己的身边，专列的气氛顿时轻松活跃起来。王吉德见毛主席这样和蔼可亲、平易近人、谈吐幽默，也便轻松自如了许多。毛主席递给他一支烟，笑问："你是滕小国的国王，知道不知道滕小国故城在什么地方？还有什么遗留的古迹？"王吉德回答："据说在现在滕县城南十五里的滕城村，但我没有实地考察过，不知道有没有遗留的古迹。"

毛主席说："据明万历《滕县志》记载，滕国故城周二十里，内有子城，现存有'文公台'和滕文公礼聘孟子的'上宫馆'遗址。"毛主席博闻强识，如数家珍，说了许多滕县的文物古迹，在座的人无不惊叹敬佩。接着毛主席详细地寻问了滕县举办农业合作联社的情况和生产、生活情况。王吉德一一作了详尽的回答。毛主席满意地点点头说："你们干得好，很了解民情，但当地方官还要多了解点当地的历史。"最后，毛主席又关切地询问了王吉德个人和家庭的情况，勉励他要当好地方官。

告别毛主席，回到滕县，王吉德立即到县文化馆召集有关人员座谈了解滕县的历史情况，第二天又带领熟悉滕国历史的同志骑自行车到滕国遗址实地考察，然后写出了考察报告。

十三日，王吉德应召到济南，再次受到毛主席的亲切接见。王吉德呈上考察报告。毛主席高兴地拍着他的肩膀说："你这个同志老实实在，知之为知之，不知为不知，不知就调查研究，实事求是，很好嘛。要治理好滕小国，为民办好事，就得实事求是，多调查研究。"

王吉德牢记毛主席的教诲，为彻底改变滕县易受水灾、旱灾的自然状况，他带领水利工程技术人员跋山涉水，勘察了滕县境内所有的山岭河流，科学制定了修建"岩马、马河、户主、辛庄"等大型水库和治理"北沙河、城河、郭河"三条河道的规划。

一九五八年十一月十七日，总库容达两亿四百立方米的岩马库率先誓师动工。次年十一月，各项水利工程全面动工，十二万人齐上阵，王吉德担任滕县水利建设总指挥部总指挥，整整一个冬春他吃住在工地，与干部、民工同吃同住、同劳动，直至一九六〇年六月初，各项工程竣工。从此滕县根除了水患，上百万亩良田旱能浇、涝能排，至今四十八年过去，当年修建的水利工程仍旧发挥着作用。滕县人民有口皆碑，无不称颂王吉德为民造福的历史功德。

一九六一年八月，因工作需要，王吉德回济宁地委，仍担任地委书记处书记，协助第一书记穆林分管地委的全面工作。一九六三年二月，撤销书记处，地委改设书记、副书记，王吉德改任副书记，协助新任地委书记朱奇民分管地委的全面工作，直至一九六六年"文化大革命"初期，王吉德一直担任地委的二把手。王吉德一回到济宁地委工作，就冒着极大的政治风险肩负起甄别、平反冤假错案的工作。在前几年反右派、拔白旗、反右倾、整风整社、民主补课等一系列的政治运动中，许多干部群众受到不公平的批判、处分，被戴上"反党、反社会主义""右倾机会主义分子"等政治帽子，被压得透不过气来，有的甚至含冤身亡。不但影响了全区党员干部群众的团结，而且损伤了党的威望和爱护干部的优良传统。

王吉德凭借他多年负责组织工作对全区干部队伍的了解和对以往政治运动的反思，他认为全区数万名干部受到批判、处理是极不正常的，应实事求是地进行甄别平反，这样才能使受处分的同志摘掉帽子、放下包袱，心情愉快地重新走上工作岗位，同心协力扭转"整人"运动、"大跃进"造成的局面。在第一书记穆林的支持下，地委组成了由王吉德负责的专门机构，并要求市县组成相应的领导机构和工作班子，进行甄别平反工作。

至一九六二年八月底，这项工作基本结束。全区对七千三百九十八名党员、干部进行了甄别平反，占受批判处分人数的98.7%；同时也为两万六千九百八十四名受批判、戴多种政治帽子的群众甄别平反，占受处分人数的99.23%。被打成右派的原兖州县委书记邱伯达、曲阜县委书记马英健、地委财贸部副部长高照民等领导干部，都是经过王吉德亲自审理平反的。五万四千三百八十二名得以恢复名誉的党员、干部、群众及他们的家属无不感激党组织给他们第二次政治生命。

最难能可贵的是，他还为他在滕县工作时受错误批判处分的同志进行了甄别平反，赔礼道歉，承担责任，显示了共产党人坚持真理、修正错误的坦荡胸怀。他还为一些在外地受到不公正的处分而要求调回原籍的同志妥善安排了工作。王吉德严以律己，宽以待人，始终保持谦虚谨慎、艰苦朴素、勤勤恳恳的工作作风，在济宁地区享有很高的威望。

"文化大革命"到来之后，济宁地区从上到下几乎所有的党政负责人都被扣上"三反"分子等罪名被打倒。身患重病（肝硬化）的王吉德，在一九六七年二月造反派夺权之后，也受到冲击，被迫"靠边站"。但整个地委机关没有一个人贴他的大字报，也没有任何群众"红卫兵"组织把他列为打倒对象。除一九六八年夏"揭旧地委黑盖子"时，他受到一次"较为文明"的大会批斗之外，整个"文化大革命"期间没有经受过其他的人身污辱。身居地委二把手，长期担任地县两级主要领导的王吉德为何这样幸运？皆因他是济宁地区广大人民群众一致公认的"大好人"！

在三年"靠边站"接受批判审查期间，王吉德病情恶化，几度生命垂危，在医护人员的精心治疗护理下，终于挺了过来。一九六九年十一月，毛主席在询问山东贯彻落实中央关于解决山东问题"十条"的情况时，曾问主持山东省革委工作的济南军区司令员杨得志同志："那个滕小国的国王王吉德解放了没有？"

杨得志回答："还没有。"

"他有什么问题吗？"

"没听说有什么问题。"

"没问题，为什么不解放？我看那个人很了解下情、很有干劲嘛。"

事后，杨得志同志到济宁传达了毛主席的指示。

在毛主席的过问下，王吉德立即被解放、结合，担任济宁地革委副主任，分管政治部的工作。一九七一年六月二十六日至二十九日，中共济宁地区第一次代表大会在济宁召开，王吉德当选济宁地委副书记。一九七三年九月，军代表、地委书记张伯达奉命退出地委之后，王吉德代理地委书记兼地革委主任。一九六九年十一月至一九七三年底，由于大批老干部重新出来工作，尤其是一九七一年九月十三日粉碎林彪反党集团之后，济宁地委清查了与林彪反党集团阴谋活动有牵连的人和事，基本上稳定了济宁地区的政治、经济形势，工农业生产呈现出恢复发展的景象。但好景不长，一九七四年一月，"批林批孔"运动开始后，江青反党集团把矛头对准一大批重新出来工作并致力消除"文化大革命"严重后果的老干部。江青反党集团在山东的亲信在反"复辟倒退"、反"孔老二的徒子徒孙"的口号下，继续网罗帮派势力，拉山头，搞进驻，煽动停工停产，策划"二次夺权"，重新制造了山东大乱。济宁地区是孔子的诞生地，自然不能幸免，帮派势力抢驻地委机关，绑架批斗重新出来工作的老干部，一时工厂停产、商店停业、学校停课，社会极度混乱。这时各级领导干部能躲的都躲了起来。

王吉德首当其冲，但他没有躲避，也不愿躲避。为尽快扭转混乱局面，减少损失，他拖着已经肝腹水的沉重病体，打着吊针、输着氧气，坚持接见各帮派的头头，苦口婆心地规劝他们要为稳定局势、恢复生产做贡献。一些帮派头头深受感动，纷纷表示："人心都是肉长的，王书记病成这样，不顾死活地接见我们，好言相劝，我们再不听劝，还算人吗？"经过多方做工作，形势终于逐步稳定下来。但王吉德的病情因得不到很好休养和治疗进一步恶化，肝病、肺气肿等多种疾病折磨着他。同志们都劝他到北京或上海医疗条件比较好的地方去治疗，但他总是放心不下济宁的工作，担心他一离开刚刚稳定的局势又会出现反复，坚持在济宁地区边治疗边工作。

一九七五年一月十三日至十七日，第四届全国人民代表大会第一次会议在北京举行。王吉德是四届人大的代表，因他身患重病，组织上已经为他请了假不出席会议。但他知道后坚持要按时参加会议。医生告诉他间断治疗后果不堪设想。他说："我自知活不了多久了，但我还想在临死前了却一个心愿，就是到北京见一见毛主席、周总理，这是我唯一的一次机会了。否则我死也不能瞑目。"

王吉德登上了北去的列车，如他所愿按时出席第四届人大会议，当他见到极度瘦弱的周总理竟连报告都不能讲完，禁不住泪流满面。又不见毛主席出席会议，心情万分沉痛。十六日，会议已近尾声，他再也支持不住，被送往解放军总后勤部三〇二医院抢救。终是为时太晚，抢救无效，二月三日下午三时十五分，在北京逝世，年仅五十四岁。

　　王吉德走了，噩耗传来，济宁地区广大干部、群众无不痛心惋惜。开追悼会那天，成千上万的干部、群众赶来为他送别。

　　王吉德的一生，是革命的一生、战斗的一生、勤勤恳恳为人民服务的一生，是尽心尽力为民造福的一生，他一生生活俭朴，清正廉洁，从不计较个人得失、名誉、地位。他胸怀坦荡，待人诚恳，为人忠厚，善于团结同志，勇于承担任何艰难困苦的工作。

　　王吉德走了，但他那高尚的品德、忘我的工作精神、尽心尽力为人民做好事的光辉形象永远留在济宁了人民心中！

| 全书完 |

渔火

产品经理｜邵蕊蕊　　装帧设计｜南　南
技术编辑｜陈　杰　　责任印制｜刘　淼
监　　制｜于　桐　　出品人｜路金波

图书在版编目（CIP）数据

渔火 / 王永仁著. -- 天津：天津人民出版社，2021.1
 ISBN 978-7-201-16899-9

Ⅰ．①渔… Ⅱ．①王… Ⅲ．①长篇小说－中国－当代 Ⅳ．①I247.5

中国版本图书馆CIP数据核字(2020)第242967号

渔火
YUHUO

出　　版	天津人民出版社
出 版 人	刘　庆
地　　址	天津市和平区西康路35号康岳大厦
邮政编码	300051
邮购电话	022-23332469
电子信箱	reader@tjrmcbs.com
责任编辑	张　璐
产品经理	邵蕊蕊
制版印刷	天津旭丰源印刷有限公司
经　　销	新华书店
开　　本	710毫米×960毫米　1/16
印　　张	24
印　　数	1-7,000
字　　数	365千字
版次印次	2021年1月第1版　2021年1月第1次印刷
定　　价	68.00元

版权所有 侵权必究
图书如出现印装质量问题，请致电联系调换（021-64386496）